MARÉE FATALE

IRIS

JOHANSEN

MARÉE FATALE

Traduit de l'anglais (États-Unis) par
Joseph Antoine

PAYOT SUSPENSE

Titre original : *Fatal Tide*

106, boulevard Saint-Germain – 75006 Paris

1

DANS LE NORD DE L'IRAK
Le 6 janvier 1991

Une eau froide, lisse comme du verre. Kelby nageait. Dieu qu'il avait soif. Il savait qu'il lui suffisait d'ouvrir la bouche pour que l'eau lui glisse dans la gorge, mais il s'approchait d'une porte imposante, un arc de triomphe orné de bas-reliefs et de motifs sculptés ; et il voulait voir d'abord sur quoi elle donnait...

Quand il l'eut franchie, il vit apparaître une grande ville.

Des colonnes blanches, brillantes, monumentales, construites pour l'éternité. Des rues impeccablement tracées. Partout une impression de splendeur et de symétrie...

— Kelby.

Quelqu'un le secouait : Nicholas. Kelby rouvrit les yeux et fut tout de suite sur ses gardes. Il murmura :

— C'est le moment ?

Nicholas répondit oui d'un signe de tête.

— Ils vont revenir te chercher dans cinq minutes. Je voulais m'assurer que tu étais prêt. J'ai décidé de modifier nos plans...

— Va te faire foutre...

— Voilà trois jours que tu n'as rien bu ni mangé. Quand ils t'ont ramené en cellule, on aurait dit que tu étais passé sous un camion...

— Ferme-la. Ça me donne mal à la gorge, de discuter.

Il s'adossa au mur de pierre, et ferma lourdement les yeux.

— D'accord, reprit-il. C'est moi qui donne le signal. Contente-toi de me prévenir quand ils arriveront dans le couloir. Je serai prêt…

Regagner la mer. Reprendre des forces. Étancher toutes les soifs possibles. Nager joyeusement, sans ressentir aucune souffrance…

Un chatoiement de blanches colonnes…

— Les voilà, dit Nicholas à voix basse.

Kelby entrouvrit les paupières. On déverrouillait la porte. Les deux mêmes tortionnaires, toujours. Hassan tenait un Uzi dans le berceau de ses bras. Kelby avait l'esprit tellement brumeux qu'il n'arrivait plus à se rappeler le nom du second. Mais il n'avait pas oublié sa façon de lui bourrer les côtes à coups de pied – oui : de cela, il ne se souvenait que trop bien… Ali ! Ça lui revenait maintenant. Ce fumier s'appelait Ali…

— Debout, Kelby.

Hassan se dressait devant lui.

— Le chien américain est prêt à recevoir sa raclée ?

Kelby répondit d'un grognement.

— Aide-le à se lever, Ali. Il est trop faible pour y arriver tout seul, désormais. Et pour nous regarder en face.

Ali vint se planter à côté d'Hassan, le sourire aux lèvres.

— Cette fois, il va craquer. On va pouvoir l'emmener à Bagdad. La terre entière verra combien les Américains sont lâches.

Il se pencha pour saisir Kelby par sa chemise.

— *Maintenant…*

Le pied de Kelby fouetta l'air et frappa Ali dans les parties. Kelby roula sur le côté et se glissa sous l'Arabe en lui balayant les jambes.

Hassan grommela un juron. Kelby bondit sur ses pieds. Il revint à Ali sans lui laisser le temps de se relever : il lui emprisonna le cou dans son bras.

Il lui brisa la nuque d'une seule torsion.

Quand il se retourna, Nicholas cognait Hassan à grands coups d'Uzi dans la figure. Le sang giclait. Nicholas frappa encore.

— Tirons-nous.

Kelby s'empara du pistolet d'Ali. Il lui prit aussi son couteau. Et il s'élança vers la porte.

— Arrête ! Ne perds pas ton temps avec lui !

— Il en a bien perdu avec toi ! Je veux m'assurer qu'il est parti retrouver Allah…

Les deux hommes couraient le long du couloir.

À l'entrée du bâtiment, un gardien bondit sur ses pieds et essaya de tirer son arme. Kelby ne lui en laissa pas le temps : il lui trancha la gorge.

L'instant d'après, les fugitifs filaient vers les collines, Nicholas devant et Kelby derrière.

Des coups de feu éclatèrent dans leur dos.

Courir, courir encore.

Nicholas se retourna vers son ami.

— Ça ira ?

— Super. Avance, merde !

Il ressentit une douleur déchirante au côté.

Courir. Ne pas s'arrêter.

Toute son adrénaline foutait le camp, laissant une immense faiblesse se répandre dans ses membres.

Cours. Concentre-toi sur ta fuite. Tu nages vers l'arc de triomphe. Quand tu l'auras franchi, tu ne souffriras plus.

Il courait toujours plus vite, toujours plus fort, vers les collines dressées à quelque distance. Tu peux y arriver…

L'arc de triomphe. Il allait le franchir. Au loin, brillaient les blanches colonnes.

Les blanches colonnes de Marinth…

*

L'ÎLE DE LONTANA, AUX ANTILLES

Cloisons d'or découpées d'arabesques.

Couvre-lit de velours.

Battement des tambours.

Un homme s'approche d'elle.

Ça va recommencer…

Elle n'y peut rien. Elle est faible et sans défense...

Melis s'éveilla tandis qu'un cri strident s'échappait de sa gorge.

Elle se dressa brusquement dans son lit. Elle tremblait. Son T-shirt était trempé de sueur.

Le *kafas*...

Ou était-ce Marinth ?

Quelquefois, elle ne savait plus... Mais ça n'avait pas d'importance.

Ce n'était qu'un rêve.

Non ! à présent, elle n'était pas faible et sans défense. Elle n'était pas vulnérable. Au contraire : elle était forte.

Sauf quand elle faisait un cauchemar. Ces rêves affreux la privaient de tout pouvoir sur elle-même ; alors les souvenirs lui revenaient en force. Pourtant les cauchemars étaient moins fréquents. Le dernier remontait à un mois. N'empêche : elle se sentirait mieux si elle parlait à quelqu'un. Pourquoi ne pas appeler Carolyn et...

Non ! Débrouille-toi avec ça toute seule.

Essaie de faire avec.

Melis savait comment s'y prendre au sortir d'un rêve. Comment se débarrasser de ces tremblements. Comment retrouver les bienfaits d'une existence normale. Elle ôta son T-shirt. Sa chambre donnait sur le *lanai*, comme on appelait ici ce bassin abrité sous une véranda, ouvert directement sur l'océan.

Une minute plus tard, elle nageait dans la mer.

On était au milieu de la nuit, mais l'eau n'était pas froide – elle était fraîche. Caresse soyeuse sur sa peau. Eau purifiante, apaisante...

Aucune menace. Nulle soumission. Rien que la nuit et la mer. Dieu que cette solitude était agréable.

Solitude ?

Melis n'était pas seule.

Un corps élancé et froid venait de lui effleurer la jambe.

— Susie ?

C'était sûrement Susie. Son dauphin femelle. Susie était bien plus affectueuse que Pete – le dauphin mâle. Pete ne touchait presque jamais Melis ; et quand il le faisait, le contact était très spécial.

Pourtant c'était bien Pete qui était là, à côté d'elle. Elle l'aperçut aux confins de son champ de vision. Elle continua de nager vers les filets qui fermaient l'entrée de la crique.

— Salut, Pete. Comment ça va ?

Pete répondit en produisant de petits clics étouffés. Puis il plongea sous les eaux. Une minute plus tard, Susie et Pete remontaient à la surface ensemble. Ils se mirent à nager devant Melis, en direction des filets eux aussi. Comme c'était étrange : ils avaient deviné qu'elle ne se sentait pas bien. Mais il en allait toujours ainsi. En général, ils étaient plutôt joueurs. Et si agités qu'ils lui donnaient le vertige ! C'est seulement quand ils la sentaient contrariée qu'ils changeaient complètement d'attitude et se montraient aussi dociles. En principe, elle était là pour dresser les dauphins et c'est elle qui en apprenait un peu plus, chaque jour qu'elle passait en leur compagnie.

Quelque chose n'allait pas.

Plus Susie et Pete s'approchaient des filets, plus ils remuaient, criaient et produisaient des clics de panique. Y avait-il un requin de l'autre côté ?

Melis se crispa.

Le filet était baissé.

Bon sang… Il était impossible de baisser ce filet sans connaître le système auquel il était relié…

— Je vais m'en occuper. Rentrez à la maison, les petits mecs.

Mais les dauphins ignorèrent le conseil. Ils continuèrent de nager autour d'elle, comme pour la protéger, tout le temps qu'elle examina le filet. Lequel n'était pas déchiré. Ni coupé. Le câble qui le retenait était intact. Melis le remit en place en quelques minutes. Puis elle reprit la direction du cottage à grandes brasses résolues – résolues et prudentes.

Rien de grave, sans doute. C'était sûrement Phil. Il était peut-être rentré de voyage. Phil était le père adoptif de Melis. Cette fois, il était resté absent presque sept mois. Et il n'avait pratiquement pas donné de nouvelles, en dehors de rares coups de fil et de quelques cartes postales laconiques – histoire de faire savoir qu'il était toujours en vie.

Pourtant, il pouvait aussi y avoir un problème. Phil, presque deux ans plus tôt, avait été obligé de reprendre du service, et toute menace n'était pas écartée. Peut-être avait-il encore des gens à ses trousses. En général, il ne faisait pas dans la discrétion. Certes, il était intelligent. Mais c'était un rêveur. Et il ne pouvait s'empêcher de…

— Melis !

Elle s'immobilisa. Elle nageait en faisant du surplace, sans quitter des yeux le lanai. La silhouette d'un homme se découpait devant les fenêtres éclairées du séjour. Et ce n'était pas la silhouette de Phil. Phil était plus petit, plus noueux. Cet homme-là était grand et musclé. Sa silhouette rappelait quelqu'un à Melis…

— Melis ! Je ne voulais pas te faire peur ! C'est moi, Cal.

Elle se détendit. Cal Dugan. Le meilleur copain de Phil. Il n'y avait aucun danger. Melis connaissait Cal depuis qu'elle avait seize ans. Et elle l'aimait bien. Il devait avoir arrimé son bateau à l'embarcadère, de l'autre côté de la jetée. C'est pourquoi elle ne l'avait pas vu arriver. Elle se remit à nager.

— Pourquoi ne m'as-tu pas appelée ? Et pourquoi n'as-tu pas relevé le filet, bon sang ? Un requin aurait pu attaquer Pete et Susie ! Je t'aurais étranglé de mes mains s'il était arrivé un malheur.

— J'allais le faire, répliqua-t-il sur le ton de la défensive. Ou plutôt, j'allais te demander de le faire. Il faut carrément lire le braille pour arriver à raccrocher ce filet dans le noir…

— Arrête ! Une minute suffit pour que les dauphins soient en danger. Tu as de la chance qu'il ne soit rien arrivé.

— Tu es sûre qu'un requin n'est pas entré ?

— Pete me l'aurait dit.

— Oh ! Pete…

Il laissa tomber une serviette de bain sur les planches du lanai, et fit demi-tour en lançant :

— Tu me diras quand je pourrai me retourner. J'imagine que tu ne t'es pas donné la peine d'enfiler un maillot.

— Je ne vois pas l'intérêt de mettre un maillot alors qu'il n'y a personne d'autre que Pete et Susie.

Elle se hissa sur les planches du lanai. Elle se drapa dans la serviette.

— Je ne savais pas que quelqu'un viendrait sans y être invité.

— Figure-toi que Phil m'a invité.

— Tu peux te retourner. Il rentre quand ? Demain ?

Cal lui fit face.

— Ça m'étonnerait qu'il rentre demain.

— Il n'est pas à Tobago ?

— Quand il m'a envoyé ici, il prenait la mer. Direction : Athènes.

— Quoi ?

— Il m'a dit de sauter dans un avion et de t'apporter ça.

Il lui tendait une grande enveloppe.

— Il veut que je l'attende ici, ajouta Cal.

— L'attendre ici ! C'est là-bas qu'il a besoin de toi. Tout seul, il ne peut pas s'en sortir, Cal.

Cal haussa les épaules.

— C'est ce que je lui ai dit. Mais il a insisté.

Melis baissa les yeux vers l'enveloppe.

— Je ne vais pas l'ouvrir ici, dit-elle. Rentrons.

Elle ajusta fermement la serviette autour de son corps.

— Tu te feras un café pendant que je jetterai un coup d'œil.

Cal tressaillit.

— Tu ne voudrais pas expliquer à ces dauphins que je ne te veux aucun mal, Melis ? Qu'ils arrêtent de gueuler comme ça.

Melis ne s'était même pas aperçue qu'ils se tenaient tout près du lanai.

— Allez-vous-en, les petits mecs ! Tout va bien.

Pete et Susie filèrent vers le large et disparurent sous la surface des eaux.

— Bon sang, reprit Cal. Ce n'est pas croyable : ils te comprennent.

— Oui, dit-elle d'un ton absent.

Elle pénétra dans le séjour.

— Gênes, alors ? Qu'est-ce qu'il fabriquait là-bas ?

— Si je le savais. Il y a quelque temps, il m'a laissé à Las Palmas avec l'équipage. Il a dit qu'il nous accordait trois mois de congé. Il a recruté un nouveau matelot à bord du *Last Home*. Et ils ont mis les voiles tous les deux.

— Pour où ?

Il eut une expression qui signifiait : « Mystère. »

— Il n'a pas voulu le dire. C'était top secret, manifestement. Ça ne ressemble pas du tout à Phil, ça. Ça m'a plutôt rappelé le jour où il tenait tellement à s'éloigner de toi. Mais c'était autre chose, en même temps. Quand il est revenu nous chercher, il était à cran. Il n'a rien voulu dire.

Cal fit la grimace et ajouta :

— Quand je pense que je roule ma bosse avec lui depuis quinze ans. On en a fait, des expéditions, tous les deux ! Bon Dieu. J'étais à ses côtés quand il a remonté ce galion espagnol, non ? Un an plus tard, Terry et Gary ont signé leur contrat… Ça fait mal, vraiment.

— Tu sais comme il est : quand il se concentre sur quelque chose, il ne voit plus rien d'autre.

Mais elle avait beau dire : lâcher son équipage, cela ne ressemblait pas du tout à Phil. Son équipage était sa vraie famille. Phil était presque plus proche de ses hommes qu'il ne l'était de Melis… Mais n'était-ce pas sa faute à elle ? Elle avait de la peine à lui manifester ouvertement son affection. C'est elle qui avait toujours joué le rôle protecteur dans leur relation – une relation qui s'était révélée plus d'une fois changeante, et même orageuse. Phil était têtu comme un gosse, et cela avait le don d'exaspérer Melis. C'était frustrant. Et énervant. D'un autre côté, ils formaient une bonne équipe tous les deux. Chacun pourvoyait aux besoins de l'autre. Et puis, elle l'aimait.

— Melis.

Elle s'aperçut que Cal l'observait maintenant d'un air gêné.

— Ça t'embêterait, de te rhabiller ? Tu es une très belle femme, et… J'ai beau me dire que je pourrais être ton père, j'ai tout de même des réactions…

Elle soupira. Un homme est un homme, songea-t-elle. Même le meilleur d'entre eux n'est jamais qu'un être dominé par le sexe.

Il avait fallu beaucoup, beaucoup de temps à Melis, pour accepter cette vérité sans se mettre en colère.

— Je reviens, dit-elle en gagnant la chambre. Occupe-toi du café.

Sans se donner la peine de prendre une douche, elle enfila un short et un T-shirt. Puis elle s'assit au bord du lit et décacheta l'enveloppe. Ce n'était rien, sans doute. Encore un message impersonnel. Pourtant, elle n'avait pas voulu l'ouvrir devant Cal.

L'enveloppe contenait deux documents. Le premier, quand elle le découvrit, la fit frémir.

— Bon sang, mais qu'est-ce que…

*

ATHÈNES, HÔTEL HYATT

— Ne discute pas, Phil. Je suis venue te chercher.

La main de Melis se crispait sur le téléphone.

— Où es-tu ?

— Sur le front de mer, répondit Philip Lontana. Au bar de l'hôtel Delphes. Mais je ne veux pas que tu sois mêlée à cette affaire. Rentre à la maison, Melis.

— C'est ce que je vais faire. Et toi aussi. On va rentrer tous les deux. Cette affaire, j'y suis déjà mêlée, de toute façon. Tu t'imagines que je vais rester les bras ballants au moment où tu m'annonces que tu me lègues ton île et ton bateau ? Ce que j'ai lu m'a tout l'air d'un testament, ou je n'y connais rien. Ce sont tes dernières volontés. Qu'est-ce qui se passe, bon Dieu ?

— Des fois, il faut bien se montrer responsable.

Phil, se montrer responsable ! Non, pas lui. Il avait beau avoir plus de soixante ans, il ressemblait toujours à Peter Pan !

— Tu es en danger ? Qu'est-ce qui te fait peur ?

— Je n'ai pas peur. Je veux juste prendre soin de toi. Je sais qu'on a eu des hauts et des bas, tous les deux, mais tu as toujours répondu présente quand j'avais besoin de toi. Tu m'as tiré des ennuis. Tu as su me protéger contre ces vampires…

— Et je vais te tirer des ennuis encore une fois. Dis-moi ce qui se passe.

— Rien, rien du tout ! L'océan est rancunier. Tu ne peux jamais savoir si tu vas commettre une erreur ou…

— Phil !

— J'ai tout écrit. C'est à bord du *Last Home*.

— Très bien. Alors tu me liras tout pendant le voyage de retour.

— Je crains que ce ne soit pas possible.

Philip Lontana marqua un temps.

— J'essaie d'entrer en contact avec Jed Kelby, reprit-il, mais il ne me rappelle pas.

— C'est un salaud.

— C'est peut-être un salaud, mais du genre super doué. Un génie, à ce qu'on dit.

— Qui t'a raconté ça ? Son agent ?

— Ne sois pas amère. Il faut rendre au démon ce qui lui appartient.

— Pas question. Je n'aime pas que les riches se conduisent comme si la terre entière était leur jouet…

— Les riches, tu ne les aimes pas, de toute façon. En attendant, je voudrais que tu prennes contact avec lui. Moi, je n'arriverai pas à le joindre.

— Bien sûr que si. Cela dit, je ne vois pas ce qui peut te pousser à faire ça. D'habitude, tu n'appelles pas au secours…

— J'ai besoin de lui. On partage la même passion. La même volonté.

Phil ajouta après une pause :

— Promets-moi de le trouver, Melis. C'est important. Jamais je ne t'ai rien demandé de plus important.

— Tu n'es pas obligé de…

— Promets-moi.

Ainsi il n'avait pas renoncé.

— Je te le promets, dit-elle. Tu es content ?

— Non. Te demander un service me fait horreur. Et j'ai horreur aussi de me retrouver dans ce genre de situation. Si je ne m'étais pas montré aussi têtu, je ne serais pas forcé maintenant de…

Il prit une profonde inspiration.

— Mais c'est comme ça. Il est trop tard pour refaire l'histoire. C'est l'avenir qui compte. Et il y a du pain sur la planche.

— Dans ce cas, pourquoi ce testament ?

— Parce qu'ils ne pouvaient pas y arriver.

— Quoi ?

— Il faut tirer les leçons de leurs erreurs.

Il ajouta :

— Rentre à la maison. Il y a quelqu'un pour veiller sur Pete et Susie ?

— Il y a Cal.

— Ça m'étonne que tu lui fasses confiance pour ça. Tes dauphins comptent plus pour toi que n'importe quel animal à deux pattes.

— La preuve : je suis ici. Cal prendra soin d'eux. Je l'ai menacé des foudres de l'enfer avant de partir.

Phil gloussa de rire.

— Les foudres de Melis, dit-il. Tes dauphins sont la prunelle de tes yeux. Alors retourne auprès d'eux. Si tu n'as pas de nouvelles de moi dans deux semaines, prends contact avec Kelby. Au revoir, Melis.

— Tu ne raccrocheras pas ! Tu n'oseras pas faire ça ! Qu'est-ce que tu lui veux, à Kelby ? C'est encore pour cet engin à ultrasons ?

— Tu sais bien que ça n'a jamais été pour ça.

— Pourquoi, alors ?

— Ça ne te plairait pas, si je te le disais. Depuis que tu es une petite fille, tu as un problème avec…

— Avec quoi, Seigneur ?

— Avec Marinth.

Il raccrocha.

Melis en resta pétrifiée. Un long moment après, elle éteignit son téléphone.

Marinth.

Mon Dieu.

*

LAGUNE DE VENISE, À BORD DU *TRINA*

— Mais bon Dieu, qu'est-ce que c'est, Marinth ?

Jed Kelby se redressa brusquement dans son fauteuil.

— Qu'est-ce que tu as dit ?

— Marinth, répéta John Wilson en relevant les yeux.

Il parcourait le courrier de Kelby.

— C'est la seule chose qui soit écrite dans cette lettre, reprit-il. Rien que ce mot : Marinth. C'est quoi ? Une blague ? Un truc publicitaire ?

— Donne.

Doucement, Kelby prit la lettre et l'enveloppe.

— Un problème, Jed ? s'inquiéta Wilson.

— Ça se pourrait.

Kelby jeta un coup d'œil au nom de l'expéditeur inscrit au dos de l'enveloppe : Philip Lontana. Le cachet de la poste remontait à plus de deux semaines.

— Pourquoi ne l'ai-je pas eue plus tôt ?

— Tu l'aurais eue si tu étais resté en place au moins un jour ou deux, répondit Wilson, froidement. Je te rappelle que je suis sans nouvelles de toi depuis deux semaines. Je veux bien avoir la responsabilité des affaires courantes, mais il faut que tu y mettes du tien. Moi, je fais de mon mieux. Sauf que tu n'es pas quelqu'un de facile…

— Ça va, ça va…

Kelby se renversa dans son fauteuil et considéra de nouveau la lettre.

— Philip Lontana. Voilà des années qu'il ne donnait plus signe de vie. J'en venais à me demander s'il ne s'était pas retiré des affaires.

— Jamais entendu parler de lui.

— Il n'y avait pas de raison. Tu ne pouvais pas t'intéresser à lui, vu qu'il n'est ni banquier ni agent de change.

— Tu as raison. La seule chose qui m'intéresse, c'est de t'aider à rester un homme richissime. Et à échapper aux griffes du fisc.

Tout en parlant, Wilson disposait des documents sur le bureau de Kelby.

— À signer en trois exemplaires.

Kelby signa les contrats ; John Wilson afficha aussitôt un air mécontent.

— Tu ne les lis même pas ? Et si j'essayais de te baiser ?

— Tu ne peux pas. Tu en es moralement incapable. Si tu avais voulu me rouler, tu l'aurais fait il y a dix ans, quand tu étais au bord de la faillite. Non ?

— C'est vrai. En définitive, tu m'as tiré d'affaire.

— Je t'ai laissé patauger un moment avant de te faire entrer dans le jeu. Histoire de voir comment tu te débrouillais.

Wilson inclina la tête.

— Je ne m'étais pas rendu compte que tu me mettais à l'épreuve.

— Désolé.

Il regardait de nouveau la lettre.

— La bête est comme ça. C'est sa nature. Je n'ai pas accordé ma confiance à grand monde, dans ma vie.

Dieu sait ! songea Wilson. Kelby était l'héritier d'une des plus grosses fortunes américaines. Mais à la mort de son père, sa mère et sa grand-mère avaient voulu mettre la main sur les fonds de pension qui lui étaient destinés. L'affaire avait traîné de procès en procès jusqu'à son vingt et unième anniversaire, date à laquelle il avait réussi à reprendre le contrôle de ses biens – avec beaucoup d'intelligence et sans aucune pitié. Il avait envoyé promener mère et grand-mère, et rompu tout contact avec elles. Enfin, il avait confié à une équipe d'experts la gestion de ses finances. Après avoir servi dans les commandos pendant la guerre du Golfe, il s'était acheté un yacht, le *Trina*, et avait entrepris des explorations sous-marines. L'expérience lui valait désormais une réputation dont il se fichait totalement, et des revenus dont il n'avait aucun besoin. Du moins, il prospérait. Cependant la vie était dure. Il fallait quelquefois négocier avec des personnages peu ragoûtants. Rechercher un dosage subtil de cynisme et de prudence. Wilson n'avait décidément rien à lui reprocher. Lui-même était du genre cynique. Avec le temps, il avait fini par vouer à Kelby une authentique affection.

— Lontana avait essayé de me joindre, avant ?

Wilson fouilla dans le paquet de lettres.

— C'est la seule.

Il ouvrit son agenda.

— Un coup de téléphone le 21 juin. Il a demandé que tu le rappelles. Un autre le 25. Même message. Ma secrétaire lui a demandé quel genre d'affaires il traitait, mais il n'a pas voulu répondre. Ça ne semblait pas spécialement urgent. Ça l'est, en fait ?

— Peut-être.

Kelby quitta son fauteuil et traversa la cabine pour gagner le hublot.

— Il sait comment s'y prendre pour éveiller mon intérêt.

— Qui c'est, au juste ?

— Un océanographe brésilien. Il a beaucoup fait parler de lui il y a quinze ans, quand il a découvert un galion espagnol. Sa mère était américaine. Le père était brésilien. Il a une passion pour les vestiges. D'après ce que je me suis laissé dire, il se voit comme une espèce d'aventurier. Il écume les quatre océans pour essayer de retrouver les cités perdues et les vieux navires coulés. Il n'a découvert qu'un seul galion, en fin de compte. Mais il est très fort. Ça ne fait aucun doute.

— Tu ne l'as jamais rencontré ?

— Jamais. Ça ne m'intéressait pas vraiment. On n'aurait pas eu grand-chose à partager. Je suis un homme de mon temps. Lui, non. On n'est pas du tout sur la même longueur d'ondes.

Wilson avait des doutes sur ce point. Certes, Kelby n'était pas un rêveur, mais il avait cette agressivité, cette audace et même cette imprudence qui seront toujours la marque des flibustiers, à quelque siècle qu'ils appartiennent.

— Qu'est-ce qu'il te veut, ce Lontana ? reprit Wilson en plissant les yeux pour observer attentivement Kelby. Et toi, qu'est-ce que tu attends de lui ?

— Ce qu'il me veut… Je ne le sais pas avec certitude.

Kelby réfléchissait à voix haute, sans cesser de scruter la lagune.

— Mais je sais ce que moi, j'attends de lui. La question est de savoir s'il peut me l'apporter.

— Voilà qui est bien mystérieux.

— Vraiment ?

Il se tourna vers Wilson.

— Alors nous ferions peut-être mieux de nous parler franchement, lui et moi, tu ne crois pas ?

Wilson fut frappé de voir Kelby à ce point gagné par l'impatience et l'excitation. Il dégageait une agressivité quasi palpable.

— Si je comprends bien, tu veux que j'entre en contact avec lui.

— Exactement. En fait, nous allons nous préparer à lui rendre visite.

— *Nous ?* Mais je repars pour New York, moi !

Kelby faisait non de la tête.

— Je pourrais avoir besoin de toi...

— Tu sais, Jed, je n'y connais rien à ces histoires d'océanographie... Et bon Dieu ! je n'ai aucune envie d'y connaître quelque chose ! Je suis juriste. Et comptable. Ma présence ne te sera d'aucune utilité...

— Ne dis pas ça. Je vais avoir besoin de toute l'aide nécessaire. Et puis, l'air de la mer te fera du bien.

Il regarda de nouveau l'enveloppe. Il était comme électrisé – Wilson s'en rendait parfaitement compte.

— On va tout de même prévenir Lontana, reprit Jed Kelby. Qu'il sache qu'on ne me tend pas un appât impunément. Donne-moi son numéro.

*

Quelqu'un la suivait.

Et ce n'était pas de la parano ! Elle *sentait* qu'elle était suivie.

Elle jeta un coup d'œil en arrière – en vain bien sûr. Comment repérer le bon visage dans la foule qui s'amassait sur le port ? Ça pouvait être n'importe qui. Un voleur. Un marin en quête d'une femme... Ou un homme qui la suivait dans l'espoir qu'elle le conduirait à Philip. Tout était possible.

Oui, tout était possible, puisque Marinth était de nouveau à l'ordre du jour.

Quelqu'un la suivait, et elle allait le semer.

Elle s'enfila dans une ruelle. Elle courut brièvement. Et elle se glissa sous une porte cochère. Elle attendit. La première règle consistait à vérifier qu'elle n'avait pas cédé à la paranoïa ; et la seconde à identifier l'ennemi.

Un homme s'arrêta au coin de la ruelle : cheveux gris, pantalon kaki, chemisette à carreaux. Le parfait touriste. Exactement le genre d'individu qui fréquentait Athènes à cette époque de l'année. Sauf que son attitude ne cadrait pas avec le costume. Il avait l'air contrarié. Irrité, même. Il fouillait des yeux le flot humain qui envahissait la rue.

Melis n'avait pas cédé à la paranoïa.

Qui que soit cet homme, elle n'oublierait plus son visage.

Quittant son abri, elle se remit à courir. Elle prit à gauche, puis à droite.

Un coup d'œil par-dessus son épaule lui permit d'apercevoir un bout de chemisette à carreaux. Il avait renoncé à scruter la foule des passants. Il fonçait, à présent. L'air de savoir où aller.

Au bout de cinq minutes, Melis s'arrêta. Elle respirait avec peine.

Elle l'avait semé. Enfin, peut-être…

Bon Dieu, Phil ! Dans quoi nous as-tu fourrés ?

Elle attendit dix minutes encore. Elle voulait être sûre. Puis elle fit demi-tour et reprit la direction des docks. Elle avait consulté un plan de la ville. En principe, l'hôtel Delphes n'était pas loin.

C'était un petit immeuble de trois étages dont la vieille façade montrait une peinture écaillée, tachée par l'humidité et les traces de pollution. Certains quartiers d'Athènes n'étaient guère reluisants. Comment Phil pouvait-il tolérer de descendre dans un pareil endroit ? Certes il aimait l'ancien, et les maisons typiques, mais les immeubles délabrés… Il appréciait trop le confort pour goûter à ce genre de choses. Un mystère de plus, en somme.

— Melis ?

Elle fit demi-tour. Un petit individu grisonnant, en jean et T-shirt, lui faisait signe de la terrasse d'un café.

— Gary ! Où est Philip ?

D'un signe, il indiqua la mer.

— À bord du *Last Home*.

— Sans toi ? Je ne te crois pas.

Cal, l'autre jour ; et maintenant, Gary Saint-George…

— Moi non plus, je n'y croyais pas, dit-il.

Il avala une gorgée d'ouzo, puis reposa son verre.

— Et pourtant ! J'ai l'impression que je vais rester coincé ici deux ou trois jours. En attendant qu'il vienne me chercher. Qu'est-ce qu'il peut bien fabriquer sans moi ? Et comment fait-il pour piloter le *Last Home* tout seul ?

— Et Terry ?

— Il l'a débarqué à Ostie. Aussitôt après avoir largué Cal en lui disant d'aller te voir. Et que tu lui trouverais du travail. Il m'a dit la même chose, d'ailleurs…

Il riait.

— Tu auras le cœur de jouer les chasseurs de têtes pour nous, Melis ?

— Il est parti depuis combien de temps ?

— Une heure, peut-être. Il a levé l'ancre aussitôt après votre conversation.

— Pour aller où ?

— Cap sud-est. Les îles.

Elle reprit la direction des docks en lançant :

— Allez, viens !

Il bondit sur ses pieds.

— Où ça ?

— Je vais louer un hors-bord. On va le rattraper, cet idiot. Tu me serviras de pilote, pendant que j'essaierai de repérer le *Last Home*.

— Il fait encore jour, dit Gary en lui emboîtant le pas. On a peut-être une chance…

— Ce n'est pas une question de chance ! Il faut le rattraper !

*

Melis repéra le *Last Home* quelques minutes avant la nuit. Dans la lumière déclinante, le deux-mâts goélette parut surgir du passé. Melis avait toujours vu ce navire comme une réincarnation du Vaisseau Fantôme de la célèbre légende ; et ce soir, dans la brume dorée du couchant, il semblait plus que jamais entouré d'une aura mystique.

Du reste, comme le Vaisseau Fantôme, il était désert.

Melis fut envahie par un sentiment de crainte. Il y avait forcément quelqu'un à bord. Phil devait être dans la cabine.

— Ça fout les jetons, pas vrai ? dit Gary.

Le hors-bord se rapprochait de la goélette.

— Qu'est-ce qui lui a pris de couper le moteur ?

— Il a peut-être des ennuis, dit Melis. C'est tout ce qu'il mériterait, d'ailleurs. Se débarrasser comme ça de son équipage ! Lever l'ancre comme un…

Sa voix menaçait de se briser.

— Viens aussi près que possible, dit-elle. Je veux monter voir.

— Je ne crois pas qu'il te déroulera le tapis rouge, dit Gary en clignant des yeux. Il ne veut pas te voir. Il refuse qu'aucun de nous monte à bord du bateau…

— Tant pis pour lui. Tu le connais aussi bien que moi. Tu sais qu'il ne prend pas toujours la bonne décision. Il voit les choses comme il veut les voir, et il fonce. Je ne peux pas le laisser… Il est là !

Phil était apparu : il remontait sur le pont. Il fronça les sourcils, et posa sur les arrivants un regard contrarié.

— Phil, bon sang ! cria Melis depuis l'embarcation. Qu'est-ce que tu fabriques ? Je monte à bord !

Phil secoua la tête.

— Le bateau est en panne. Le moteur vient de s'arrêter. Je ne sais pas si…

— Qu'est-ce qui ne va pas ?

— J'aurais dû m'en douter. J'aurais dû prendre mes précautions.

— Mais qu'est-ce que tu racontes ? Tu es devenu fou, ou quoi ?

— Je n'ai pas le temps de discuter. Il faut que j'aille voir si je peux trouver ce qui… Rentre à la maison, Melis. Va t'occuper des dauphins. C'est ton boulot : tu dois le faire. C'est important.

— Il faut qu'on parle ! Je monte à bord…

Autant crier dans le désert, pensa-t-elle. Phil avait fait demi-tour. Il était redescendu dans la cale, semblait-il.

— Approche-toi encore, dit Melis à Gary.

— Il ne te laissera pas monter à bord, Melis.

— C'est ce qu'on va voir. Je monterai à bord. Quitte à me cramponner à son ancre…

Le Last Home *explosa.*

Phil !

— Non !

Melis hurlait de douleur ; tout son être refusait ce qui arrivait.

— Approche-toi encore ! Il faut…

Une nouvelle explosion retentit.

La douleur, encore.

Melis crut que son crâne allait exploser aussi.

Les ténèbres.

2 ATHÈNES, HÔPITAL SAINTE-CATHERINE

— Melis Nemid a fait une commotion cérébrale, dit Wilson. Un membre de l'équipage de Lontana l'a transportée ici après l'explosion. Les docteurs ne pensent pas que sa vie soit en danger, mais elle est sans connaissance depuis vingt-quatre heures, maintenant.

— Je veux la voir, dit Kelby. Tâche de m'obtenir une autorisation.

Les deux hommes s'entretenaient à l'entrée de l'hôpital.

— Tu ne m'as pas compris, Jed. Elle est dans les vaps...

— Je tiens à être là quand elle reviendra à elle. Je veux être le premier à lui parler.

— L'établissement est très strict sur la question des visites. Tu n'es pas de la famille... Si ça se trouve, ils ne te laisseront pas la voir même quand elle aura repris connaissance.

— Occupe-toi de régler ce problème. Achète l'hôpital s'il le faut. Après, tu iras interroger les gardes-côtes. Demande-leur s'ils ont réussi à localiser le corps de Lontana. Enfin, retrouve-moi le type qui a amené ici la fille de Lontana, et tire-lui les vers du nez. Je veux savoir tout ce qu'il est possible de savoir sur ce qui est arrivé à Lontana et au bateau. Elle est dans quelle chambre ?

— La 21.

Wilson marqua une hésitation.

— Jed, elle... Elle vient de perdre son père. Pour l'amour du Ciel, il n'y a pas urgence !

Si, il y avait urgence. Pour la première fois depuis des années, Kelby avait senti renaître l'espoir – et cet espoir s'était envolé aussitôt. Pas question de laisser passer une seconde chance.

— Ne t'inquiète pas, reprit Kelby. Je n'ai pas l'intention de la cuisiner. Ce serait contre-productif, de toute façon – si tu me permets d'user d'une de tes expressions favorites. Sache que je suis doué d'un minimum de tact.

— Encore faut-il que tu aies envie de t'en servir, répliqua Wilson en haussant les épaules. De toute façon, tu feras comme tu as décidé. D'accord. Je vais commencer par discuter avec les infirmières. Ensuite, j'irai aux nouvelles.

Il ne ramènera pas grand-chose, songea Kelby. À en croire les informations diffusées par les médias locaux, l'explosion avait réduit la goélette en morceaux. Lorsque Kelby était arrivé sur le lieu du désastre, il n'y avait plus rien à sauver. Officiellement, il s'agissait toujours d'un accident. Mais c'était sans doute autre chose. En effet, deux explosions s'étaient produites, chacune à une extrémité du bateau.

Chambre 21.

Il ouvrit doucement la porte. La pièce n'était occupée que par un seul lit, sur lequel gisait une femme. L'atmosphère était calme. Dieu merci, il n'y avait pas d'infirmière au chevet de la patiente. Jed Kelby se saisit d'une chaise et la transporta près du lit sans faire de bruit. Il s'assit. La femme ne bougea pas. Il commença à l'observer.

Melis Nemid avait autour du crâne un bandage dont s'échappaient des mèches de cheveux blonds qui lui retombaient sur les joues. Bon Dieu, elle était… D'une beauté exceptionnelle. Le corps n'était pas très grand. La silhouette était élégante. Cette femme avait la fragilité d'un ange de Noël. Comment un être aussi délicat pouvait-il souffrir ? Kelby trouvait cela scandaleux. Cette réalité lui rappela d'autres souffrances. Toutes liées à Trina… Seigneur. Cela faisait maintenant des années que personne n'avait réussi à réveiller en lui ces douloureux souvenirs.

Apaise-les. Assimile-les. Transforme-les en autre chose…

Il essaya de poser sur Melis Nemid un regard empreint de froide objectivité. Oui, elle semblait vulnérable. Sans défense. Mais cette fragilité, d'un autre côté, dégageait quelque chose de sensuel, d'excitant. Comme c'était étrange… Kelby songea à ces tasses en porcelaine de Chine, si fragiles que vous pourriez les briser entre vos doigts, et en même temps si belles que votre seule envie est de les protéger. Il s'attarda sur le visage aux traits réguliers. La bouche dessinait une forme parfaite – et sensuelle, là encore. Bon sang, il avait vraiment sous les yeux une belle femme.

Et cette femme n'était autre que la fille adoptive de Lontana. Était-ce seulement possible ? Lontana avait dépassé la soixantaine, tandis qu'elle n'avait pas trente ans. Bien sûr, que c'était possible ! Mais était-elle seulement sa fille adoptive ? N'était-elle pas autre chose aussi ?

Quelle importance, ce qu'elle était pour Lontana ? Ce qui comptait, c'est que leur relation ait été suffisamment longue, et suffisamment intime, pour que Melis ait eu vent de certaines choses – ces choses que lui, Jed Kelby, avait besoin de connaître à son tour. Si cette femme savait, pensa Kelby, alors elle parlerait.

Il se redressa. Calé contre le dossier de sa chaise, il attendit le réveil de Melis Nemid.

*

Qu'elle avait mal à la tête…

Était-ce l'effet des drogues ? Non, ils avaient arrêté de la droguer quand elle avait cessé de se débattre. Prudemment, elle ouvrit les yeux. Pas de cloisons d'or découpées d'arabesques. Nul couvre-lit de velours. Aucun bruit… Elle se sentit soulagée. Les murs étaient d'un bleu glacé. Froid comme la mer. Un drap blanc, amidonné, lui couvrait le corps. Un hôpital ?

— Vous devez avoir soif. Voulez-vous boire un peu d'eau ?

Une voix d'homme. La voix d'un médecin, sans doute. Ou d'un infirmier… Quelqu'un était assis à son chevet.

— Du calme. Je ne vais pas vous empoisonner.

Il souriait.

— Ce n'est qu'un verre d'eau.

Cet homme n'était pas médecin. Ni infirmier. Il portait un

jean et une chemise de lin aux manches retroussées. Et ce n'était pas tout à fait un inconnu pour Melis.

— Où suis-je ?

— À l'hôpital Sainte-Catherine.

Il approcha le verre des lèvres de Melis. Elle but une gorgée d'eau en observant son interlocuteur par-dessus le bord du verre. L'homme avait les cheveux noirs. Ses yeux aussi étaient noirs. Quel âge avait-il ? Trente, quarante ans ? Il semblait avoir une grande confiance en lui. Il était décontracté. Melis jugea finalement qu'elle ne le connaissait pas : elle n'aurait pu oublier un homme aussi séduisant…

— Que s'est-il passé ?

— Vous ne vous rappelez plus ?

La goélette explosant en mille éclats, projetant dans les airs, avec violence, des morceaux de pont et de métal.

— Phil !

Elle se redressa brusquement. Phil était à bord ! Il était pris dans cet enfer… Elle essayait à présent de quitter le lit et de poser les pieds sur le sol.

— Il était là-bas. Il faut que… Il est descendu dans la cale et…

— Restez couchée.

Il la repoussa avec précaution contre les oreillers.

— Vous ne pouvez plus rien faire. Voilà vingt-quatre heures que le bateau a été détruit. Mais les gardes-côtes n'ont pas abandonné les recherches. S'il est en vie, ils le retrouveront.

Vingt-quatre heures. Elle fixait sur l'inconnu un regard hébété.

— Ils ne l'ont pas encore retrouvé ?

Il secoua la tête.

— Ils ne doivent pas abandonner. Dites-leur de ne pas renoncer.

— Ils ne renonceront pas. Vous devriez vous rendormir. Les infirmières vont me taper sur les doigts si elles apprennent que je vous ai mise dans cet état. Mais j'ai pensé que vous préféreriez savoir. Quelque chose me dit que vous êtes comme moi : ce que vous voulez, c'est la vérité, même si elle fait mal.

— Phil…

Elle ferma les yeux et se laissa gagner par le chagrin.

— Si seulement je pouvais pleurer…

— Faites-le.

— Je ne peux pas. Je n'ai jamais pu. Allez-vous-en. Je ne veux pas qu'on me voie comme ça.

— Je crois que je vais rester dans les parages, et m'assurer que vous allez vous rétablir.

Elle rouvrit les yeux et se mit à l'étudier avec attention.

— Vous vous en fichez, que je me rétablisse ou non. Qui êtes-vous, à la fin ?

— Jed Kelby.

Elle se rappelait maintenant où elle avait vu ce visage : dans les journaux et les magazines, à la télévision.

— Le Golden Boy… Je ne vous avais pas reconnu.

— J'ai horreur que l'on m'appelle ainsi : le Golden Boy. Et je déteste tout ce qui va avec. C'est pour ça que j'ai toujours été en guerre avec les médias.

Il sourit.

— Mais j'ai passé ce cap, maintenant. Je ne suis plus un « boy », de toute façon. Je suis devenu un homme. Et je suis comme je suis. D'ailleurs, tel que je suis, il se pourrait que je vous sois utile…

— Allez-vous-en.

Il marqua une hésitation, puis se leva.

— Je reviendrai. En attendant, je vais m'assurer que les gardes-côtes continuent leurs recherches.

— Merci.

— C'est un plaisir. Voulez-vous que je demande aux infirmières de vous apporter un calmant ?

— Pas de drogue ! Je ne prends pas de…

— Comme vous voudrez.

Elle resta un moment à regarder la porte après qu'il fut sorti. Elle avait l'esprit embrumé, et elle souffrait trop pour être capable de définir ce que cet homme lui inspirait. Tout ce qu'elle savait, c'est qu'elle était impressionnée par le calme, la confiance en soi et la force physique qui émanaient de lui – toutes qualités qui avaient pour effet de la perturber.

Oublie-le.

Et essaie de ne pas penser à Phil. Vingt-quatre heures, c'est long. Mais tout n'est peut-être pas perdu.

Phil avait éventuellement eu le temps d'attraper un gilet de sauvetage. Ou de se jeter à l'eau avant d'être touché par les éclats de l'explosion…

Pourquoi lui était-il interdit de pleurer ?

*

Le lendemain matin, Gary s'étonna de la trouver assise dans le fauteuil près de la fenêtre.

— Tu es sûre que tu as le droit de te lever ? L'infirmière m'a dit que tu n'avais repris conscience qu'hier soir.

— Je me sens bien. Je voudrais qu'ils comprennent que je peux m'en aller d'ici…

Les mains cramponnées aux accoudoirs du fauteuil, elle enchaîna :

— Mais ils veulent que je reste ! Pour parler à la police.

— Ouais. Les flics ont déjà pris ma déposition. Ils ne t'embêteront pas…

— Ils m'embêtent déjà ! Il paraît qu'ils ne pourront pas venir avant la fin de l'après-midi, et moi je ne veux pas les attendre. Je suis prisonnière dans cet hôpital. Condamnée à ne pas bouger jusqu'à demain matin. C'est un prétexte…

— Les médecins savent ce qu'ils font…

— Tu parles ! Je veux retourner à l'endroit où le *Last Home* a coulé. Il faut retrouver Phil…

— Melis…

Gary hésitait à parler. Il reprit à voix basse :

— J'ai vu les gardes-côtes. Tu ne le retrouveras pas. On l'a perdu…

— Ne dis pas ça ! Je veux me rendre compte par moi-même.

Elle se détourna et promena un regard sur les pelouses bien nettes qui entouraient le bâtiment.

— Et Kelby ? reprit-elle. Qu'est-ce qu'il faisait dans les parages ?

— Il a surtout mis l'hosto sens dessus dessous. Moi, ils ne voulaient même pas m'autoriser à franchir le seuil de ta chambre. Kelby, lui, n'a rencontré aucun problème. Il a aussi aidé les gardes-côtes à effectuer leurs recherches. Tu le connaissais ?

— Je ne l'avais jamais vu. Mais je savais que Phil essayait d'entrer en contact avec lui. Tu sais pourquoi ?

Gary fit non de la tête.

— Cal est peut-être au courant.

Melis doutait que Cal fût au courant. En revanche, ce qui se passait entre Phil et Kelby avait un rapport avec le scénario qui avait conduit Phil à la mort. Le genre d'affaire dont Phil n'avait voulu s'ouvrir à personne, pas même à ses plus proches amis… Mon Dieu. Elle pensait déjà à lui comme à un être disparu. Elle acceptait la mauvaise nouvelle. Ce n'était pas possible !

— Va me chercher Kelby, s'il te plaît. Dis-lui de me sortir de cet hôpital.

— Quoi ?

— Tu viens de dire qu'il a le pouvoir de tirer toutes les ficelles ! Alors qu'il le fasse pour moi. Va le lui dire. Tu verras, il n'y aura aucun problème. S'il est venu, c'est qu'il a besoin de moi. Et je ne lui donnerai rien tant que je serai enfermée ici. Il sait qu'il devra commencer par me faire sortir.

— Même si sortir est mauvais pour toi ?

Kelby lui avait fait l'impression d'être un roc.

— Il s'en fiche, que ce soit bon ou mauvais pour moi. Dis-lui de me faire sortir.

— Comme tu voudras, lâcha Gary en faisant la grimace. Mais on ne m'ôtera pas de la tête que ce n'est pas une bonne idée. Phil n'aurait pas aimé ça.

— Tu sais parfaitement que Phil m'a toujours laissée faire ce que je voulais. C'était beaucoup plus simple pour lui.

Elle devait fournir un effort pour maîtriser sa voix.

— Alors je t'en prie, Gary : ne discute pas. Je n'ai déjà eu que trop d'émotions.

— Tu fais ce qu'il faut. Tu as toujours fait ce qu'il fallait.

Sur ces mots, il se hâta de quitter la chambre.

Pauvre Gary. Il n'était pas habitué à la voir ainsi perturbée. Il devait penser qu'elle avait perdu ses moyens. Du coup, il était en plein désarroi. Du reste, elle n'était pas moins perdue que lui. Elle détestait se sentir à ce point fragile et sans défense.

Non ! Elle n'était pas fragile ! Ce mot lui faisait horreur. Il y avait toujours quelque chose à tenter. Une autre voie possible. Le problème, c'était ce chagrin. Et cette rage ! Ce désespoir aussi... Mais fragile, non. Jamais ! Elle ne savait pas quelle route prendre, voilà tout.

Et elle avait intérêt à se décider rapidement. Kelby rôdait aux alentours. Elle avait déjà été forcée de lui entrouvrir la porte. Il ne manquerait pas d'user de cet avantage pour consolider sa position.

Elle se renversa dans son fauteuil et essaya de se détendre. Prendre du repos. Récupérer des forces pendant qu'il était encore temps.

Car Kelby ne tarderait pas à revenir la voir ; elle aurait alors besoin de toutes ses ressources pour arriver à le repousser.

*

Kelby souriait, amusé. Melis Nemid progressait à pas lents le long du couloir menant à l'entrée principale, suivie d'une sœur qui poussait un fauteuil. Un fauteuil dans lequel Melis avait refusé de s'asseoir, si bien que la sœur n'était pas contente.

Il fut frappé de nouveau par l'impression de vulnérabilité qui émanait de la jeune femme. Mais l'aura de délicatesse était toujours là – ô combien séduisante... D'ailleurs était-elle si vulnérable, en définitive ? Il semblait y avoir aussi en elle beaucoup de force et de vitalité. Une puissance avec laquelle il faudrait compter. Comment ce doux rêveur de Lontana avait-il pu tenir en main une telle femme ? N'était-ce pas l'inverse ? N'était-ce pas plutôt elle qui avait tenu Lontana en main ? Voilà qui était beaucoup plus probable : telle fut la conclusion de Jed Kelby.

Elle s'arrêta face à lui.

— Je suppose que je vous dois des remerciements. Vous m'avez délivrée. Sans vous, ils ne m'auraient jamais laissée sortir…

— Vous n'étiez pas en prison, mademoiselle Nemid, intervint la religieuse d'un ton aigre. Nous voulions seulement nous assurer qu'il y aurait quelqu'un pour prendre soin de vous. D'ailleurs, vous auriez dû vous plier à la règle, et consentir à vous asseoir dans ce fauteuil.

— Merci, ma sœur, dit Kelby. À partir de maintenant, c'est moi qui veillerai sur elle.

Il prit doucement Melis par le bras, et l'entraîna vers la porte.

— Vous avez rendez-vous ce soir avec la police. Pour votre déposition. Je me suis occupé de régler toutes les formalités administratives. Sur le plan médical aussi, tout est en ordre. J'ai votre ordonnance…

— Quelle ordonnance ?

— Des calmants. En cas de besoin…

— Ça ne sera pas nécessaire, dit-elle en se détachant de lui. Et n'oubliez pas de m'envoyer la note.

— Bien sûr. Il faut toujours aplanir le terrain avant de commencer à jouer. C'est ma conviction.

Il ouvrit la porte donnant sur le parking.

— Je demanderai à Wilson de vous envoyer la facture le premier du mois prochain.

— Wilson ? Qui est Wilson ? Votre majordome ?

— Mon assistant. C'est grâce à lui que je suis solvable.

— Ça ne doit pas être un métier bien difficile.

— Détrompez-vous. Mes explorations coûtent une fortune à ma société. Prenez place, je vous en prie…

Elle refusa en secouant la tête.

— Je dois aller voir les gardes-côtes.

— Cela ne vous ferait aucun bien. Ils ont laissé tomber les recherches.

Melis fut accablée par la nouvelle.

— Déjà ?

— On se pose des questions sur l'état mental de Lontana au moment de l'accident.

Il marqua un temps et ajouta :

— D'ailleurs ce n'était pas un accident. Ils ont retrouvé des traces de plastic dans les décombres. Ainsi qu'un minuteur. Vous ne pensez pas qu'il a fait exploser lui-même sa goélette ?

Melis écarquilla les yeux.

— Qu'est-ce que vous dites ?

— En tout cas, c'est une possibilité. Vous êtes obligée de l'admettre…

— Je n'admets rien du tout ! Ce n'est *pas* une possibilité ! Phil se faisait du souci parce que son bateau était en panne. Il est descendu dans la cale voir ce qui n'allait pas.

— Oui, c'est ce que Gary a expliqué aux gardes-côtes. Mais rien ne prouve que Lontana n'avait pas des idées de suicide…

— Phil aimait chaque minute de sa vie. Il était comme un enfant. Pour lui, l'aventure était toujours au coin de la rue…

— J'ai peur que celle-ci n'ait été la dernière. Dès le début des recherches, personne n'a cru à ses chances de survie.

— Il y a toujours un espoir. Et Phil mérite qu'on lui donne sa chance…

— Personne ne le prive de sa chance. Où allez-vous ?

Elle faisait mine de s'éloigner.

— Je vais me rendre compte par moi-même. J'ai l'intention de louer un hors-bord et de…

Kelby la coupa :

— Votre ami Gary Saint-George vous attend à bord du *Trina*. Il m'a dit que vous étiez résolue à vous embarquer dans des recherches. Le *Trina* nous conduira sur le lieu du naufrage en moins d'une heure.

Melis hésitait.

— Où est le problème ? demanda Jed Kelby.

— Le problème, c'est que vous mettez le genou dans la porte.

Il gloussa de rire.

— C'est vrai. Mais c'est vous qui avez envoyé Gary Saint-George me chercher, pour que je vous sorte de l'hôpital. Alors jouez le jeu jusqu'au bout.

— Pour moi, ce n'est pas un jeu.

Le sourire de Kelby retomba.

— Je sais que ce n'est pas un jeu, admit-il. Excusez-moi. À mes yeux, vous êtes un paramètre inconnu. Vous aviez l'air forte. J'ai peut-être pris votre courage pour un manque de sensibilité.

Il haussa les épaules.

— Allons. Nous dirons que je vous offre ce petit voyage en prime. Vous n'aurez aucune obligation en retour. Pas d'engagement. Rien.

Elle l'étudia un moment ; et elle consentit à monter en voiture.

— Je jugerai sur pièce, dit-elle.

— Moi aussi. Je ne suis pas moins surpris que vous par ce qui arrive.

*

Après un après-midi à explorer la zone du naufrage, ils ne ramenèrent que des morceaux d'épave. Plus les heures passaient, plus Melis perdait espoir.

Phil n'était pas là. Phil ne serait plus jamais là. Il ne reviendrait pas – et la détermination de Melis à le revoir n'y changerait rien. La mer turquoise était belle et sereine, mais d'une beauté et d'une sérénité que la jeune femme n'était pas loin de juger obscènes, à cause de l'horreur qu'elles cachaient. D'un autre côté, ce n'était pas la mer qui avait tué Phil. La mer était sa tombe. Était-elle pour autant son assassin ?

— Voulez-vous que nous repassions encore une fois ? demanda doucement Kelby. En élargissant le périmètre…

— Non, répondit-elle sans le regarder. Ce serait une perte de temps. Il n'est pas là. Vous allez me dire que vous m'aviez prévenue…

— Je ne dis rien de tel. Vous aviez besoin de vous rendre compte par vous-même. C'était nécessaire pour que la vérité s'impose à vous. Vous vous sentez prête à rentrer à Athènes ?

Elle approuva d'un vigoureux signe de tête.

— Voulez-vous manger quelque chose ? J'avais demandé à Billy de préparer des sandwiches. Et il a fait des merveilles, comme toujours. Wilson et votre ami Gary sont dans la grande cabine, en train de leur faire un sort…

— Qui est Billy ?

— Billy Sanders. Le cuisinier du bord. Je l'ai volé à un grand restaurant parisien.

Un yacht aussi luxueux que le *Trina* se devait naturellement de posséder un maître queux. Melis avait lu quelque part que Jed Kelby avait racheté son bateau à un Saoudien, un magnat du pétrole. Le bâtiment était immense, doté d'un hors-bord dernier cri et d'une chaloupe à moteur. Le *Trina* lui-même était un navire moderne, rapide, équipé d'instruments de pointe. Il était en fait à des années-lumière du *Last Home*. Exactement comme Kelby était différent de Phil – pour ne pas dire son opposé. Encore que Phil estimait avoir nombre de points communs avec Kelby.

On partage la même passion. La même volonté.

Melis avait entendu Phil prononcer cette phrase lors de leur dernière conversation au téléphone.

Et elle devait reconnaître que c'était vrai. Elle aussi percevait chez Kelby une passion et une volonté. Deux qualités qui se confondaient chez lui avec la force vitale.

— Je n'ai pas faim, dit-elle en secouant négativement la tête. Je crois que je vais m'asseoir un moment.

Elle s'assit à même le pont, replia les jambes et enveloppa ses genoux dans le cercle de ses bras.

— L'après-midi n'a pas été très agréable pour moi, reprit-elle.

— Vous pouvez le dire, admit Kelby.

Il enchaîna d'un ton sévère :

— J'ai bien cru que vous alliez finir par craquer. Surtout à la fin. Personne ne vous en aurait voulu, vous savez !

— Je me fiche de ce que pensent les autres. J'aurais beau pleurer et me lamenter, ça ne changerait rien pour Phil. Personne ne peut plus rien pour lui, désormais.

Kelby resta silencieux durant quelques minutes. Quand elle leva la tête vers lui, il scrutait l'horizon en plissant les yeux.

— Quoi ? dit-elle. Vous avez vu quelque chose ?

— Non…

Il se tourna de nouveau vers elle.

— Qu'allez-vous faire, maintenant ? Vous avez des projets ?

— Rien de spécial. De toute façon, je n'arrive pas à réfléchir. Je vais commencer par rentrer chez moi. C'est la première chose à faire. J'ai des responsabilités. Ensuite, je verrai.

— Où habitez-vous ?

— Une île dans les Petites Antilles. Non loin de Tobago. L'île appartenait à Phil. Il me l'a léguée.

Sa bouche se tordit de chagrin.

— Il m'avait laissé aussi le *Last Home*. Ça va prendre au moins dix ans, d'en rassembler les morceaux.

— Vous deviez beaucoup compter pour lui.

— Et il comptait beaucoup pour moi, murmura-t-elle. Je pense qu'il le savait. Si seulement j'avais pu le lui dire ! Merde. Je ne le lui ai jamais dit. Et maintenant, c'est trop tard.

— Je suis sûr qu'il a été largement dédommagé.

Sa voix était légèrement différente. Melis réagit :

— Que voulez-vous dire ?

— Rien.

Il se détourna.

— Les mots, quelquefois, ne signifient rien.

— Ou bien ils signifient quelque chose. Phil disait qu'il n'arrivait pas à vous joindre. Vous ne le rappeliez pas. Qu'est-ce qu'il a fait, pour que vous vous décidiez à venir à Athènes ?

— Il m'a envoyé une lettre. Une lettre avec un seul mot.

Son regard se posa sur elle à nouveau.

— Je suppose que vous savez de quel mot il s'agit.

Elle se tut.

— Marinth, dit Kelby.

Elle le fixait des yeux sans rien dire.

— Bien entendu, reprit Kelby, vous n'avez pas envie de me révéler ce que vous savez de Marinth.

— Je ne sais rien de Marinth.

Elle ajouta :

— Et je ne veux rien en savoir.

— Je suis disposé à payer très cher toute information que vous accepteriez de me donner à ce sujet.

Elle secouait la tête.

— Vous refusez d'admettre que Lontana ait pu se suicider, reprit Kelby. Très bien. Avez-vous réfléchi à une autre explication ?

Évidemment, qu'elle y avait réfléchi. Elle avait même passé tout l'après-midi à repousser l'idée qui se présentait obstinément à elle. De toute façon, elle était encore incapable de penser d'une façon rationnelle. Dans l'immédiat, peu lui importait comment Phil était mort. Mais elle ne tenait pas non plus à se ranger au point de vue de Kelby. Elle répéta :

— Je ne sais rien.

Il l'étudiait avec attention.

— Je ne crois pas que vous disiez la vérité. Je suis sûr que vous en savez beaucoup, au contraire.

— Pensez ce que vous voulez. Je n'ai pas l'intention de discuter.

— Alors je vais vous laisser tranquille.

Il fit demi-tour.

— Reconnaissez que je déploie une certaine délicatesse, dit-il avant de s'éloigner. Si vous changez d'avis à propos des sandwiches, rejoignez-moi dans la cabine.

Il plaisantait. Mais il avait réellement fait preuve de sensibilité depuis leur arrivée à bord du *Trina*. Il avait accepté ce travail, puis s'y était attelé efficacement, en se pliant de bonne grâce à ses ordres. En un sens, Kelby avait contribué à rendre supportable l'épreuve atroce des recherches.

— Kelby…

Il se retourna au seuil de l'écoutille.

— Merci, dit-elle. Vous avez été très aimable.

— Oh ! Vous savez, cela peut arriver à tout le monde, de se faire piéger par ses sentiments. Cela dit, c'est très rare chez moi…

— Je regrette que vous ayez perdu votre temps en venant à Athènes.

— Je n'ai pas perdu mon temps, dit-il avec un sourire. Ce que je veux, c'est Marinth. Et je l'aurai.

— Bonne chance.

— La chance ne suffit pas. Il me faudra aussi de l'aide. C'est ce que j'avais l'intention de demander à Lontana : son aide. Et c'est vous qui êtes là.

— Donc vous n'avez rien.

— Tant que vous êtes à bord, je n'ai rien. Je vous promets de ne rien vous demander aujourd'hui. Mais dès que vous aurez remis le pied sur la terre ferme, la promesse ne tiendra plus.

Il disparut. Melis se sentit gagnée par la panique. Il lui inspirait une telle confiance ! Et elle jugeait difficile de ne pas tenir compte de cette réalité, étant donné l'état émotionnel où elle était. Difficile ? C'était même impossible. Il ne lui restait plus qu'à rentrer chez elle et à mettre du baume sur ses blessures. Quand elle aurait recouvré toutes ses forces, elle serait en mesure de réfléchir à nouveau et de prendre des décisions. Une fois sur son île, elle se sentirait protégée contre Kelby. Et contre n'importe qui d'autre.

*

— Elle laisse tomber, dit Archer en refermant la main comme s'il voulait broyer la lisse du croiseur. Ils rentrent à Athènes.

— Elle a peut-être l'intention de revenir demain poursuivre les recherches, suggéra Pennig. Il va bientôt faire nuit.

— Kelby a assez de projecteurs sur son bateau pour éclairer toute la côte. Non. Je te dis qu'elle laisse tomber. Elle va rentrer sur cette putain d'île. Tu ne comprends pas que ça va nous compliquer les choses ? J'espérais qu'elle resterait au moins un jour de plus.

Bon, c'était raté. Rien ne marchait comme il l'aurait voulu. La femme aurait dû se montrer bien plus malléable. C'est en tout cas ce qu'il avait prévu. Mais il avait fallu que Kelby entre dans la partie, et se dresse comme une barrière entre Melis Nemid et lui !

— Il faut absolument que j'arrive à la coincer, cette pute.

— Elle n'a peut-être pas l'intention de renter chez elle. Si ça se trouve, Kelby l'a payée pour qu'elle accepte de monter à son bord.

— Non. Même Lontana n'y est pas arrivé. Il m'a dit qu'elle ne voulait pas être mêlée à ça. Le problème, c'est qu'elle sait ! Elle sait, bordel de Dieu.

— Et Tobago ?

— Tobago est une petite île. Et cette pute ne la connaît que trop bien. C'est pourquoi je veux l'avoir ici.

Il prit une profonde inspiration pour se libérer doucement de la rage qui s'était emparée de lui. Il avait caressé l'espoir que tout se passerait sans encombre. Qu'il ne rencontrerait aucune complication. Mais patience. Les choses allaient s'arranger. S'il ne faisait pas de faux mouvement, s'il ne commettait aucune erreur, les choses ne pouvaient que s'arranger.

— Il faut trouver un moyen de l'obliger à quitter son île, reprit-il. Et à venir jusqu'à nous.

Alors il ferait en sorte qu'elle se mette à table. Qu'elle lui donne ce qu'il voulait. Après quoi, elle mourrait.

*

Kelby, depuis le pont, observait le hors-bord qui s'approchait du quai. Il vit Gary aider Melis à débarquer. Elle n'eut pas un regard en arrière – ni pour lui, ni pour le yacht. Elle fila directement à la station de taxis.

En d'autres termes, elle le congédiait. Kelby s'amusa de cette idée qui en même temps l'irritait. Pas question de t'en tirer comme ça, Melis. N'y compte pas…

— Je n'aurais pas cru qu'elle tiendrait le coup, dit Wilson en le rejoignant. Elle a vraiment passé une sale journée.

— C'est vrai.

— Mais son ami Gary, lui, n'avait pas de doute là-dessus. Il dit qu'il la connaît depuis qu'elle est ado, quand elle est venue vivre avec Lontana. De sa vie, il n'est jamais tombé sur une bagarreuse de cette trempe. On n'imagine pas, quand on la voit. On a l'impression qu'elle va fondre à la première averse.

— Elle ne risque pas de fondre.

Il l'observa tandis qu'elle montait dans un taxi. De nouveau, pas un regard en arrière.

— Cette fragilité apparente peut se révéler une arme redoutable, chez une femme.

— À mon avis, elle ne s'en servira pas. En fait, elle refuse d'admettre qu'elle n'est pas forte.

Il jeta un coup d'œil à Kelby.

— Tout le monde ne peut pas ressembler à Trina. Alors arrête de juger, espèce de fumier cynique.

— Je ne juge pas. Je me fiche de juger. Je veux seulement me constituer une réserve de munitions. Histoire de ne pas me retrouver en position d'infériorité.

— Tu n'as pas obtenu ce que tu voulais ?

— Pas encore.

— Et maintenant, on fait quoi ?

— Je saute dans le prochain avion pour Tobago. De ton côté, occupe-toi de réunir toutes les informations que tu pourras sur Lontana et Melis Nemid.

— Je remonte jusqu'à quand ?

— Je veux tout savoir depuis le début. Mais concentre-toi sur la dernière année. Il a essayé de prendre contact il y a un mois seulement. Et d'après ce que tu as appris de Saint-George, cela faisait six mois qu'il n'avait plus un comportement normal.

— Si la théorie du suicide est valable, son état psychique pourrait expliquer…

— Pas de théorie. Des faits.

— C'est urgent ? Tu le veux pour quand, ce rapport ?

— Je le veux très vite. Je veux les premiers résultats à mon arrivée à Tobago.

— Super. Autre chose ?

— Oui. Il y avait un croiseur dans les parages. Pendant qu'on essayait de couvrir la zone. Je l'ai aperçu à plusieurs reprises. Il n'est pas venu assez près pour que je puisse repérer son numéro. Mais il me semble que son nom commençait par les lettres S, I et R.

— Formidable. Autant dire que dalle. La zone est très fréquentée, en plus. Un pêcheur, peut-être ? Ou quelqu'un de la compagnie d'assurances.

— Essaie de savoir s'il n'y avait pas de croiseurs de location en mer, cet après-midi.

— Il peut très bien avoir été loué quelque part sur la côte. Loin d'Athènes. Cette info aussi, tu la veux pour ton arrivée à Tobago ?

Sur le quai, le taxi s'éloignait. Melis regardait toujours droit devant elle.

— Pas de sarcasmes, Wilson, s'il te plaît.

Kelby se détourna de la lisse pour rejoindre l'entrée des cabines.

— Tu sais que tu adores faire le maximum. C'est excellent pour ton ego. Si ce n'était pas le cas, tu ne serais pas resté tout ce temps à mon service.

— Vraiment ?

Wilson sortait déjà son téléphone.

— Et moi qui croyais que c'était pour te soutirer un maximum de blé. Histoire de finir mes vieux jours sur la Riviera.

3

Comme toujours, Susie et Pete attendaient Melis au filet. Une chose qu'elle n'avait jamais comprise, c'est comment ils faisaient pour deviner qu'elle était de retour. Certes, ils avaient une oreille phénoménale, mais ils ne réagissaient pas à l'approche de la poste, ni des pêcheurs qui croisaient au large. Melis, c'était différent : elle les trouvait systématiquement en train de l'attendre, de quelque voyage qu'elle revienne. Elle s'amusait même quelquefois à essayer de les piéger, en quittant le bateau à un mille du filet, par exemple, et en finissant à la nage. Mais leur instinct ne les trahissait jamais. Ils étaient là quoi qu'il arrive. Ils patientaient. Ils criaient, ils produisaient des clics. Ils plongeaient, faisaient des bonds et dessinaient dans l'eau leurs cercles vertigineux.

— D'accord, d'accord. Vous aussi, vous m'avez manqué.

Elle raccrochait le filet, après avoir fait passer le hors-bord à l'intérieur de l'anse.

— Je parie que vous en avez fait voir de toutes les couleurs à Cal.

Susie répondit par ce cri haut perché qui lui était si familier, et qui ressemblait à un éclat de rire.

Mon Dieu, que c'était bon de rentrer à la maison. Après les horreurs qu'elle s'était coltinées à Athènes, revenir dans cette paix, revoir Pete et Susie, c'était comme se retrouver entre des mains aimantes, caressantes.

Elle redémarra le moteur du hors-bord.

— Venez. Allons dîner. Vous pourrez demander pardon à Cal pour toutes les misères que vous lui avez faites.

Encore ce joyeux éclat de rire. Les dauphins foncèrent devant elle en direction du cottage.

Melis fut accueillie par Cal à l'embarcadère. Il affichait une expression grave.

— Tu vas bien ? dit-il.

Non, elle n'allait pas bien. Mais elle n'était pas fâchée de rentrer à la maison.

— Gary t'a appelé ?

Il hocha la tête. Il se penchait pour amarrer le hors-bord.

— Je suis navré, Melis. Bon Dieu, il va me manquer. Il va nous manquer à tous.

— C'est vrai.

Elle sauta du bateau sur l'embarcadère.

— Ça t'ennuierait qu'on ne parle pas tout de suite de Phil ? reprit-elle. J'ai besoin de m'habituer toute seule.

— Bien sûr. Je comprends.

Il lui emboîta le pas en disant :

— Mais on peut parler de Kelby, non ?

Elle tressaillit.

— Pourquoi ?

— Parce qu'il a proposé à Gary un boulot à bord du *Trina*.

Elle cessa de marcher et fixa son regard sur Cal.

— Qu'est-ce que tu racontes ?

— Un job avec un bon salaire. Et intéressant. Évidemment, ce n'est pas comme faire partie de l'équipage du *Last Home*, mais il faut bien qu'on vive, nous autres.

— Nous autres ?

— Gary dit qu'il aura aussi du travail pour moi. Et pour Terry également. Il m'a donné le numéro du cellulaire de Kelby. Si on est intéressés, je n'ai qu'à l'appeler.

Il détourna les yeux.

— Si tu n'y vois pas d'inconvénient, bien sûr.

Elle y voyait un inconvénient. Et comment ! Laisser filer ces hommes avec lesquels elle avait grandi ! Elle allait se retrouver perdue…

— Tu crois que ça te plairait, de travailler pour Kelby ?

— Gary l'aime bien. Il a discuté aussi avec l'équipage. Ils disent que Kelby est réglo, tant que tu es réglo avec lui.

Cal marqua un temps.

— Mais on n'est pas obligés de dire oui. On ne le fera pas si tu juges que c'est une mauvaise idée. Je sais que vous n'étiez pas d'accord, Phil et toi, au sujet de Kelby. Mais sa réputation est bonne.

Elle était même excellente. Kelby passait tout simplement pour la star d'une profession que Phil avait aimée avec passion. Il avait déjà retrouvé deux galions dans les Caraïbes. C'était d'ailleurs la raison pour laquelle elle avait nourri des griefs à son égard : à peine entré dans le business, il écrasait déjà Phil de son ombre. Et sans fournir le moindre effort.

Peut-être était-ce là une réaction égoïste, mais elle s'était sentie tellement rassurée en débarquant sur son île ! Cela la contrariait, de voir que l'influence de Kelby s'étendait jusqu'ici, et qu'il avait le pouvoir d'éloigner d'elle ses vieux compagnons.

— Mon avis n'a pas d'importance, dit-elle. Agis en fonction de ton intérêt.

— On se sentirait mal, si tu…

— Ça va comme ça, Cal. Appelle Kelby et dis-lui que tu acceptes le boulot. Ce n'est pas comme si tu partais travailler pour une organisation terroriste. De toute façon, j'allais être obligée de vous trouver des jobs. Je ne peux pas continuer à vous employer ici. Alors autant que vous alliez là où il y a du travail.

Il continuait d'afficher une mine renfrognée ; elle s'obligea à lui sourire.

— Tu préfères peut-être que je t'engage pour m'aider à m'occuper de Susie et Pete ?

— Seigneur, surtout pas ! s'écria-t-il, horrifié. Tu sais ce qu'ils m'ont fait ? Ils m'ont piqué mon maillot de bain ! Je me faisais une petite baignade matinale, et cette sacrée femelle m'a attaqué par en dessous. Elle m'a arraché mon slip. Les génitoires d'un homme, ça se respecte, non ?

Elle l'enveloppa d'un regard apaisant.

— Les petits farceurs. Comment veux-tu qu'ils sachent ce qu'est un caleçon de bain ? Pour eux, c'était un jeu, voilà tout.

— Ah, ouais ? En tout cas, je n'aime pas trop qu'on me foute à poil.

Il avait l'air si outragé que c'en était irrésistible.

— Ils t'ont peut-être trouvé excitant. Les dauphins ont une libido très développée, tu ne savais pas ?

— Seigneur Dieu…

Elle gloussa de rire et secoua la tête.

— Ils voulaient juste s'amuser. Aucun des deux n'a atteint sa maturité sexuelle, de toute façon. Ils n'ont que huit ans, tu sais. Il faudra attendre encore un ou deux ans.

— Fais-moi penser à ne pas me trouver dans les parages quand ça arrivera. Mais s'ils n'avaient fait que ça ! Dès que j'embarquais dans le bateau, ils le renversaient.

— Ça n'a pas été de tout repos, si je comprends bien… Bon, je leur en parlerai.

Elle ouvrit la porte d'entrée du cottage.

— Après le dîner, ils te présenteront leurs excuses. J'y veillerai.

— Je n'en veux pas, de leurs excuses. Elles ne seraient pas sincères, de toute façon.

Il prit à nouveau son air maussade.

— Ne me laisse plus seul avec eux, c'est tout ce que je demande.

— D'accord. Sauf en cas de force majeure.

Il plissa les yeux.

— Qu'est-ce que tu veux dire par là ?

— Tout arrive. Je n'avais aucune intention de m'en aller quand tu m'as apporté cette enveloppe. Pourtant il a bien fallu.

Elle prit la direction de la cuisine.

— En plus, le problème ne se posera plus si tu acceptes de partir travailler pour Kelby.

— Je n'ai jamais laissé tomber un pote.

Elle fut touchée par cette remarque.

— Merci, Cal. J'espère que je ne serai plus obligée de t'offrir en pâture aux dauphins.

— Ne t'en fais pas. Quand c'est le cas, je me débrouille…

Il eut une hésitation.

— Enfin, j'essaie.

— Ils t'aiment. Autrement, ils n'auraient pas envie de jouer avec toi. Tu devrais te sentir flatté. Les dauphins sont de merveilleux compagnons…

— Je n'ai pas envie d'être flatté. Tout ce que je veux, c'est garder mon caleçon de bain sur moi.

Il eut un mouvement du menton en direction de l'embarcadère.

— Tu as l'air fatiguée, dit-il. Pourquoi ne pas aller t'asseoir dehors un moment ? Je m'occuperai de préparer le dîner…

Il hésita de nouveau.

— Je me demandais si… Il y a quelqu'un à prévenir, pour Phil ? Je veux dire, il n'avait pas famille, si ?

— Il n'était plus en contact avec personne depuis des années. Sa famille, c'était toi. Toi, Gary et les autres.

Il y avait pourtant quelqu'un qui devait être prévenu. Une femme : Carolyn. Elle serait mécontente, si elle s'apercevait un jour qu'on ne lui avait pas fait parvenir la nouvelle.

— Je donnerai peut-être un ou deux coups de fil, répondit Melis.

*

— Tu as besoin de moi ? demanda doucement Carolyn. Dis un mot, et je loue un hydravion ici même, à Nassau, pour venir t'aider. Aussitôt dit, aussitôt fait…

— Je vais bien, Carolyn.

Melis promena un regard sur la mer où jouaient Susie et Pete.

— Enfin, si on veut… J'essaie de recoller les morceaux, en fait.

— Tu ressens quoi ? Colère ? Chagrin ? Culpabilité ?

— Je ne sais pas encore. Je suis un peu sonnée. Je n'étais pas fâchée de rentrer au bercail, mais c'est comme si tout était sens dessus dessous à l'intérieur de moi. Et je n'y peux rien…

— J'arrive…

— Non. Ton carnet de rendez-vous est déjà surchargé. Pense à tes clients, pour l'amour du Ciel !

— J'ai des clients. J'ai aussi une amie…

— J'assure, Carolyn. Mais si tu as envie de venir passer le week-end, ça me fera plaisir. Combien de temps que tu n'as pas vu Pete et Susie ?

Un silence s'installa à l'autre bout de la ligne. Melis s'imaginait sans peine l'expression soucieuse et absorbée qui se dépeignait sur le visage café au lait de Carolyn.

— Tu es seule ?

— J'ai Cal avec moi. Mais même s'il n'était pas là, je ne serais pas seule. Il y a les dauphins.

— Mouais… Je ne crois pas que tu puisses te confier à eux, si ?

— En fait, si. Ils ne répondent pas, c'est la seule différence.

Carolyn gloussa de rire.

— D'accord. J'attendrai le week-end. Mais je me débrouillerai pour prendre deux ou trois jours de congé la semaine prochaine. On ira faire du bateau. À Paradise Island. Farniente sur la plage et piña coladas. On oubliera le monde.

— Super.

— Je ne te le fais pas dire. Et totalement irréaliste, en plus. Mais c'est très bien comme ça.

Elle ajouta après un temps :

— Appelle, si tu as besoin de moi. Ça vient de loin, tu sais. Si tu dois craquer, je veux être là.

— Je vais bien. À vendredi après-midi.

Elle se tut un instant, puis reprit :

— Merci, Carolyn. Est-ce que je t'ai jamais dit combien c'était important, pour moi, d'avoir une amie telle que toi ?

— Ça a dû se produire, dans une de tes poussées sentimentales. À vendredi.

Elle raccrocha.

On n'était que mardi. Melis se sentit envahie par une vague de solitude. Le week-end lui paraissait lointain, tout à coup. Une impulsion lui commanda de rappeler tout de suite Carolyn…

Arrête ! Pourquoi veux-tu la rappeler ? Pour gémir dans son giron ? Pour lui dire que tu as changé d'avis ? Tu ne dois te reposer sur personne. Pas même sur Carolyn.

Continue de t'occuper des dauphins. Et fais confiance à l'île pour t'apaiser, pour te soigner…

Si tu dois craquer, je veux être là.

Melis ne craquerait pas. Elle maîtrisait la situation, comme elle l'avait toujours fait.

Et vendredi n'était pas si loin.

*

Jed Kelby n'avait pas atterri à Tobago depuis un quart d'heure que son téléphone sonnait.

— Je ne suis pas trop en retard pour le premier rapport ? demanda Wilson. Je m'en voudrais de te faire attendre…

— On ne t'a jamais dit que tu étais trop doué ?

Il paya le porteur et s'engouffra dans le taxi.

— Les docks, dit-il au chauffeur.

Et, revenant à Wilson :

— Alors ? Qu'est-ce que tu rapportes dans tes filets ?

— Une pêche moins bonne que prévu. Le passé professionnel de Lontana, tu le connais déjà.

— Pas les dernières années.

— Naturellement : il avait disparu de la circulation depuis deux ans. Personne ne savait où il était. Ni ce qu'il faisait.

— Il n'était pas en exploration ?

— Son bateau n'avait pas quitté le port de Nassau jusqu'à il y a un an. Il a levé l'ancre tout d'un coup. Ça urgeait, manifestement. Il est parti à bord du *Last Home* sans dire où il allait, ni quand il serait de retour.

— Intéressant.

— Tout de suite après son départ, des types ont débarqué à Nassau. Ils le cherchaient. Et ce n'étaient pas des gentils. Ils posaient des questions pas sympathiques.

— Où était Melis Nemid à ce moment-là ?

— Sur son île. Elle s'occupait de ses dauphins.

— Elle ne savait pas où était Lontana ?

— Si elle le savait, elle ne l'a pas dit.

— Parle-moi d'elle.

— Pas mal de blancs, là aussi. Il semble qu'elle se soit liée à Lontana quand elle était ado, à seize ans. Il étudiait les courants océaniques sur la côte chilienne, près de Santiago. Elle, elle était placée sous la garde d'un certain Luis Delgado. Elle poursuivait des études, tout en travaillant pour la fondation Sauver les Dauphins. D'après Gary Saint-George, c'était une fille tranquille. Elle ne faisait pas parler d'elle. Toute son existence semblait concentrée sur ses études et les dauphins. Évidemment, c'était une nana super douée. La majeure partie de ce qu'elle savait, elle l'avait appris à la maison, toute seule, sur Internet. On l'a laissée entrer à la fac à seize ans. Elle a fait des études poussées en biologie marine.

— Joli palmarès.

— Elle préfère les dauphins aux humains, c'est clair. Elle vit seule sur cette île, la plupart du temps. Il y a six mois, elle est bien allée en Floride, mais c'était pour manifester contre l'administration qui met des bâtons dans les roues aux protecteurs des dauphins.

— Et ce Luis Delgado, que lui est-il arrivé ?

— Il a déménagé à San Diego. Quand elle avait seize ans.

— Il l'a laissée comme ça ?

— Ça fait partie des blancs. Tout ce que je sais, c'est que la même semaine elle a quitté Santiago avec Lontana. Après, elle ne l'a plus lâché. Elle l'a suivi dans plusieurs explorations, à bord du *Last Home*. Cela dit, chacun vivait sa vie.

— Et cette île où elle a élu domicile ?

— Lontana se l'est payée avec le fric du galion espagnol. Je ne sais pas si tu as l'intention de visiter l'île, mais à ta place, j'attendrais d'être invité. Le seul accès est une anse située au sud. Une anse protégée par un filet électrique. C'est pour la sécurité des dauphins. Pas moyen d'y poser un hélicoptère : la végétation est trop dense.

— Je n'ai pas l'intention de m'y rendre. Pas dans l'immédiat. Je vais louer un bateau et croiser au large jusqu'à ce que tu m'apportes un élément exploitable. À mon avis, elle aura besoin d'un peu de temps pour se faire à la mort de Lontana.

— Alors qu'est-ce que tu fabriques là-bas ?

Jed Kelby ignora la question.

— Tu as trouvé quelque chose à propos de ce croiseur que j'ai aperçu pendant les recherches ?

— J'y travaille. Si c'est un bateau de location, on arrivera peut-être à l'identifier. Il y a une possibilité, en tout cas. Un *Siren* est répertorié comme appartenant à une compagnie de location. Une firme anglaise basée à Athènes. Mais bon, ce n'est pas le seul *Siren* enregistré à la capitainerie. Sauf qu'ils ont tous un adjectif devant leur nom, alors... Évidemment, ce n'est peut-être pas la bonne piste.

Il ajouta après un temps :

— Tu penses que quelqu'un pourrait l'avoir suivie ?

— C'est possible. Tâche d'obtenir le nom et la description du bateau...

— Tu l'auras demain...

— Non. Aujourd'hui.

— Tu es dur, Kelby. Autre chose ?

— Oui. Je voudrais que tu localises Nicholas Lyons et que tu me l'envoies ici.

— Oh, là là !

Il gloussait.

— Arrête, Wilson, tu veux ? La dernière fois que j'ai eu de ses nouvelles, il était devenu un citoyen honnête et soucieux de légalité. Enfin, de sa conception à lui de la légalité.

— Je vois. Je sens que je vais encore être obligé de distribuer des pourboires à des directeurs de prison.

— Encore ? Que je sache, tu ne l'as fait qu'une fois. À Alger. Si la prison n'avait pas été hyper surveillée, on se serait débrouillés sans toi.

— Je me demande si tu n'as pas choisi tes amis parmi les pires éléments quand tu étais dans les commandos.

— Le pire élément, c'était moi.

— Grâce à Dieu, tu t'es décidé à grandir. Et à arrêter de jouer au commando. Tu aurais fini par te faire tuer. Et je me serais retrouvé avec toute la paperasserie sur les bras.

— Tu sais bien que je ne te ferai jamais un coup pareil.

— Oh ! Que si, soupira Wilson. Tu as une idée de l'endroit où se trouve Lyons ?

— Saint-Pétersbourg.

— Tu ne peux pas l'appeler ?

— Non. Il change tout le temps de téléphone.

— Comme tous les citoyens honnêtes et soucieux de légalité.

— Trouve-le-moi, Wilson. Dis-lui de m'appeler.

— Je vais le faire. À mon corps défendant.

Il marqua une pause, puis ajouta :

— Il y a autre chose à propos de Melis Nemid. Quelque chose que Gary Saint-George m'a appris. Les deux premières années qu'elle était avec Lontana, elle consultait fréquemment une psy de Nassau, le docteur Carolyn Mulan.

— Ah !

— Elle ne s'en cachait pas. C'était même un de ses sujets de plaisanterie préférés. Saint-George pense qu'à Santiago aussi elle a suivi une psychothérapie.

— C'est surprenant. Je n'avais encore jamais rencontré quelqu'un d'aussi équilibré.

— Tu veux que j'entre en contact avec le docteur Mulan ? Je pourrais essayer de lui tirer les vers du nez.

— Et le secret médical, tu en fais quoi ?

— Il n'est d'obstacle qu'un bon bakchich ne permette de franchir.

Wilson avait raison, et Kelby était bien placé pour le savoir. L'argent avait le pouvoir de faire parler. L'argent pouvait blanchir ce qui était noir. Kelby connaissait cette vérité depuis son enfance. Alors pourquoi répugnait-il soudain à laisser Wilson jeter un coup d'œil sur le dossier médical de Melis Nemid ? Parce que ce n'était pas bien. Melis devait avoir mis son âme à nu dans le cabinet de cette psy ; fouiller ses secrets serait purement et simplement un viol.

D'un autre côté, Melis pouvait aussi avoir parlé de Marinth au docteur Carolyn Mulan.

— Tâche de voir ce que tu peux trouver.

*

NASSAU

Dieu qu'il faisait chaud ! Et cette climatisation qui marchait mal !

Carolyn, tout en s'essuyant la nuque avec son mouchoir, se pencha à la fenêtre pour jeter un coup d'œil dans Parliament Street. Elle en avait assez. Elle n'avait plus qu'une envie : sortir de ce bureau et aller nager. Pourquoi ne prendrait-elle pas le bateau pour aller faire un tour du côté de Paradise Island ? Non. Mieux valait attendre que Melis soit là. Elles feraient la balade ensemble. Avec un peu de chance et beaucoup de gentillesse, elle arriverait peut-être à l'arracher à ses dauphins.

Encore un peu de patience.

Quelqu'un frappa, puis ouvrit la porte.

— Docteur Mulan ? Désolé de débouler comme ça dans votre bureau, mais j'ai l'impression que votre secrétaire s'est absentée.

L'homme s'exprimait d'un ton hésitant et précautionneux qui semblait le résumer entièrement. Il était petit, pâle de visage, vêtu d'un costume bleu impeccable. Il rappela plus ou moins à Carolyn le personnage du timide stéréotypé auquel nous ont habitués les séries télé. Sauf que les stéréotypes n'existaient pas dans la vraie vie. Son expérience le lui avait appris. Chaque patient est un individu à part entière, et mérite d'être traité comme tel.

— Vraiment ? Voilà qui ne ressemble guère à Maria. Je suis certaine qu'elle sera là dans une minute.

Elle sourit.

— Mais je vous en prie, entrez. Pardon, mais… Votre nom, déjà ?

— Archer. Hugh Archer.

Il referma la porte derrière lui.

— Ne vous excusez pas, reprit-il. J'ai l'habitude. Je fais partie de ces gens qui ont tendance à se fondre dans le décor.

— Ne croyez pas cela. Mais en général, quand je reçois un nouveau patient, j'ai le mémo de Maria sous les yeux…

Elle poursuivit en gagnant le secrétariat :

— Je vais le chercher. Je suis à vous tout de suite.

— Formidable, dit Archer sans bouger. Vous n'imaginez pas à quel point j'ai hâte de vous parler.

*

Le téléphone de Kelby sonna à 3 heures du matin. C'était Wilson.

— J'ai réussi à joindre Lyons. Il est en route pour Tobago. Je crois qu'il n'était pas fâché de quitter la Russie.

— On le comprend. Les Antilles, c'est tout de même plus agréable.

— Et la police y regarde la contrebande d'un œil moins sévère.

— C'est vrai.

— Il faut maintenant que je trouve un vol pour Nassau.

— Pourquoi donc ?

— Je n'arrive pas à joindre Carolyn Mulan. Je vais continuer de l'appeler, mais le mieux est d'aller voir sur place.

— Tu as essayé son bureau ?

— Je tombe sur un répondeur. Elle a une secrétaire, Maria Perez : injoignable aussi.

— Embêtant.

— Ce n'est pas inhabituel, apparemment. Ça lui arrive, de ne pas rentrer chez elle. Elle partage son appart avec une colocataire. Elle m'a l'air de péter le feu. Il paraît qu'elle entretient plusieurs liaisons torrides en ville.

— Mais Carolyn Mulan ?

— Divorcée. La cinquantaine. Personne dans sa vie pour le moment. Quand elle ne travaille pas, elle vit sur son bateau.

— Tiens-moi au courant dès que tu auras réussi à la joindre.

Il raccrocha, et sortit marcher sur le pont. Il faisait chaud. L'air était humide. La mer s'étirait comme un immense tapis de ténèbres. Jed Kelby n'aimait pas du tout la tournure que prenaient les choses avec ce docteur Mulan. Il n'était peut-être pas le seul à avoir eu l'idée de faire appel à la psy de Melis.

Une intuition le poussait maintenant à mettre les moteurs en route et à filer tout droit sur l'île de Lontana. Il était fatigué de se tourner les pouces. Il n'aimait pas attendre, de toute façon. La patience n'avait jamais été sa principale qualité. Et maintenant qu'il avait l'impression de se rapprocher de Marinth, il en avait des fourmis dans les jambes.

D'un autre côté, il ne pouvait pas non plus se conduire comme un gosse. Wilson ne pouvait que retrouver Carolyn Mulan. Alors patience… Mieux valait la jouer en finesse avec Melis Nemid s'il ne voulait pas tout ficher en l'air. Oui : être patient. C'est ce qu'il avait de mieux à faire.

*

À 2 h 35, cette même nuit, Melis fut arrachée à un profond sommeil par la sonnerie du téléphone.

— Melis ?

La voix était si enrouée qu'elle ne la reconnut pas tout de suite.

— Melis… J'ai besoin de toi ici…

Carolyn.

Melis se dressa brusquement dans son lit.

— Carolyn ? C'est toi ? Qu'est-ce qui ne va pas ? Tu as l'air…

— Je vais bien. J'ai juste besoin de toi pour…

Sa voix se brisa.

— Excuse-moi. Mon Dieu, je suis désolée. Cox… Je ne voulais pas t'appeler, mais… Pardon… Ne viens pas… Non… Pour l'amour du Ciel ne viens pas…

La communication fut coupée.

Melis se jeta sur son répertoire. Elle en feuilleta fébrilement les pages. L'instant d'après, elle composait le numéro de Carolyn.

Personne ne décrocha.

Elle appela Carolyn au bureau. Puis de nouveau chez elle. Elle tombait sur un répondeur aux deux numéros. Melis resta un moment assise sur son lit, pétrifiée. Puis elle essaya de mettre de l'ordre dans ses idées.

Mon Dieu, qu'était-il arrivé ? Elle connaissait Carolyn depuis qu'elle était ado. Carolyn était non seulement sa psy, mais son amie. Et c'était un roc. Elle avait une telle force ! Melis s'était toujours appuyée sur elle… Carolyn avait l'air brisée. Comment était-ce possible ?

La panique s'empara de Melis. Elle sauta du lit, se précipita dans le couloir et frappa à la chambre d'amis.

— Cal ! Réveille-toi ! Il faut appeler la police. Je pars pour Nassau.

*

Vite. Elle devait agir vite.

Le taxi se garait à l'entrée du petit terminal. Melis sauta de la voiture, régla le chauffeur à la hâte, et fit demi-tour.

— Melis.

Kelby était planté devant la porte. Elle en fut clouée sur place. Il ne manquait plus que lui ! Elle lui passa devant et prit directement la direction des guichets.

— Ne me cassez pas les pieds, Kelby. J'ai un avion à prendre…

— Je sais. Mais si vous prenez une ligne commerciale, vous serez obligée de changer à San Juan. Or j'ai loué un jet privé. Ainsi qu'un pilote.

Il la prit par le coude.

— Deux heures de trajet en moins.

Elle le repoussa.

— Comment avez-vous su que je prenais un avion cette nuit ?

— Cal me l'a dit. Il se faisait du souci pour vous. Vous n'avez pas voulu qu'il vous accompagne…

— Il vous a appelé ?

— Le soir où il m'a téléphoné pour me dire qu'il acceptait le travail, je lui ai demandé de bien veiller sur vous, et de me prévenir si jamais vous rencontriez un problème.

— Alors il vous a appelé… Je n'arrive pas à le croire.

— Il ne vous a trahie en aucune manière. Il a juste voulu vous aider.

Les lèvres de Melis se tordaient.

— Et faire une petite faveur à son nouveau boss.

Jed Kelby secoua la tête.

— Il est loyal envers vous, Melis. Mais il est aussi très inquiet. Il n'a pas aimé ce coup de fil de Carolyn Mulan en pleine nuit. Moi non plus, du reste.

Et Melis, elle avait aimé, peut-être ? Cet appel l'avait mise dans tous ses états. La peur, depuis, ne la quittait plus.

— Ce ne sont pas vos affaires, reprit-elle. En aucun cas. Et je n'ai rien à voir avec vous.

— Marinth m'intéresse. Parce que je l'ai voulu ainsi. Or vous êtes de la partie.

Il fixa son regard sur elle et ajouta :

— Et Carolyn Mulan, c'est pareil. Voilà deux jours que Wilson essaie de la joindre. Rien à faire. Il se peut que quelqu'un ait eu vent de nos tentatives pour entrer en contact avec elle. Ce quelqu'un nous a peut-être devancés sur place. Raison pour laquelle nous n'arrivons pas à la joindre.

— Quelqu'un ? Mais qui ?

— Je ne sais pas. Si je le savais, je vous le dirais. J'ai remarqué la présence d'un croiseur quand on cherchait Lontana. Ça n'avait sans doute rien à voir. Néanmoins j'ai lancé une enquête pour que l'on me retrouve ce bateau... Bon, il se peut que je sois à côté de la plaque. La disparition de Carolyn Mulan est peut-être sans rapport avec la mort de Lontana.

Il se tut quelques secondes avant de conclure sombrement :

— Mais elle a éprouvé le besoin de vous attirer à Nassau, et je n'aime pas ça. Je ne le sens pas, ce voyage.

— Moi non plus, figurez-vous ! Vous ne vous rendez pas compte que Carolyn...

— Elle vous a demandé de ne pas venir à Nassau.

— Elle m'a d'abord dit qu'elle avait besoin de moi. Ensuite elle m'a demandé de ne pas bouger. Mais je ne peux pas faire autrement. J'ai appelé la police avant mon départ. Ils sont déjà à sa recherche.

Il hochait la tête en signe d'approbation.

— Je les ai appelés aussi. Je me suis dit que ça pourrait servir. De toute façon, moi, je pars pour Nassau. Je tiens à retrouver

Carolyn Mulan. Que vous veniez ou non, j'y vais. Je vous offrais de profiter de mon avion, c'est tout.

Melis serrait les poings. Carolyn prise au piège. Carolyn cramponnée aux barreaux d'une cage. Carolyn réduite à l'impuissance. Le cauchemar. Saloperie de cauchemar ! Qu'ils aillent tous se faire foutre !

— Votre avion est prêt à décoller ?

— Oui.

Elle pivota sur elle-même.

— Alors ne traînons pas ici.

*

Elle ne prononça plus un mot durant tout le vol. C'est seulement à l'approche de Nassau qu'elle demanda :

— Pourquoi essayez-vous de joindre Carolyn ?

— Vous n'avez rien voulu me dire. J'ai pensé qu'elle accepterait peut-être de me parler.

— De Marinth ? Elle ne sait rien de Marinth. Je ne lui en ai jamais parlé.

— Je ne pouvais pas le savoir.

— De toute façon, elle ne vous aurait rien dit. Vous vous imaginez qu'elle va révéler ce que lui racontent ses patientes au cours des séances ? Elle croit au secret médical. À la confidentialité de la cure. En plus, elle est mon amie.

— J'y allais à l'aveuglette, vous savez. J'ai pensé qu'un petit bakchich suffirait à lui dénouer la langue.

— Jamais de la vie, répliqua Melis, féroce. C'est une des personnes les plus intègres que j'aie rencontrées. Elle est avisée. Elle est bonne. Et elle ne baisse jamais les bras. Dieu sait qu'elle n'a pas baissé les bras avec moi ! Si j'avais une sœur, je voudrais qu'elle ressemble à Carolyn.

— Voilà qui est éloquent. Lontana l'appréciait ?

— Il ne la connaissait pas très bien. C'est lui qui me l'a trouvée, pourtant. Mais il avait peu de relations avec elle. Elle le mettait mal à l'aise. Il n'y avait pas vraiment de place pour les psys, dans son royaume. Mais il s'assurait que je continuais de la voir, comme il en avait fait la promesse.

— À vous ?

— Non. À Kem…

Elle parlait trop. Rien de tout cela ne concernait Kelby. La panique, sans doute. La panique la poussait à ouvrir les vannes. Elle bavardait. À cause du désespoir.

— Les policiers ont eu l'air de prendre l'affaire très au sérieux. Carolyn Mulan est une citoyenne respectée. Peut-être l'auront-ils retrouvée.

— Espérons.

— Elle… Elle semblait… On aurait dit qu'elle n'était plus elle-même.

Melis en avait des tremblements dans la voix. Elle se tut, le temps de maîtriser ses émotions.

— Vous n'imaginez pas à quel point elle est forte. La première fois que je suis allée la voir, c'était comme… Jusqu'alors, je ne m'étais jamais autorisée à me reposer sur qui que ce soit. Elle aurait très bien pu prendre tout le pouvoir sur moi. Or elle ne l'a pas fait. Justement : elle ne voulait pas que je me repose sur elle. Elle m'a juste tendu la main, et promis d'être toujours mon amie. Et elle n'a jamais failli à sa parole.

— Je comprends. Un psychiatre et son patient peuvent être quelquefois très proches…

— Ce n'est pas ça. Au bout de quelques années, elle est vraiment devenue ma meilleure amie.

Elle se renversa dans son fauteuil et ferma les yeux.

— Elle avait une voix au téléphone… Elle avait l'air de souffrir.

— Nous saurons bientôt.

Il n'excluait aucune possibilité. De toute façon, eût-il essayé de la persuader qu'il n'y avait rien à redouter, elle ne l'aurait pas cru. Mais il lui prit la main et ce contact la réchauffa. Elle se sentit rassurée. Au point qu'elle n'essaya pas de se dégager. Elle avait un tel besoin de réconfort ! Elle en avait besoin d'où qu'il vienne.

Pourvu que la police ait retrouvé Carolyn.

MARÉE FATALE

4

— Mademoiselle Nemid ? Monsieur Kelby ?

Un Black corpulent en costume marron les attendait à leur descente d'avion.

— Je suis l'inspecteur Michael Halley. On s'est parlé au téléphone…

Melis approuva d'un signe de tête.

— Vous avez retrouvé Carolyn ?

L'inspecteur fit non de la tête.

— Pas encore. Mais nous la recherchons activement.

Melis sentit ses espoirs dégringoler en chute libre.

— L'île n'est pas si grande, reprit-elle. Tout le monde ici connaît Carolyn. Quelqu'un l'a vue, forcément. Ou a entendu quelque chose à son sujet. Et Maria Perez ?

Le policier marqua une hésitation.

— Malheureusement, dit-il, nous avons retrouvé madame Perez.

Melis se raidit.

— Malheureusement ?

— Des jeunes l'ont découverte sur la plage. Elle avait la gorge tranchée.

Melis crut recevoir un coup de poing dans le ventre. C'est à peine si elle eut conscience du geste que fit Kelby pour lui prendre le bras et la soutenir en silence.

— Mais comment…

— Nous ne pensons pas que l'homicide ait été commis sur la plage. Il y a des traces de sang près de son bureau, dans celui du docteur Mulan, et même dans l'allée derrière l'immeuble. C'est un immeuble de bureaux. Les autres occupants s'en vont à 18 heures. Le corps a certainement été transporté de nuit. Et jeté sur la plage.

Jeté. Il parlait de Maria comme d'un détritus. Alors que c'était une femme pleine de gaieté, toujours prête à s'amuser et à sauter d'une aventure à l'autre. Melis la connaissait depuis des années.

— Vous êtes sûr que c'est bien elle ? Il ne peut pas y avoir d'erreur ?

Halley secouait la tête.

— Sa colocataire s'est rendue à la morgue. L'identification s'est révélée positive. Nous souhaiterions que vous veniez au poste, pour une déposition.

Melis commença par hocher la tête sans rien dire, comme assommée. Elle reprit au bout d'un instant :

— Je ferai tout ce qui peut aider à retrouver Carolyn. Mais je ne vois absolument pas pourquoi on aurait voulu assassiner Maria.

— Peut-être une affaire de chantage, suggéra Kelby.

— C'est en effet une possibilité, confirma Halley. Un des classeurs était à moitié vide. Certains dossiers ont disparu.

— Lesquels ?

— Tous les dossiers de M à Z, dit Halley.

Il ajouta :

— Votre dossier se trouvait dans son bureau, mademoiselle Nemid ?

— Bien sûr. À l'abri. Sous clef dans ce même classeur…

— Pas vraiment à l'abri, je dirais.

Il fronçait les sourcils.

— Le fait que d'autres dossiers aient été volés, c'est mauvais signe. Apparemment, le docteur Mulan compte dans sa clientèle des gens du gouvernement. À tous les niveaux de la hiérarchie. Si le contenu des dossiers venait à être divulgué, ce serait extrêmement gênant…

— Gênant ?

Melis fut envahie par une bouffée de colère.

— Vous avez peur que vos politiciens n'en pâtissent, c'est

ça ? Moi, je m'en fous, que les dossiers aient été volés ! Carolyn a disparu, bon sang ! Alors retrouvez-la !

— Ne vous énervez pas, Melis, intervint Kelby.

Il s'avança en indiquant une Mercedes garée devant un hangar.

— J'ai une voiture qui m'attend, inspecteur. Alors allons-y. On vous suit.

Halley approuva d'un signe.

— Veuillez m'excuser, dit-il. Je ne voulais pas me montrer insensible. Mais ce crime nous pose beaucoup de problèmes, et à plusieurs niveaux.

Il rejoignit une berline marron garée à proximité.

Kelby prit Melis par le coude et la conduisit doucement vers la Mercedes en murmurant :

— Dépêchons-nous d'en finir.

La clef de la Mercedes se trouvait dans une boîte magnétique dissimulée sous le pare-chocs arrière. Kelby déverrouilla la voiture et proposa :

— Voulez-vous que je demande à l'inspecteur d'attendre que vous vous sentiez mieux ?

— J'irai mieux quand on aura retrouvé Carolyn.

Elle prit place sur le siège du passager.

— C'est encore pire que ce que j'imaginais. Maria… Ils ont assassiné Maria.

— Vous la connaissiez bien ?

Elle fit oui de la tête.

— Elle travaillait déjà pour Carolyn quand j'ai commencé ma psychothérapie. Elle nous a même accompagnées deux ou trois fois en voyage. Carolyn estimait que la présence de Maria était bonne pour moi.

— En quel sens ?

— Elle était… différente. Le contraire de moi, en fait. Pourtant je l'aimais ! Elle était toujours si…

Elle fixait la fenêtre d'un regard aveugle. La Mercedes démarra.

— Ils lui ont coupé la gorge. Mon Dieu… Ils lui ont coupé la gorge. Mais pourquoi ?

— L'arme blanche : méthode silencieuse et rapide.

Apparemment, Jed Kelby savait de quoi il parlait. Melis se souvint d'avoir lu quelque part qu'il avait été dans les commandos – et dans les commandos, on savait infliger à l'adversaire une mort silencieuse et rapide.

— Elle n'avait jamais fait de mal à personne. Tout ce qu'elle voulait, c'était prendre du bon temps, jouir de chaque minute qui passait.

— Elle se sera trouvée en travers de la route de quelqu'un, dit Kelby en conduisant lentement. En général, c'est comme ça que les innocents deviennent des victimes.

— Quelqu'un qui cherchait Carolyn ?

— Carolyn ou ses dossiers. Halley semble croire que vous n'étiez pas la seule cible.

— Qu'est-ce que vous en pensez, vous ?

— De deux choses l'une. Soit Carolyn a appelé d'autres patients cette nuit, soit elle n'a appelé que vous. Dans ce dernier cas, vous êtes la seule cible. Et le vol des autres dossiers n'est qu'une façon de brouiller les pistes.

— Halley nous l'aurait dit, si quelqu'un d'autre avait reçu d'elle un coup de fil.

Kelby approuva en silence, puis reprit :

— Si les dossiers contiennent des données compromettantes, les patients hésiteront à se présenter à la police. Enfin, c'est mon impression.

C'était aussi la sienne.

— Carolyn m'a proposé de venir tout de suite. Mais je sais qu'elle est débordée. Alors je lui ai dit d'attendre le week-end. Si seulement j'avais dit oui !

— Vous ne pouviez pas deviner.

Il posa une main réconfortante sur celle de Melis.

— Ne vous accusez pas. Ce n'est pas votre faute si vous n'avez pas de pouvoirs psychiques. Dans votre scénario, le seul personnage menaçant, c'était moi. Et je ne pense pas que vous me considériez à présent comme un suspect.

— À Athènes, on m'a suivie. Depuis mon hôtel jusqu'au port. Mais je pensais que c'était Phil qui était en danger.

— Avez-vous une idée de…

Il s'interrompit et secoua la tête.

— Pardonnez-moi. Je ne devrais pas vous bombarder de questions en ce moment. Halley en aura bien assez à vous poser.

— C'était un homme que je n'avais jamais vu.

Elle se rendit compte qu'elle n'avait pas retiré sa main, et en fut contrariée. Comme c'était étrange ! En principe elle n'aimait pas être touchée. Alors pourquoi acceptait-elle sans réagir le contact physique avec Jed Kelby ?

— Je ne pouvais être certaine que c'était en rapport avec Phil. J'étais une femme seule dans les rues d'Athènes. Ce ne sont pas les maniaques sexuels qui manquent.

— Et vous êtes très attirante.

Elle se raidit et essaya, cette fois, de retirer sa main.

Mais l'étreinte de Kelby se fit plus forte.

— Ne vous crispez pas comme ça, bon sang. Vous avez l'air d'un chiot qui se prépare à recevoir des coups.

— Un chiot ne peut pas se défendre. Ça n'a jamais été mon cas.

— Tant mieux. Mais nous sommes embarqués ensemble dans cette affaire, à présent. Et je ne représente pas une menace. Alors laissez-moi être à vos côtés pour traverser cette vilaine passe.

Il pinça les lèvres, puis ajouta :

— Car ça risque bien d'être une vilaine passe.

— Je n'ai pas besoin de vous.

Mais l'expression *vilaine passe* était très en dessous de ce qu'elle ressentait déjà. Elle était comme engloutie dans un brouillard glacé, étouffant. Jed Kelby était fort, lui ! Plein d'énergie vitale. Et il promettait de n'être pas une menace pour elle.

Elle renonça finalement à vouloir retirer sa main.

*

— Café ?

Elle leva les yeux. Kelby lui présentait un gobelet fumant.

— Merci.

Le café la réchauffa.

— Déjà fini ? dit-elle.

— Déjà ? Ça m'a paru long. L'inspecteur Halley est très minutieux. Il approfondit tout. Mais je n'ai rien à voir avec votre amie. Je n'ai fait que demander à Wilson d'entrer en contact avec elle. En résumé, je n'avais pas grand-chose à lui dire.

— À moins qu'il n'ait pris soin de vous ménager. Vous avez effectué d'importants investissements dans la région, non ? Le complexe Atlantis…

— Cela n'empêcherait pas Halley de me traiter avec le même sérieux que celui avec lequel il vous a traitée vous-même. Le docteur Mulan est une personnalité, ici.

Il s'assit à côté d'elle.

— Voilà six heures que vous êtes dans ces locaux. Et cette salle d'attente n'est guère confortable. Permettez-moi de vous conduire dans un hôtel. Je resterai en contact avec l'inspecteur et je vous tiendrai au courant.

Elle secouait la tête.

— Je ne veux pas.

Il avala sa dernière gorgée de café.

— Au moins le café est bon, dit-il. Fait en machine, pourtant. J'ai fréquenté des prisons où l'on avait l'impression d'avaler tout simplement de la boue.

— Vous avez été en prison ?

— Ça vous surprend ? Il est vrai que Wilson a réussi à cacher aux médias certains aspects de mon passé.

— Pourquoi vous a-t-on emprisonné ?

— Oh ! rien de méchant. Après mon passage dans les commandos, j'ai fait deux ou trois bêtises. J'étais déboussolé. Je ne savais plus quelle direction choisir. J'allais d'un pays à l'autre sans arriver à me poser nulle part.

— Et vous avez fini par choisir l'océanographie.

— Disons que l'océanographie m'a choisi. J'ai toujours adoré naviguer. Enfant, déjà, j'aimais ça. C'était une orientation naturelle.

Il regarda l'intérieur de son gobelet, comme pour y chercher – en vain – une toute dernière goutte de café.

— Et vous ? reprit-il. Vous avez toujours su ce que vous vouliez faire ?

— Oui. Depuis l'âge de douze ans.

Elle observait l'inspecteur Halley, derrière la vitre qui séparait son bureau de la salle d'attente. Il venait de décrocher le téléphone.

— Pourquoi est-ce si long ? Vous croyez qu'il sait ce qu'il fait ?

— Il m'a l'air de connaître son boulot. Et de vouloir la retrouver.

Sans grands résultats, apparemment. Toutes ces heures écoulées, et aucun élément nouveau !

— On aurait kidnappé Carolyn et Maria, et personne n'aurait rien vu ? Pas le moindre témoin ?

— Ils n'ont pas encore interrogé tout le monde, répondit Kelby. Il est toujours possible que…

Il fixait des yeux Halley qui venait de raccrocher.

— Son expression ne me dit rien qui vaille.

Melis frissonna. Halley se leva de son fauteuil. Il allait ouvrir la porte de la salle d'attente. En effet, son expression était parlante.

— Mademoiselle Nemid. Je suis navré.

Il s'exprimait d'une voix douce.

— Un corps a été rapporté par la mer. À hauteur de l'hôtel Castle. Une femme d'une cinquantaine d'années. Grande taille. Cheveux gris. Nous pensons qu'il pourrait s'agir de Carolyn Mulan…

— Vous pensez ? Vous n'en êtes pas sûrs ?

— Le corps est… abîmé, disons. Il a été transporté à la morgue pour identification.

— Je veux la voir. Je vous dirai si c'est Carolyn ou non.

— Vous risquez d'avoir de la peine à la reconnaître. Le visage est profondément… lacéré.

Melis s'enfonça les ongles dans la peau des mains.

— Je la connais depuis des années. Carolyn était comme une sœur pour moi. Si c'est elle, je vous le dirai.

— Il vaut mieux que vous ne voyiez pas ce corps, mademoiselle Nemid.

— Et comment, je veux le voir ! s'écria-t-elle d'une voix brisée. Si ça se trouve, ce n'est pas elle. Pas question d'attendre les résultats de vos tests ADN et des empreintes dentaires. Je veux la voir de mes yeux.

Halley échangea un regard avec Kelby, et l'entraîna une minute à l'écart.

— Si elle pense pouvoir procéder à l'identification, je n'ai pas de raison de m'y opposer. Il s'agit d'une affaire d'homicide, le genre de cas où le temps est un facteur considérable. Mais je n'aime pas ça. Vous ne pourriez pas la convaincre d'attendre plutôt les résultats ?

— Je ne demanderais pas mieux, dit Kelby. Mais elle ne voudra rien entendre.

— Ce n'est sûrement pas elle, intervint Melis dont les lèvres tremblaient. Elle est très résistante. Jamais je n'ai connu de femme aussi solide. Elle ne se serait pas laissé faire. Je suis sûre que c'est quelqu'un d'autre.

— Dans ce cas, attendez les résultats, dit Kelby, durement. C'est l'affaire de quelques heures, d'une journée tout au plus...

— Taisez-vous ! répliqua-t-elle. Il faut que je...

Elle vint se planter devant l'inspecteur.

— Conduisez-moi à cette morgue.

— Je vous y emmène, dit Kelby en lui prenant la main. Allons-y, inspecteur. Il faut en finir.

*

La pièce était glacée.

Et plus glacée encore la table de fer où reposait le corps protégé d'un drap blanc. Le monde entier était froid. C'est la raison pour laquelle, sans doute, Melis ne pouvait s'empêcher de trembler.

— Il est encore temps de changer d'avis, murmura Kelby. Rien ne vous oblige à faire ça.

— Il le faut.

Elle s'approcha de la table.

— Je dois savoir.

Elle prit une profonde inspiration, et dit à l'inspecteur Halley :

— Allez-y. Découvrez le visage.

Halley, après une hésitation, fit lentement glisser le drap.

— Oh ! Mon Dieu !

Dans un sursaut, elle se blottit contre Kelby.

— Mon Dieu ! Non !

— Allons-nous-en, dit Kelby en la prenant dans ses bras. Emmenons-la d'ici, inspecteur.

— Non !

Melis avala sa salive avec peine, et fit de nouveau un pas vers la table.

— Il y a une… Elle a une marque de naissance sous les cheveux, à la tempe gauche… Elle disait toujours qu'elle allait la faire enlever, mais elle n'a jamais trouvé le temps de s'en occuper.

Avec précaution, elle écarta les cheveux du visage saccagé.

S'il Te plaît, mon Dieu, fais que la marque de naissance n'y soit pas ! Fais que cette pauvre femme maltraitée, torturée, ne soit pas Carolyn…

— Melis ? intervint Kelby.

— Je… Je suis malade…

Elle n'eut pas le temps de gagner en courant l'évicr cn acicr : elle vomissait déjà. Elle se cramponna au rebord d'une table pour ne pas tomber.

Kelby se précipita pour la soutenir. Elle se blottit de nouveau contre lui. Elle entendait battre le cœur de Kelby. La vie. Le cœur de Carolyn ne battrait jamais plus.

— C'est elle ? dit doucement Kelby. C'est votre amie ?

— C'est Carolyn.

— Vous en êtes sûre ? demanda Halley.

Elle en était sûre depuis l'instant même où il avait fait glisser le drap. Si elle avait refusé alors de l'admettre, à présent il fallait bien s'y résoudre.

— Oui.

— Alors sortez vite, nom de Dieu.

Halley se retourna et recouvrit le visage de Carolyn.

— Non !

Melis s'arracha à l'étreinte de Kelby et accourut vers le cadavre.

— Attendez. Je dois…

Elle se tenait immobile au-dessus de son amie.

— Je dois me rappeler…

La douleur s'emparait d'elle comme une brûlure, comme une lame déchirante crevant la glace, ouvrant des brèches de désespoir.

Carolyn…

Mon amie. Mon professeur. Ma sœur. Ma mère.

Dieu du Ciel, pourquoi t'ont-ils fait ça ?

*

— Voici votre chambre.

Kelby alluma la lampe et enchaîna :

— La mienne est juste à côté. Il y a une porte de communication. Laissez-la entrouverte, que je puisse vous entendre si vous appelez. Quant à l'autre porte, celle du couloir, ne l'ouvrez sous aucun prétexte.

Carolyn gisant sur cette table, froide et sans vie.

— D'accord, d'accord.

Kelby jura entre ses dents.

— Vous ne m'avez pas écouté. Vous avez entendu ce que je viens de vous dire ?

— N'ouvrir sous aucun prétexte. J'ai compris. Je ne veux voir personne, de toute façon.

Elle voulait être seule. Elle voulait s'isoler du monde et du chagrin.

— Je crois que c'est le mieux, reprit Kelby. Rappelez-vous que je suis à côté, en cas de besoin.

— Je m'en souviendrai.

Il l'enveloppa d'un regard où s'exprimait la frustration.

— Bon Dieu… Si seulement je savais comment vous aider. Mais ce n'est pas mon… Dites-moi ce que vous voulez.

— Je veux que vous sortiez, répondit-elle simplement. Allez-vous-en, c'est tout.

Il ne fit pas un geste. Toutes sortes de sentiments se dépeignaient sur ses traits. L'instant d'après, il s'employait lui-même à verrouiller la porte du couloir.

Melis ne se retourna même pas. Il ne me fait pas confiance, songea-t-elle. Il pense que je ne suis même pas capable de verrouiller une porte. Il a peut-être raison, d'ailleurs…

Elle n'arrivait plus à mettre deux pensées ensemble.

Mais elle n'avait aucun problème de mémoire. Elle se rappelait parfaitement sa rencontre avec Carolyn. Elle la revoyait à la barre du bateau, se tournant dans un grand éclat de rire pour s'adresser à elle par-dessus son épaule.

Il faudrait vivre désormais avec un dernier souvenir : Carolyn brisée, déchirée, étendue à la morgue sur ce plateau d'acier.

Melis éteignit la lumière. Elle se laissa tomber dans le fauteuil près de la fenêtre. Elle préférait rester dans le noir. Elle aurait même voulu s'enfoncer sous la terre, ramper jusqu'à une grotte lointaine, et s'y réfugier pour être enfin seule, protégée par l'obscurité profonde, à l'abri des mauvais souvenirs.

*

— Merde, Jed ! On ne peut pas dire que tu sois facile à joindre !

Kelby fit brusquement demi-tour. Un homme aux allures de géant venait à lui. C'était Nicholas Lyons. Kelby se détendit.

— Va dire ça à Wilson, Nicholas. Il a été obligé d'écumer tout Saint-Pétersbourg pour retrouver ta trace.

— J'ai eu quelques petits problèmes.

Il ajouta sèchement :

— Mais je ne laisse pas une ribambelle de cadavres derrière moi. Wilson m'a dit que tu étais venu te fourrer ici dans des emmerdes de première catégorie.

Il indiqua la porte devant laquelle ils passaient.

— C'est sa chambre ?

Kelby approuva en silence.

— Melis Nemid.

Ils continuèrent jusqu'à la chambre suivante, celle de Kelby.

— Entre. Je te commande quelque chose à boire ou je t'affranchis tout de suite ?

— Je brûle d'impatience.

La pièce était sombre. Nicholas y pénétra avec précaution, en faisant la grimace.

— Je me demande si je ne ferais pas mieux de retourner en Russie. Ce serait peut-être plus sûr.

— Mais de moindre profit.

Kelby alluma.

— S'il faut que tu te fasses descendre, autant que ce soit pour une bonne cause.

— Marinth ?

— Wilson t'a dit ?

Lyons fit oui de la tête.

— C'est l'appât que m'a présenté Wilson pour m'attirer ici. Marinth ! Si c'est vrai, alors tu vas avoir besoin des services d'un chaman top niveau. Comme moi…

— Toi, un chaman ? s'exclama Kelby, sarcastique. Un demi-Indien élevé dans les bidonvilles de Detroit !

— Ne me casse pas les pieds avec la vérité, d'accord ? Tu ne vois pas que je suis en train de concocter de grands mensonges ? En plus, j'ai passé beaucoup d'étés dans les réserves. J'y ai appris plein de magie. Tu serais étonné des résultats que ça donne quand je me l'applique à moi-même.

Non, Kelby ne serait pas le moins du monde étonné. Il avait connu Lyons lors d'un entraînement commando à San Diego, et compris immédiatement que l'homme possédait de nombreuses facettes. En surface, il était tout amitié, camaraderie et charisme désinvolte ; mais quand il passait à l'action, il était capable de montrer une efficacité terrible, et même brutale.

Nicholas souriait.

— Tu veux que je lise dans tes pensées ? reprit-il.

— Bon Dieu, surtout pas !

— Quel rabat-joie tu fais ! Au fond, tu ne m'as jamais laissé exprimer mes vrais talents. Je vais te dire quand même… Attends…

Il ferma les yeux et se couvrit le front de sa main.

— C'est Marinth que tu as en tête…

Kelby ricana.

— Pas difficile à deviner.

— Rien de ce qui se rapporte à Marinth n'est facile…

Il rouvrit les yeux. Son sourire s'effaça.

— Parce que Marinth est ton rêve, Jed. Et que les rêves ne sont jamais simples à gérer. Il y a toujours trop d'interprétations possibles.

— C'est aussi ton rêve, Nicholas. Sinon, tu ne serais pas ici.

— Je rêve de l'argent que ça pourrait me rapporter. Bon Dieu, c'est tout ce que je vois à propos de Marinth… La vérité, c'est que jusqu'ici je ne voulais rien en savoir. Alors ?

— La presse a parlé de Marinth pour la première fois à la fin des années 40… Tu sais ça, au moins ?

— J'ai lu ce vieil exemplaire du *National Geographic* que tu conserves à bord du *Trina*. Tout un reportage sur une tombe, dans la vallée des Rois, qui abriterait les restes d'un scribe…

— Hepsut. Il était scribe à la cour. Une grande découverte. Hepsut a écrit l'histoire de son époque sur les murs de son futur tombeau. Une grande partie du récit est dédiée à la légende de Marinth, une cité insulaire détruite lors d'une terrible inondation. En fait, Marinth était déjà une légende au temps d'Hepsut. Une ville dont la richesse dépasse l'imagination. Marinth possédait tout ce qu'une ville peut posséder. Des terres riches, une industrie maritime. Elle était tellement à la pointe, en matière de culture et de technologie, qu'on la regardait comme La Mecque du monde. Jusqu'à ce fameux soir où les dieux ont décidé de reprendre ce qu'ils avaient donné. Ils ont noyé la ville sous une vague immense. Et Marinth, engloutie par les flots, est retournée là où elle avait vu le jour.

— Ça ne fait pas penser à l'Atlantide ?

— C'est ce que tout le monde a cru. Que Marinth n'était qu'un autre nom donné à la légende de l'Atlantide.

Kelby réfléchit un instant, puis poursuivit :

— Mais ce débat est sans importance. L'important, c'est qu'un scribe a consacré un mur entier de son tombeau à Marinth. Tout ce qui existait dans ce caveau renvoyait à l'histoire de l'Ancienne Égypte. Pourquoi aurait-il changé son fusil d'épaule en cours de route, et se serait-il mis à raconter une légende ?

— Si je comprends bien, pour toi, ce n'est pas une légende.

— Quand bien même il n'y aurait qu'un dixième de vrai, les possibilités ouvertes sont excitantes.

— C'est ce que je disais : ton rêve…

Le regard de Nicholas Lyons glissa vers la porte de communication entre les deux chambres.

— Et ce n'est pas son rêve à elle, dit-il. Je me trompe ? Ça commencerait même à ressembler à un cauchemar, vu ce qui vient d'arriver.

— Je veillerai à ce qu'elle en tire profit.

— Le mot *profit* peut prêter à bien des interprétations.

— Tu sais que tu m'insupportes quand tu joues les philosophes ?

— Mon commentaire n'avait rien de philosophique.

Kelby alla au téléphone.

— Je te commande un bourbon. Je sens que tu en as grand besoin…

— Laisse tomber. Tu sais que nous autres, Indiens, n'avons pas le droit de toucher à l'eau-de-vie.

— Je ne m'en serais jamais douté, vu le nombre de fois où je t'ai vu rouler sous la table.

— Écoute, je tiens à garder les idées claires. En plus, je n'ai pas l'impression que tu aies vraiment envie de me faire plaisir. Mes pouvoirs chamaniques me signalent une chute de tension émotionnelle.

Il fit mine de sortir.

— Je ferais mieux de descendre me faire enregistrer à la réception. Je te communiquerai mon numéro de chambre, quand j'en aurai une.

— Tu ne veux pas savoir ce que j'attends de toi ?

— Tu veux que ton rêve devienne réalité. Tu veux faire de moi un homme riche.

Il jeta de nouveau un coup d'œil vers la chambre de Melis.

— Et tu veux que je me débrouille pour qu'elle en sorte vivante. Ça correspond ?

— Ça correspond.

— Tu vois. Ne viens plus me dire que je ne suis pas un vrai chaman, d'accord ?

Il sortit, puis referma doucement la porte.

Kelby accueillit une bouffée de lassitude. Oui, son humeur en avait pris un coup. Il se sentait fatigué, frustré, contrarié. C'était une excellente chose que Nicholas soit là, mais Kelby n'avait pas envie de l'avoir sur les bras pour le moment. Il était trop obsédé par le visage de Melis Nemid, quand celle-ci avait dû contempler le corps affreusement mutilé de son amie. Il avait été saisi alors par la fureur, et n'avait plus songé qu'à emmener Melis hors de cette morgue.

Et ce n'était pas une réaction normale, chez lui. Il est vrai qu'il avait cessé de réagir normalement depuis qu'il avait retrouvé Melis à l'aéroport de Tobago. Cette femme l'attendrissait. Au début, il avait essayé de ne plus y penser, et de se concentrer sur d'autres aspects, comme la sensualité qui émanait d'elle, par exemple. Ainsi quand il l'avait vue sur son lit d'hôpital à Athènes. Mais ensuite, tout avait changé. Certes, il éprouvait toujours du désir pour elle, mais il ressentait aussi quelque chose de plus fort.

Melis Nemid faisait jaillir de lui des émotions qu'il n'avait même jamais eu conscience d'abriter.

Naturellement, elle n'avait pas laissé ouverte la porte de communication.

Il traversa la chambre. Il entrebâilla la porte.

La pièce était plongée dans le noir. Kelby devina pourtant que Melis ne dormait pas. Il sentait qu'elle était éveillée, et qu'elle souffrait. Il eut l'impression d'être relié à elle d'une façon ou d'une autre – ce qu'il jugeait absolument incroyable... Arrête de te soucier d'elle ! Appelle plutôt Wilson, et tâche de savoir s'il a retrouvé la trace de ce croiseur. Téléphone aussi à l'inspecteur Halley, et donne-lui le numéro de ta chambre, au cas où il aurait de nouvelles infos à te communiquer.

Ne pense pas à Melis Nemid. Ne pense pas à la douleur qu'elle éprouve, assise là dans le noir. Ni au courage qu'elle a montré.

Occupe-toi. Active-toi. Concentre-toi sur le but à atteindre. Sur ton rêve. Sur Marinth.

*

Kelby frappa à la porte de communication. Ne recevant pas de réponse, il l'ouvrit.

— Vous vous sentez mieux ?

— Non.

— J'entre quand même. J'avais décidé de vous laisser tranquille avec votre chagrin, mais ça fait vingt-quatre heures que vous êtes assise dans le noir. Vous avez besoin de manger quelque chose…

— Je n'ai pas faim…

— Faites-moi plaisir. Juste histoire de reprendre des forces pour résister au choc.

Il alluma.

— Je vous ai commandé une soupe à la tomate et un sandwich.

Il fit une grimace.

— Je sais que vous n'avez pas envie de me voir, mais il faut que vous me disiez si vous avez besoin de quelque chose.

Elle secoua la tête.

— Ils ont fait l'autopsie ?

— Vous n'avez pas envie de parler de ça…

— Si. Dites-moi.

Il confirma en silence.

— Ils ont fini l'autopsie. Et le test ADN. Ils attendent une dernière confirmation, pour différentes raisons…

— À cause des personnalités dont les dossiers ont été volés.

— L'inspecteur Halley est obligé de se montrer prudent…

On frappait à la porte.

— Votre repas, dit-il.

Il alla ouvrir. Il échangea quelques mots avec la femme de chambre, puis revint en poussant un chariot.

— Mangez. Quand vous vous serez restaurée, je répondrai à toutes vos questions.

— Je n'ai pas…

Elle rencontra le regard de Kelby et comprit qu'il était résolu à camper sur sa position. Or elle avait besoin de savoir. Le prix était-il donc si cher à payer ? Elle commença à manger. Elle avala entièrement le sandwich, mais ne toucha pas à la soupe. Quand elle eut fini, elle repoussa le chariot.

— Quand vont-ils nous rendre le corps ?

Il lui servait du café.

— Vous voulez que je pose la question à Halley ?

Elle fit oui de la tête.

— Elle avait formé le vœu d'être incinérée. Et que ses cendres soient répandues dans la mer. Je tiens à être présente quand ses volontés seront accomplies. J'ai besoin de lui dire au revoir.

— Son ex-mari, Ben Drake, a déjà réglé les formalités. Il ne reste qu'un seul problème : quand laisseront-ils partir le corps.

— Ben doit être effondré. Il l'aimait toujours, vous savez. Ils ne pouvaient plus vivre ensemble, mais ça ne voulait rien dire. Tout le monde aimait Carolyn.

— Et vous plus encore que tout le monde.

Il l'étudiait avec attention.

— Vous tenez bien le coup, reprit-il. Mieux que je ne l'aurais cru. Vous êtes pâle comme un fantôme, mais j'avoue que je m'attendais à vous voir vous effondrer complètement. Vous étiez au bord de craquer.

Elle était toujours au bord de craquer. Elle avait l'impression de marcher le long d'une falaise, tout près du vide, en posant prudemment un pied devant l'autre, angoissée à l'idée que le sol risquait de se dérober sous ses pas.

— Craquer… Je ne peux pas faire ça à Carolyn…

Elle faisait un effort pour maîtriser sa voix.

— Elle serait tellement déçue, si je me laissais partir en morceaux. Elle aurait le sentiment d'avoir échoué à me guérir.

— Elle était bonne. C'est vous-même qui le dites. Je ne crois pas que ça l'aurait dérangée de vous voir vous laisser un peu aller…

— Alors c'est moi que ça dérangerait.

Elle se leva et gagna la fenêtre qui donnait sur la mer.

— Ils ont trouvé quelque chose sur la façon dont elle est morte ?

— Elle a perdu beaucoup de sang. C'est le verdict officiel.

Melis s'enroula dans ses bras.

— Ils l'ont torturée, n'est-ce pas ? Son visage…

— Oui.

— Qu'est-ce… Qu'est-ce qu'ils lui ont fait ?

Kelby se taisait.

— Dites-le-moi. Il faut que je sache.

— Vous trouvez que vous ne souffrez pas assez comme ça ? lui lança-t-il durement.

— Ils l'ont torturée pour qu'elle les conduise à moi. Ils ont failli y parvenir. Ça signifie qu'ils lui ont infligé un supplice atroce.

Elle aurait voulu pouvoir se cacher dans un coquillage, là où rien n'aurait pu l'atteindre, pas même les mots.

— Si vous ne voulez pas me le dire, je demanderai à Halley.

— Ils lui ont tailladé le visage et les seins. Ils lui ont aussi arraché deux molaires. Vous êtes contente ?

Vague de douleur… Tiens bon, tiens bon, tiens bon…

— Non. Je ne suis pas contente. Je voulais juste évaluer le préjudice.

Elle avala sa salive avec peine.

— Halley a des indices sur les auteurs ? Il y a des témoins ?

— Non.

— Elle a prononcé un nom : Cox…

— Il y a un Cox dans les fichiers de l'Immigration. Un homme arrivé depuis peu. Mais c'est un brave citoyen de soixante-dix ans, un philanthrope. En plus, je ne crois pas que l'ordure qui écoutait sa conversation l'aurait laissée vous communiquer son nom. Elle devait être confuse, traumatisée…

— Et son carnet de rendez-vous ?

— La police ne l'a pas. Volé aussi. Comme les dossiers.

— Quand aura lieu l'enterrement de Maria ?

— Demain. À 10 heures. Sa mère doit arriver de Puerto Rico ce soir. Vous avez l'intention d'y aller ?

— Bien sûr.

— Il n'y a pas de bien sûr qui tienne. Deux personnes ont été assassinées aux cours des dernières quarante-huit heures. Deux personnes qui avaient un rapport avec vous. Quelqu'un essaie de vous retrouver. Et en employant la manière forte. Vous espérez pouvoir aller à cet enterrement comme s'il ne s'était rien passé ?

— Pourquoi pas ?

Elle lui jeta un sourire en coin.

— Vous me protégerez. C'est votre intérêt. À cause de Marinth : il faut garder le secret. C'est bien pour ça que vous campez derrière ma porte, non ?

Kelby se raidit.

— Évidemment. Sans quoi j'aurais laissé les gens qui ont torturé votre amie arriver jusqu'à vous. Qu'est-ce que ça peut me faire ?

Il était furieux. Blessé, même. Il lui en voulait de ne pas comprendre ce qu'il ressentait. Mais les hommes n'étaient peut-être pas sa tasse de thé…

Kelby, en réalité, se trompait. Melis se rendait compte qu'il n'était ni l'enfant gâté ni l'être assoiffé d'ambition qu'elle avait vu en lui avant de le connaître. Certes, il était dur. Mais il n'était pas complètement dépourvu de pitié.

— J'ai parlé sans réfléchir, dit-elle. Je dois être quelqu'un de méfiant.

— Certainement. Mais vous avez raison. Vous m'avez eu par surprise.

Il se prépara à sortir.

— Je passerai vous chercher demain matin. Je vous emmènerai à l'enterrement. Pour le moment, je vais aller au poste de police cuisiner Halley. J'arriverai peut-être à en tirer quelque chose. J'ai un ami dans l'hôtel. Il veille sur vous. Il s'appelle Nicholas Lyons. C'est un grand type costaud, très laid, avec de longs cheveux noirs et une queue-de-cheval. Genre Geronimo. N'ouvrez à personne.

Il sortit en claquant la porte.

Melis fut soulagée du départ de Kelby. Cet homme était trop présent. Trop impatient. Il l'empêchait de se concentrer. Or elle allait avoir besoin de toute son attention pour affronter les heures et les jours à venir.

Elle devait décider aussi du montant de la réparation à exiger, pour le préjudice subi.

5

Le téléphone de Melis sonna le lendemain à 9 h 30.

— Nicholas Lyons à l'appareil, mademoiselle Nemid. Jed a dû se rendre au poste de police. Il m'a demandé de vous emmener à l'enterrement. Il nous y rejoindra.

— Je vous retrouve à la réception.

— Non. Je vais venir vous chercher. Il y a trop de portes dans cet hôtel. Et les ascenseurs, ce n'est jamais sûr. Jed n'aimerait pas que vous vous fassiez enlever, et je ne peux pas laisser une pareille chose arriver. Quand je frapperai, jetez un coup d'œil dans le judas avant d'ouvrir. Jed a dû vous faire une description de ma personne. Je suis un homme de grande taille, assez beau, plein de charme et de dignité. D'accord ?

— Ce n'est pas exactement ce qu'il m'a dit.

— Alors vous aurez la surprise.

Il raccrocha.

Elle se regarda dans le miroir du vestibule. Grâce à Dieu, elle n'avait pas une mine trop affreuse – même si elle allait mal. Son visage était blanc, mais pas émacié. En tout cas, la mère de Maria ne s'apercevrait de rien : elle serait trop bouleversée…

On frappait.

Melis se pencha vers l'œilleton.

— Nicholas Lyons. Vous voyez que Jed a menti.

Il souriait.

— Il a toujours été jaloux.

Mais Kelby n'avait pas menti. Lyons faisait presque deux mètres. Ses cheveux noirs, luisants, étaient tirés en queue-de-cheval. Les traits semblaient taillés à la hache, et ils auraient pu en effet être qualifiés de laids, s'ils n'avaient été intéressants.

— Il m'a dit que vous ressembliez à Geronimo. Je vois qu'il s'est trompé…

Elle ouvrit la porte.

— Enfin, la seule photo que je connaisse de Geronimo a été prise quand il était âgé.

— Il devait parler du Geronimo de cinéma. Jeune, dynamique, intelligent, fascinant même.

Le sourire de Nicholas Lyons retomba brusquement.

— Je suis navré pour cette amie que vous avez perdue, reprit-il. Jed m'a dit que vous passez un sale moment. Je voulais juste vous dire qu'il ne vous arrivera rien tant que vous serez avec moi.

Comme c'était étrange : elle le croyait sur parole. Lyons dégageait une telle impression de force et d'assurance que l'on se sentait tout de suite en sécurité.

— Merci. C'est bon de penser que Geronimo veille sur moi.

— Il veille sur vous et il est dans votre camp.

Il fit un pas en arrière et, d'un geste, l'invita à le suivre.

— En route. Jed pourrait s'inquiéter. Et quand il s'inquiète, il devient impossible.

Melis referma la porte et se dirigea vers l'ascenseur.

— Vous le connaissez bien ?

Il approuva d'un hochement de tête.

— Ça m'a pris un moment. Il a reçu une excellente éducation. Ça n'encourageait pas à lui manifester librement confiance et amitié.

— Et votre éducation à vous ?

— Mon grand-père était un homme impressionnant.

— Ça ne répond pas à la question.

— En effet.

Il sourit et ajouta :

— Quelle femme perspicace vous faites.

Il pivota brusquement sur lui-même et vint se placer devant elle. La porte de l'escalier venait de s'ouvrir. En l'espace d'une seconde, tout son comportement avait changé ; il était passé d'une attitude décontractée à l'intimidation menaçante. Le serveur qui pénétrait dans le couloir en resta cloué sur place, avant de reculer prudemment d'un pas. Melis se dit qu'elle aurait réagi de la même façon. Nicholas, qui avait recouvré son sourire, adressa un signe de tête au serveur, puis se remit en route. Melis lui emboîta le pas.

— Qu'est-ce que je disais ? reprit Nicholas. Ah ! Oui... Je vous complimentais pour votre perspicacité.

Quel étrange personnage, songeait Melis, intriguée. Mais tout allait bien. Kelby avait des amis qui sortaient de l'ordinaire, et ce n'était pas surprenant. De toute façon, elle devait le prendre comme il était. Elle n'avait ni le temps ni le cœur à résoudre des énigmes. L'heure était à l'enterrement de Maria ; il faudrait aussi tenter de réconforter la mère, dans la mesure du possible.

Autrement dit : tenir. Tenir bon. Ne pas donner libre cours au chagrin et à la fureur. Franchir une étape après l'autre.

*

— Nemid a assisté à l'enterrement ce matin.

Pennig informait Archer par téléphone.

— Impossible de lui mettre la main dessus. Kelby ne l'a pas quittée d'une semelle. Sans parler de la police et des endeuillés qui l'entouraient.

— Tu ne t'es pas fait repérer, au moins ?

— Je n'ai pas pris le risque. À Athènes, cette pute m'a fixé droit dans les yeux. Elle m'aurait reconnu tout de suite.

— Si tu étais moins maladroit ! Tu as manqué de prudence à Athènes.

— J'étais prudent ! Je me demande comment elle a pu s'apercevoir qu'elle était suivie.

— L'instinct, Pennig. C'est un don. On l'a ou on ne l'a pas. Toi, tu as d'autres talents. Des talents que j'admire. Que j'ai essayé de développer chez toi. D'où ma déception après ton échec avec le docteur Mulan. Tant d'efforts de ma part pour si peu de résultats.

— J'étais à deux doigts de réussir, dit Pennig d'un ton vif. Pourtant elle était coriace. Les femmes, des fois, sont plus dures que les hommes.

— Si tu ne m'avais pas dit qu'elle avait craqué, je ne l'aurais jamais laissée téléphoner à Melis Nemid. C'est une sacrée faute de jugement que tu as commise là.

— Ça ne se reproduira plus.

— Je sais que ça ne se reproduira plus. Parce que je ne permettrai pas que ça se reproduise.

Pennig fut traversé par une vague d'angoisse qu'il se hâta de dominer.

— Tu veux que je reste à Nassau ? dit-il. Je ne sais pas jusqu'à quel point je pourrai l'approcher.

— Reste quelque temps. On ne peut jamais savoir quand l'occasion se présentera. Profites-en pour réunir toutes les infos que tu pourras trouver sur Kelby et ses éventuels associés. Je veux son numéro. Je veux savoir où il a mouillé son bateau. Appelle-moi à Miami d'ici deux jours. Avant, s'il se passe quelque chose à Nassau. Et bon Dieu, tâche de ne pas te faire repérer ! Au fait, ces deux types que je t'ai demandé de faire recruter à Miami ?

— C'est fait. Cobb et Dansk. Ils n'ont pas inventé la poudre, mais ils conviendront pour la surveillance de l'île.

— Espérons que ce ne sera pas nécessaire. Je serais extrêmement satisfait, si tu arrivais à enlever Melis Nemid à Nassau.

Il se tut un instant, puis conclut :

— J'ai trouvé une façon de la toucher là où ça lui fera le plus mal. Et je te promets de ne pas me montrer aussi inefficace avec elle que tu l'as été avec le docteur Mulan.

*

Comme c'est rapide ! songea Melis en voyant les cendres de Carolyn se répandre sur la mer, puis disparaître en une poignée de secondes. Une vie était partie. Une vie qui laissait tant derrière elle ! Melis tenait dans le creux de sa main un sifflet d'argent que Carolyn lui avait offert un jour. Elle l'embrassa. Et elle le jeta dans les flots.

— Qu'est-ce que c'était ? voulut savoir Kelby.

— Un porte-bonheur que Carolyn m'avait donné quand j'ai ramené les dauphins à la maison.

Elle déglutit avec peine ; le chagrin lui dévorait le visage.

— C'était un objet trop joli : je ne m'en servais pas. Mais je l'avais toujours sur moi.

— Pourquoi ne pas l'avoir gardé ?

Elle secoua la tête.

— Je veux que ce soit elle qui le garde. Elle sait ce qu'il représente à mes yeux…

— Salauds !

Elle se tourna vers Ben Drake, l'ex-mari de Carolyn, qui fixait sur les vagues un regard douloureux, les mains cramponnées à la lisse. Il pleurait. Ses yeux étaient comme injectés de sang.

— Sales fils de pute ! cria-t-il.

Il se détourna de la mer et traversa le pont en se frayant un passage dans la foule.

— Vous aviez vu juste, dit Kelby. Il prend très mal la chose.

Il ajouta en promenant un regard autour d'eux :

— Elle avait beaucoup d'amis.

— Tous n'ont pu venir. Le bateau aurait coulé. Carolyn était quelqu'un de spécial.

— C'est l'opinion générale, manifestement.

Quelques minutes plus tard, le bateau virait de bord et mettait le cap sur Nassau.

— Et maintenant ? reprit doucement Kelby. Vous disiez attendre, pour prendre une décision, que la cérémonie ait eu lieu. Vous ne pourrez pas rester à Nassau. C'est trop dangereux. Vous avez l'intention de regagner votre île ?

— Oui.

— Me permettrez-vous de vous accompagner ?

Il avait l'air de s'attendre à essuyer un refus. Melis jeta un coup d'œil par-dessus son épaule et regarda l'endroit où avaient été répandues les cendres de Carolyn.

Au revoir, mon amie. Merci pour tout ce que tu m'as donné. Je ne t'oublierai jamais.

Le chagrin, de nouveau, lui pinça les lèvres. Elle se tourna vers Kelby.

— Oui, dit-elle. Je vous en prie, accompagnez-moi.

*

— Pratique, comme installation.

Kelby la regardait baisser le filet.

— Vos amis dauphins n'essaient jamais de s'échapper ?

— Non. Pete et Susie sont heureux ici. Un jour, j'ai essayé de les relâcher, en les équipant d'une balise radio. Mais ils revenaient toujours au filet. Et ils me demandaient de les laisser entrer.

— Le vaste monde leur fait peur ?

— Ils savent qu'il peut être dangereux. Et ils ont déjà eu toutes les aventures qu'ils pouvaient désirer.

Ils avaient passé la ligne ; Melis rattacha le filet.

— Tout le monde n'aime pas les dauphins, vous savez.

— On a peine à croire une chose pareille. Pete et Susie sont vraiment craquants.

Les dauphins dessinaient autour du bateau leurs cercles frénétiques. Kelby eut un large sourire.

— Et ils vous adorent.

— Oui, dit-elle, souriant à son tour. Ils m'aiment. Je suis de leur famille.

Elle redémarra le moteur.

— La famille, pour les dauphins, ça compte.

— Ils avaient adopté aussi votre amie Carolyn ?

— Ils l'aimaient bien. Ils se seraient peut-être même rapprochés d'elle si elle avait eu la possibilité de passer un peu de temps avec eux. Mais elle était toujours débordée. Son travail lui prenait tout son temps.

Elle fit un signe vers le rivage.

— Cal est sur l'embarcadère. Mon retour va le soulager. Il n'est pas à l'aise avec Pete et Susie. Comme ils le sentent nerveux, ils lui jouent de vilains tours.

Elle guida le bateau vers l'embarcadère, et coupa le moteur.

— Hello, Cal ! Tout va bien ?

— Très bien.

Il l'aida à débarquer.

— Les dauphins se sont très bien tenus.

— Qu'est-ce que je te disais ? Ils t'aiment, c'est tout.

Elle eut un geste en direction de Kelby.

— Jed Kelby, voici Cal Dugan, votre nouvel employé. Vous vous êtes parlé au téléphone. Cal va vous montrer votre chambre. Je vous laisse faire connaissance. J'ai besoin de prendre une douche. Rendez-vous pour le dîner.

— On me laisse tomber comme une vieille chaussette, murmura Kelby sans quitter des yeux Melis qui s'éloignait sur les planches de l'embarcadère. Ici, j'imagine qu'il faut être un dauphin pour qu'on s'intéresse à vous.

— C'est à peu près ça, admit Cal. Ne vous plaignez pas : elle vous a laissé entrer. Et il est bien rare qu'elle lance des invitations.

— Elle a peut-être un carnet de rendez-vous secret.

— Melis ne cache jamais rien. Elle est transparente. Et elle agit au grand jour.

Il fit une grimace.

— Elle vous dira toujours ce qu'elle pense.

— En tout cas, elle ne m'a pas dit pourquoi elle m'invitait.

Pensif, il la regarda disparaître dans la maison.

— Enfin, pas encore.

*

Kelby sortit de la maison au coucher du soleil, et s'arrêta au seuil du séjour pour observer Melis qui parlait à voix basse aux dauphins, assise sur les planches du lanai, les pieds dans l'eau. Il nota qu'elle avait le visage rayonnant de douceur. Elle semblait une femme entièrement différente de celle qu'il connaissait depuis leur rencontre à Athènes.

Mais cela ne voulait pas dire qu'elle serait une noix facile à croquer. Kelby songea qu'il devrait s'en souvenir. En un sens, il devrait même oublier cette vision de Melis jouant avec les dauphins, telle une enfant. Il était venu ici pour une raison précise ; et aucun obstacle ne devrait se dresser en travers de sa route.

Il entra dans le lanai.

*

— Ils se conduisent avec vous comme s'ils vous comprenaient.

Melis se raidit, puis leva les yeux.

— Je ne savais pas que vous étiez là.

— Vous étiez complètement absorbée. Ils vous font toujours une petite visite après le dîner ?

Il s'assit à côté d'elle au bord du bassin. Pete et Susie quittèrent le lanai, et s'élancèrent vers la mer en poursuivant leurs jeux.

— Presque toujours. Ils viennent pile au coucher du soleil.

— Comment faites-vous pour les reconnaître quand ils sont dans l'eau ? Je veux dire : vous croyez que j'y arriverais ? On dirait que vous vous servez d'un sixième sens.

— Pete est plus grand. Et il a le rostre d'un gris plus sombre…

— Le rostre ?

— Le bec. Le museau, si vous préférez. Quant à Susie, elle a un *V* sur la nageoire dorsale… Où est Cal ?

— Je l'ai envoyé à Tobago faire des provisions et attendre Nicholas à sa descente d'avion. Ils seront là demain.

— Nicholas Lyons va venir ici ?

— Sauf si vous n'êtes pas d'accord. C'est votre île. Vous êtes chez vous. Il peut rester à Tobago. Mais je préfère l'avoir à proximité.

— Qu'il vienne. Ça m'est égal.

— Ce n'est pas ce que m'a dit Cal. D'après lui, c'est une île extrêmement privée.

— C'est comme ça que je l'aime : extrêmement privée. Mais nous devons quelquefois mettre entre parenthèses ce que nous aimons ou n'aimons pas. Vous pourriez avoir besoin de lui.

— Vraiment ?

— Bonne nuit, les petits mecs ! lança-t-elle aux dauphins. À demain matin !

Ils répondirent par une série de clics avant de disparaître sous les eaux.

— Ils ne reviendront pas, sauf si je les appelle.

— Vous dites « les petits mecs ». Pourtant Susie est une femelle…

— Au début, ils refusaient de se laisser approcher, et je n'arrivais pas à deviner leur sexe. Leur complexion est faite pour la vitesse, vous savez. Aussi leurs organes génitaux restent-ils bien cachés tant qu'ils n'ont pas besoin de s'en servir. Du coup, j'ai pris l'habitude de les appeler « les petits mecs ». Et l'habitude est restée.

Tout en parlant, elle se levait.

— J'avais fait du café, poursuivit-elle. Je vais le chercher.

— Je vous accompagne.

— Non. Restez ici.

Elle n'avait pas envie de l'avoir tout le temps dans les jambes. Elle voulait être seule une minute... Merde. Comment pouvait-elle vouloir une chose pareille ? Oh ! peu importe. Elle voulait être seule, voilà tout.

Quand elle revint avec le café, Kelby était debout ; il admirait le coucher du soleil.

— Dieu que c'est beau. Pas étonnant que vous n'ayez jamais envie de quitter cet endroit.

— Le monde est plein d'endroits merveilleux...

Elle déposa le plateau sur la table.

— Et vous les connaissez, sûrement, pour la plupart.

— J'ai essayé de les connaître.

Il servit le café. Prenant sa tasse, il se dirigea vers le bord du bassin.

— Mais il arrive qu'un magnifique endroit devienne affreusement laid. Tout dépend de ce qui s'y passe. J'espère que cela n'arrivera jamais sur votre île.

— Je l'espère aussi. C'est pour ça que j'ai demandé à Phil d'installer des protections.

— Cal m'a dit que vous avez fait en sorte de pouvoir augmenter le voltage de vos filets. Jusqu'à les rendre mortels.

Il marqua une pause, puis reprit :

— Or, vous l'avez fait avant même que cette sale affaire ne commence. Vous ne faites pas confiance à la force publique ?

— Les gardes-côtes ? Ils arrivent toujours après la bagarre. Si vous tenez à préserver votre indépendance, mieux vaut compter sur vous-même. C'est ce que la vie m'a appris, en tout cas.

Elle le regarda dans les yeux.

— Vous ne croyez pas ?

— Si.

Il approcha la tasse de ses lèvres.

— Ce n'était pas une critique, ajouta-t-il. Juste un commentaire.

Après un court silence :

— Très bien. Nous avons parlé de la beauté du décor, de la sécurité, de l'indépendance… Allez-vous me dire maintenant ce que je fais ici ?

— J'ai l'intention de vous donner ce que vous voulez.

Elle se tut quelques secondes avant d'ajouter :

— Marinth.

Kelby ne put retenir un mouvement de surprise.

— Quoi ?

— Vous avez bien entendu. La cité perdue. Le trésor. Bref : le super gros lot.

Ses lèvres dessinèrent une grimace amère. Elle ajouta :

— Le trophée pour lequel Carolyn et Phil ont payé de leur vie.

— Vous savez où est Marinth ?

— Je sais dans quelle zone elle est. Approximativement. C'est dans les îles Canaries. Il y a des obstacles à franchir. Ça risque de n'être pas facile. Mais je peux la trouver.

— Comment ?

— Je ne vous le dirai pas. Ainsi vous continuerez à avoir besoin de moi.

— Vous ne me faites pas confiance.

— Je ne fais confiance à personne dès lors qu'il est question de Marinth. J'ai vécu longtemps avec Phil. Et durant toutes ces années, il a rêvé de retrouver Marinth. Il m'a lu la légende. Il m'a parlé de ses expéditions. C'est même pour ça qu'il a baptisé son bateau le *Last Home :* c'est ainsi qu'Hepsut fait référence à Marinth, dans ce texte inscrit sur le mur du tombeau. Phil était très excité par sa cité perdue. Même l'Atlandide ne lui a jamais fait un pareil effet. Il était persuadé que Marinth était la fin de l'arc-en-ciel, du point de vue technique et culturel. Il a passé la moitié de sa vie à essayer de la retrouver. Et il est toujours rentré bredouille.

Elle se tut une minute.

— Et puis, il y a six ans, il s'est persuadé qu'il avait réussi à la localiser. Mais il a voulu garder le secret. Il ne tenait pas du tout à voir rappliquer les autres océanographes… Alors, il a laissé son équipage à Athènes. Et il n'a emmené qu'une seule personne sur le site, moi.

— Il a trouvé Marinth ? dit Kelby qui maîtrisait mal son enthousiasme.

— Il a trouvé un moyen de s'en approcher. Et la preuve que la cité perdue existe bel et bien. Il en était fou de joie. On aurait dit qu'il avait décroché la lune.

— Et il n'a pas poursuivi ses recherches ?

— Un problème s'est posé. Il avait besoin de mon aide. Je la lui ai refusée.

— Pourquoi donc ?

— Je lui ai dit qu'il n'avait qu'à se débrouiller tout seul. Peut-être existe-t-il des endroits sur cette terre qui doivent rester enfouis sous les océans.

— Et maintenant, vous acceptez de m'aider !

— Si c'est le prix à payer. Vous voulez retrouver Marinth aussi fort que Phil le voulait.

— Que demandez-vous en échange de votre aide ?

— Je veux les hommes qui ont assassiné Carolyn et Phil. Je veux qu'ils soient punis.

— Punis de mort ?

Carolyn gisant sur cette table…

— Oui, répondit-elle.

— Vous pensez que la justice ne leur mettra jamais la main dessus ?

— Je refuse de courir le risque. Bien sûr, je pourrais me lancer moi-même à leurs trousses, mais j'en aurais pour toute une vie. Je ne bénéficie d'aucune influence. Je n'ai pas d'argent. Cette île est tout ce que je possède au monde. En fait, ma seule bonne carte, c'est vous. Vous êtes plus riche que Midas. Vous avez appris à tuer dans les commandos. Je vous offre une motivation. Voilà.

— Voulez-vous dire que j'aurai ma récompense quand vous aurez obtenu ce que vous voulez ?

— Je ne suis pas idiote, Kelby.

— Moi non plus. Vous n'avez pas aidé Lontana à retrouver Marinth, alors que vous aviez de l'affection pour lui. Qu'est-ce qui me garantit que vous me conduirez bien gentiment sur les lieux ?

— Vous êtes obsédé par Marinth, comme l'était Phil. Donc vous saisirez votre chance, en escomptant que je tiendrai ma promesse.

— Vous croyez ?

— Je le crois.

— Vous dites pouvoir localiser Marinth. Prouvez-le.

— Je ne peux pas le prouver. Il faut me croire. Me faire confiance.

— Où est Marinth ?

— Près de Las Palmas.

— C'est plutôt vague. Prenons un avion et allons jeter un coup d'œil sur place.

— Pour que vous décidiez ensuite que vous pouvez vous passer de moi ?

— C'est vous qui refusez de me faire confiance, soupira Kelby en secouant la tête.

Il reprit après un silence :

— Nous voilà dans une impasse. Affréter un navire pour une expédition de ce type coûte cher. Croyez-vous que je vais immobiliser une telle somme sur la foi d'une simple promesse ? Peut-être ne dites-vous pas la vérité. Wilson n'apprécierait pas du tout que je m'embarque ainsi à l'aveuglette…

— Vous discutez ? le coupa-t-elle en fronçant les sourcils. Ce que je vous offre, c'est ce que vous voulez depuis le début. Depuis que nous nous connaissons.

— Vous *dites* que vous allez me le donner ! Il y a une différence. Avez-vous une idée du nombre de fois où j'ai cru à la parole donnée, avec pour résultat de me faire avoir ? J'ai juré, il y a fort longtemps, qu'on ne m'y reprendrait plus. Prouvez-moi que vous n'êtes pas comme les autres.

Un nouveau silence s'installa ; Kelby reprit au bout d'un moment :

— Je crois que je vais y réfléchir.

Melis sentit une bouffée de panique s'emparer d'elle. Elle ne s'était pas attendue à voir Kelby hésiter. Phil, lui, n'aurait pas réagi ainsi. Il aurait fait n'importe quoi pour réaliser son rêve.

— Vous voulez autre chose ? dit-elle. Quoi ?

— Je vous ai dit que j'allais y réfléchir...

— J'ai besoin que vous fassiez cela pour moi. Carolyn était... Je ne supporte pas l'idée qu'ils puissent vivre après ce qu'ils lui ont fait.

Elle prit une inspiration.

— Qu'attendez-vous de moi ? reprit-elle. Je ferai tout ce que vous voudrez. Vous voulez que je vienne dans votre lit ? C'est d'accord.

— Arrêtez, pour l'amour du Ciel ! Je n'ai aucune envie de coucher avec vous...

— Dites-moi que vous n'y avez pas pensé !

Ses lèvres se tordirent.

— Vous y avez pensé. J'en suis sûre. Les hommes... me trouvent bien faite. Depuis toujours. C'est comme ça : je leur plais. Carolyn disait que je réveillais en eux l'instinct du conquérant. C'était une réalité. Je devais l'accepter. Et faire avec. Alors voilà : je fais avec. Que diriez-vous d'une cerise sur le gâteau Marinth, Kelby ? Vous n'avez qu'à dire oui. Il vous suffit de me donner votre promesse...

— C'est dégueulasse !

— Votre promesse !

— Je ne vous donnerai rien !

Il fit un pas vers elle ; ses yeux brillaient sur son visage marqué par la tension.

— Eh bien, c'est vrai, reconnut-il. J'ai envie de vous. Une envie dingue. Depuis le jour où je vous ai vue pour la première fois à Athènes. Mais vous étiez blessée. On ne saute pas sur une femme blessée. Je ne suis pas une bête ! Même si vous décidiez de faire la pute pour moi, je ne vous traiterais jamais comme telle. Si je décide de partir à la recherche de Marinth, ce ne sera pas pour vous avoir dans mon lit.

— Vous voulez quoi ? Que je vous dise merci ? Vous ne comprenez pas, Kelby. Ça m'est égal, que vous vous conduisiez comme ci ou comme ça. Ça ne signifie rien pour moi. Ça ne m'intéresse pas.

Il lâcha un juron entre ses dents.

— Pas étonnant qu'ils vous aient prise pour cible, dit-il. Je ne connais pas un seul homme qui n'aurait pas envie de vous baiser, rien que pour vous prouver que vous avez tort.

Il fit brusquement demi-tour, et se dirigea vers la maison. Il s'arrêta au seuil du séjour et lança :

— J'ai compris : il vaut mieux que je vous débarrasse de ma présence au plus vite. On en reparlera demain.

À peine avait-il disparu, que Melis regrettait d'avoir réagi de cette façon. Elle avait commis une erreur. Elle avait essayé de la jouer femme d'affaires – et paniqué au premier signe de résistance de la part de son interlocuteur. Du coup, elle avait jeté dans la corbeille une denrée dont elle pensait qu'il pouvait l'accepter… Sauf qu'il ne l'avait pas acceptée. Parce qu'il l'avait jugée inacceptable. Résultat, il était furieux. Scandalisé.

Et ce n'était pas qu'il n'eût pas envie d'elle. Elle s'était bien aperçue de l'effet qu'elle produisait sur lui. Le corps de Kelby était sous tension. Il était excité. Il irradiait le désir et la sensualité.

Et elle n'avait pas eu envie de fuir ce désir.

Autre chose laissait Melis stupéfaite : elle n'avait pas éprouvé cette pulsion défensive qui la saisissait dès qu'un homme avait envie d'elle. Était-elle en pleine phase de vide émotionnel ? Non – elle avait bel et bien ressenti une peur panique en songeant qu'il allait refuser de l'aider.

Oublie ça ! C'est un simple incident. Demain matin, tu essaieras de nouveau. Et tu arriveras à tes fins. Après qu'il aura passé la nuit à penser à Marinth, à tout ce que sa cité perdue signifie pour lui. De toute façon, pour un homme, le sexe est un appât aux effets temporaires. En revanche, l'ambition et l'appétit du gain agissent en permanence, en continu. Ce sont des motivations solides, capables de tout balayer sur leur passage. Et tu es bien placée pour le savoir, Melis. Si toi, tu ne l'es pas, alors aucune femme ne l'est…

La lune se levait, jetant sur les eaux des éclats de lumière blanche. Melis allait rester dehors encore quelques minutes. Peut-être arriverait-elle à recouvrer un peu de calme avant d'aller se coucher. Pour le moment, elle avait l'impression d'être condamnée à ne plus jamais dormir. Son regard s'arrêta sur le filet, aux confins de la crique. Il y avait tant de mal à l'œuvre derrière cette frontière ! Les requins. Les barracudas. Et cette vermine qui avait tué Carolyn.

Melis s'était toujours sentie en sécurité sur son île. Et c'était fini à présent.

Oui, c'était fini.

*

Kelby se jugeait stupide. Il était écœuré. Un vrai crétin.

Pourquoi lui avait-il tourné le dos comme ça ? Il n'avait pourtant pas l'habitude de nier l'évidence ! D'ordinaire, quand l'occasion d'une aventure sexuelle se présentait, il la saisissait !

D'un autre côté, l'offre était pour le moins inattendue. C'est la surprise, en fait, qui l'avait laissé pantois. Rien n'indiquait, jusque-là, qu'elle fût consciente du violent désir qu'elle lui inspirait. Et pour cause, bon Dieu ! Depuis qu'il la connaissait, elle vivait un bouleversement émotionnel complet.

Et tel était le fond du problème !

Alors tu oublies l'aspect sexuel ; et tu te concentres sur le plus important.

Le plus important, c'était Marinth. Melis avait-elle réellement le pouvoir de le conduire à Marinth ? Elle était obsédée par l'idée de retrouver les assassins de son amie. Peut-être mentait-elle, quand elle disait pouvoir localiser le site de la cité enfouie. Peut-être mentait-elle aussi quand elle promettait de remplir le contrat.

Voilà qui faisait un peu trop d'inconnues au goût de Kelby. Il avait besoin d'une douche froide ; après, il serait à même de réfléchir avec un minimum d'objectivité.

Il se dirigeait vers sa chambre quand son téléphone sonna.

— Je sais qui a loué le *Siren*, commença Wilson dès que Kelby eut décroché. Hugh Archer. Il était accompagné d'un certain Joseph Pennig. Ça n'a pas été simple. J'ai dû claquer un paquet de fric pour obtenir l'info – ton fric. Spiro, le loueur, ne voulait pas parler. Il chiait de trouille dans son froc.

— Pourquoi ?

— Il y avait des menaces dans l'air. Or Spiro est un dur. Un vieux de la vieille. Il est capable de louer ses rafiots aux trafiquants de drogue au départ d'Alger. Il faut qu'il ait pris les menaces de Pennig au sérieux, pour être aussi terrorisé. En fait, Pennig lui a fortement conseillé de l'oublier. Sinon, il lui coupait les couilles.

— Sûr que ça fait réfléchir. Spiro t'a tuyauté sur Archer ?

— Tu crois peut-être qu'il lui a fait remplir un formulaire de location ? répondit sèchement Wilson. Quand il a vu qu'Archer payait d'avance, et en cash, il s'est contenté de deux ou trois question discrètes…

— Trafic de drogue ?

— En l'occurrence, non. Trafic d'armes. À très grande échelle. Une rumeur circule, disant qu'il aurait fourgué des composants nucléaires à l'Irak.

— Autrement dit, c'était pour lui un jeu d'enfant que de trouver du plastic et de faire exploser le *Last Home*.

— Pourquoi aurait-il fait ça ? Tu crois que Lontana trafiquait avec lui ?

— Je ne sais pas. Marinth, peut-être. Lontana a pu aider Archer. Ensuite, il est devenu gênant… Sauf que rechercher les cités perdues n'est pas le meilleur moyen de s'enrichir rapidement. Il faut investir beaucoup de temps, et un sacré paquet de fric, avant de toucher les dividendes… En tout cas, je reste sur le coup. Si Carolyn Mulan a été kidnappée, c'est qu'elle pouvait mener à Melis. Et Melis sait où est Marinth.

— Voilà pourquoi Lontana essayait de te joindre : pour parler de Marinth. Tu veux que j'essaie de me renseigner sur le passé d'Archer ? Je peux tenter de découvrir d'où il vient.

— Tu le sais, d'où il vient. Essaie plutôt de savoir s'il n'était pas aux Bahamas la semaine dernière. Il te faut combien de temps pour ça ?

— Comment veux-tu que je le sache, bon sang ? Tu t'imagines que j'ai des contacts à Interpol ?

— C'est le moment de les créer. J'ignore combien de temps nous avons devant nous.

— Pourquoi tu n'en parles pas à Lyons ? demanda Wilson, d'une voix où perçait l'amertume. Je suis sûr qu'il est comme cul et chemise avec des flics des cinq continents.

— Comme cul et chemise, ce n'est pas sûr. Ami, sans doute.

— Melis t'a donné une piste, pour Marinth ?

— Mouais… On peut le dire comme ça. Rappelle-moi.

Il raccrocha.

Archer. L'homme qui les surveillait depuis ce croiseur avait donc maintenant un nom et un passé. Et quel passé ! De très vilaines histoires… Mais sa vie présente ne valait guère mieux s'il était réellement responsable de la mort de Lontana, de Carolyn Mulan et de Maria Perez. Kelby se demanda s'il n'allait pas devoir se lancer tout de suite à ses trousses…

Si ? Il n'y avait pas de si. La décision était prise. Pourquoi hésiter ? Depuis sa rencontre avec Melis, il se tenait plus tranquille que l'eau qui dort ! Et il commençait à en avoir assez, de cette inaction. Oui : il allait s'occuper d'Archer. Ensuite, il trouverait un moyen d'obliger Melis à tenir parole. Marinth était son horizon ; Marinth l'attendait.

Agis selon ta volonté. Pars à la recherche de Marinth. Accepte le marché.

Y compris l'aventure sexuelle.

6

Le téléphone sonna à minuit et demi.

Carolyn…

Melis ne dormait pas, pourtant la sonnerie la fit bondir et se dresser dans son lit. Cela ressemblait trop au coup de fil de Carolyn, l'autre nuit. Carolyn blessée. Torturée. Condamnée…

Le téléphone sonnait toujours.

Était-ce Cal qui appelait de Tobago ?

Elle pressa le bouton.

Une voix d'homme. Douce. Onctueuse, même.

— Melis Nemid ?

Ce n'était pas Cal.

— Oui. Qui est à l'appareil ?

— C'est au sujet d'une livraison spéciale.

— Quoi ?

— Un colis pour toi.

— C'est une plaisanterie ?

— Je suis on ne peut plus sérieux. Je voulais t'apporter ton cadeau en mains propres, mais j'ai été obligé de l'accrocher au filet. Ça m'a d'ailleurs laissé une impression désagréable, ce filet. Ça donne de toi une mauvaise opinion…

— Qu'est-ce que c'est que cette histoire, merde !

— Tu n'aurais pas dû te montrer aussi tête de mule, à propos de Marinth. Tu ne vas pas aimer les conséquences de ton attitude…

— Qui êtes-vous ?

— Nous en reparlerons. Commence donc par aller chercher ton cadeau.

— Je n'irai nulle part.

— Tu iras. La curiosité est un excellent appât. Tu sais, ces dauphins qui me criaient après, c'était vraiment déplaisant.

Elle se raidit.

— Faites-leur du mal, et je vous coupe la gorge.

— La violence, toujours la violence… Tu as décidément beaucoup de choses en commun avec un de mes employés. Vous devriez vous rencontrer.

Il marqua un temps.

— Eh bien, ce fut un plaisir, que de parler directement avec toi. C'est beaucoup mieux que d'être à l'écoute quand tu t'adresses à quelqu'un.

Il raccrocha.

Melis resta un moment assise dans son lit, pétrifiée.

La dernière phrase prononcée par cet individu ne pouvait signifier qu'une chose.

Carolyn. C'est lui qui écoutait quand Carolyn lui parlait. C'est lui qui la forçait à mentir.

— Merde…

Elle reposa le téléphone sur la table de nuit, et sauta de son lit. Elle enfila un short et un T-shirt. Elle sortit de la chambre en courant. Elle ouvrit le boîtier électrique et tira à fond le levier qui permettait d'augmenter le voltage des filets. Et elle se précipita dehors en claquant la porte derrière elle.

— Où allez-vous, bon Dieu ?

Kelby. Il était au seuil de la maison. Melis atteignait déjà l'embarcadère.

— Susie et Pete ! cria-t-elle. Ce fils de pute a décidé de faire du mal à mes petits mecs !

Elle détachait l'amarre du hors-bord.

— Je ne le laisserai pas faire…

— Quel fils de pute ? De qui parlez-vous ?

Il la rejoignit et sauta dans l'embarcation avec elle.

— Et pourquoi voudrait-il s'en prendre aux dauphins ?

— Parce que c'est une ordure.

Elle démarrait le moteur.

— Parce que c'est comme ça : il fait du mal. Il coupe, il frappe, il...

— Allez-vous enfin me dire ce qui se passe ?

— J'ai reçu un appel du fumier qui a tué Carolyn. Il m'a dit qu'il avait un cadeau pour moi. Là-dessus, il commence à parler de Pete et Susie...

Elle dut reprendre son souffle.

— S'il leur fait du mal, je le tue !

— Vous vouliez le tuer de toute façon. Il vous a dit son nom ?

— Non. Mais d'après ce que j'ai compris, il était avec Carolyn quand elle m'a téléphoné.

Elle ramassa au fond du bateau deux grandes lanternes, et les jeta dans les bras de Kelby.

— Tenez. Rendez-vous utile. Servez-vous-en pour éclairer derrière le filet... Si ça se trouve, il est là, en train de m'attendre avec une carabine...

— Ce ne serait pas logique.

Il alluma les lampes et balaya la surface sombre qui s'étendait au-delà de la barrière.

— Il n'y a rien, dit-il. Je ne crois pas qu'il veuille vous tuer.

— On s'en fout, de la logique !

Elle ralentit à l'approche du filet.

— Mon Dieu... Je n'entends pas Pete et Susie.

— Ils doivent être sous l'eau.

— Dès qu'un bateau s'approche du filet, ils sortent. Ce sont de vrais chiens de garde.

Elle avait un sifflet autour du cou ; elle s'en servit pour appeler les dauphins. Pas de réponse. La panique commençait à l'envahir.

— Ils sont peut-être blessés... Pourquoi ne se montrent-ils pas ?

— Ne vous affolez pas. Je les entends.

Elle aussi, elle les entendait. Elle en fut soulagée. Un clic aigu s'éleva du côté sud de la crique. Melis vira de bord.

— Braquez les lampes sur eux. Je veux m'assurer que tout va bien.

Deux têtes grises, minces, apparurent à l'approche du bateau. Les dauphins n'avaient pas l'air blessés. Ni même particulièrement agités.

— Tout va bien, les petits mecs, lança-t-elle d'une voix apaisante. Je suis là. Il n'y a pas de danger.

Ils se mirent à pousser des cris d'excitation. Susie nageait déjà droit sur Melis, mais Pete demeurait près du filet, comme s'il tenait à rester sur ses gardes.

— Allez plus près, dit Kelby. Il y a quelque chose de l'autre côté.

Il braqua les faisceaux de ses projecteurs sur la zone où se trouvait Pete.

— Un objet qui brille dans l'eau.

Oui, elle aussi voyait quelque chose, maintenant. Quelque chose qui ressemblait à un morceau de barrière, à un rectangle d'un mètre sur soixante-dix centimètres.

— Qu'est-ce que ça peut être ?

— Je ne sais pas ce que c'est, dit Kelby, mais c'est solidement fixé. Impossible de le récupérer sans commencer par baisser le filet. Il faut diminuer le voltage.

Melis, prise d'angoisse, s'humecta les lèvres.

— C'est mon cadeau.

— Ça n'a pas l'air dangereux.

— Je veux savoir ce que c'est. Laissez les lampes allumées.

Trois minutes suffirent pour aller diminuer la puissance du voltage et abaisser le filet. Melis remit le cap sur Pete qui ne manifesta aucune intention de franchir la barrière pour aller vers le large. Il restait silencieux. Il s'éloignait de l'objet brillant, puis y retournait.

— Il est inquiet, fit observer Melis. Il sent que quelque chose ne va pas… Il a toujours été plus réceptif que Susie.

Elle se leva pour étudier le mystérieux objet qui flottait entre deux eaux. Mais elle eut de la répugnance à le regarder ainsi. Comme Pete, elle était visitée par un mauvais pressentiment.

— Rien ne nous oblige à le récupérer maintenant, dit Kelby doucement. Je peux revenir m'en occuper plus tard.

— Pas question.

Elle continuait de venir plus près.

— Vous l'avez dit vous-même : ce ne serait pas logique, de sa part, de vouloir me tuer. Quand je serai assez près, penchez-vous et essayez de le détacher du filet.

— Si c'est ce que vous voulez.

Kelby s'inclina par-dessus le bord et plongea les mains dans l'eau.

— C'est fixé avec de la corde. Donnez-moi une minute.

Une minute ou dix ans, elle s'en fichait ! Elle n'espérait qu'une chose : voir ce maudit objet sombrer au fond de la mer. Kelby avait reposé les lampes, mais leur lumière continuait de se répandre sur les eaux. Melis fut prise de tremblements.

De l'or. Ça ressemblait à de l'or.

— Remontez-le…

Kelby tira sur le panneau de bois, puis le remonta dans le bateau afin de l'étudier.

— Qu'est-ce que c'est, bon Dieu ? On dirait du bois sculpté… C'est joli… Ça a l'air d'avoir été doré… Mais il n'y a aucun message.

Cloisons d'or découpées d'arabesques.

— Vous vous trompez, dit-elle, abasourdie. Il y a un message.

Cloisons d'or découpées d'arabesques.

— Je ne le vois pas…

Il fixa brusquement les yeux sur elle.

— Vous savez ce que c'est.

— Oui.

Elle ravala sa salive avec peine. Ne tombe pas malade…

— Jetez ça, dit-elle. Jetez-le dans la mer.

— Vous êtes sûre ?

— Puisque je vous dis de le jeter ! Débarrassez-nous de cette saleté !

— Très bien.

Il projeta de toutes ses forces le panneau de bois vers le large. Melis vira de bord et reprit la direction de l'embarcadère.

— Vous ne relevez pas le filet ? suggéra doucement Kelby.

Mon Dieu. Elle avait oublié… C'était la première fois. Jamais, depuis qu'elle vivait ici, elle n'avait omis de veiller à la sécurité de l'île.

— Merci.

Elle fit demi-tour, et revint au filet.

Kelby et Melis, sans un mot, mirent le cap sur l'île. Kelby demanda au bout d'un moment :

— Vous allez m'expliquer ? Que dit le message d'Archer ?

— Archer ?

— Hugh Archer. Wilson a trouvé son nom. C'est lui qui nous surveillait depuis ce croiseur, en Grèce.

— Et vous ne me l'avez pas dit !

— Je n'en ai pas eu l'occasion. Je ne le sais que depuis hier soir. Et hier soir, vous n'étiez pas d'humeur…

— Ce matin…

— Ce matin, vous étiez inquiète pour vos dauphins.

Elle l'était toujours. Toute cette laideur autour d'elle.

— Vous ne m'avez pas répondu. Que signifie ce panneau pour vous ?

— Je ne vous le dirai pas.

— C'est l'ouverture des hostilités ?

— Oui. Ça va continuer.

Elle amarrait le hors-bord.

— Il essaiera encore de me faire du mal, reprit-elle. Bientôt.

— Pourquoi ?

— Certains hommes sont comme ça.

Parlait-elle du passé ou du présent ? L'un et l'autre avaient l'air de se confondre.

— Je pense que ça lui a plu, de tourmenter Carolyn. C'est le pouvoir. Ces hommes-là aiment le pouvoir.

Elle se dirigeait vers le cottage.

— Melis ! Comment voulez-vous que je puisse vous aider, si vous me laissez dans le flou le plus complet ?

— Je ne peux pas vous parler maintenant. Laissez-moi tranquille.

Elle fila directement dans sa chambre. Elle alluma toutes les lampes et se jeta dans un fauteuil, les yeux fixés sur son téléphone.

Elle devait absolument arrêter de trembler comme ça, à présent. Il n'allait plus tarder à rappeler. Il fallait se tenir prête.

Mon Dieu, si seulement elle pouvait cesser de trembler !

*

Mais il ne rappelait pas.

Quand les premières lueurs du jour enflammèrent l'horizon, elle renonça à attendre et décida d'aller prendre une douche. L'eau chaude apaisa son corps, mais sans parvenir à la délivrer de ses tensions musculaires. Elle savait qu'elle resterait nouée tant que cette attente n'aurait pas pris fin.

Et attendre avait toujours été une torture pour elle. Il le savait parfaitement, du reste. Il savait tout.

Quand elle sortit du lanai, elle trouva Kelby dans le séjour. Il eut un geste vers la cafetière.

— J'ai préparé du café quand je vous ai entendue vous lever.

Il l'observa attentivement, puis ajouta :

— Vous n'avez vraiment pas l'air d'aller bien.

Elle se servit elle-même une tasse de café.

— Vous ne semblez pas en grande forme non plus, dit-elle. Vous êtes resté dehors toute la nuit ?

— Oui. Je ne sais pas à quoi vous vous attendiez, mais quand vous vous êtes réfugiée dans votre chambre, on aurait dit une rescapée d'Auschwitz.

— Et vous, vous êtes curieux.

— Admettons. Vous n'êtes pas obligée de me croire, mais je m'inquiétais pour vous. Vous ne voulez toujours pas me dire ?

— Toujours pas.

Elle posa son téléphone sur la table avant de s'asseoir devant la baie, face à la mer.

— Il… Il a mon dossier. J'ai dit à Carolyn des choses que je n'avais jamais dites à personne. Il sait exactement où il doit appuyer pour me faire très mal. Et il essaie de trouver un moyen de me manipuler.

— Le fumier.

— Vous ne me suivez pas depuis Athènes pour la même raison, peut-être ? Vous aussi, vous cherchez un moyen de m'obliger à vous parler de Marinth. Vous voulez la même chose tous les deux.

— Je ne crois pas que cette comparaison soit de nature à me faire plaisir.

— Je ne vous compare pas. Impossible d'être aussi bas que lui.

— Ça me rassure.

Melis songea à s'excuser, mais elle était trop exténuée pour réfléchir.

— Je ne voulais pas... Mais je suis prise au piège. Forcée de me battre pour m'échapper. Je ne sais à qui m'adresser... Si je pensais que vous étiez comme lui, je ne vous aurais jamais proposé un marché.

— L'offre tient toujours ?

— Vous vous imaginiez que j'allais me laisser intimider par lui ?

Ses lèvres se durcirent.

— Je ne lui céderai jamais. Je ne le laisserai jamais obtenir ce qu'il veut.

— Ce qu'il veut, nous ne le savons pas encore.

— Si. Ce qu'il veut, c'est Marinth. Il me l'a dit.

— Archer est un trafiquant d'armes. Une grosse pointure. Je ne vois pas en quoi Marinth peut le concerner.

— Il est trafiquant d'armes ?

— Oui.

Il étudia l'expression de Melis en plissant les yeux.

— On dirait que ça vous inspire quelque chose...

— Ça m'aide à comprendre en quoi il est concerné... Phil avait besoin d'argent pour monter son expédition. Je suis sûre que c'est la raison pour laquelle il essayait de vous joindre. Mais Archer a peut-être entendu parler de lui, et pris contact.

— Entendu parler de Lontana ? C'est-à-dire ?

Melis ne répondit pas tout de suite. Jusqu'ici, elle s'était employée à protéger Phil, et ce choix la rendait méfiante envers tout le monde. Mais Phil, à présent, était mort. Elle n'avait plus besoin de le protéger.

— Nous... Nous avons trouvé des tablettes. Des tablettes de bronze enfermées dans deux petits coffres...

— À Marinth ?

— Pas dans les ruines. Les ruines, nous ne les avons pas repérées. Il semblerait que les tablettes aient été emportées par le fameux cataclysme qui a détruit la ville... Mais peu importe. C'était en soi une découverte considérable. Phil était aux anges...

— Je le comprends.

— Les tablettes sont rédigées en hiéroglyphes, mais avec des caractères différents de l'écriture égyptienne. Phil a rencontré un gros problème : trouver un traducteur en qui il ait confiance. Le déchiffrement des tablettes a pris plus d'un an.

Elle se tut quelques secondes, puis ajouta :

— Moi aussi, au début, j'étais passionnée par cette histoire. C'était comme découvrir un nouveau monde, un champ complètement inédit d'expériences et de connaissances.

Kelby l'écoutait en scrutant son visage.

— Et qu'est-ce qui a fait retomber cette passion ?

— Il arrive qu'un nouveau monde vous déçoive.

Elle soupira.

— Mais Phil, lui, était fou de joie. Il étudiait les courants thermiques au fond de l'océan, et ces tablettes lui apportaient un élément capable de révolutionner toutes ses connaissances. Une formule qui permettait de créer un dispositif sonique à même d'agir sur les vents, et peut-être sur le magma au cœur de la terre. D'après lui, cette formule avait des chances de conduire à la création d'une énergie géothermique propre et bon marché – autrement dit, de sauver la planète.

— Mais ce dispositif ? Il l'a mis au point ?

— Oui. Ça lui a pris un temps fou, mais il y est arrivé.

— Le dispositif a fonctionné ?

— Il aurait pu. Encore aurait-il fallu respecter le mode d'emploi imaginé par Phil. Il a rencontré un sénateur américain très au fait des questions environnementales. On lui a fourni un labo, et une équipe complète.

Melis s'humecta les lèvres et reprit son récit :

— Mais Phil n'a pas du tout aimé ce qui s'est passé alors. On discutait interminablement des effets volcaniques, et pas assez de l'énergie géothermique. À la fin, il était persuadé qu'ils projetaient de se servir de son invention comme d'une arme…

— Une arme sonique !

Kelby émit un sifflement.

— En effet, ça pourrait donner une arme épouvantable. Provoquer des tremblements de terre, par exemple. C'est bien ça ?

— C'est exactement ça, répondit Melis en hochant la tête.

Elle reprit :

— Il s'est produit un… Un incident. Ou plutôt une tragédie. Ce n'était pas la faute de Phil, puisqu'il avait déjà fichu le camp du labo avec ses notes et ses prototypes. Il m'avait d'ailleurs promis qu'il renonçait définitivement à rendre son dispositif opérationnel.

Elle fit une grimace.

— Mais Marinth, il n'était pas question d'y renoncer. Alors il s'est remis à ses recherches.

— Vous pensez qu'Archer a eu vent de ses expériences, et qu'il veut participer à l'opération ?

Elle haussa les épaules.

— Il y avait des gens pas très ragoûtants sur ce projet. Alors je me dis que ce n'est pas impossible.

— En somme, ce n'est pas Marinth qu'Archer voudrait retrouver. Vous êtes en possession des travaux de Lontana ?

— Je n'ai pas les prototypes.

Elle ajouta après un temps :

— Mais j'ai les tablettes. J'ai aussi les traductions. Et j'ai le boulot qu'avait réalisé Phil pour le gouvernement. Ses résultats, quoi…

— Et c'est caché où ?

— Vous croyez que je vais vous le dire ?

— Je me doute que non. Mais ce serait une sécurité pour vous si quelqu'un d'autre le savait.

Cette suggestion n'appela aucune remarque de la part de Melis.

— Comme vous voudrez, reprit Kelby. Ne me dites rien. Les bombes soniques, de toute façon, ça ne m'intéresse pas.

— Vraiment ? Les hommes aiment les jouets guerriers, d'habitude. Ça les excite, l'idée de pouvoir faire trembler la planète.

— Ne recommencez pas à généraliser. Cette histoire commence d'ailleurs à me taper sérieusement sur les nerfs...

— Quelqu'un vient !

Elle bondit.

— Vous n'avez pas entendu Pete et Susie ? dit-elle en sortant.

— Non. Vous devez avoir des antennes spéciales.

Il se leva et la suivit.

— Vous n'attendez personne, que je sache.

— Pourtant on a de la visite.

Elle fit quelques pas dehors.

— C'est Cal, dit-elle, soulagée. Avec Nicholas Lyons. Je les avais oubliés.

— Vous aviez d'autres soucis en tête.

Tous deux observèrent depuis l'embarcadère les deux hommes sur le bateau. Cal abaissait le filet.

— Ils arrivent de bonne heure, dit Kelby. Ils ont dû partir avant l'aube.

Elle se raidit.

— Pourquoi auraient-ils fait ça ?

— Je n'en sais rien.

Il observait le bateau avec attention.

— En tout cas, Melis, il n'y a aucun danger. Je ne connais pas Cal Dugan, mais je connais Nicholas. Il est régulier. J'ai mis mon sort entre ses mains je ne sais combien de fois.

— Je fréquente Cal depuis des années. Je ne crois pas qu'il pourrait... Sauf que tout a changé, désormais. Comment savoir ce qui m'attend ?

Cal, tout en remettant le filet en place, adressait des signes à Melis. Elle lui répondit de la même façon, puis se détendit. Cal n'avait pas l'air anxieux le moins du monde.

— Ça ira ? demanda Kelby. Pete et Susie reviennent. On dirait qu'aucun danger ne menace votre proche univers. Du moins dans l'immédiat. Que diriez-vous de rentrer ? Je pourrais nous préparer à tous un bon petit déjeuner.

— Je vais le faire. J'ai besoin de m'occuper.

Elle lança à l'adresse du bateau qui se rapprochait lentement de l'embarcadère :

— Vous avez faim ? J'ai l'impression que vous avez quitté Tobago sans prendre le temps de manger !

— Exactement ! admit Cal. J'ai les crocs.

Le bateau accostait.

— Je voulais emmener Lyons dans ce petit restau le long de la mer. Histoire d'avaler quelque chose. Mais il était pressé d'arriver ici. Il avait la trouille, à cause de ce qu'il avait trouvé derrière ma porte en venant me chercher…

Lyons se baissa pour ramasser quelque chose au fond du bateau :

— Il y a le nom de Melis inscrit dessus, dit-il sombrement.

— Rien qu'une cage à oiseau, enchaîna Cal. Vide, en plus. Je comprendrais que vous vous inquiétiez s'il y avait dedans un oiseau mort ou autre. Elle est jolie, notez. Je n'en avais jamais vu, de peinte comme ça en doré.

Le kafas.

Melis eut l'impression que l'embarcadère tremblait sous ses pieds. Tiens bon. Ne tombe pas dans les pommes. Ça lui ferait trop plaisir. Le pouvoir ! Rappelle-toi bien que c'est ce qu'ils aiment : le pouvoir.

— Melis ? s'inquiéta Kelby.

— C'est… C'est Archer. C'est forcément lui.

— Qu'est-ce qu'on en fait, de cette cage ?

— Ça m'est égal. Je ne veux plus jamais la voir. Faites-en ce qui vous plaira.

Elle fit brusquement demi-tour et s'éloigna vers la maison.

— Je vais aller nager, dit-elle. Vous n'aurez qu'à leur faire à manger, Kelby.

— Entendu. Ne vous inquiétez pas pour…

Melis n'écoutait déjà plus. Elle n'avait qu'une obsession en tête : cette maudite cage…

Le kafas…

*

Nicholas émit un sifflement, puis lâcha :

— Elle a de sérieux ennuis, on dirait.

Kelby approuva d'un hochement de tête.

— Cette cage, dit-il, n'est que le sommet d'un très gros et très vilain iceberg.

Il se tourna vers Cal.

— Détruisez-la. Melis ne doit plus jamais la revoir.

Cal, gêné, fronça les sourcils.

— Je ne pensais pas que ça risquait de la contrarier.

Il emmena l'objet vers le bout de l'embarcadère.

— C'était une jolie cage.

Nicholas dit à Kelby à voix basse :

— J'ai essayé de lui expliquer que c'était certes une jolie cage, mais que... Rien à faire. Je perdais mon temps. Qu'est-ce qui se passe ?

— Un trafiquant d'armes du nom d'Archer. C'est probablement lui qui a assassiné Lontana, ainsi que Carolyn Mulan et sa secrétaire. Il est venu cette nuit jusqu'au filet. Pour harceler Melis.

Les yeux de Nicholas se posèrent sur le filet.

— Il doit avoir posté un homme pour surveiller l'île, dit-il. Tu veux que je prenne un bateau et que j'essaie de le trouver ?

— C'est précisément ce que j'allais te demander.

— J'en étais sûr. J'ai le temps de prendre mon petit déjeuner avant de m'y mettre ?

— J'imagine. Melis m'a ordonné de te préparer un repas.

— Elle te donne des ordres ?

Nicholas afficha un large sourire et ajouta :

— Quelque chose me dit que je vais apprécier cette île.

7

Le coup de fil d'Archer arriva à 9 heures du soir.

— Pardon de t'avoir fait attendre. Ça a dû te détruire. Mais je voulais m'assurer que tu avais bien reçu le message. La cage t'a plu ? Ça m'a pris du temps, de la peindre. Je suis un tel perfectionniste…

— Dites plutôt un sadique. Doublé d'un imbécile. Votre petit jeu du chat et de la souris ne m'a pas détruite.

— Tu mens. Tu as horreur d'attendre. Attendre te fait revenir en mémoire trop de mauvais souvenirs. C'est toi-même qui l'as dit. C'est enregistré. Sur la cassette numéro trois, il me semble…

— J'ai dépassé ça. J'ai dépassé plein de traumatismes. Je sais qu'ils vous font saliver : tant pis pour vous.

— Ce n'est pas faux. Ça m'a excité, d'écouter ces cassettes. J'adore les petites filles. Mais j'ai l'impression que tu dois être aussi excitante aujourd'hui qu'hier. Je serais même déçu, si tu me donnais ces documents trop vite…

— Je ne vous donnerai rien du tout.

— C'est ce que disait ton amie Carolyn. Tu as envie de finir comme elle ?

— Fils de pute.

— Non, tu ne finiras pas comme elle. Il faut toujours appliquer la bonne punition à la bonne personne. Je t'ai dit que j'étais un perfectionniste. Je crois qu'Istanbul te manque. Je crois que je devrais essayer de te trouver un nouveau bordel. Je ne suis jamais allé au kafas d'Istanbul, mais il y en a d'autres, partout dans le monde. En Albanie, au Koweït, à Buenos Aires – je les ai tous fréquentés.

— J'en suis sûre, dit-elle en s'efforçant de garder la maîtrise de sa voix.

La cage. Les cloisons d'or découpées d'arabesques. Le battement des tambours...

— Tu ne dis plus rien ? J'imagine que tout cela doit être très difficile pour toi. Tu sais que le docteur Mulan se faisait beaucoup de souci à ton sujet ? Son pronostic n'était pas favorable. Tu te contrôles trop. Elle craignait que quelque chose ne vienne te déstabiliser. Alors, tu risquais de devenir une personne déséquilibrée. Tu mènes une vie fort agréable, et je serais vraiment très fâché s'il t'arrivait malheur. Tu sais, un asile de fous c'est aussi une cage.

— Vous me menacez de me faire perdre la raison ?

— Eh bien... oui. Lors de ces séances, tu as respecté une ligne de conduite parfaite. Tu étais dans les profondeurs de l'enfer. Je pense que de te faire revenir en mémoire un certain nombre de souvenirs pourrait fort bien t'y précipiter de nouveau. Des messages réguliers de ma part pourraient provoquer dans ton esprit une confusion entre le passé et le présent. Je ne crois pas que tu aies besoin de ce genre de torture. Si ?

Il gloussa de plaisir.

— Oh ! Bien entendu, je préférerais t'infliger le vrai traitement. Mais le jeu pourrait néanmoins se révéler amusant...

— Je ne vous laisserai pas m'expédier dans le décor. Je ne vous laisserai pas me tuer.

Elle ajouta après une courte pause :

— Et le kafas appartient à mon passé, non à mon avenir. Carolyn m'a appris à faire la différence.

— On verra, dit Archer. À mon avis, tu n'es pas aussi forte que tu l'imagines. À certaines époques, tu n'arrivais pas à dormir tellement tes rêves te faisaient peur. Tu as bien dormi, cette nuit, Melis ?

— Comme une masse.

— Ce n'est pas la vérité. Tu as mal dormi. Et tu vas dormir de plus en plus mal. Parce que j'ai l'intention de réveiller tout ton passé, jusqu'aux moindre détails. Je me donne une semaine pour te faire craquer. Dans une semaine, tu me supplieras d'accepter les tablettes et les dossiers. Tu me supplieras de te laisser tranquille…

— Allez vous faire foutre.

— Au fait, Kelby est au courant pour le kafas ?

— Que savez-vous de Kelby ?

— Je sais que tu lui parles de Marinth comme on agite une carotte pour faire avancer un âne. Et que vos chambres, à Nassau, étaient contiguës. Je suppose que tu lui as donné du bon temps. Je trouverais très agréable d'avoir avec lui une petite discussion au sujet du kafas.

— Pourquoi ?

— Il traîne une réputation véritablement flamboyante ! J'en déduis que c'est un homme attiré par toutes sortes d'expériences. Et qu'il appréciera sûrement ma façon de jouer. Qu'est-ce que tu en dis ?

— Je crois que vous êtes non seulement une ordure mais aussi un malade.

Elle raccrocha.

Elle avait l'impression d'avoir mis les doigts dans une matière visqueuse. Elle se sentait sale. Sale et terrorisée… Bon Dieu qu'elle avait peur ! Elle en avait des nœuds à l'estomac. Sa poitrine était tellement serrée qu'elle arrivait à peine à respirer.

Des kafas, il y en a d'autres, partout dans le monde.

Elle ne voulait pas les connaître. Elle ne le voudrait jamais plus.

Ne pense plus à ce qu'Archer a dit. Il n'a parlé ainsi que pour te terroriser. Ça lui donne du pouvoir.

Mais les souvenirs ! Il allait les lui remettre à vif. Il allait tout faire pour qu'elle se remémore en détail ce que contenaient les enregistrements de Carolyn…

Fais avec. Assume. C'est ce qu'aurait voulu Carolyn.

Le téléphone sonna de nouveau. Elle décida de ne pas répondre. Pas maintenant. Elle répondrait plus tard. Quand elle aurait repris des forces.

Le téléphone sonnait toujours quand elle sortit de sa chambre pour gagner le lanai. Elle s'arrêta près du bassin. Elle prit de profondes inspirations dans l'air humide. Oublie ce téléphone. Laisse sonner. Tant que tu es sur ton île, il ne peut te faire aucun mal. Ici, tu es en sécurité.

Mais elle se mentait à elle-même. Elle ne serait jamais en sécurité nulle part. Il y aurait danger tant qu'il existerait sur cette planète des hommes de l'espèce d'Archer. Le risque serait toujours là. La terreur serait toujours là. La seule solution consistait à accepter cette réalité. À vivre avec. C'est ce que Carolyn lui avait appris. La seule solution consistait à trouver en soi-même la force de résister. Il n'y avait pas d'autre choix…

— Vous retournez nager avec vos dauphins ?

Elle se raidit. Kelby traversait le lanai pour venir à sa rencontre.

— Non.

— Ça m'étonne. Ce n'est pas votre façon favorite de vous échapper ?

Il jeta un coup d'œil vers la chambre qu'elle venait de quitter.

— Votre téléphone sonne. Vous ne décrochez pas ?

— C'est Archer. Je lui ai déjà parlé.

— Vous permettez que je décroche à votre place ?

Il pinça durement les lèvres et ajouta :

— Je vous assure que ça me ferait plaisir.

— Je ne vois pas l'intérêt.

Elle referma la porte pour étouffer le bruit de la sonnerie.

— C'est à moi qu'il veut faire du mal.

— Eh bien ! on dirait qu'il y parvient. Il vous met sur le gril.

— Je tiendrai le coup.

Elle frissonna, puis s'enroula dans ses propres bras. Si seulement cette sonnerie pouvait cesser. Et si elle allait baisser le volume de l'appareil ? Non. Elle préférait savoir quand Archer se déciderait à la lâcher. Pourtant, même alors, elle continuerait de l'entendre encore et encore…

— Qu'est-ce qu'il s'imagine pouvoir tirer de vous en vous harcelant comme ça ?

— Il essaie de me rendre folle. Il espère qu'à force de me tourmenter je finirai par lui remettre les tablettes.

Elle poursuivit nerveusement :

— Il a l'intention de me saigner jusqu'à la mort. Comme il a saigné Carolyn. Mais je ne me laisserai pas faire. Je ne lui ferai pas ce plaisir. C'est ce qu'il veut. C'est ce qu'ils veulent tous. Je ne deviendrai pas folle, et je ne...

— Pour l'amour du Ciel, taisez-vous !

Il la prit dans ses bras.

— Et ne vous crispez pas ainsi... Je n'ai aucune intention de vous faire du mal.

— Ça va. Je me sens mieux. Il ne m'a pas fait de mal. Je ne l'aurais pas laissé faire.

— Si, il vous a fait du mal.

Il lui prit doucement la nuque, et l'aida à s'abandonner contre lui, tout en la berçant.

— Chut... Ça va aller. Vous n'avez rien. Je ne laisserai personne vous faire du mal.

— Vous n'êtes pas responsable de moi. C'est à moi à dominer ce qui m'arrive. Carolyn disait toujours que c'était à moi, et à personne d'autre, d'affronter ça...

— D'affronter quoi ?

— Le kafas.

— Qu'est-ce que c'est, le kafas ?

— La cage. La cage en or. Il sait. C'est pour ça qu'il m'a envoyé cette horreur de cage à oiseaux. Il sait tout de moi. C'est comme s'il tenait mon âme entre ses mains dégueulasses. Je préférerais qu'il prenne mon corps. Il appartient à ce genre d'hommes. J'en suis sûre. Je les reconnais d'instinct...

— Melis, vous n'êtes plus dans votre état normal. Vous allez regretter d'avoir parlé ainsi...

— Non ! Je me maîtrise. Je ne suis pas folle...

— Mais je n'ai pas dit ça !

Il tendit les bras et la regarda fixement.

— Vous avez parfaitement le droit d'être bouleversée ! Tout ce que j'ai voulu dire, c'est que je préfère ne pas vous entendre prononcer des mots que vous risqueriez de regretter. Je ne tiens pas à vous inspirer les mêmes sentiments qu'Archer...

— Vous n'êtes pas comme lui. Je le saurais. Je ne supporterais pas que vous posiez les mains sur moi si vous étiez comme lui. D'ailleurs pourquoi vous parlerais-je ? Ce ne sont pas vos affaires.

Elle recula d'un pas.

— Je suis désolée. Je sais que vous ne me voulez pas de mal. J'étais... Il faut que j'en vienne à bout moi-même. C'est juste que ça m'a fait un choc. Ça m'a bouleversée...

— Je ne crois pas que vous ayez vraiment récupéré de ce choc.

Il détourna les yeux.

— Archer pense savoir quelque chose sur votre passé. Quelque chose qui pourrait vous blesser. Est-ce qu'il aurait les moyens d'exercer un chantage sur vous ?

La voix de Kelby avait changé, ce qui étonna Melis.

— Qu'est-ce que vous feriez si je répondais oui ?

— Je romprais notre contrat. Et j'irais tout de suite m'occuper d'Archer. Pour rien.

Il afficha un sourire glacé.

— Je n'aime pas les maîtres chanteurs.

Elle le regardait avec surprise.

— Il ne peut exercer aucun chantage sur moi, dit-elle. Il y a longtemps que je ne me soucie plus de ce que le monde pense de moi...

— Je parlais sérieusement, Melis.

Il la fixait des yeux.

— Et ne venez pas me dire que j'ai une réaction de mâle. Je ne suis pas d'humeur...

— Je n'avais pas l'intention de vous dire ça. Vous voulez vous occuper d'Archer ? Je suis pour. Mais je préférerais lui régler son compte moi-même.

Elle s'humecta les lèvres, puis ajouta :

— Il sait que vous êtes là. Il croit que nous sommes amants. Il se peut qu'il essaie de m'atteindre à travers vous. Il a l'air de penser que vous pourriez être déçu si vous connaissiez la vérité à propos du kafas.

— Et je ne pourrais pas être déçu puisque nous ne sommes pas amants. C'est ce que vous voulez dire, n'est-ce pas ?

— Exactement. Du reste, ce qu'il pense, je m'en fiche. Ce que vous pensez aussi, ça m'est égal.

— Dans ce cas, faites-moi le plaisir de cesser de trembler.

— Je vais cesser de trembler.

Elle se détourna en disant :

— Pardon de vous avoir contrarié. Je ne vous embêterai plus…

— Seigneur ! Ce n'est pas ce que je voulais dire !

— C'est mon problème, Kelby. C'est à moi de m'en occuper.

Elle prit une profonde inspiration.

— Mais il pourrait y avoir un bon usage à faire de toutes les saletés qu'il me jette à la figure. Si j'arrivais à le convaincre que je suis en train de craquer, alors nous pourrions retourner l'arme contre lui.

— Vous voulez que je vous aide à lui tendre un piège ?

— Oui. Ce sera peut-être plus facile maintenant. Il voudra me parler de nouveau.

Un sourire sans gaieté se dessina sur ses traits.

— Il s'en lèche déjà les babines.

— Mais bon Dieu, vous n'allez tout de même pas l'écouter déblatérer toutes ces horreurs ! Le laisser vous faire souffrir !

— Si. Tant qu'il pensera avoir une chance de me faire craquer, c'est moi qui aurai le jeu en main. Mais je ne peux pas feindre de céder trop vite. Ça ne servirait qu'à éveiller ses soupçons. Je vais devoir attendre qu'il ait l'impression d'être en train de gagner la partie.

— Vous arriverez à supporter ?

Il regarda vers la chambre de Melis.

— Vous n'avez pas l'air d'être spécialement en forme.

— Je m'habituerai.

La voix de Kelby se fit plus dure.

— Ça doit être à peu près comme être écartelé ! Mais vous allez vous y habituer, naturellement ! Vous allez faire avec.

— Oui.

Elle pinça les lèvres.

— Et ce n'est pas la peine de vous mettre en colère. Ni de vous abandonner aux sarcasmes.

— C'est la seule arme que j'aie à ma disposition pour le moment. À quoi vous attendiez-vous, bon Dieu ? Je me sens réduit à l'impuissance ! C'est le genre d'impression qui a le don de me rendre dingue !

Il s'éloigna de quelques pas, puis se retourna.

— Faites-moi au moins une faveur, reprit-il. Ne répondez pas au téléphone cette nuit. Ce serait un peu trop dur à supporter pour moi.

Il y eut un instant de silence.

— D'accord, dit Melis. Je ne répondrai pas. Qui sait ? Ça ne fera peut-être qu'exciter son impatience. Demain, il sera plus mûr.

Kelby grommela un juron, puis rentra dans la maison.

Après son départ, Melis continua de ressentir une tension persistante, comme on respire une odeur âcre après que la foudre est tombée. La réaction de Kelby l'avait mise à plat – encore plus que le coup de téléphone d'Archer.

Au fait, le téléphone sonnait-il toujours ?

Elle rassembla son courage. Elle ouvrit la porte de sa chambre. Le téléphone s'était tu. Bientôt il sonnerait de nouveau. Archer continuait de la prendre pour une victime. Il voulait la faire plier. Détruire tout ce qu'elle avait pu reconstruire sur les ruines de son existence. Et il se servirait pour cela de toutes les armes qu'il pourrait trouver dans les enregistrements.

Mais elle ne le laisserait pas faire. Elle était assez forte pour l'affronter, et pour le battre. Oui, elle prêterait l'oreille à toutes les saloperies qu'il avait l'intention de lui distiller. Elle lui laisserait croire qu'il était en train de la briser.

Et c'est elle, le moment venu, qui le briserait.

*

Kelby fut accueilli dans la salle de séjour par un sifflement de Nicholas Lyons.

— Tu as l'air vachement contrarié ou je ne te connais pas. Ça a quelque chose à voir avec cette cage ?

— Ça a tout à voir avec la cage et avec Melis.

Kelby était écœuré.

— Ce fumier d'Archer, reprit-il. Il essaie de la faire craquer. Tout doucement. Pas après pas.

— Il a des chances d'y arriver ?

— Non. Elle est dure. Mais il a le pouvoir de transformer sa vie en enfer. Et elle a décidé de le laisser agir. Pour l'attirer dans un piège. Elle pense pouvoir y parvenir.

— Ce n'est pas une mauvaise idée.

— Sauf que ça pue ! Cette histoire pue. Ça me dégoûte.

— Alors qu'est-ce que tu vas faire ?

— Trouver Marinth. Devenir une légende. Et filer à toutes voiles vers le soleil couchant.

Il tira son téléphone de sa poche.

— Première chose, dit-il, mon bateau. J'appelle le *Trina*. Je vais demander à l'équipage de mettre le cap sur Las Palmas.

— Marinth est là-bas ?

— Comment veux-tu que je le sache ? Elle dit que c'est dans cette zone, oui. Si ça se trouve, elle ment. Elle ne me fait aucune confiance. Mais comment le lui reprocher ? Quelque chose me dit qu'elle ne doit pas donner facilement sa confiance à un homme.

— Est-ce que tu as toujours besoin de moi, Jed ?

— Et comment ! Quand j'aurai eu le *Trina*, j'appellerai Wilson. Je veux savoir ce qu'il a appris sur Archer.

Tout en parlant, il avait composé le numéro de son yacht.

— J'ai l'intention de faire le ménage avant de tirer ma révérence, dit-il. Et Archer sera le premier à en faire les frais.

*

Un grand soleil répandait sa chaleur sur une mer douce comme de la soie. Melis nageait dans l'eau caressante, précédée comme toujours par Pete et Susie qui ne cessaient pourtant de faire demi-tour pour s'assurer que tout allait bien. Melis s'était souvent demandé s'ils ne la considéraient pas comme un être plus ou moins handicapé. Ils devaient trouver bizarre qu'elle nage aussi lentement, alors que leurs corps élégants étaient si bien équipés pour fendre les flots.

C'est le moment de rentrer, songea-t-elle en se tournant vers l'île où elle aperçut Kelby qui les observait du bord du lanai. Il portait un pantalon kaki, des mocassins bateau et un pull blanc. Sa silhouette était mince. Il émanait de lui une impression de force et de vitalité. Melis, qui ne l'avait pas revu depuis la veille, se sentit légèrement mal à l'aise. Elle ne s'était pas attendue à voir s'établir entre elle et lui ce genre de… connexion. Ils avaient partagé hier soir un moment d'intimité, et c'est comme si un lien s'était noué entre eux.

Tu es dingue ! C'est toi, et toi seule, qui ressens les choses de cette façon. Kelby, lui, est plutôt froid. Il semble même distant.

— Vous avez mis un maillot, dit-il en lui tendant la main pour l'aider à sortir de l'eau. Quelle déception ! Cal m'a dit que vous aviez l'habitude de vous baigner nue.

— Pas quand il y a du monde.

Elle prit la serviette qu'il lui tendait et entreprit de se sécher.

— Et du monde, ces jours-ci, il y en a.

— C'est vous qui m'avez invité. Il est vrai que vous aviez une idée en tête.

Il s'installa dans un des transats du lanai.

— Vous avez eu Archer ?

— Non. Je vous avais promis de ne pas lui parler cette nuit. Alors, j'ai coupé mon téléphone. Je le rebrancherai quand je rentrerai m'habiller.

— Moi, j'ai eu une discussion avec Wilson. Il m'a fourni un profil d'Archer. Vous voulez savoir le genre de monstre avec lequel vous êtes en train de vous battre ?

— Un monstre est un monstre.

— Non. Archer n'est pas comme les autres. C'est une catégorie à lui tout seul. Il a grandi dans les taudis d'Albuquerque, au Nouveau-Mexique. À neuf ans, il revendait déjà de la drogue. À treize, il s'est fait coincer pour le meurtre d'un condisciple au lycée. Il avait le goût des crimes bien sanglants. Il n'a donné la mort à son copain qu'au terme de longues, très longues souffrances.

« Mais le procureur n'a pas réussi à réunir des preuves, et ils ont dû le relâcher. Le lendemain, Archer disparaissait de la circulation. On suppose qu'il est parti pour le Mexique. La suite est une véritable encyclopédie du crime. Il a fini par quitter la drogue pour les armes. Lesquelles sont devenues sa spécialité. À vingt-deux ans, il avait sa propre organisation, et il travaillait déjà au niveau international. Il s'en est plutôt bien sorti ces vingt dernières années. Il a placé son argent en Suisse. Il possède un bateau, le *Jolie Fille*, dont il se sert pour son business. Le navire est généralement basé à Marseille. Il effectue des transports d'armes vers le Moyen-Orient. Ce fumier aime l'argent et le pouvoir. Et il ne s'est jamais débarrassé de son penchant pour le sadisme. Pas mal d'histoires circulent sur le sort qu'il réserve à ses ennemis – elles vous flanquent carrément le frisson. Mais bon : c'est efficace. Personne n'a envie de figurer sur sa liste noire…

— Rien de ce que vous dites ne me surprend, le coupa Melis. Je savais à qui j'avais à faire, vu la façon dont il a traité Carolyn. Vous auriez une photo de lui à me montrer ?

— Dès que Wilson aura pu en trouver une.

Il ajouta après un temps :

— Mais tout cela n'est pas nécessaire, vous savez. Ne répondez pas à ses coups de fil. Vous n'avez aucune raison d'endurer ce genre de punition. Archer nous suivra quand nous partirons pour Las Palmas.

Elle se raidit.

— On part pour Las Palmas ?

— Dès que le *Trina* aura rejoint un port et sera équipé.

— Alors vous avez décidé de m'aider ? Vraiment ? Vous ne réclamez plus des preuves ?

— Chacun a droit à sa chance, un jour ou l'autre.

Il fit une grimace.

— Cela dit, c'est tenter le diable. En principe, on commence par Marinth, et on s'occupe d'Archer après. Mais nous aurons peut-être la chance de faire d'une pierre deux coups si Archer nous suit.

— De toute façon, je suis coincée. Je suis obligée de vous faire confiance.

Il approuva d'un hochement de tête.

— Vous savez que je ferai tout pour mettre la main sur cette ordure. Vous ne prenez pas de gros risques.

Il se tut un instant, puis reprit :

— Une chose encore… Les tablettes et leurs traductions : elles sont à moi.

— Non. Je pourrais en avoir besoin pour appâter Archer.

— Je vous les prêterai. Disons qu'à partir de maintenant elles m'appartiennent.

Melis réfléchissait.

— Vous êtes dur en affaires.

— J'ai appris avec des experts. Cette partie pourrait coûter très cher, si vous ne jouez pas le jeu.

— Je tiendrai parole. Je vous donnerai ce que vous voulez.

— Maintenant, il y a une chose que j'aurais besoin de savoir tout de suite. Quel matériel dois-je emporter ? À quelle profondeur Marinth peut-elle se trouver ?

— Dans la zone que nous avons explorée, l'océan n'avait que soixante mètres de fond. Il est possible qu'il y ait un trou quelque part. Mais si ce n'est pas le cas, les scaphandres devraient suffire à effectuer une première exploration.

— Pas de submersible, alors. Tant mieux. Ça diminuera les dépenses.

— L'opération coûtera cher de toute façon. Très cher. Vous aurez besoin d'un avion équipé de conteneurs spéciaux pour transporter Pete et Susie. Une fois à Las Palmas, il faudra trouver un grand bassin…

— Il n'en est pas question. Je sais que vous nourrissez une grande affection envers vos amis aquatiques, mais je ne dépenserai pas une fortune pour les emmener avec nous. Est-ce que vous savez seulement combien coûte…

— Ils viennent avec nous.

— Je laisserai des hommes sur votre île. Assez d'hommes pour veiller sur eux et les protéger de toute menace. Vous verrez que tout se passera bien…

— Sans eux, nous ne trouverons pas Marinth. C'est impossible. Eux seuls connaissent le passage pour y arriver.

— Je vous demande pardon ?

— Vous avez très bien entendu. Nous avons trouvé Pete et Susie au large de Cadora, une des îles Canaries. C'était à l'époque où Phil essayait de retrouver Marinth. Ils nous ont suivis. Ils s'amusaient à chevaucher le sillage du *Last Home*. Ils nageaient aussi avec nous au cours des recherches sous-marines. Ils étaient jeunes. Ils n'avaient pas plus de deux ans. Or il est rare que de jeunes dauphins abandonnent leur mère et leur groupe. La vérité, c'est que Pete et Susie n'ont jamais été comme les autres. Ils semblaient rechercher avidement le contact avec les humains. J'ai répondu à leur demande. Dès le matin, ils tournaient autour du bateau. Ils ne nous quittaient pas avant le coucher du soleil. Je ne les ai jamais vus la nuit. Ils allaient peut-être retrouver leur mère. Ou leur groupe. Mais ça m'était égal. Il me suffisait de les avoir pendant la journée. Je n'avais pas une passion pour la quête des cités perdues. En revanche, c'était pour moi l'occasion d'étudier les dauphins de très près. J'ai passé plus de temps à nager sous l'eau avec eux qu'à rechercher les ruines de Phil.

— Voilà qui ne devait pas lui faire plaisir.

— C'est vrai. Mais il était tout de même ravi de voir que mes pérégrinations avec les dauphins permettaient quelquefois de tomber sur une grotte. C'est comme ça que nous avons trouvé les tablettes.

— Vous croyez que les dauphins vous ont délibérément conduite à elles ?

— Je n'en suis pas sûre. Mais je le pense. Sans en avoir la preuve. Peut-être ont-ils seulement eu envie de jouer dans une zone qui leur était familière.

— Et c'est Lontana qui en a récolté tout le bénéfice.

Melis pinça les lèvres.

— Il en est devenu dingue d'excitation. Il s'est mis à croire que les dauphins allaient le conduire pour de bon à Marinth. Il avait engagé des plongeurs à Las Palmas. Tous les jours, il explorait les fonds avec eux, et avec les dauphins. Quelquefois même, il essayait de les effrayer pour qu'ils s'éloignent du bateau, de façon à pouvoir les suivre, au cas où ils se seraient enfuis en direction de Marinth. Je l'aurais étranglé, quand il faisait ça. Je lui ai dit d'arrêter. Il refusait de m'entendre. Il n'avait qu'une obsession en tête : Marinth. Le reste ne comptait pas.

— Il est arrivé à ce qu'il voulait ?

— Non. Un beau jour, Pete et Susie ne sont pas revenus. Trois jours plus tard, nous avons entendu dire que deux jeunes dauphins s'étaient pris dans des filets de pêcheurs au large de Lanzarote. C'étaient eux : Pete et Susie. Ils étaient malades. Et salement déshydratés. J'étais furieuse après Phil. Alors je l'ai menacé. Soit il ramenait les dauphins sur notre île pour les soigner, soit je vendais la mèche aux médias à propos des tablettes.

— J'imagine que l'argument l'a convaincu.

— Il n'a pas aimé. Il n'avait guère d'argent. Le transport des dauphins coûtait cher. Mais on l'a fait. On a ramené Pete et Susie ici. Et ils sont toujours là.

— Lontana n'est pas retourné aux Canaries ? Il n'a pas essayé de reprendre ses recherches sans eux ?

— Si. Mais ça n'a rien donné. Les fonds, dans cette zone, sont un vrai labyrinthe de récifs, de grottes et de plateaux. Vous pouvez très bien tomber sur Marinth par hasard. Vous pouvez aussi chercher cent ans sans résultat.

— Il ne vous a pas mis la pression pour que vous l'autorisiez à employer de nouveau les dauphins ?

— Bien sûr que si. Surtout après que les tablettes furent traduites. Apparemment, les Marinthiens se servaient des dauphins dans leur vie quotidienne.

— Qu'en faisaient-ils ?

— Les Marinthiens étaient des pêcheurs. Les dauphins rabattaient les poissons dans leurs filets. Ils les prévenaient des attaques de requins. Ils apprenaient même aux enfants à nager. Les dauphins appartenaient à leur existence. Ça a duré comme ça pendant des siècles.

— Vous pensez qu'ils peuvent nous aider à retrouver Marinth ?

— Les dauphins demeurent une espèce mystérieuse. Ils possèdent peut-être une mémoire génétique qui se serait transmise d'une génération à l'autre, après le cataclysme qui a englouti leur ville. C'est une possibilité. Il se peut aussi qu'ils soient tout bonnement attachés à un habitat qui leur procure des bénéfices. Quoi qu'il en soit, Phil était convaincu qu'ils finiraient par le conduire à Marinth.

— Et vous, vous avez refusé de le suivre sur ce terrain.

— Et comment ! Bon Dieu. Vous imaginez le stress qu'on leur fait subir quand on les oblige à voyager ainsi ? Déjà que Phil avait failli les tuer en les poussant dans ces filets de pêcheurs ! Il n'avait qu'à se débrouiller pour la retrouver sans eux, sa cité perdue ! Ça ne lui suffisait pas, qu'ils lui aient déjà déniché les tablettes ?

— Cependant vous estimez que Pete et Susie pourraient retrouver Marinth.

— À condition que leur mère vive à proximité des ruines. Ou un autre dauphin de leur connaissance. Chaque dauphin possède une façon particulière de siffler – sa signature, si vous voulez. Si le dauphin reconnaît un ami, il le suit sans problème.

— Sauf que ça n'a pas marché avec Lontana.

— Il s'y prenait mal. Il les harcelait. Et les dauphins ne le connaissaient pas assez bien pour lui faire confiance. Oui, c'est vrai, je pense qu'il y a de grandes chances pour que Pete et Susie puissent nous conduire à Marinth. Comme ils nous ont conduits aux tablettes. Les Marinthiens considéraient d'ailleurs les dauphins comme leurs petits frères. Et voilà : ce sont les petits frères qui ont survécu. Et les descendants des petits frères sont toujours là.

Elle ajouta en employant un ton fâché :

— Vous croyez peut-être que j'ai envie d'emmener Pete et Susie faire un tour en avion ? Ici, ils sont heureux. Ils vivent en sécurité. S'il existait un autre moyen, je le choisirais sans hésiter. Alors faites comme je vous dis ! Et débrouillez-vous pour leur offrir un voyage en première classe, Kelby.

— D'accord.

Il observa un moment le couple de dauphins, puis ajouta :

— Mais ils ont intérêt à avoir un bon sens de l'orientation.

8

De retour dans sa chambre, ce soir-là, Melis trouva sept appels dans la messagerie de son cellulaire. Elle les effaça sans les écouter. Puis elle attendit.

Quand tu voudras, Archer. Je suis prête.

Mais, disant cela, elle se mentait à elle-même. Dès qu'elle songeait à ce fils de pute, et au prochain appel, tous les muscles de son corps se tendaient. Il faut surmonter ça, se répétait-elle. La décision était prise. Elle devait vivre avec.

Le téléphone sonna à minuit exactement.

— Je n'aime guère être traité par le mépris, dit-il. J'avais cru comprendre que tu aimais tes dauphins…

Elle se crispa.

— Qu'est-ce que vous dites ?

— Je vois que tu n'as pas écouté mes messages.

— Pourquoi devrais-je écouter ces saloperies ?

— Parce que je le veux. Et parce que si tu refuses de les écouter, il arrivera quelque chose aux dauphins. Je n'ai pas besoin d'envahir ton petit paradis, tu sais. Il suffirait d'infecter leur nourriture. Ils se nourrissent de poisson, je crois ?

— Les dauphins sont un objet d'étude pour moi. Rien de plus.

— Ce n'est pas ce que Lontana m'a dit.

Elle reprit après un temps :

— Qu'est-ce qu'il vous a dit ?

— Il m'a parlé de Marinth. Et des dauphins, justement. Je m'étais adressé à lui avec une offre concernant les armes soniques.

Il a essayé de détourner mon attention sur Marinth. Il m'a tout raconté : la cité perdue, les tablettes, toi. J'avais beau essayer de lui expliquer que Marinth ne m'intéressait pas, il ne voulait rien entendre. Quant aux armes soniques, il refusait d'en discuter.

— Normal. Il s'était déjà fait avoir par d'autres escrocs que vous.

— Je sais. Mais il n'avait qu'à rester sur son île, s'il avait peur de jouer dans la cour des grands. Il y avait là un trop gros potentiel. J'ai déjà trois acheteurs décidés à me faire une offre. Et tout montre qu'il y a d'autres requins prêts à se jeter sur la proie. Je veux les papiers de Lontana.

— Je ne les ai pas.

— C'est ce que m'a dit Lontana. Mais il a tout de même laissé entendre que tu sais où ils sont. Alors je t'écoute.

— Vous mentez. Il ne m'aurait jamais fait courir un tel risque.

— À ce moment-là, il pensait que j'allais investir dans sa cité perdue. Il était assez naïf, non ? Et têtu comme une mule. Comme Carolyn Mulan. Comme toi.

— Ça, vous pouvez le dire. Je suis sacrément têtue. Vous croyez vraiment que je vais vous céder des papiers que je peux vous empêcher de prendre ?

— Mais tu ne peux pas m'empêcher de les prendre ! Tu pourras résister quelque temps, bien sûr. Mais j'ai écouté tes bandes, ne l'oublie pas. Je sais combien ton équilibre est fragile.

— Vous vous trompez.

— Je ne crois pas. En tout cas, ça vaut le coup d'essayer. Alors voilà ce que nous allons faire. Je t'appellerai deux fois par jour. Tu décroches, et tu écoutes. On parlera du kafas. Du harem. On passera en revue les charmants épisodes qui ont marqué ton enfance. Si tu refuses de décrocher ton téléphone, je tue les dauphins.

— Je peux les parquer près de la maison.

— Les dauphins n'aiment pas être parqués trop longtemps. Ils finissent par tomber malades. Et par mourir.

— Comment le savez-vous ?

— J'ai fait des recherches. Un homme d'affaires digne de ce nom doit toujours s'informer.

— Homme d'affaires ! Criminel, vous voulez dire.

— Je ne tue que lorsque l'on prétend me frustrer de quelque chose. En général, ce que je veux, je l'obtiens. À force, je suis devenu un vrai gâté pourri.

Il ajouta en baissant la voix :

— J'espère que tu céderas avant que je ne t'aie complètement brisée. J'ai le sentiment de te connaître vraiment bien, tu sais. Le soir, je m'endors en pensant à toi. Je nous imagine étendus dans le noir. Sauf que tu es beaucoup, beaucoup plus jeune. Tu as une idée de ce que nous faisons, tous les deux ?

Elle ferma les yeux. Apaise ta colère. Résiste à la panique. Respire lentement, profondément.

— Tu ne réponds pas.

— Vous m'avez demandé d'écouter, pas de parler.

— C'est exact. Et je vois que tu commences à te montrer obéissante. Ça mérite une récompense. Bonne nuit, Melis.

Il raccrocha.

C'était fini.

Jusqu'à demain matin. Alors tout recommencerait. En pire. En plus laid. En plus obscène. Archer mélangerait le passé et le présent pour fabriquer un immense cauchemar.

Elle se leva. Elle se dirigea vers la salle de bains. Prendre une douche. Se laver. Se sentir propre à nouveau. Elle pouvait accepter cette punition. Deux fois par jour – rien que deux fois par jour. Elle n'aurait qu'à enfermer à double tour au fond de son esprit ce qu'Archer lui dirait. À penser au sort qu'il avait fait subir à Phil, à Carolyn, à Maria. Et surtout à ce qu'elle avait l'intention de lui faire subir.

*

TOBAGO

— Le *Trina* a quitté Athènes, dit Pennig en rejoignant Archer sur la terrasse. Cette nuit même, d'après Jenkins.

— Quelle destination ?

— Jenkins ne sait pas encore avec certitude. Il se renseigne.

— Il a intérêt. Nous devons sûrement nous attendre à les voir quitter l'île très bientôt. Assure-toi que tous leurs faits et gestes sont surveillés minute après minute.

Pennig marqua une hésitation.

— Est-ce qu'on ne devrait pas filer d'ici ? On est trop près de leur île. Je t'ai répété ce que m'a dit Cobb : Lyons a déjà quitté l'île plusieurs fois. Ce soir, il l'a même vu partir pour aller fouiller du côté de Tobago.

— Je vais y réfléchir. Il ne peut pas savoir où nous sommes.

Archer s'absorba dans l'observation du rivage.

— Kelby a l'air de vouloir bouger. Il s'agite. Je ne pensais pas qu'il se déciderait aussi vite à venir tâter le terrain. Je parie que la délicieuse Melis lui donne tout ce qu'il veut.

— Pourquoi elle ferait ça, puisqu'elle refusait d'aider Lontana ?

— Du temps de Lontana, elle n'était pas obligée de compter avec moi. Maintenant, oui. Elle se sent menacée.

Et ça va continuer de plus belle ! songea-t-il en accueillant une bouffée d'excitation. Melis Nemid lui faisait décidément de l'effet. Au début, s'il s'était intéressé à ces dossiers et à ces cassettes, c'était dans le but d'obtenir les armes. À présent, il y avait autre chose. Il visualisait chaque scène. Il imaginait chacune des émotions ressenties par elle autrefois. Et c'était incroyablement enivrant.

— Pour sauver sa peau, elle est prête à donner à Kelby tout ce qu'il veut.

— Même les tablettes et les papiers ?

— Peut-être. Je crois deviner que c'est Marinth qui l'intéresse. Mais Kelby est le genre d'homme qui veut tout.

Archer souriait.

— Hélas pour lui, il n'aura pas tout. C'est moi qui aurai ces papiers, les résultats de Lontana.

Kelby n'aura pas Melis Nemid non plus, poursuivit-il mentalement. Melis aussi est pour moi.

Plus il était en rapport avec elle, plus il avait envie de voir cette relation se développer et lui apporter toujours plus de plaisir. Il existait tant de façons de la tourmenter, de la faire souffrir ! Il allait les explorer toutes, l'une après l'autre.

Ensuite, la fille pourrait mourir.

*

Le téléphone de Kelby sonna au milieu de la nuit.

— J'ai repéré leur planque, dit Nicholas. Un canot à moteur noir et blanc à l'ancre dans une baie, à deux milles d'ici. Assez près pour leur permettre d'avoir un œil sur Melis, mais sans se faire remarquer. Mon bateau est un demi-mille plus loin, caché derrière des branchages.

— Tu es sûr que c'est eux ?

— Je préfère ne pas répondre à cette insulte. Je le marque à la culotte, figure-toi. Si tu quittes l'île, il te verra partir. Alors mets d'abord le cap sur Tobago, ensuite tu reviens en arrière. Je t'attends ?

Kelby sortit de son lit.

— J'arrive.

*

Le canot noir et blanc était occupé par un homme de grande taille, à la crinière blondasse, qui braquait sur l'île de Lontana une paire de jumelles surpuissantes. Kelby rabaissa ses propres jumelles à infrarouge, et dit en se tournant vers Nicholas :

— Tu penses que quelqu'un va venir le relever ?

— C'est probable. Je le surveille depuis minuit, et je n'ai encore vu personne d'autre. Rester comme ça en planque sur un bateau, au milieu de nulle part, ne doit pas être spécialement agréable.

— Il a peut-être pris le quart de nuit.

Kelby consulta sa montre.

— Il reste quelques heures avant le lever du jour. Rentre sur l'île. Je te remplace ici.

— Tu as l'intention de le filer quand il aura été relevé, c'est ça ?

— Si Archer était dans les parages la nuit dernière, il y est peut-être encore. Il ne sait pas déléguer, c'est évident.

— Parce que toi, tu sais déléguer, peut-être ? Laisse-moi m'en occuper…

Kelby faisait non de la tête.

— Je veux absolument me faire cette ordure, dit-il. Rentre sur l'île et garde un œil sur Melis. Ne lui dis rien, surtout. Elle n'a pas besoin de savoir. Au cas où j'échouerais.

Nicholas haussa les épaules.

— Comme tu voudras.

Il démarra le moteur de son bateau.

— On reste en contact.

Kelby s'assit dans sa propre embarcation, et se remit à observer à la jumelle.

*

Le jour se levait quand Dave Cobb accosta au port de Tobago, amarra son canot et, après une courte promenade sur les docks, franchit l'entrée de l'hôtel Oceanic.

La réception était miteuse. Il y régnait des odeurs de produit nettoyant mêlées au parfum des fleurs tropicales qui trônaient dans un bac au milieu de la pièce. Cobb eut un haut-le-cœur. Tout ce qui avait un rapport avec cette ville le dégoûtait. Il appela l'ascenseur et se rendit au troisième étage. Il avait pourtant demandé à Pennig de lui trouver un hôtel au centre-ville ! Mais non. Pennig le voulait à pied d'œuvre sur les quais.

Cobb lui téléphona dès qu'il fut dans la chambre.

— Rien de spécial à signaler, soupira-t-il. Comme je te l'ai dit, Lyons est parti hier soir pour Tobago. Kelby a quitté l'île à son tour cette nuit, à 3 heures.

— Même destination ?

— Oui, Tobago.

— C'est important, Cobb. Je t'ai dit et répété à quel point les déplacements de Lyons doivent éveiller notre attention…

— Dansk te préviendra de leur retour. Moi, je vais prendre une douche et me mettre au lit. Il va falloir la surveiller encore combien de temps, cette putain d'île ?

— Jusqu'à ce qu'Archer vous donne l'ordre d'arrêter. Tu es payé pour ça.

— Pas assez, je trouve, dit Cobb, amer. Douze heures d'affilée dans ce canot humide et moisi, c'est trop. Je suis un gars des rues, moi.

— Tu veux t'en expliquer avec Archer ?

— Je m'en explique avec toi...

Merde, mieux valait battre en retraite. Archer était un sadique. Pennig ne valait guère mieux, cela dit. Il avait entendu trop de sales histoires à leur sujet pour qu'il n'y ait pas quelque chose de vrai à l'arrivée.

— Je ferai mon boulot, reprit-il. Tout ce que je te demande, c'est de me sortir de ce canot dès que possible.

— Quand le boulot sera fait, Cobb.

Pennig raccrocha.

Va te faire foutre.

Cobb reposa violemment le combiné, et prit la direction de la salle de bains. S'il avait accepté ce travail, c'était pour le fric et rien d'autre. Certes, il avait jugé flatteur de voir un personnage du calibre d'Archer faire appel à lui, mais ce qu'il aimait, c'était l'action ; poireauter dans un canot pendant des heures ne l'intéressait pas.

Il tourna le robinet. L'eau chaude se répandit sur son corps.

Ça commençait à aller mieux. Il finissait par crever de froid, à rester assis sur son cul toute la nuit dans cette humidité. Il avait même failli partir avant l'arrivée de Dansk. Il s'était dit qu'il allait rentrer directement à Tobago et envoyer chier Pennig. Encore une nuit comme celle-là, et il arrêtait. Tant pis pour le fric. Il était mal payé, de toute façon... Hé ! qu'est-ce que...

La porte de la douche s'ouvrait.

— On ne t'a pas appris qu'un homme surpris sous sa douche était très vulnérable ? lui demanda Kelby à voix basse. Tu pourrais glisser sur ton savon, te brûler, ou encore...

Cobb grogna et essaya de le frapper. Mais Kelby esquiva, se plaça sur le côté et lui toucha la carotide avec le tranchant de la main – un coup de karaté.

— Quelqu'un pourrait faire des dégâts dans ton système nerveux, poursuivait-il. Ou dans ton squelette... On va en discuter, d'accord ?

*

Le lendemain matin, Melis buvait un café dans la cuisine quand Nicholas Lyons apparut en disant :

— Voilà exactement ce qu'il me faut. Je peux ?

— Servez-vous.

— Volontiers.

Il emplit une tasse et s'assit à table en face de Melis.

— Kelby est à Tobago. Il va essayer de trouver des conteneurs pour vos amis aquatiques. Il m'a demandé de vous le dire.

— Ça ne traîne pas, avec lui.

— C'est un rapide. Il est comme ça. Vous avez les cheveux mouillés. Vous êtes allée nager avec Pete et Susie ?

Elle fit oui de la tête.

— Je nage tous les matins. Les dauphins sont de bonne compagnie.

— Beaucoup de gens auraient de la peine à piger ce concept. Mais moi, je suis un chaman. Les interactions spirituelles entre l'homme et l'animal ne me posent aucun problème. Vous avez peut-être été dauphin dans une vie antérieure.

Elle sourit.

— J'en doute. Je perds patience trop vite, quand ils ne comprennent pas ce que j'attends d'eux.

— Pourtant, ils vous donnent ce dont vous avez besoin, non ?

Il approcha la tasse de ses lèvres.

— Ils vous intéressent. Ils vous amusent. Ils vous protègent contre la solitude. C'est important, quand on est justement quelqu'un de solitaire. Ce qui est votre cas.

Melis s'appuya au dossier de sa chaise.

— Vous pensez que je suis quelqu'un de solitaire ?

— Oh ! oui. Vous êtes entourée d'un mur très épais. Personne ne peut le franchir. Votre amie Carolyn y arrivait peut-être.

— Si je vous comprends bien, je suis quelqu'un de froid.

Il secoua la tête.

— Vous êtes gentille avec vos dauphins. Aimable avec Cal. D'après ce qu'il m'a dit, Phil n'était pas du genre facile à vivre. Or vous avez fait preuve d'une grande patience avec lui. Toujours à en croire Cal. Et la mort de Carolyn Mulan vous a terrassée. Non, vous n'êtes pas quelqu'un de froid. Quelqu'un de prudent, je dirais.

— Vous n'imaginez pas le plaisir que vous me faites, d'en être venu à cette conclusion. Je ne me doutais pas que vous m'aviez mise sous votre microscope.

— J'étudie l'humanité. Et vous êtes un spécimen intéressant.

Il plissa les yeux. Melis songea que le caractère de cet homme était complexe, tout en nuances. Elle se demanda aussi ce qui se cachait derrière ce large sourire plein de franchise.

— Vous aussi, dit-elle, vous êtes un spécimen. Pourquoi êtes-vous ici ? Pour Marinth ?

— J'aime l'argent. J'aime Kelby. Et cette opération promet de faire pas mal d'étincelles. Ça pourrait me rappeler le bon vieux temps. Comme vous, je suis un solitaire. Je ne laisse pas beaucoup de gens entrer dans mon univers…

— Des étincelles ? Vous étiez dans les commandos avec Kelby, c'est ça ?

Il approuva.

— Après, on a passé deux ou trois ans à bourlinguer ensemble aux quatre coins du monde. À la fin, on s'est séparés. Chacun est parti de son côté.

— Quand on réfléchit au passé de Kelby, on a de la peine à l'imaginer dans les commandos.

Elle baissa les yeux vers sa tasse de café.

— Tout ce que j'ai lu à son sujet contribue à brosser le portrait d'un homme plutôt indiscipliné. Il était compétent, comme soldat ?

Nicholas ne répondit pas tout de suite.

— Voilà une question pleine de sous-entendus, finit-il par dire.

— Vraiment ?

— Voyons... Je vais essayer de me servir de mes pouvoirs chamaniques. Ils me diront peut-être ce qu'il y a derrière tout ça. Archer est un individu extrêmement dangereux. Et vous aimeriez bien savoir si Kelby est vraiment en mesure de vous apporter sa tête sur un plateau. C'est ça ?

Melis approuva d'un hochement de tête.

— J'aime bien quand une femme ne tourne pas autour du pot, dit-il.

Il l'étudiait avec attention.

— Qu'est-ce que vous pensez de Kelby ? reprit-il.

— Il est dur. Mais l'est-il assez ?

— Vous savez ce que c'est, les classes, dans les commandos ? Croyez-moi, l'épreuve n'a pas été une partie de plaisir pour lui. Il a débarqué avec l'image du gosse de riche poursuivi par les paparazzi. Or les recrues ont à leur disposition plein de moyens de vous mener une vie d'enfer, s'ils en ont envie. Aucun de ces moyens n'a été épargné à Kelby.

— Vous vous y êtes mis aussi ?

— Bien sûr. Je peux me montrer aussi sadique qu'un autre. Peut-être même plus. J'ai toujours cru aux tests. Se tester soi-même. Tester les autres. C'est la seule façon de pouvoir continuer une partie. Vous placez la barre à la bonne hauteur, et vous y allez ! Si vous échouez, vous débarrassez le plancher et vous laissez la place à un autre. En évitant de pleurnicher parce que vous vous êtes blessé ou je ne sais quoi. C'est comme ça que les meilleurs restent en piste.

— C'est plutôt dur, comme philosophie.

— C'est peut-être mon côté indien – je suis un Américain d'origine indienne, vous savez ? Ou mon côté gosse des rues. L'un ou l'autre. Quoi qu'il en soit, cette vision des choses me convient.

— Vous êtes fier de vos origines indiennes ?

— Si vous n'êtes pas fier de ce que vous êtes, vous pouvez vous attendre à de graves ennuis.

Il sourit.

— Vous allez dire que je plaisante, mais je me vois tel que j'étais jadis. Au temps où les Indiens étaient les seuls à habiter l'Amérique. J'étais chasseur. La chasse, c'est un truc qui m'excite aujourd'hui encore. C'est peut-être pour ça que je suis entré dans les commandos.

Il haussa les épaules.

— De toute façon, Kelby a passé l'épreuve des classes. Il n'a pas craqué. Il était coriace. Un vrai dur.

Nicholas eut un large sourire.

— Après les classes, il est revenu nous voir. Tous. L'un après l'autre. Et il nous a rendu la monnaie de notre pièce.

— Il doit avoir une sacrée résistance.

— Une sacrée résistance ?

Son sourire retomba.

— Oui, on peut le dire comme ça… Une fois, en Irak, pendant la guerre du Golfe, les avions de reconnaissance avaient localisé une petite installation souterraine destinée à la guerre biologique. C'était dans la zone nord. Ils nous ont expédiés sur place avec mission de détruire ces labos. Opération top secret, évidemment. L'état-major ne tenait pas à éveiller l'attention des opposants à la guerre en leur laissant croire que nos troupes étaient exposées à des retombées bactériennes. Mais ça s'est mal passé dès le début. On a réussi à faire exploser les installations ennemies, mais en laissant deux hommes sur le carreau. Kelby et moi n'avons pas eu le temps de rejoindre l'hélicoptère. On s'est fait capturer par un groupe tribal.

« On s'est retrouvés enfermés tous les deux dans une cellule minuscule au milieu du désert. Nos geôliers ont prévenu Saddam qu'ils avaient capturé deux commandos. Saddam a répondu qu'il voulait une confession complète, et une déclaration des prisonniers dénonçant l'effort de guerre américain. Je ne sais pas pourquoi ils ont commencé par Kelby. Ils avaient peut-être eu connaissance de son passé. Ils voulaient peut-être apporter la preuve qu'un capitaliste yankee, au fond, n'est qu'un lâche…

— Ils l'ont torturé ?

— Un paquet de temps. Trois jours. Kelby était enfermé dans une espèce de boîte – une fournaise. Sans rien à boire ni à manger. À la fin, il avait deux côtes cassées et des blessures partout sur le corps, vu qu'ils le jetaient carrément dans sa cellule après les interrogatoires. Mais il n'a pas parlé. Un vrai dur, comme je vous disais. Je n'aurais jamais cru qu'il arriverait à survivre à une évasion après ça. Pourtant il l'a fait. Il a descendu deux gardiens. On a regagné la frontière en se planquant dans les montagnes. Le voyage a duré cinq jours. Enfin on a pu établir un contact avec nos troupes. Ils ont envoyé un hélico.

Il eut un sourire lointain.

— Alors oui, on peut dire qu'il est résistant. Je n'aimerais pas être à la place d'Archer quand il le trouvera sur sa route. Ai-je répondu à la question ?

Il avait répondu au-delà de ce que Melis voulait savoir. Il en avait même peut-être trop dit. Elle n'aimait pas se représenter Kelby en victime – quand bien même il s'en était sorti. Kelby enfermé dans cette étroite cellule, blessé, torturé : cette idée lui brisait le cœur.

— Vous avez répondu, dit-elle. Merci.

Elle se servit du café.

— C'est sans problème, dit-il en repoussant sa chaise. Maintenant, voyons… Qu'allons-nous faire, ce matin ?

— Nous ?

— Kelby m'a demandé de ne pas vous lâcher d'une semelle.

— Je n'ai pas besoin de vous. Ici, sur mon île, je suis en sécurité.

— Eh bien, vous serez deux fois plus en sécurité. Voulez-vous que nous allions dans l'eau nous amuser avec les dauphins ?

— Nous amuser ?

Elle pencha la tête et l'interrogea du regard.

— Je n'avais aucune intention de m'amuser, reprit-elle, mais pourquoi pas ? Allez enfiler votre maillot de bain. Pete et Susie seront sûrement très contents de jouer avec vous.

Elle eut un sourire malicieux.

— Demandez à Cal.

*

Quatre heures plus tard, Nicholas décrocha son téléphone.

— Archer était à Tobago, lui dit sèchement Kelby. Au Bramley Towers. Il n'y est plus.

— Il s'est envolé ?

— Naturellement. C'est Cobb qui était chargé de planquer. Il m'a dit que Pennig commençait à devenir nerveux, à force de te voir quitter l'île pour aller à Tobago. Archer a dû se mettre à flipper aussi. Il a préféré partir.

— Tu sais où ?

— Cobb a été recruté à Miami. J'ai appelé l'inspecteur Halley, à Nassau, pour lui demander s'il avait les moyens de retrouver la trace d'Archer à Miami. Je lui ai dit aussi qu'il pouvait venir cueillir Cobb et son copain Dansk.

— Cobb ne sait pas où Archer est parti ?

— Crois-moi, s'il le savait, il me l'aurait dit.

— Oh ! je n'en doute pas. Ce qui m'étonne, c'est que tu aies décidé de le refiler à cet inspecteur Halley.

— C'est du menu fretin. J'ai eu ce que je voulais obtenir de lui. Va cueillir Dansk, et livre-le à Halley. Le rendez-vous est à l'aéroport.

— Tu délègues, on dirait… J'imagine que je n'ai pas la permission de faire joujou avec lui, comme toi avec Cobb ?

— Dansk ne sait rien non plus. Tu perdrais ton temps. Contente-toi de le remettre à Halley. Pars tout de suite. Je rentre sur l'île.

— Bonne nouvelle. Ta Melis a un sens de l'humour particulièrement malicieux. Elle m'a offert un petit interlude avec les dauphins, sachant pertinemment qu'ils me feraient subir un attentat à la pudeur.

— Ce n'est pas ma Melis. De toute façon, je suis pour qu'on te rabatte ton caquet – et peu importe si c'est un humain ou un mammifère qui s'en charge. Appelle-moi si tu rencontres un problème avec Dansk.

9

— Tout s'est bien passé, aujourd'hui ? demanda Melis. Vous avez l'air tendu...

— Je ne suis pas tendu.

— Vous avez trouvé les conteneurs ?

— Quels conteneurs ? Ah ! oui... Je m'en suis occupé.

Il lui fit face à nouveau.

— Vous ne voudriez pas un café ? dit-il.

— Pas le soir. Le soleil va bientôt se coucher. Les petits mecs ne devraient pas tarder à venir me souhaiter bonne nuit.

— Soir ou pas, je crois que je vais m'en préparer un.

Elle le regarda s'éloigner et franchir le seuil de la maison. Elle voyait bien qu'il était à cran – même s'il prétendait le contraire. Depuis son retour, cet après-midi, il semblait remonté à bloc. Mais peut-être était-ce sa façon à lui de passer à l'action. Après tout, Melis ne le connaissait pas assez pour pouvoir en juger.

Quoi qu'il en soit, la nervosité de Kelby ne la gênait pas outre mesure. Elle commençait à s'habituer à cet homme. Elle sentait même poindre en elle une envie de lui faire confiance...

Sur la table, son téléphone sonnait.

Elle se raidit. Puis elle décrocha.

— Tu aurais pu me dire que Lontana s'était fait tuer !

— Kemal ?

Elle était soulagée.

— Ça fait du bien de t'entendre...

— Pourquoi ne pas m'avoir au moins passé un coup de fil ?

Ça ne coûtait pas grand-chose. C'est toi qui prends tes distances. Moi, je suis toujours là.

— Je sais.

Elle ferma les yeux, et vit se dessiner sur l'écran de ses paupières le visage de Kemal : ses yeux espiègles d'un noir brillant, ce sourire qui avait le don de lui réchauffer le cœur – ce cœur froid et stérile.

— Comment va Marisa ?

— À merveille.

Il ajouta après une brève hésitation :

— Elle veut un enfant.

— Tu feras un père formidable.

— C'est vrai. Mais ça pourrait ne pas faciliter la vie de Marisa. Alors je préfère attendre… Ce n'est pas pour ça que j'appelais. Je n'ai su qu'aujourd'hui pour Lontana. Comment vas-tu ? Tu veux que je vienne te voir ?

— Non.

— Je savais que tu dirais non. Laisse-moi t'aider, Melis.

— Je n'ai pas besoin d'aide. Comment tu as su, pour Phil ?

— Qu'est-ce que tu crois ? Je garde un œil sur vous. Tu pensais que j'allais vous laisser tomber ? Ce n'est pas mon genre.

Le genre de Kemal, c'était de protéger ceux qu'il aimait, de les entourer d'attentions, de chaleur et d'amour. Grâce au Ciel, il n'était pas au courant pour Carolyn.

— Au début, c'était difficile. Mais j'ai repris le dessus. Ce serait ridicule que tu voles à mon secours alors que tout va bien. Merci quand même d'avoir appelé.

— Pas de merci entre nous. Ce n'est pas nécessaire. On est du même bois, tous les deux.

Il ajouta après un temps :

— Viens donc à San Francisco.

— Je suis bien, ici.

— Tu n'as pas besoin d'argent ?

— Non.

Kemal soupira.

— Ne me repousse pas, Melis. Ça me fait mal.

Elle voulait tout sauf lui faire mal.

— Vraiment je n'ai besoin de rien, Kemal. Prends soin de Marisa. J'ai l'habitude de vivre seule, tu sais. Ça ne me gêne pas...

— Ça te gêne. Ne mens pas. Pas à moi. On se connaît depuis trop longtemps. Tu n'as jamais appris à ouvrir ta porte, c'est tout. Tu ne veux pas laisser les autres t'approcher...

— Sauf toi.

— Moi, je ne compte pas. Ton amie Carolyn, elle, elle compte. Comment va-t-elle ?

— Un moment que je ne l'ai pas vue, répondit prudemment Melis.

— Eh bien, essaie au moins de rester en contact avec elle.

Le ton de Kemal se faisait plus doux.

— Ou alors viens nous voir. Je pourrais recommencer à m'occuper de toi. Tu es mon chef-d'œuvre inachevé.

— Ça me rend encore plus unique, non ? Ne t'en fais pas pour moi.

— Ça, c'est impossible.

— Je viendrai si j'ai besoin de toi. Au revoir. Embrasse Marisa.

Kemal resta un moment silencieux.

— Je pense toujours à toi avec amour, reprit-il. Ne l'oublie pas, Melis.

— Moi aussi, je t'aime, Kemal.

Elle avait dit ces derniers mots dans un souffle. Elle raccrocha.

Ses yeux la piquaient. La voix de Kemal avait réveillé tant de souvenirs amers... Mais elle n'oublierait pas qu'il avait appelé.

— Melis...

Kelby se tenait à l'entrée de la maison, avec un plateau où reposaient la cafetière et deux tasses. Melis avala sa salive avec peine, puis toussa pour s'éclaircir la gorge.

— Vous avez fait vite. Je crois que je ne refuserais pas un café, finalement.

— Je n'ai pas fait vite. J'étais là depuis cinq minutes.

Il vint déposer le plateau sur la table.

— C'était Archer ?

Elle fit non de la tête.

— Ne me mentez pas, reprit-il avec mauvaise humeur. Vous êtes bouleversée.

— Je ne mens pas.

Elle ajouta :

— C'était Kemal. Un vieil ami…

— C'est un vieil ami qui vous met dans un état pareil ! Qui est-ce, bon Dieu ?

— Je viens de vous le dire : un vieil ami. Plus qu'un ami, en fait. Kemal est mon sauveur. C'est lui qui m'a délivrée du kafas. Vous imaginez ce que ça signifie pour moi ?

— Non. Je ne suis même pas sûr d'avoir envie de le savoir.

— Vous n'êtes pas curieux, dit-elle en lui jetant un regard oblique.

— Si.

Il se tut un instant, puis ajouta :

— Mais j'y ai réfléchi. Je ne tiens pas à être accusé de tirer parti de vos malheurs. C'est une affaire trop sérieuse…

— Je n'ai jamais dit ça ! Inutile de prendre ces accents mélodramatiques !

Elle respira profondément, puis enchaîna :

— Vous ne me volez rien. Ça ne me dérange pas de tout vous dire sur le kafas. Carolyn m'a expliqué un jour qu'avoir honte, c'est se sentir coupable. Or je ne suis coupable de rien. Je refuse d'avoir honte. De toute façon, Archer vous appellera tôt ou tard pour vous verser son poison dans l'oreille.

— Vous avez envie de m'en parler ?

Elle s'aperçut qu'elle avait envie d'en parler à quelqu'un. Cette conversation avec Kemal avait ramené trop de souvenirs à la surface, trop d'images qui la perturbaient. Et Carolyn n'était plus là pour l'aider à s'en délivrer…

— Oui, dit-elle. Oui, je crois.

Jed Kelby se détourna.

— Très bien. Je vous écoute. Parlez-moi du kafas.

— Le mot veut dire « cage en or ». Il s'agit d'un club à Istanbul. Un club très spécial.

Elle s'éloigna vers le bord du lanai.

— À ce club, était attaché un endroit plus spécial encore, appelé le harem. Lits habillés de velours. Tentures du même tissu. Cloisons d'or découpées d'arabesques. C'était très luxueux. Fréquenté par des clients très riches, très puissants…

Elle soupira et regarda franchement Kelby.

— C'était un bordel, en fait. Un bordel capable de satisfaire tous les goûts possibles en matière sexuelle. J'y ai été détenue seize mois.

Kelby tressaillit.

— C'est comme si j'y avais passé seize ans, reprit-elle. Et les enfants vivent tellement dans le présent. Ils ne s'imaginent pas que leur existence pourrait changer un jour. S'ils vivent en enfer, ils pensent que c'est pour toujours.

— Les enfants ? répéta doucement Kelby.

— J'avais dix ans quand on m'a vendue au harem. J'en suis sortie à onze ans.

— Vendue ? reprit Kelby, épouvanté. Mais comment…

— Traite des Blanches. C'est courant. Mes parents sont morts dans un accident de voiture lorsque j'étais toute petite. Je n'avais pas d'autre famille. On m'a placée dans un orphelinat à Londres. Une maison plutôt bien, d'ailleurs. Sauf que le directeur avait besoin d'argent pour régler ses dettes de jeu. De temps en temps, il déclarait qu'une des filles s'était enfuie de l'établissement. Et la prétendue fugueuse finissait à Istanbul.

Ne réfléchis pas. Contente-toi de prononcer les mots. Va jusqu'au bout.

— Naturellement, on ne lui achetait ses filles que si elles appartenaient à un type spécial. Moi, ils m'ont trouvée parfaite. Blonde. Une peau fraîche comme l'enfance, justement. J'avais aussi une qualité très précieuse à leurs yeux : j'avais une apparence vulnérable. C'est très important. Les pédophiles aiment les enfants fragiles et sans défense. Ça flatte leur sentiment de puissance. Le propriétaire du bordel pensait que je pourrais continuer à faire l'affaire plus tard, pour d'autres clients, quand je serais plus grande. Bref, j'étais un vrai cadeau pour lui…

— Qui est cet homme ?

— Peu importe.

— Au contraire ! Je vais débarrasser la terre de cette ordure ! Quel est son nom ?

— Irmak. Il est mort. Il a été tué avant que Kemal ne vienne me délivrer du harem – moi et d'autres enfants.

— Tant mieux s'il est mort. Et c'est ce Kemal qui vient d'appeler ?

— Oui.

Les mots lui venaient plus facilement à présent. Kemal incarnait les bons moments en même temps que le cauchemar.

— C'est lui qui m'a emmenée de Turquie au Chili. Il était plus qu'un frère pour moi. J'ai vécu presque cinq ans avec lui.

— Je croyais que vous aviez vécu avec Luis Delgado.

— Comment savez-vous que…

Ses lèvres se tordirent.

— Je comprends. Vous vous êtes renseigné. Ce que je suis en train de vous dire, vous le saviez déjà ?

— Wilson n'avait pas trouvé le kafas, dit-il sombrement. Tout ce qu'il a appris, c'est que vous avez vécu au Chili avec Delgado.

— Delgado et Kemal ne sont qu'une seule et même personne. Il avait un passé un peu gênant. Alors il en a changé. Et il a changé le mien, par la même occasion. Il m'a baptisée Mélisande.

— Avant de se débarrasser de vous, c'est ça ? C'est ce qu'on appelle un type bien.

Elle se tourna vers lui, furieuse.

— C'est un type bien ! Vous parlez sans savoir. Il ne m'aurait jamais abandonnée ! C'est moi qui suis partie. Il s'apprêtait à émigrer aux États-Unis, et il voulait que je le suive. Il projetait de refaire sa vie.

— Pourquoi l'avez-vous quitté, alors ?

— Pour ne pas l'encombrer. Cela faisait cinq ans. Il était fatigué de moi. Après ma fuite du kafas, j'étais au bord de la dépression. Il m'a trouvé un médecin. Il m'a envoyée à l'école. Il s'est occupé de tout. Il était temps que je lui fiche la paix.

— Mais pour l'amour du Ciel, vous aviez seize ans ! Moi, jamais je ne vous aurais laissée partir avec un Lontana !

— Vous ne comprenez pas. Ça n'avait pas d'importance, quel âge j'avais. J'étais restée une enfant si peu de temps. Je ressemblais à cette petite fille dans le film *Entretien avec un vampire :* j'étais prisonnière de mon corps de petite fille. Kemal avait très bien compris ça.

Elle haussa les épaules.

— Phil en avait fini avec ses recherches sur la côte chilienne. Il partait en exploration dans les Açores. Je me suis embarquée sur son *Last Home*, et je lui ai demandé de m'emmener avec lui. Je le connaissais depuis des années. Phil et Kemal étaient assez proches. Ils avaient participé ensemble à des observations pour Sauver les Dauphins. Je m'entendais bien avec Phil, et il avait besoin de quelqu'un pour tenir ses comptes, négocier avec ses créanciers, et l'aider à rester dans la réalité.

— Comment Kemal a-t-il pris ce départ ?

— Il m'a fait jurer de le prévenir si j'avais des ennuis.

— Ce que vous n'avez pas fait, j'imagine.

— Pourquoi laisser les gens partir, si c'est pour essayer de les récupérer ensuite ? Il m'a donné de l'argent pour mes études. Et pour une psychothérapie. Mais j'avais du mal à aller à mes séances. Je n'avais pas l'impression que ça m'aidait vraiment. Je continuais de faire des cauchemars.

— Et vous avez rencontré Carolyn Mulan.

— Oui, j'ai rencontré Carolyn. Elle, ce n'était pas du baratin. Elle ne s'apitoyait pas sur moi. Elle me laissait parler. Puis elle me disait : « D'accord, ce que tu as vécu est ignoble. D'accord, tu te réveilles en hurlant au milieu de tes cauchemars. Mais c'est fini, maintenant. Tu t'en es sortie. Alors ne laisse pas ton passé te mettre en morceaux. Fais avec ! » C'était son expression favorite : « Il faut faire avec. »

— Vous avez eu de la chance de tomber sur elle.

— C'est elle qui n'a pas eu de chance. Elle serait toujours de ce monde si elle ne m'avait pas rencontrée.

Melis secoua la tête.

— Elle serait furieuse de m'entendre dire ça. Elle détestait que je m'accuse ainsi. C'était un de mes problèmes. C'est trop facile d'apprendre aux enfants à s'accuser. Mais si je n'avais rien fait de mal, pourquoi devais-je être punie ? Il est vrai que je pensais que c'était ma faute, quelque part, si j'avais fini au kafas.

— Alors c'est que vous étiez folle pour de bon. C'est comme être attaché sur les rails et se reprocher d'être écrasé par le train.

— Carolyn était d'accord avec vous. Il m'a fallu du temps, pour me sortir de ce piège. Elle disait que m'accuser moi-même ne me faisait aucun bien.

Elle fixa son regard sur Kelby et continua :

— Je vais faire avec, Kelby. Et je vais faire aussi avec Archer. Il ne mérite pas de vivre. Il est encore pire que ces types qui venaient au bordel se taper une fillette en robe d'organdi. Il me rappelle Irmak. Il passe son temps à traiter avec la mort et le sexe.

— Et vous voilà prête à tout prendre sur vous ! À laisser ce pervers vous murmurer ses saletés à l'oreille !

Jusqu'ici, Kelby était resté très calme en apparence. Au point qu'elle ne s'était pas aperçue de la fureur qui bouillonnait en lui. À présent, chaque muscle de son corps était tendu.

— Je ne prendrai pas tout sur moi, dit-elle. Vous m'aiderez.

— Comme c'est gentil, de me laisser une petite part de responsabilité…

Il fit un pas vers elle.

— Avez-vous seulement la moindre idée de ce que j'éprouve, à la minute présente ? Maintenant que j'ai entendu votre histoire, j'ai envie de tailler en pièces tous ceux qui ont abusé de la petite fille du harem ! Et vous me suggérez de rester les bras ballants pendant qu'Archer vous torture !

Melis l'observait. Il était bel et bien furieux. Sincèrement furieux. Elle percevait la rage qui émanait de lui.

— Moi aussi, dit-elle, je déteste être réduite à l'impuissance. Mais la petite fille dont vous parlez n'existe plus.

— Elle existe encore. Et vous m'offrez de coucher avec vous, en plus ! Vous imaginez ce que je ressentirais, nom de Dieu, en baisant avec une victime échappée de cet endroit maudit ?

— Mais je ne suis pas une victime ! Il m'est arrivé d'avoir des rapports sexuels, après. Deux fois. Carolyn estimait que ça ne pouvait me faire que du bien.

— Et ça vous a fait du bien ?

— Ce n'était pas désagréable.

Elle se détourna.

— Pourquoi parler de ça ? soupira-t-elle. Vous n'avez pas voulu de moi, de toute façon.

— Si je comprends bien, je ne suis pas différent de tous ces fumiers qui avaient envie de vous posséder !

Il fit brusquement demi-tour, et s'éloigna en lançant :

— Ne vous inquiétez pas. Comme dirait votre amie Carolyn, je ferai avec !

— Qu'est-ce que vous racontez ? protesta Melis. Ça n'a rien à voir ! Vous n'avez rien à voir avec les clients du kafas !

— Ah bon ? Il y a pourtant une chose que j'ai en commun avec eux. J'ai envie de vous !

Il s'enferma dans la maison en faisant glisser la baie vitrée.

Une fois de plus, Melis était surprise. Elle ne savait pas très bien à quelle réaction elle s'était attendue de la part de Kelby, mais certainement pas à celle-là. Il avait eu de la compassion. Il s'était fichu en rogne. Il avait exprimé sa frustration sexuelle. Maintenant, elle se sentait jetée dans les turbulences du présent. En même temps, elle était soulagée. Jamais elle n'avait fait de telles confidences à personne – à part à Carolyn, évidemment. Et parler du kafas à Kelby lui avait fait un bien étrange. Elle s'était comme purgée de quelque chose. De sorte qu'elle se sentait plus forte. Peut-être cela venait-il du fait que Kelby n'était pas un médecin, mais une personne neutre, ordinaire. Qui sait s'il ne subsistait pas en elle quelque chose de cette tendance à s'accuser elle-même, ce défaut que Carolyn avait tellement voulu éradiquer ? Kelby ne l'avait accusée de rien. Pour lui, les seuls coupables étaient les hommes qui l'avaient transformée en victime. L'histoire l'avait révolté. Il avait eu envie de la protéger. Et il avait éprouvé… du désir pour elle. Un désir qui n'était pas pour déplaire à Melis. Elle le jugeait même bienvenu. Le fait qu'elle ait vécu au kafas n'y changeait rien : il avait envie d'elle. Il ne niait pas cette envie. Il ne cherchait pas non plus à la refouler. Il acceptait cette période de l'existence de Melis comme une partie intégrante d'elle-même. Même la colère qu'il avait exprimée, en un sens, la réconfortait : c'était la preuve qu'il croyait Melis capable de vaincre ses démons intérieurs.

Et puis il y avait eu l'appel de Kemal : il lui avait procuré un sentiment de paix et de force qui la surprenait elle-même… Au fait, était-ce vraiment l'appel de Kemal qui lui avait fait du bien ? N'était-ce pas plutôt la réaction de Kelby ? Kemal avait manifesté de la gentillesse, et Kelby de la fureur. Lequel de ces deux sentiments comptait-il le plus pour elle ?

Elle savait en tout cas qu'elle serait mieux à même de gérer la situation, désormais, quand le téléphone sonnerait, et qu'elle aurait Archer au bout du fil.

*

— Halley vient d'embarquer Dansk et Cobb, dit Nicholas au téléphone. Il y a autre chose que je puisse faire tant que je suis en ville, ou tu préfères que je rentre ?

— Rentre, répondit Kelby. Je vais avoir besoin de quitter l'île un moment.

— Tu as l'air tendu. Les choses ne vont pas comme tu veux ?

— Pourquoi n'iraient-elles pas comme je veux ? Le monde est si beau, empli de gens si aimables, si attentionnés. C'est à en pleurer de bonheur.

Nicholas émit un sifflement.

— Je serai de retour dans une heure. Ça ira ?

— Il faudra bien.

Kelby raccrocha. Puis il quitta la maison et descendit à l'embarcadère. Une heure, c'était trop long. L'âme de Kelby était un océan de pitié, de rage et de frustration. Il était sur le point d'exploser. Il avait besoin d'aller en mer. D'affronter les vagues. De sentir le vent le laver de toutes ses émotions.

Puisqu'il n'arrivait pas à les contrôler, autant leur échapper.

Tu nages en direction de l'arc de triomphe…

Non. Ça ne marcherait pas. Melis n'était pas Marinth. Elle était la clef, non le but.

Alors assieds-toi sur les planches et contente-toi d'attendre le retour de Nicholas.

Essaie surtout de ne plus penser à certaine petite fille aux cheveux d'or, dans sa robe blanche en organdi.

*

— Je sais que vous ne comprenez pas, murmura Melis.

Elle s'adressait à Pete et Susie dans leur enclos. Ils étaient très mécontents. Ils avaient en horreur cette barrière que Cal avait dressée quelques jours plus tôt autour du lanai.

— Si seulement je pouvais vous expliquer.

— Vous ne pouvez pas ?

Kelby. Il était de retour, après une journée passée hors de l'île. Il sortait manifestement de prendre une douche : il avait encore les cheveux mouillés. Il était pieds nus et torse nu. Il affichait une attitude légèrement libertine et désinvolte.

— Qu'est-ce que vous voulez dire ?

— Je me disais que vous pourriez peut-être leur parler. Il existe un lien entre vous, c'est clair.

Melis secouait la tête.

— Non, non… Enfin, qui sait ? Les dauphins sont d'étranges créatures. Plus j'en apprends sur eux, plus j'ai conscience de mon ignorance.

Elle interrogea Kelby du regard.

— Vous avez eu la machine à faire de la glace ?

— Ils sont en train de l'installer dans le jet, répondit-il en faisant la grimace. Le pilote n'était pas franchement convaincu que c'était nécessaire. Je lui ai expliqué que nous préparions une fête, et que nous voulions confectionner une margarita géante…

— C'est absolument nécessaire ! Il ne faut pas que mes petits mecs aient trop chaud. Ils auront besoin de fraîcheur et de réconfort…

— De réconfort ? C'est pour ça que vous les parquez derrière ces barrières en mousse ?

— Leur corps est conçu pour résister au contact de l'eau. Si vous les sortez de l'eau, leurs organes vitaux sont écrasés sous le poids. Ce qui occasionne des blessures. Il n'y aura jamais assez d'eau dans vos conteneurs pour leur offrir une résistance suffisante…

— Arrêtez de vous tracasser. J'ai suivi toutes vos indications pour garantir leur sécurité. Demain, on les embarquera dans l'avion, et vous verrez qu'ils y seront plus à leur aise que nous. Tout se passera bien pour eux, Melis. Je vous le promets.

— C'est juste que… Ils sont si vulnérables. Et ils ont confiance en moi.

— Rien d'étonnant : vous êtes quelqu'un de fiable.

Elle le regarda d'un air surpris. Il corrigea son propos en souriant :

— Je veux dire, pour les dauphins.

— Vous avez l'air de parler en connaissance de cause. Je me trompe ?

— Non.

Il vint s'asseoir à côté d'elle, et trempa ses pieds dans l'eau.

— Vous trouvez que je me radoucis ? reprit-il.

— Vous plaisantez ?

Ces derniers jours, elle l'avait trouvé plein de dynamisme et d'énergie, mais toujours inflexible quand on lui démontrait qu'il avait tort.

— Vous êtes trop têtu pour changer, dit-elle.

— C'est l'hôpital qui se moque de la charité.

Il attrapa un poisson dans le seau du lanai, et le jeta à Susie.

— Elle n'a pas perdu l'appétit.

Il lança aussi un poisson à Pete qui l'ignora et leur tourna le dos.

— C'est avec lui qu'on risque d'avoir des problèmes.

— Pete est incorruptible. Il ne se laisse pas acheter.

Elle baissa les yeux vers les mains de Kelby. Il les avait posées à plat sur ses genoux. Belles, bronzées, dotées de longs doigts souples, elles dégageaient une impression de puissance. Melis avait toujours été fascinée par les mains, et celles-ci étaient exceptionnelles. On les imaginait capables de travailler dur, mais aussi de jouer du piano. Kelby avait le sens du contact physique. Il fallait le voir effleurer le rebord d'un verre avec la pulpe de ses doigts, ou caresser le bois des accoudoirs quand il s'installait dans un transat. Il était évident qu'il aimait toucher, frôler, explorer…

— Vraiment ? dit-il.

De nouveau elle scrutait son visage. De quoi parlait-il ? De Pete ?

— C'est un mâle, dit-elle. Les mâles sont plus agressifs. Pourtant, Pete s'est toujours montré plus gentil que la moyenne. Sûrement parce qu'il n'a pas eu l'occasion de voyager au sein d'un groupe de mâles.

— Ils ne restent pas avec leur groupe ?

— Les femelles, si. Elles restent avec les femelles, en général. Mais les mâles rejoignent un groupe de mâles. Une bande de copains, si vous voulez. Et cette amitié dure quelquefois toute leur vie. C'est pourquoi la relation entre Pete et Susie est unique. Je vous l'ai dit : Pete n'est pas comme les autres.

— Vous avez fait de lui un dauphin de compagnie…

— Je n'ai sûrement *pas* fait de lui un animal de compagnie ! J'ai fait en sorte que mes dauphins puissent survivre par leurs propres moyens. Et j'espère qu'ils me considèrent comme une amie.

— Ça fait penser à Flipper le Dauphin…

— Non. C'est une erreur de croire que les dauphins nous ressemblent. Ils ne sont pas comme nous. Ils vivent dans un monde qui nous est étranger, où nous ne pourrions pas survivre. Ils sont différents de nous par les sentiments et l'intelligence. Et nous devons les accepter tels qu'ils sont.

— Mais ils peuvent se lier d'amitié avec les humains, non ?

— Voilà des milliers d'années que l'on parle de ces interactions entre eux et nous. Certains dauphins ont sauvé des vies humaines. D'autres ont aidé des pêcheurs à capturer du poisson. Oui, je crois qu'il peut exister une amitié. À condition de les prendre comme ils sont, au lieu de les regarder comme s'ils étaient à notre image.

— Intéressant, dit Kelby en lançant à Susie un autre poisson. Ils sont frère et sœur ? Ou peut-on espérer voir naître bientôt un bébé dauphin ?

— Ils ne sont pas frère et sœur. J'ai leurs empreintes ADN. Mais ils n'ont pas encore atteint leur maturité sexuelle.

— À plus de huit ans ?

— Les dauphins vivent longtemps. Quarante, voire cinquante ans. Quelquefois, ils n'atteignent leur maturité sexuelle qu'à douze ou treize ans. En général, c'est plutôt neuf ans. Pete et Susie n'auront plus très longtemps à attendre.

— Ça vous fait quelque chose ?

— Que voulez-vous dire ?

— Ils vont bientôt devoir dire adieu à leur joyeuse enfance.

— Vous croyez que ça va me gêner? dit-elle avec une expression contrariée. Je ne suis pas puritaine. Les pulsions sexuelles des dauphins, je connais. Très bien, même. Ce sont des animaux très actifs sur ce plan-là. Quand je vois la façon qu'a Pete de s'amuser avec ses jouets, je me dis qu'il est parti pour développer une puissante libido. Dans la nature, la sexualité n'a rien d'obscène. Je serai très heureuse de voir mes dauphins s'épanouir pleinement de ce point de vue !

— Je ne voulais pas dire que vous étiez puritaine, reprit Kelby doucement.

Elle s'humecta les lèvres.

— L'autre jour, dit-elle, je n'avais pas l'intention de vous aguicher. J'ai réagi d'une façon purement instinctive. Je me suis projetée en arrière, à l'époque du kafas. En principe, c'est le genre de langage qu'un homme comprend…

— Et que je comprends. Pete n'est pas le seul à avoir une sexualité hautement développée.

Il se leva.

— Mais soyez sans crainte, poursuivit-il. Je ne peux pas vous jurer que je ne serai jamais travaillé par mes pulsions, mais en général je sais me contrôler.

— C'est pour me dire ça que vous êtes venu bavarder avec moi ?

— Nous allons passer du temps ensemble, et je ne veux pas que vous soyez tendue.

— Je ne le suis pas.

Voyant qu'il l'enveloppait d'un regard sceptique, elle se corrigea :

— En tout cas pas avec vous. Je n'ai pas peur de vous. C'est juste que vous me perturbez, quelquefois…

— Je vous perturbe ?

Il plissa les yeux, intrigué.

— Comment cela ?

— Je ne sais pas.

Elle mentait. Elle savait parfaitement en quel sens il la perturbait. Elle percevait si bien les ondes qui émanaient de lui ! Dès qu'il entrait dans une pièce, il l'habitait entièrement.

Elle se redressa vivement.

— Il faut que j'aille vérifier les attaches des barrières, dit-elle. On se revoit au dîner.

— Ne vous attendez pas à un repas génial. C'est le tour de Nicholas de se mettre aux fourneaux. Et il estime que la cuisine ne fait pas partie du cahier des charges d'un chaman.

— Moi, je risque d'être trop occupée pour…

Le téléphone de Melis sonnait. Elle se raidit. Pas maintenant. Elle avait trop à faire ! Et les coups de fil d'Archer avaient toujours pour effet de l'épuiser nerveusement.

— Ne répondez pas.

Il n'était pas moins tendu qu'elle.

— D'accord, vous m'avez dit qu'il s'en prendrait aux dauphins si vous refusiez de l'écouter, mais ils sont en sécurité, maintenant. Ils ont leur enclos.

— Ils n'y resteront pas toujours. En plus, Archer doit absolument s'imaginer que je suis affaiblie, terrorisée.

Elle entendit vaguement Kelby lâcher un juron. Elle pressa le bouton de son téléphone et dit :

— Vous appelez de bonne heure, Archer.

— J'ai un jet à prendre. Je voulais te parler avant de partir. J'apprécie tellement nos conversations…

— Vous partez en voyage ?

— Comme toi. Et pour la même direction : Las Palmas. J'ai cru comprendre que le *Trina* était déjà sur place.

— Quel rapport avec moi ?

— Tu crois que j'ai omis de te surveiller ? Kelby a réussi à faire coffrer Cobb et Dansk, mais engager des hommes est pour moi un jeu d'enfant. Et il ne s'est même pas donné la peine d'être discret, quand il a loué ce jet. Ça doit lui poser plein de problèmes, d'avoir à embarquer les dauphins. Il est complètement dingue de toi, ou quoi ? C'est à se demander ce que tu lui fais…

— Je ne lui fais rien.

— Allons donc.

— Je vous emmerde.

Elle ajouta après un temps :

— Qui sont Cobb et Dansk ?

— N'essaie pas de me faire croire que tu n'es pas au courant. Kelby a coincé deux de mes hommes qui surveillaient ton île. Des amateurs. Sans quoi, il n'aurait jamais réussi à les…

— Il n'a pas jugé utile de me le dire. Ça ne devait pas être assez important…

— Ou ça risquait de te bouleverser. Il sait combien tu es vulnérable.

— Il ne me considère pas comme quelqu'un de vulnérable.

— Tu as la voix qui tremble. Hier soir, tu pleurais, au terme de notre petite conversation. Pourquoi refuses-tu de me donner les papiers de Lontana ?

Melis resta un moment silencieuse. Laissons-le croire que j'ai besoin de me refaire une contenance, songea-t-elle. Elle reprit :

— Je n'ai pas pleuré. Vous vous êtes imaginé que je pleurais… Je ne pleure pas.

— Tu n'en es pas loin. Tu as été plusieurs fois à deux doigts de craquer, ces derniers jours. Et ça n'est pas près de s'arrêter, tu sais. Rendez-vous à Las Palmas, alors.

— Je vais…

Elle n'essayait pas de maîtriser les tremblements de sa voix, afin qu'il pense qu'elle avait peur.

— Je vais prévenir la police. Leur dire où vous êtes. Peut-être qu'ils vous arrêteront. Et qu'ils vous mettront à l'ombre pour le restant de vos jours.

— C'est impossible. Je dispose de trop nombreux contacts. Tu ne parles pas à un amateur, Melis. Je suis protégé par un homme politique très important. Il peut actionner tous les leviers nécessaires, et me fournir tout ce dont j'ai besoin. En plus, il adore cette idée d'armes soniques.

— Il ne les aura jamais.

— Il les aura. Bon, j'ai l'impression que tu fais de légers progrès. Alors je vais mettre la cassette numéro deux, et tu vas bien écouter… Oh ! je crois que c'est ma préférée. À la fin, ne raccroche pas, surtout ! Il y aura un petit interrogatoire.

Elle écouta sa propre voix sur la bande.

Elle voyait le regard de Kelby posé sur elle ; il était gagné par une rage furieuse qui s'exprimait dans chacun de ses muscles. Elle préféra lui tourner le dos. Elle marcha jusqu'au bord du lanai.

— Fils de pute !

La voix de Kelby retentit derrière elle. Elle entendit vaguement la baie vitrée se refermer. Kelby était rentré dans la maison. Mais Melis n'était pas vraiment consciente de ce qui se passait autour d'elle. Elle comprenait pourquoi cette cassette était la préférée d'Archer : il n'y était question que de douleurs, de tourments et de détails visuels destinés à faire remonter à la surface les plus innommables souvenirs.

Tiens bon. Tu n'es plus cette petite fille. Ne laisse pas Archer remporter l'épreuve.

*

Dans la cuisine, Kelby épluchait rageusement des carottes, penché sur le billot à viande. Il entendit Melis entrer.

— C'est fini ? dit-il sans relever la tête.

— Oui. Il sait que nous partons pour Las Palmas. Il a fait surveiller le *Trina*. Il sait aussi qu'on emmène les dauphins.

— Je n'ai rien fait pour le cacher.

Il planta son couteau dans le billot.

— J'espérais l'appâter comme ça. Et lui tomber dessus.

— Vous vous servez d'un couteau de boucher pour couper des carottes ? Vous allez vous couper un doigt.

— Mais non ! Archer n'est pas le seul homme au monde à savoir se servir d'un couteau.

— Je croyais que c'était à Nicholas de préparer le dîner.

— Il avait besoin d'aide. Et moi, d'une thérapie. Il fallait que j'aie une arme entre les mains.

Il s'obstinait à refuser de la regarder.

— C'était bien, votre coup de fil ?

— Pas trop mal.

— Ne mentez pas ! Vous croyez que je n'ai pas vu votre tête ?

— D'accord. J'ai passé un sale quart d'heure. Pourquoi ne m'avez-vous pas parlé de Cobb et Dansk ?

— Pour ne pas vous inquiéter. Je n'ai pas réussi à avoir Archer, c'est tout ce qui comptait…

— Je ne veux pas être maintenue dans l'ignorance ! Archer s'en sert contre moi.

— Très bien. La prochaine fois que j'élimine un de ces fumiers, je vous le dirai. Vous avez discuté d'autre chose ?

— Il m'a fait écouter une des cassettes de Carolyn.

— Elle aurait mieux fait de les brûler.

— Elle ne pouvait pas savoir.

— Maintenant, nous, on sait. Quand j'aurai Archer à ma merci, peut-être que je le brûlerai, moi aussi. Je le ferai rôtir à petit feu, comme le porc qu'il est. Le tuer à coups de couteau serait encore une mort trop douce.

Melis tenta un sourire.

— J'aurai le droit de lui enfoncer moi-même la pomme dans la gorge ? dit-elle.

Kelby leva enfin les yeux vers elle. Il fit un pas en arrière. Il affichait une expression féroce.

— Je ne plaisante pas, dit-il. Vous vous estimez peut-être capable de supporter ses petits jeux sadiques, mais moi, j'en ai ma claque. Et je n'admets pas que vous vous prêtiez à ça !

— C'est mon choix.

— Jusqu'à ce que je lui lance ma ligne. Alors il ne sera plus question de faire joujou. Vous vouliez lui régler son compte. Vous allez pouvoir le faire.

— Écoutez-moi, Kelby. Ce que je demande, c'est de l'aide, pas une protection. Alors ne me mettez pas en dehors du coup. C'est à moi de… Attention !

Le sang jaillissait du pouce de Kelby.

— Je vous avais pourtant bien dit de prendre un autre couteau !

Elle déroula un bandeau de papier absorbant dont elle se servit pour appliquer un pansement sur la blessure. Elle lui pressa le pouce, et lui rabattit le bras sur la poitrine pour empêcher le saignement.

— En effet, vous avez l'air de vous y connaître, en couteaux. Vous auriez pu vous entailler jusqu'à l'os...

— Ce n'est pas une question de couteau, grogna-t-il. J'étais distrait...

— Et vous profériez des menaces. Vous voyez le résultat.

Quand le pouce de Kelby eut cessé de saigner, elle le rinça sous le robinet et l'essuya. Puis elle versa un antiseptique sur la plaie. Enfin, elle confectionna un pansement avec une bande chirurgicale et du sparadrap.

— Maintenant, allez dire à Nicholas de venir se mettre aux fourneaux. Il s'en sortira mieux que vous.

— Si vous le dites.

Elle avait perçu une note étrange dans la voix de Kelby. Elle leva les yeux. Il la regardait. Elle ressentit un choc. Ils étaient si proches l'un de l'autre, à présent ! C'est à peine si elle s'en rendait compte. Une grande chaleur émanait du corps de Kelby ; et une grande force de la main qu'elle venait de soigner, et qu'elle tenait toujours entre les siennes. Elle le lâcha. Elle recula d'un pas.

— Vous voyez, Melis...

Il se tourna vers son billot et se remit au travail.

— Il vaut mieux ne pas me toucher.

Elle resta un moment hésitante sur l'attitude à adopter ; puis elle fit demi-tour. Kelby lui dit alors à voix basse, tandis qu'elle s'éloignait :

— Dites-moi seulement que vous ne pensez plus à cette saloperie de cassette.

10

— Attention...

Melis observait anxieusement la manœuvre. On avait enfermé les dauphins dans des filets afin de pouvoir les introduire dans la cabine du jet où les attendaient leurs conteneurs respectifs.

— Pour l'amour du Ciel, attention! Ne les faites pas tomber...

— Tout va bien, Melis, intervint Kelby. C'est presque fini.

— Alors fichons le camp d'ici, dit-elle en essuyant d'un revers la sueur de son front. Il faut sept heures pour atteindre Las Palmas, et ils sont déjà stressés.

— S'ils étaient les seuls! Nicholas! Dis au pilote qu'il peut décoller, tu veux?

— C'est comme si c'était fait, répondit Lyons en se dirigeant vers le cockpit. Ne vous en faites pas, Melis, tout va bien se passer. On a pris toutes les précautions.

— Ça ne se passera pas bien, répliqua-t-elle en escaladant l'échelle du conteneur de Pete.

Elle caressa doucement le bec du dauphin – sa paume rencontra une douceur soyeuse.

— Je suis désolée, petit mec. Je sais que tu ne trouves pas ça génial, mais je vais tout faire pour qu'on en finisse au plus vite.

— Susie a l'air de prendre la chose plutôt bien, fit observer Kelby en revenant de l'autre conteneur. Elle a rouvert les yeux. Elle les a gardés fermés tout le temps qu'on la hissait à bord.

— Elle avait peur.

Il avait noté ce détail. Pourtant il s'était beaucoup activé durant toute l'opération. Il n'avait cessé de s'entretenir avec le pilote, et de superviser un embarquement qui n'avait pas duré moins de trois quarts d'heure.

— Pete, lui, ne supporte pas.

— Comment le savez-vous ?

— Je le connais. Ils réagissent presque toujours différemment.

— Allez vous asseoir et bouclez votre ceinture. Il faut décoller, maintenant.

Elle redescendit l'échelle du conteneur et alla s'installer dans un fauteuil. Elle attacha sa ceinture.

— Une fois à Las Palmas, reprit-elle, il faudra combien de temps pour les emmener sur les docks ?

— Vingt minutes maximum.

Kelby attachait sa propre ceinture.

— J'ai arrangé un rendez-vous sur place avec des étudiants en biologie marine. Ils nous aideront à les lâcher dans leur nouveau bassin. Les étudiants n'attendent que ça, de pouvoir nous donner un coup de main. Et ils se feront un plaisir de veiller sur les dauphins. Le bassin fait vingt-cinq mètres de long. Ça devrait aller. Ils n'y resteront pas longtemps, de toute façon. Après, on les lâchera en pleine mer.

— Vous vous êtes assuré que les bords de ce bassin ont bien des creux et des saillies ?

— J'ai respecté vos instructions. Qu'est-ce qui vous inquiète ?

— Le son doit être dévié. À cause de leur système auditif. Il est tellement développé que ça les perturbe, quand leurs clics et leurs sifflements rencontrent une surface lisse.

Grâce à Dieu, l'avion décollait enfin. L'ascension se fit en douceur, selon les vœux de Melis qui n'en continuait pas moins de se tourmenter : Susie, anxieuse, s'agitait. Dès que le jet eut fini de monter, Melis détacha sa ceinture et quitta son siège.

— Je vais voir Pete, dit Kelby. Essayez de calmer Susie.

Il grimpa les barreaux de l'échelle.

— Faites attention ! lui lança Melis. Qu'il n'aille pas vous donner un coup de dents…

Il se pencha au-dessus du conteneur.

— Il a l'air bien. Que pouvons-nous faire de plus ?

— Aller les voir régulièrement. S'assurer qu'ils restent immergés. Et essayer de les apaiser. Pourvu que le vol se passe bien.

— Le pilote dit qu'on annonce une bonne météo. Aucune turbulence en vue.

— Dieu soit loué.

Elle caressait le bec en forme de bouteille de Susie.

— Accroche-toi, chérie. Ça n'aura rien de si bizarre, tu sais. C'est juste un retour dans la matrice.

Susie répondit par un clic sinistre.

— Je sais. Tu ne me crois pas. Je te promets qu'il ne t'arrivera rien de mal.

Elle jeta un coup d'œil vers Kelby.

— Je ne ferais pas mieux de lui dire la vérité ?

— J'ai promis qu'il n'arriverait rien, Melis.

Elle secoua la tête avec lassitude.

— Et si quelque chose arrivait cependant, soupira-t-elle. Je n'aurais même pas le droit de vous blâmer. C'est moi qui suis responsable des dauphins.

Elle flatta une dernière fois Susie puis redescendit l'échelle en disant :

— C'est moi qui suis venue vous voir. Moi qui vous ai proposé un marché.

Elle se laissa tomber dans son siège. Elle était exténuée. Elle n'avait pas dormi de la nuit, tant elle s'inquiétait pour Pete et Susie.

— Vous avez fait du bon boulot, reprit-elle. Jusqu'ici c'est parfait.

— Content de vous l'entendre dire, répondit Kelby en prenant place à côté d'elle. Mais je n'aurai pas envie de recommencer de sitôt. C'est traumatisant. Quand j'aurai ramené les dauphins sur votre île, ce sera fini et bien fini.

Il ajouta après un temps :

— Si tant est que vous ayez l'intention de les ramener chez vous. Vous n'allez pas décider de leur rendre leur liberté ?

— Je ne crois pas. Les relâcher dans un monde vierge, non souillé par l'homme, pourquoi pas ? Mais ce ne sera pas le cas. Nous leur avons créé trop de dangers. La pollution, les filets des pêcheurs qui les étranglent et les tuent. Même les touristes viennent trop près des bandes de dauphins avec leurs bateaux.

— Là, dit-il avec un sourire, je suis coupable aussi. Je me rappelle, quand j'étais gosse, sur le yacht de mon oncle… Je le suppliais de m'autoriser à quitter le bord pour aller les toucher.

— Il vous laissait faire ?

— Bien sûr. Il me laissait faire tout ce que je voulais. C'est mon argent qui payait son bateau. Il avait intérêt à me garder dans son camp.

— Peut-être voulait-il juste être gentil.

— Peut-être. Mais j'ai continué à recevoir les mensualités de son yacht après ma majorité.

— Vous étiez obligé de les payer ?

Il se tourna vers le hublot.

— Je n'étais pas obligé. Mais je les payais.

— Parce que vous aimiez votre oncle ?

— Parce que ces voyages en mer représentaient mon salut. Le salut n'est pas gratuit. Rien n'est gratuit. Jamais.

— Je crois que vous l'aimiez, en fait. C'est à ce moment-là que vous avez décidé d'avoir un yacht, vous aussi ?

Il approuva d'un hochement de tête.

— Un yacht encore plus beau, dit-il. Et plus grand.

— Vous avez fini par l'avoir. Pourquoi l'avez-vous baptisé le *Trina* ?

— C'est le prénom de ma mère.

Melis était surprise.

— Mais je croyais que…

— Que je n'avais pas une grande affection pour elle ? La terre entière est au courant. Merci, les médias ! C'est vrai, nous n'avons jamais été en bons termes. Et ce depuis que je suis tout petit.

— Et vous avez baptisé votre bateau ainsi !

— Ma mère était une grande manipulatrice. Elle avait aussi beaucoup d'ambition. C'est la raison pour laquelle elle a épousé mon père : elle voulait s'élever très haut dans l'échelle sociale des deux continents. Et si elle a fait un enfant – moi –, c'est uniquement pour garder un moyen de pression sur mon père. Il était un peu instable, disons. Il avait déjà un divorce derrière lui.

— Comment le savez-vous ?

— J'ai assisté à une engueulade entre ma mère et ma grand-mère. Je peux vous dire que ça hurlait. Aucune des deux ne se souciait le moins du monde de ce que je pouvais ressentir à ce moment-là.

Il haussa les épaules.

— En fait, je n'étais pas fâché d'être présent, en la circonstance. Jusque-là, ma mère m'avait dupé. Après la mort accidentelle de mon père, les procès ont commencé. Il fallait décider chez qui je vivrais. Mon père m'avait laissé toute sa fortune. Ma mère était hors d'elle. Qui héritait de la garde de l'enfant gardait la main sur le magot, n'est-ce pas ? Croyez-moi, ma mère n'a pas été longue à se lancer dans la bataille. Tous les gosses ont envie de penser du bien de leur maman. Et elle était excessivement douée pour donner d'elle l'image de la pauvre victime sans défense. C'était une beauté. Une femme du Sud typique. Toujours en train de pleurer et d'accuser ma grand-mère de tous les maux. Je suppose qu'elle s'entraînait pour le jour où elle serait effectivement à la barre des témoins, et qu'elle essayait de m'avoir de son côté.

— Et votre grand-mère ?

— Elle avait pris soin de mon père. Désormais, elle veillait sur l'argent. Elle détestait Trina. Je représentais un obstacle. Une arme entre les mains de ma mère.

— Charmant.

— J'ai survécu. Vous, vous avez connu le kafas – une épreuve bien pire. J'étais le plus souvent en pension, du reste. Ou sur le yacht de mon oncle Ralph. Le plus atroce, c'était quand il fallait aller au tribunal. Ou à la maison, lorsque Trina m'exhibait devant les médias. J'assumais en me conduisant avec elle comme un vrai petit salopard.

— Et vous avez donné son nom à votre bateau !

— C'est une plaisanterie. Un signe adressé à ma douce maman. Le yacht a coûté une fortune. Or elle est obligée de faire attention à ses dépenses, à présent. Certes elle a largement de quoi vivre, mais ce n'est pas le standing qu'elle avait espéré. Le bateau est ma façon de le lui rappeler.

Il sourit.

— D'autre part, le *Trina* m'appartient entièrement. C'est moi qui décide pour lui. Comme pour le budget de maman. J'avoue que ce sont de petites satisfactions bien méchantes, mais c'est ainsi.

— Comme vous devez la détester.

— Je l'ai détestée. Mais j'ai mûri. Je me suis bel et bien fait avoir par sa façon de jouer le rôle de la pauvre victime sans défense. À ce moment-là, j'étais un gosse plein de romantisme. Je ne demandais qu'à partir à l'assaut des moulins pour lui venir en aide. Jusqu'au jour où j'ai compris que c'était moi que je devais protéger, contre ses menées à elle. Ce fut une expérience très éclairante.

Il quitta son siège.

— Je vais à l'arrière chercher de la glace pour les bassins. Vous dites qu'il faut les garder au frais. Et j'ai l'impression que Pete remue pas mal la queue.

Elle approuva d'un signe de tête.

— Je vais voir Susie, dit-elle.

Elle se leva à son tour. Elle se dirigeait vers le conteneur du dauphin femelle, quand une pensée lui traversa l'esprit.

— Kelby…

Il la regarda par-dessus son épaule.

— J'ai l'air… La plupart des hommes pensent que j'ai l'air d'une pauvre victime sans défense, moi aussi. Est-ce que je vous rappelle votre mère ?

— La première fois que je vous ai vue, vous avez éveillé en moi une certaine amertume.

Il fit la grimace et ajouta :

— Mais je vous garantis que vous ne m'avez jamais rappelé ma mère.

*

MARÉE FATALE

LAS PALMAS

— Ils sont magnifiques ! s'exclama Rosa Valdez.

Elle admirait les dauphins dans leur bassin de vingt-cinq mètres.

— Ils appartiennent à une espèce superbe, n'est-ce pas, Melis ?

— Ils sont fascinants, oui, répondit Melis, distraitement.

On avait descendu Susie dans le bassin, avant de la libérer de son filet. À présent elle restait immobile au fond de l'eau. Elle semblait pourtant en bonne forme quand ils étaient arrivés sur les docks. Pourquoi ne bougeait-elle plus ? Et Pete ? Lui aussi était inquiet, à en croire la façon qu'il avait de nager nerveusement autour d'elle.

— Merci de nous les confier, reprit Rosa d'un ton solennel. C'est un honneur que vous nous faites. Nous autres, étudiants, avons l'habitude d'aider aux aquariums. Mais là, c'est différent. C'est pour de vrai.

— J'apprécie ton aide…

Elle observait toujours Susie. Si elle continue de ne pas bouger, pensa-t-elle, je plonge voir ce qui se passe… Pete bousculait gentiment Susie qui se mit à secouer la queue. Il la poussa d'un coup de bec – moins gentiment, cette fois. Susie répondit en le frappant avec sa queue. Puis elle remonta à la surface et émit en direction de Pete une série de clics indignés.

Melis laissa échapper un soupir de soulagement. Susie n'avait subi aucun traumatisme. Elle faisait du cinéma, voilà tout. Elle faisait sa princesse. Melis se tourna vers Rosa.

— Merci. Je n'y serais pas arrivée sans toi, et sans Manuel.

— C'est nous qui vous remercions, répondit Rosa. Mon professeur ne se tenait plus de joie quand il a appris que nous serions autorisés à veiller sur les dauphins jusqu'à ce que vous soyez prête à les lâcher. Nous allons tenir un journal de bord : ça nous rapportera des points à la fac.

Quelle étudiante sérieuse ! songea Melis, amusée. Sérieuse, impatiente, jeune… Comment était-ce, de se sentir aussi jeune ?

— Tu disais que d'autres étudiants doivent venir demain nous apporter leur aide ?

— Marco Benetiz et Jennifer Montero. Ils n'auraient pas demandé mieux que de venir dès ce soir, mais on n'a pas voulu vous envahir.

— Je crois que j'aurais supporté, dit Melis en riant.

Elle se tourna vers la glacière, près du bassin.

— Ils ont besoin de manger. J'ai fait exprès de ne pas les nourrir avant et pendant le voyage. Je n'avais pas envie qu'ils soient malades en avion. Ni d'avoir des matières fécales dans l'espace clos des conteneurs. Tu veux bien te charger de les faire manger, avec Manuel ?

— On peut ? Vraiment ?

Elle se précipita pour ouvrir la glacière sans laisser à Melis le temps de s'en approcher.

— Combien faut-il leur en donner ? On les nourrit à la main ? On jette les poissons dans l'eau ?

— Je vais te montrer. Regarde… La première chose, c'est de bien veiller à ne leur donner que ce qui vient de la glacière. Il arrive que des gens leur lancent de la nourriture pour humains. Il ne faut surtout pas ! En aucun cas ! Tu as bien compris ?

Rosa approuva.

— Et puisqu'ils sont dans un nouvel environnement, Pete et Susie doivent rester sous surveillance vingt-quatre heures sur vingt-quatre. Quelqu'un doit toujours avoir un œil sur eux.

— C'est ce que nous aurions fait, de toute façon. On a déjà prévu les tours de garde. Et la façon de tenir le journal de bord.

— Bien.

Elle se pencha sur le contenu de la glacière.

— Ils mangent le poisson entier. Je leur coupe des morceaux seulement en cas d'urgence. Tu peux les leur jeter. Plus tard, je te montrerai comment les faire manger dans ta main. L'expérience vaut le coup d'être vécue…

*

— Contente ?

Melis, à son retour du bassin, trouva Kelby qui l'attendait au bout de la jetée.

— Les gosses sont impatients de s'en occuper, non ?

— C'est le moins qu'on puisse dire. Ils vont rester scotchés là toute la journée, sans les quitter des yeux une minute.

— C'est une excellente chose, dit Kelby. Ainsi, vous n'aurez pas à vous inquiéter. J'ai pris mes renseignements à l'université : tous sont des étudiants de confiance. Je laisserai tout de même Cal en sentinelle.

Il craignait une intervention d'Archer, c'était évident.

— Archer n'a pas donné signe de vie ?

— Non. Nicholas est en train de visiter les tavernes et les hôtels du port, au cas où il y aurait une info intéressante à glaner. Mais il n'est pas impossible qu'Archer se serve de son bateau, le *Jolie Fille*.

— Il va forcément se demander ce que nous faisons ici. Et ce n'est pas en restant au large qu'il aura la réponse.

Elle fixait son regard sur l'horizon voilé par le crépuscule. Était-il déjà là ? Ils étaient à Las Palmas depuis quatre heures, et il n'avait pas encore appelé.

— Combien de temps allons-nous rester ici ?

— Deux jours, certainement. Il faut finir d'équiper le *Trina*. Wilson négocie avec la marine le prêt d'un visualiseur sous-marin à ultrasons, une machine que nous ne pourrons pas embarquer avant demain matin…

Melis était à la fois sceptique et stupéfaite.

— Je fonde de grands espoirs sur cet appareil, poursuivit Kelby. La technologie n'a pas été d'un grand secours aux scientifiques, quand ils ont essayé de trouver Helike, la cité perdue. Mais ce visualiseur-là est mille fois plus perfectionné que celui dont ils disposaient…

— J'inclinerais à parier plutôt sur Pete et Susie.

— À condition que leurs mamans entendent leurs appels. Et y répondent. Les dauphins possèdent une bonne mémoire ?

— Une excellente mémoire.

— Tant mieux. Pourquoi Lontana a-t-il choisi de venir chercher Marinth aux Canaries ? J'aurais cru qu'elle se trouvait plus près de l'Égypte…

— Une intuition. Les Marinthiens passaient pour être de grands navigateurs. Les îles Canaries ne sont pas si étendues. Et leur topographie fait penser à celle de la légende.

— En quel sens ?

— Ce sont des terres volcaniques. Donc susceptibles de connaître des tremblements de terre. Certains scientifiques pensent que l'endroit pourrait générer une vague de type « tsunami » – un raz de marée, autrement dit.

— Voilà qui confirmerait la légende selon laquelle Marinth a été emportée par la mer.

Melis hochait la tête.

— Phil étudiait les vents dans la région, quand il s'est avisé que cette zone pouvait être la bonne. Vous nous avez réservé un hôtel ?

— Les hôtels, c'est risqué. Nous allons nous installer à bord du *Trina*. Il est amarré à dix minutes à pied d'ici. Cette solution me permettra de mieux garantir notre sécurité.

— Oh ! Pourvu que j'aie un lit où coucher.

Kelby reprit au bout d'un instant de réflexion :

— Ce salaud ne vous laisse guère fermer l'œil.

— Je ne dormirai pas beaucoup cette nuit non plus. Dans six heures au plus, les dauphins me réclameront. Vous voudrez bien envoyer quelqu'un dire aux gamins où je suis ?

— Dès que nous serons à bord.

Il la prit par le coude.

— Venez. Je vais demander à Billy de nous préparer un casse-croûte. Après, vous pourrez aller vous coucher.

Billy ? Qui est Billy ? se demanda Melis. Ah ! oui, bien sûr : le cuisinier. Cette journée passée sur le *Trina* lui semblait remonter à un siècle.

— L'équipage du *Trina* est au complet ? demanda-t-elle.

— Non. Je n'ai que Billy. J'ai donné quartier libre aux autres. À part les deux sentinelles qui gardent le bassin. Je ne sais pas exactement combien de temps nous resterons en mer. Je suis peut-être moins sûr que vous des capacités de Pete et Susie.

— Je n'ai jamais dit que j'étais sûre à cent pour cent de leurs capacités, répliqua Melis. Je pense qu'il y a de bonnes chances, c'est tout. Vous avez tenu parole. Vous avez fait tout ce que j'ai demandé. Je sais que vous voulez absolument réussir. J'essaierai de ne pas vous décevoir.

— Je ne serai pas déçu. Si nous arrivons à liquider Archer, je considérerai l'opération comme un succès. Je me dis quelquefois qu'Archer est presque plus important que Marinth.

— *Presque*... En fait, le mot clef, c'est *presque*.

Le *Trina* se dressait à quelque distance le long du quai, aussi magnifique que dans son souvenir. Elle reprit :

— Pour vous, rien ne saurait égaler Marinth en importance. Mais je comprends. C'est comme une fièvre.

— Il y a fièvre et fièvre, dit-il en l'aidant à monter sur la passerelle. Je ne crois pas qu'il soit particulièrement avisé de discuter de fièvre à l'heure présente...

— Pourquoi ? C'était depuis toujours le rêve de Phil, que de...

Elle ne savait plus ce qu'elle disait. *Chaleur*. Elle détourna les yeux et prit une grande inspiration.

— D'accord. Ne parlons plus de fièvre.

— Quel courage ! reprit-il d'un ton moqueur. J'aurais cru que vous relèveriez le défi.

— Alors dites franchement ce que vous avez en tête, répliqua-t-elle en se forçant à le regarder. Arrêtez de jouer sur les mots. Je ne suis pas bonne à ce petit jeu.

Le sourire de Kelby retomba.

— Moi non plus, avoua-t-il. Vous m'avez pris au dépourvu. Je ne pensais pas que vous éprouveriez la même chose que moi.

Elle non plus, ne s'y attendait pas. Ça l'avait frappée comme la foudre : un coup de chaleur, une sensation de brûlure intense, chargée de sensualité. Elle était encore sous le choc.

— Ne vous en faites pas, dit-il doucement, comme ils traversaient le pont. Je n'essaierai pas de profiter d'un moment de faiblesse.

Il eut un geste vers l'escalier qui descendait aux cabines.

— J'ai demandé à Cal de déposer votre valise dans la première cabine à droite. Je pense que vous ne manquerez de rien.

Elle fut la première surprise de s'apercevoir qu'elle n'avait plus envie, maintenant, de quitter Kelby.

— Merci, dit-elle à voix basse.

Le pas qu'elle fit en direction des marches était hésitant. Que lui arrivait-il ? Elle n'était ni bête ni innocente. Autrement dit, elle savait parfaitement ce qui lui arrivait. Sauf que c'était la première fois…

Sur le point de descendre la première marche, elle jeta un coup d'œil par-dessus son épaule. Il la regardait. Fort, plein de vie et de puissance. Viril. Sensuel…

Chaleur.

Elle dégringola l'escalier à toute vitesse.

*

Devant la cabine de Kelby, elle reprit son souffle, puis ouvrit la porte.

— Pardon de m'introduire comme ça, mais…

Personne. Il y avait plus de deux heures qu'elle l'avait quitté. Elle referma la porte, poursuivit sa route le long du couloir, et prit l'escalier pour rejoindre le pont supérieur. Elle trouva Kelby à la lisse, en train d'observer la mer.

— Kelby.

Il se retourna.

— Un problème ?

— Oui…

Sa voix tremblait.

— Je ne sais que faire… Je n'arrive pas à dormir, à cause d'une sensation…

Elle vint se placer devant lui et continua :

— Je ne crois pas qu'elle se dissipera d'elle-même, alors je…

Elle posa la main sur la poitrine de Kelby dont elle sentit le cœur battre sous ses doigts, et les muscles se tendre.

— Carolyn appellerait ça une « saine réaction », dit-elle.

— Et Carolyn est quelqu'un dont vous respectez les opinions. Mais peu importe le pourquoi du comment. Ça nous arrive, voilà tout.

Il lui effleura la gorge.

— Vous êtes si délicate. Et je ne suis pas l'homme le plus doux de la terre. J'ai peur d'aller trop vite, de vous blesser.

— Je ne suis pas délicate. Je suis forte. Ne vous avisez pas de l'oublier.

Il gloussa de plaisir.

— Je vous promets de ne pas l'oublier.

Il laissait glisser sa main vers les seins de Melis. Elle inspira vivement une grande bouffée d'air. Il la regarda dans les yeux.

— Non ?

— Je ne vous repousse pas, bon Dieu ! Mais nous n'irons nulle part si vous me traitez comme une infirme ! J'ai juste éprouvé une… une excitation. On dirait que tout est lié. Quand vous me touchez, ça me fait aussitôt de l'effet… partout.

— C'est comme ça que ça fonctionne, dit-il d'une voix intense. Et ça fonctionne quelquefois très vite. Je crois que nous ferions mieux de descendre tout de suite dans ma cabine.

*

Il essaya de retenir son souffle.

— Je t'ai fait mal ?

— Je ne me rappelle plus.

Kelby lui avait fait l'amour avec passion, peut-être même avec une certaine brutalité. Mais elle ne songeait pas à s'en plaindre. Après de brefs préliminaires, ils s'étaient abandonnés à une expérience quasi animale. Melis avait vaguement le souvenir de ses ongles enfoncés dans les épaules musclées de Kelby.

— Et moi, je t'ai fait mal ?

— Non. Mais tu m'as surpris, c'est dingue…

— J'étais surprise aussi. Ce n'était pas du tout comme avec les hommes que Carolyn choisissait pour moi. Elle faisait de son mieux, mais ça restait, disons… clinique.

— Je parie qu'elle était déçue.

— Oui. Elle disait qu'il fallait essayer de nouveau. Mais je n'ai pas voulu. Si j'avais su que ça pouvait être si bon, je l'aurais écoutée.

— À mon avis, tu devrais continuer avec moi. Je suis un bon produit : j'ai fait mes preuves.

Il l'attira contre lui.

— Pas de mauvaises vibrations ?

— Un peu, au début. Mais elles se sont vite dissipées. Je crois que c'est parce que nous étions comme deux ours pressés de se rejoindre. Ça semblait tellement… tellement naturel. S'il y a une victime dans ce lit, c'est toi.

— Je ne demande qu'à me sacrifier encore. Je suis toujours heureux de faire plaisir.

Elle se tut un moment, puis dit :

— C'était intéressant.

Un gloussement s'échappa de la gorge de Kelby.

— Mes talents amoureux m'ont déjà valu des compliments plus enthousiastes !

Il lui effleura la tempe d'un baiser.

— Et tu avais l'air plus qu'intéressée. Tu étais sacrément chaude. Brûlante.

— Ça aussi, c'était intéressant, dit-elle en se blottissant contre lui. Ça ne voulait plus s'arrêter. À mon avis, tu dois avoir quelque chose de Pete.

— Quoi ?

— Tu m'as dit que tu étais très sexuel, comme Pete. Tu n'as pas menti.

— Si tu as envie de recommencer, c'est quand tu veux. Je suis fin prêt.

Oui, il était prêt – et comment. Elle l'était aussi. Elle trouvait même incroyable d'avoir si vite envie de nouveau. Elle était guérie. Après toutes ces années. Après les soins de Carolyn. Carolyn : comme elle serait contente !

*

Kelby se dressa et prit appui sur un coude.

— Où vas-tu, bon Dieu ?

— Dans ma cabine. Prendre une douche, m'habiller…

Elle hésita.

— Il faut que tu le saches : j'ai compris que ça ne signifie rien pour toi. J'aurais voulu te le dire avant, mais j'étais distraite.

— J'étais moi-même un peu distrait, mais je ne suis pas d'accord. Ça signifie quelque chose pour moi.

Elle souriait.

— C'était vraiment génial. Mais je sais que tu as des raisons de te méfier des femmes. Comment pourrais-tu leur faire confiance ? Et je n'avais encore jamais vraiment réalisé qu'un homme aussi, ça peut être vulnérable. En tout cas, ne t'inquiète pas : je ne te poursuivrai pas en justice et je ne verserai pas des seaux de larmes quand tu reprendras le large. Il n'y a aucun engagement. C'est pour ça que ce qui s'est passé cette nuit était si bon.

— Vraiment ?

Ils restèrent un moment silencieux.

— Alors pourquoi ne pas revenir te coucher, dit-il, et en profiter encore ? Sans engagement, bien entendu…

Elle faisait non de la tête.

— Je dois aller voir Pete et Susie.

— Je viens avec toi, dit-il en écartant les draps.

— Mais pourquoi ? Tu as tant à faire !

Elle eut une grimace.

— Dormir, par exemple. On ne peut pas dire qu'on se soit beaucoup reposés…

— Nicholas est resté en ville, et je ne veux pas que tu ailles où que ce soit toute seule.

Archer. Elle avait presque failli l'oublier…

— Il ne m'a pas rappelée.

— Dieu merci ! Je ne sais pas si je le supporterais, à la minute présente.

— Tu ne vas tout de même pas me faire surveiller en permanence ?

Elle s'humecta les lèvres.

— Donne-moi une arme.

— Si tu veux. Mais une arme ne permet pas de résoudre tous les problèmes. Il te faut un garde du corps, et tu en auras un. Ce sera moi, ou quelqu'un en qui j'aie confiance.

Il se dirigea vers la douche.

— Archer adorerait poser ses griffes sur toi, et tu es moins protégée ici que sur ton île. Je n'ai pas envie que l'on me demande de venir à la morgue identifier ton corps simplement parce que tu es une fille têtue.

Il pénétra dans la douche et referma la porte derrière lui.

Carolyn morte, brisée, couchée sur cette table métallique.

Elle quitta la cabine de Kelby en frissonnant. Ce souvenir mortel l'avait comme précipitée dans les profondeurs d'un bain de glace. Oui : un garde du corps. Elle ne pouvait refuser. Elle percevait mieux, au terme des heures qui venaient de s'écouler, l'ampleur de sa dette envers Carolyn. Si elle n'était pas complètement guérie, elle était en bonne voie. Et les dettes existaient pour être payées.

Or, si elle devait payer sa dette à Carolyn, la première chose à faire était de rester en vie.

*

Elle se trouvait près du bassin depuis plus d'une heure déjà quand Archer se décida à appeler.

— C'était trop long, Melis. Je t'ai manqué ?

— J'espérais que quelqu'un vous avait marché dessus et écrasé comme le cafard que vous êtes.

— Tu ne sais donc pas que les cafards sont les héritiers de la terre ? Mais parlons plutôt des dauphins. Ont-ils fait bon voyage ?

— Ils vont bien. Et ils sont sous bonne garde.

— Je sais. J'ai vérifié. Ça ne veut pas dire que je ne pourrai pas les approcher si le cœur m'en dit.

— Vous êtes à Las Palmas ?

— Où tu seras, j'irai. Tu n'as pas encore compris cela ?

Un temps.

— Jusqu'à ce que tu m'aies donné ce que je veux. Ça ne devrait pas être trop difficile pour toi. Après tout, tu as l'expérience. Tu sais ce que veut dire donner aux hommes ce qu'ils veulent. On raconte que les enfants apprennent plus vite que les adultes. Et qu'ils gardent ce qu'ils ont appris plus longtemps en mémoire. Est-ce que ce n'est pas merveilleux, de penser que tu posséderas ce talent jusqu'à la fin de tes jours ? J'envie Kelby. Tu as dû lui faire passer un sacré bon moment. Mais pourquoi devrais-je me contenter de l'envier ? Et si je décidais d'y goûter, moi aussi ? Je te ferai mettre une petite robe blanche en organdi et...

— Bouclez-la...

Il se tut un moment.

— Encore un défaut dans la cuirasse. Elle se défait peu à peu, pas vrai ? Donne-moi les papiers de Lontana, Melis...

— Allez vous faire voir...

— Si tu refuses, je serai là jusqu'à la fin de tes jours. Ce n'est pas un problème, pour moi. Je dirais même que j'adore.

Sa voix se faisait plus douce.

— Mais les femmes ne font pas de vieux os dans des bordels du genre de ce kafas. Or je pourrais m'impatienter. Et t'y renvoyer ! Ou dans un kafas quelconque. Alors je crois que tu n'aurais plus qu'une hâte : me donner ce que je veux.

Ne dis rien. Ne proteste pas. Laisse-le croire qu'il te terrifie et te réduit au silence.

— Pauvre Melis. Tu te bats comme un oiseau pris au piège. Et ça ne sert à rien.

— Je ne peux pas parler... Vous avez tué...

— Qu'est-ce que ça change ? Les morts sont morts. Ils n'aimeraient pas te voir souffrir. Donne-moi ce que je veux.

— Non.

— Voilà un non qui ressemble au début d'un oui. J'ai cru y percevoir une très légère note de désespoir...

— Percevez ce que vous voulez, mais allez-vous-en.

Elle lui laissa croire que sa voix menaçait de se briser.

— Allez-vous-en.

— Je vais m'en aller. Je vais m'en aller parce que tu as besoin de réfléchir à ce que je viens de te dire. Je te rappellerai ce soir. Nous finirons d'écouter la première cassette. Celle de ton premier jour au harem. Tu étais complètement perdue. Tu ne comprenais pas ce qui t'arrivait. Et tu souffrais d'une souffrance toute neuve. Tu te souviens ?

Il raccrocha.

Si elle se souvenait. Elle n'avait rien oublié. Pourtant, elle était moins bouleversée qu'après le premier coup de téléphone d'Archer. Elle avait protesté qu'elle n'était plus la petite fille dont il parlait, mais peut-être sans y croire vraiment. Peut-être était-ce Archer lui-même qui l'avait protégée contre sa propre mémoire en essayant de la noyer sous des flots de souvenirs. Quelle déception serait la sienne, s'il venait à l'apprendre !

— Ils s'entendent à merveille ! dit Rosa Valdez en rejoignant Melis. Ce matin, la femelle m'a permis de la caresser.

— Elle n'est pas farouche, répondit Melis.

Elle fourra vivement son téléphone dans la poche de sa veste – et chassa du même coup Archer de ses pensées. Elle n'allait tout de même pas laisser ce fumier la perturber au-delà du nécessaire. Elle avait du pain sur la planche.

— Quelqu'un s'est approché du bassin depuis l'arrivée des dauphins ?

— Seulement les autres étudiants de l'équipe.

Rosa fronça les sourcils.

— J'ai dit à tout le monde que c'étaient vos instructions. Il y a quelque chose qui cloche ?

— Non. C'était pour savoir.

Elle tourna les talons et se dirigea vers le bord du bassin.

— Tu leur as donné leurs jouets ?

— Oui. Et j'ai vu que ça semblait leur faire du bien. Susie a toujours ce boa en plastique autour du corps ? Ça lui donne une allure sexy, je trouve.

— Elle est très féminine. J'ai observé qu'elle aimait s'enrouler dans du varech. J'ai pensé qu'elle aimerait quelque chose de permanent.

En revanche, Pete n'avait manifestement pas fait son petit numéro avec sa bouée en plastique – Rosa n'aurait pas manqué de s'en apercevoir.

— Je me suis dit que les jouets les aideraient. Ils n'ont pas assez de place dans ce bassin. Ils ne peuvent pas se promener, ni lutter contre l'ennui…

— Sainte Mère de Dieu !

Rosa écarquillait les yeux.

— Qu'est-ce qu'il fait ?

Elle parlait de Pete.

— Exactement ce que tu penses. Il adore nager avec sa bouée.

— Mais il la met sur son pénis !

— Et ça peut durer des heures.

Melis fit la moue.

— Ça doit lui procurer des sensations, dit-elle.

— Je vous crois, murmura Rosa qui n'arrivait pas à détacher les yeux du spectacle. Voilà un élément qui figurera bientôt dans mon journal de bord.

*

— Le *Trina* est un bateau rapide, dit Pennig. Avec six hommes d'équipage et un chargement d'armes. L'arraisonner en haute mer risque de ne pas être facile…

— Mais pas impossible, le coupa Archer. Ils en ont encore pour longtemps ?

— Un jour ou deux. Ils attendent une machine, je ne sais quoi.

— Un jour ou deux.

Voilà qui ne lui laissait plus guère de temps pour avancer avec Melis. Mais ce serait peut-être suffisant. La dernière fois qu'il lui avait parlé, elle avait montré des signes de faiblesse. Archer n'aimait pas l'idée d'avoir à lui téléphoner quand elle aurait pris la mer avec Kelby. Une fois à bord du *Trina,* elle se sentirait sûrement libre et en sécurité.

Fallait-il lui mettre encore plus la pression en multipliant les appels ?

Peut-être.

Mais briser un tempo n'est jamais une bonne chose. Mieux valait qu'elle attende, angoissée, la sonnerie du téléphone.

— Al Hakim t'a appelé hier soir, non ? reprit Pennig d'un ton hésitant. Il s'impatiente ?

— Aurais-tu l'audace d'insinuer que je ne mène pas cette affaire correctement ?

— Non, non, bien sûr que non, s'empressa de dire Pennig. Je me posais juste la question.

Oui, Al Hakim s'impatientait ! Et Archer n'avait aucune envie de voir des terroristes débarquer dans ses affaires. Pas plus qu'il n'avait envie de se faire doubler par eux.

— Alors pose-toi la question en silence, Pennig, si tu veux bien. Je sais ce que je fais.

Peut-être Archer allait-il devoir réfléchir à la possibilité de faire monter quelque peu les enchères.

11

— Comment vont-ils ? dit Kelby en la rejoignant au bassin. Pete s'est calmé ?

— Un peu.

Melis tendit à Manuel le seau de poissons.

— Il est moins agité depuis qu'il a ses jouets.

— Oui, j'ai vu qu'il s'amusait tout à l'heure... C'est intéressant.

— Tu étais là ?

— Je suis venu au bassin pendant que tu étais partie acheter des poissons au marché.

— Nicholas est venu avec moi. Je crois qu'il n'a pas trop apprécié d'avoir à transporter des kilos de poissons bien odorants... Ça ne le dérange pas de jouer les gardes du corps, mais faire la bête de somme pour les beaux yeux de Pete et Susie, ça offense sa dignité !

— Ça ne lui fera pas de mal, dit Kelby.

Il tendit à Melis un étui à revolver en toile.

— Un 38. C'est ce que tu voulais. Tu sais t'en servir ?

Elle fit oui de la tête.

— Kemal m'a appris. Il disait que la meilleure des thérapies, dans mon cas, c'était d'apprendre à me défendre.

— Je commence à le trouver sympathique, ton Kemal.

— Il l'est. C'est un homme merveilleux.

— N'exagérons rien... Je me demande si je ne suis pas en train d'éprouver une petite pointe de jalousie.

Elle lui jeta un regard profondément incrédule.

— Je sais, soupira Kelby. Moi aussi, ça m'étonne.

Il baissa les yeux vers Pete.

— Je dois avoir besoin de me rassurer. Si on retournait sur le bateau ?

Leurs corps mêlés... Cette pensée valut à Melis d'accueillir une bouffée de désir.

— Être rassuré ? dit-elle. Jamais je n'ai rencontré un homme qui ait une telle confiance en lui. C'est ce que j'ai pensé dès que je t'ai vu.

— Tu as raison, répondit-il en affichant un large sourire. Je me disais que j'allais profiter de ton chagrin pour te mettre dans mon pieu, comme le macho sans scrupule que je suis... Tu viens ?

— Je préfère m'occuper des dauphins. Deux nouveaux étudiants doivent arriver ce matin, et je veux les rencontrer.

— Dieu me préserve d'entrer en compétition avec Pete et Susie, dit-il, souriant toujours.

Il fit demi-tour et remonta la jetée. Il s'arrêta au bout de quelques pas pour lancer à Melis :

— Si tu changes d'avis, je serai à bord.

Elle le regarda s'éloigner. Dieu qu'il était séduisant. Aussi beau que les dauphins. Certes, une telle comparaison aurait déplu à Kelby ! Pourtant il était mince, musclé, aussi bien enraciné dans la terre que les dauphins l'étaient dans la mer. Son jean délavé épousait parfaitement ses cuisses bien faites, ses fesses et ses mollets durs comme de la pierre. Melis éprouva une autre bouffée de désir – une vague de chaleur encore plus forte, plus intense.

Oh, et puis elle n'avait pas besoin de rester plantée là à attendre ces deux étudiants ! Elle pourrait très bien faire connaissance avec eux un peu plus tard.

Elle remonta la jetée pour rattraper Kelby.

Tout à l'heure. Elle reviendrait tout à l'heure.

*

— Tu jouis, tu te lèves et tu t'en vas, dit Kelby d'un ton paresseux. J'ai l'impression d'être un homme objet.

— Tu ne voulais pas te rendre utile ? répondit-elle en souriant.

— Si. Je t'en suis reconnaissant. Et je le serais encore plus si tu voulais bien revenir dans ce lit et recommencer à te servir de moi.

Melis jeta un coup d'œil par le hublot. Le crépuscule n'était pas loin.

— Il faut que je retourne auprès des dauphins. Tu as sûrement quelque chose d'important à faire.

— Le plus important, je viens de le faire.

Il eut une expression plus grave.

— Tu sais que tu es une espèce de miracle ?

— Je le sais. Je suis douée. Je suis en bonne santé. Et je sais parler la langue des dauphins – quelquefois.

— Tu donnes plus qu'aucune des femmes que j'ai connues. Ça aussi, c'est en soi un miracle.

— C'est à cause de mon passé, dit-elle en finissant de boutonner sa chemise. C'est vrai que je suis prête, moi aussi, à y voir une espèce de miracle. Je ne savais pas que j'étais aussi forte. Si je m'étais attendue à ça…

— C'est peut-être que tu es tombée sur le mâle le plus doué de l'hémisphère.

— Non. Ça n'a rien à voir.

— C'est blessant, ce que tu dis là…

Il médita quelques secondes, puis reprit :

— Alors quelle est l'explication ?

— Je ne sais pas. Ça vient peut-être des leçons de Carolyn. Si ça se trouve, elles ont fini par atteindre leur but. D'un seul coup. Ou alors c'est la place qu'a prise le sexe dans ma vie : j'ai fini par comprendre que la laideur n'est pas dans l'acte lui-même, mais dans l'intention.

Elle inclina la tête pour observer Kelby d'un œil appréciateur.

— Le fait que tu ne sois pas le pire mâle de l'hémisphère y est peut-être aussi pour quelque chose.

Elle ouvrit la porte.

— À tout à l'heure, Jed.

Il hocha la tête, puis tendit la main vers son téléphone.

— J'appelle Gary Saint-George pour lui demander de t'attendre à la passerelle. Je préférerais venir moi-même, mais le visualiseur à ultrasons arrive d'une minute à l'autre…

— Bonne nouvelle. Je vais enfin pouvoir libérer les dauphins de ce bassin. Demain, c'est ça ?

— Demain ou après-demain. Je dois d'abord faire des tests, m'assurer que l'appareil fonctionne.

Il souleva un sourcil et ajouta :

— En fait, rien ne presse… Tu sais ce que c'est : les formalités administratives, tout ça. Ils en ont facilement pour deux heures. Viens te recoucher. Ça m'éviterait de m'ennuyer…

Dieu Tout-Puissant ! Que la tentation était grande !

Mais il y avait les dauphins.

Melis secoua la tête.

— Je ne veux pas épuiser toutes tes forces, Kelby. Tu peux encore servir.

*

— Tu fais plaisir à voir, Melis, dit Gary en l'accueillant à l'entrée de la passerelle. Tu as l'air détendue.

Elle sentit le rouge lui monter aux joues. Gary savait-il pourquoi elle se sentait aussi bien ? Les étudiants en avaient-ils la moindre idée ? Elle eut l'impression bizarre que tout le monde était au courant, comme si elle avait encore sur elle l'empreinte du corps de Kelby.

— Je me suis fait du souci pour toi quand je t'ai vue t'embarquer dans cet avion à Athènes. Jamais tu n'avais été aussi anxieuse.

— Je vais mieux, dit-elle. Et toi, Gary ?

— Bien.

Il souriait.

— L'équipage est bon. Kelby a engagé Terry. Et quant à Charlie Collins, le commandant en second, il est de première bourre. Karl Brecht ne parle pas beaucoup, mais ce n'est pas un mauvais gars. Et c'est plus reposant qu'un bavard. Je sens que ça va me plaire, de travailler pour Kelby. Il paraît qu'il n'est pas commode, mais qu'il joue franc-jeu.

— Je pense que c'est vrai.

— Tu as bien fait d'accepter de participer à cette recherche.

Ils marchaient à présent côte à côte le long du quai, en direction de la jetée où se trouvait le bassin des dauphins.

— Je ne comprenais pas pourquoi tu étais aussi farouchement contre, avant. Phil voulait dur comme fer retrouver Marinth.

— Je n'ai rien fait pour l'en empêcher, Gary. Je refusais de l'aider, c'est tout.

— Cette recherche l'excitait comme une puce. Surtout les derniers mois.

— Tu essaies de me culpabiliser ? J'ai fait le bon choix, pour moi et pour mes dauphins.

— Qui a dit que tu t'étais trompée ? Tu as fait ce que tu avais à faire. Simplement, je suis heureux que tu aies choisi d'aller de l'avant. Ça signifie un sacré bonus pour l'équipage, si l'opération réussit. Kelby est très généreux.

— Ne rêve pas trop. Il y a beaucoup d'inconnues.

— Phil pensait que tu avais le pouvoir de retrouver Marinth. C'est ce qu'il disait à tout bout de champ. À la fin, il n'arrivait plus à penser à rien d'autre…

— Je sais, Gary.

Une idée venait de lui traverser l'esprit.

— Phil essayait de réunir des fonds pour monter son expédition, dit-elle. Tu as rencontré l'homme avec qui il négociait ?

Il fit non de la tête, puis répondit :

— Je savais qu'il y avait quelqu'un. Un homme qui est venu cinq ou six fois à terre pour parler avec Phil. Toujours le soir. Au début, Phil revenait de ces discussions sur un nuage. Après, ça s'est gâté. La dernière fois, il ne fallait plus perdre une minute. On a levé l'ancre tout suite, et en route pour le large.

— C'est alors qu'il a commencé à réduire l'équipage.

Archer s'était mis en chasse aussitôt. Ayant échoué avec Phil, il avait décidé de l'éliminer. Et la mort de Phil avait présenté un autre avantage pour Archer : elle avait attiré à Athènes une Melis soudain vulnérable.

— Si seulement il l'avait oubliée, sa sacrée cité perdue !

— Il n'a jamais tiré le gros lot, Melis.

Il eut une expression inquiète à l'approche du bassin au bout de la jetée.

— Il y a bien eu ce galion, mais…

Il se raidit et promena un regard aux alentours.

— Où est Cal ? C'est lui qui était de garde au bassin.

— Quoi ?

— Même qu'il se plaignait. Il était fatigué de surveiller les dauphins…

Ses genoux se dérobèrent ; il commença à tomber.

— Gary !

Un rond rouge se dessinait sur son front. Du sang…

Une berline noire s'avançait le long du quai. Melis se pétrifia quand la portière de la voiture s'ouvrit.

— Non !

Elle se mit à courir en cherchant à tâtons l'étui de son arme. Le 38. Mon 38 ! La voiture arrivait presque à sa hauteur. Quelqu'un se penchait à l'arrière derrière la portière ouverte.

Mon Dieu… Cox !

Elle leva son arme. Elle entendit une voix exprimer un juron. La portière se referma. Melis appuya sur la détente. Sa balle ricocha sur la carrosserie.

Le conducteur ! Melis essaya de viser l'homme qui était au volant. Mais en courant, c'était impossible. Elle tira encore. La vitre se brisa. La voiture vira à droite, fonça sur un entrepôt, s'arrêta, fit rapidement demi-tour et revint sur Melis comme pour l'écraser.

Melis n'avait plus le temps de courir ni de penser.

Elle plongea dans l'eau depuis le bord du quai.

*

Kelby était en rage quand il rejoignit le hangar à grandes enjambées. Chaque muscle de son corps exprimant sa fureur, il tendit à Melis un sac de toile.

— Des vêtements secs, dit-il.

— Merci.

Elle se blottissait dans une couverture.

— Mais j'ai besoin de prendre une douche avant de passer des vêtements propres. J'ai l'impression de m'être roulée dans du sel. C'est la police qui m'a prêté cette couverture. Je crois qu'ils en ont fini avec moi. Le lieutenant Lorenzo m'a dit qu'il revenait dans cinq minutes.

— Comment te sens-tu ?

— Je n'ai rien. Ils ne cherchaient pas à me blesser, en fait. Ils voulaient m'enlever…

Elle frissonna.

— Ils ont tué Gary.

— Je sais.

— Un des étudiants a été touché à la tête. Il a une commotion. C'est Manuel. Pauvre gosse…

— Manuel Jerez. Il va s'en sortir.

— Cal aussi s'est fait tirer dessus. Mais sa vie n'est pas en danger. Archer et ses hommes ont dû vouloir se couvrir pour avoir les coudées plus franches.

Elle s'humecta les lèvres.

— Cal a reçu une balle à l'épaule, dit-elle. Archer l'a jeté dans le bassin pour se débarrasser du corps. Cal aurait pu se noyer. C'est Pete et Susie qui l'ont porté à deux pour le maintenir à la surface de l'eau.

— Un grand bravo à Pete et Susie !

Leurs regards se croisèrent.

— C'est ce que doit penser Cal.

Un silence s'établit.

— C'est ce que je pense aussi.

— Alors pourquoi ce sarcasme ?

— Parce que je te retrouve dans ce hangar ouvert à tous les vents, perdue comme un rat échappé de la noyade. Parce que tout s'est mis à déconner, et que je n'étais même pas là pour intervenir. Parce que c'est la police qui m'a téléphoné pour me dire ce qui arrivait ! Pourquoi ne pas avoir appelé toi-même ?

— J'étais occupée !

— L'idée ne t'a pas effleurée que je pourrais faire quelque chose ?

— Non, dit-elle d'une voix incertaine. Il est vrai que je n'avais pas les idées très claires.

Il l'observa un moment, puis laissa échapper un juron. Il se mit à genoux. Et il tamponna le visage de Melis avec le coin de la couverture.

— Tu aurais pu te sécher les cheveux. L'eau te ruisselle sur la figure.

Elle soupira tristement.

— J'ai besoin d'un shampooing, de toute façon. Et je pue la vase.

Elle faisait tous ces efforts pour essayer de ne pas trembler.

— Tu avais raison, reprit-elle à voix basse. Le flingue ne résout pas tous les problèmes. J'ai essayé de leur tirer dessus, mais ça n'a pas marché. Alors j'ai plongé et je suis allée me planquer sous la jetée. C'est à ce moment-là qu'ils se sont envolés. La police a retrouvé leur voiture à cinq ou six rues d'ici. D'après le lieutenant Lorenzo, j'aurais réussi à toucher celui qui était au volant : il y avait du sang sur le siège.

— Bonne nouvelle. J'espère que c'était Archer.

— Archer était sur le siège arrière. C'est lui qui a ouvert la portière pour essayer de me faire monter de force dans la voiture…

— Comment le sais-tu ? On n'a pas encore vu sa photo.

— C'est Cox.

— Quoi ?

— Carolyn a prononcé ce nom au téléphone… Je crois qu'elle essayait de me donner un indice. Elle voulait m'aider à identifier Archer. Carolyn adorait regarder la télévision tard la nuit. Des vieilles séries, tu sais ? Elle avait même des cassettes de ses préférées. Des émissions qu'on ne revoit plus. Nous, on se les repassait pendant des heures, en mangeant du pop-corn et en discutant à perte de vue…

— Et alors ?

— Alors elle avait une cassette d'une série intitulée *Mr. Pep-*

pers. Avec Wally Cox dans le rôle du mec humble, décharné, peureux… Archer ressemble à Wally Cox.

— Archer, *peureux* ? Ça ne colle pas avec sa réputation.

— Un dehors timide a pu alimenter chez lui une inclination sadique. Tu verras, quand on aura la photo. Je parie qu'il ressemblera à Wally Cox.

— Je suis sûr que tu as raison, dit Kelby, pensif.

Il se releva.

— Tu ne crois pas qu'on l'a assez attendu, ton lieutenant ? Tu as besoin d'une douche. Et de passer des vêtements propres. S'il a des questions à te poser, il n'aura qu'à venir à bord du *Trina*.

Elle approuva d'un signe de tête.

— Il faut d'abord que j'aille voir Pete et Susie. Le lieutenant m'a dit qu'ils allaient bien, mais je tiens à m'en assurer.

— Je savais que tu te ferais du souci pour eux. J'ai envoyé Terry et Karl surveiller le bassin. Il n'y a pas de problème…

Il s'interrompit.

— Je vois que je perds mon temps. Très bien. Allons voir le bassin.

*

Susie émit des clics dès qu'elle aperçut Melis. On aurait dit qu'elle essayait de l'avertir de ce qui venait d'arriver. Pete, lui, gardait le silence, mais il faisait le tour du bassin en remuant nerveusement la queue.

— Tu vois, dit Kelby. Tout va bien. Ils sont peut-être un peu énervés, mais il fallait s'y attendre, non ?

— Oui, dit Melis doucement. Ils ont l'air d'aller bien.

— Ils ont vraiment sauvé la vie de Cal ?

— Ça ne fait aucun doute. Il était sans connaissance quand les urgentistes sont descendus dans le bassin pour lui porter secours. Mais la chose n'est pas inhabituelle. Beaucoup d'histoires circulent sur des dauphins qui ont sauvé des nageurs en détresse.

Elle s'adressa à Pete et Susie d'une voix douce :

— Vous vous êtes très bien conduits, les petits mecs. Je suis fière de vous.

Pete remonta droit à la surface, fit un bond, et plongea en projetant des gerbes d'eau.

— C'est sa réponse ? demanda Kelby.

— Ça se pourrait, dit Melis en approuvant de la tête. Oui, je crois qu'il est fier de lui.

— Dans ce cas, est-ce qu'on ne pourrait pas remonter à bord du *Trina*, maintenant ? Tu n'as pas arrêté de trembler depuis que je t'ai trouvée dans cet entrepôt.

Elle ne voulait pas quitter le bassin. Le danger s'était trop rapproché. Elle avait perdu Gary, et failli perdre Cal. L'éventualité de perdre aussi les dauphins lui était insupportable.

— Archer ne reviendra pas ce soir, insista Kelby. En plus des hommes que j'ai affectés à la surveillance du bassin, les docks grouillent de policiers. Il faudrait être dingue pour recommencer à rôder dans ces parages.

— Il est dingue, Jed. Tu as vu ce qu'il a fait à Carolyn.

Kelby allait répondre, mais elle l'en empêcha d'un geste.

— Je sais. Je sais qu'il y a une différence. Moi non plus, je ne pense pas qu'il reviendra ce soir.

Elle fit demi-tour et commença à remonter la jetée.

— Retournons sur le bateau.

*

Quand elle sortit de sa douche, elle trouva Kelby chez elle, installé dans un fauteuil.

— Tu te sens mieux ?

— Je n'ai plus froid. Je me sens propre. Mais je ne vais pas mieux.

Elle alla s'asseoir au bord du lit, et commença à se sécher les cheveux avec sa serviette.

— Je ne m'attendais pas à ça, dit-elle. Je croyais bien l'avoir bluffé. Je pensais qu'il ne bougerait pas jusqu'à ce que je craque. Jusqu'à ce que je cherche, moi, à le joindre.

— Il a peut-être manqué de patience.

— J'ai commis une erreur. Je me suis imaginé que je pouvais prévoir ses réactions. J'ai été imprudente, et Gary est mort.

— Ton amie Carolyn dirait que tu es en train de t'accuser. Et elle n'aimerait pas ça.

— C'est vrai. Elle détesterait, même.

Melis tenta bravement un sourire.

— Tu as encore mieux compris que moi les réactions de Carolyn, dit-elle.

— Je commence à te connaître. Et Carolyn fait partie de ce que tu es.

— Tu dois avoir raison. D'accord : j'arrête de m'accuser.

Elle jeta sa serviette sur le lit.

— Mais je ne peux pas rester ici, à faire courir des risques aux autres. Les dauphins s'ennuient. Pour eux, ce bassin, c'est une mare à canards ! Archer aurait pu les tuer ! Il avait déjà liquidé Gary. Il s'était débarrassé de Cal et de Manuel… Je sais : le bateau n'est pas prêt. Mais je m'en fiche. Je vais aller faire une déposition à la police. Dès demain matin. Mais tout de suite après, il faut quitter Las Palmas. Dépêchons-nous de retrouver Marinth. Ensuite, on s'occupera d'Archer. Il est venu trop près.

Kelby hochait la tête.

— Je ne discute pas. Moi aussi, je ne demande qu'à passer à l'action…

— Je sais.

Elle fit de nouveau l'effort de sourire.

— Ton horizon, c'est Marinth.

— Bien sûr ! Je ne vais pas le nier. Mais nous ferions bien de commencer par récupérer les papiers de Lontana. Ainsi que les tablettes. Tu disais qu'elles étaient ici, non ?

— Pas exactement ici. Sur une petite île, à quelque distance de Lanzarote.

— Comment s'appelle cette île ?

— Cadora. C'est un volcan éteint. Les papiers et les tablettes sont cachés sur le versant nord de l'île. Cadora ne compte que quelques milliers d'habitants, dont la plupart vivent sur la côte. C'est un endroit charmant. Avec Phil, nous y avons loué une maison, à une époque…

Elle fit une grimace.

— Évidemment, pour les courses, il fallait aller à Lanzarote. Cadora n'est pas précisément La Mecque du shopping.

— Il a tout planqué sur un flanc de montagne ? J'aurais pensé que Lontana les mettrait dans une banque…

— Tu ne le connais pas. Les banques ne lui inspiraient aucune confiance. Il a tout rangé dans un grand coffre. Et il a enterré le coffre. Dans la grande tradition des pirates, disait-il.

— Au temps des pirates, le monde était un peu moins fréquenté.

— Phil avait la tête pleine de rêves.

Elle éprouva un accès de tristesse.

— Si pleine de rêves, répéta-t-elle.

— Tu me fais assez confiance pour m'autoriser à aller le récupérer, ce coffre ? J'aimerais pouvoir mettre les tablettes et les papiers en lieu sûr…

— Non.

Voyant qu'il se raidissait, elle se hâta d'ajouter :

— Ce n'est pas une question de confiance. Le contenu du coffre pourrait m'être utile pour appâter Archer. Laissons plutôt ce trésor où il est. Je ne veux pas qu'il se retrouve au fond d'une banque, dans un endroit inaccessible.

— Tu ne fais confiance à personne d'autre qu'à toi-même.

— Mais les recherches de Phil ne t'intéressent pas !

— Les tablettes m'intéressent. Leurs traductions aussi : c'est une piste importante pour moi. Tu le sais fort bien.

— Tu les auras. Quand on aura eu Archer.

Elle se tourna vers le lit.

— J'ai besoin de me reposer. Je dois me lever tôt. Bonne nuit.

— Comme tu voudras, dit Kelby en quittant son fauteuil.

Il marqua une hésitation.

— Non, dit-il. Tu es blessée. Déprimée. Terrorisée.

Il ajouta en faisant un pas vers le lit :

— Même si tu refuses de l'admettre.

Il la prit dans ses bras.

— Que tu es difficile. Arrête de me repousser comme ça. Je n'essaie pas de te… posséder. Je m'efforce même de te faire comprendre que tu m'intéresses pour autre chose que le sexe.

Il l'aida à s'étendre, et ramena le drap sur elle en ajoutant :

— Même si j'aime faire l'amour avec toi.

Il se coucha auprès d'elle et l'enlaça.

— Maintenant, relaxe-toi. Dors. Tu es en sécurité.

En sécurité… Elle prit une profonde inspiration, et laissa l'air s'échapper de ses poumons. Elle tremblait encore un peu, mais ses muscles commençaient à se détendre. C'est maintenant qu'elle prenait conscience d'avoir eu atrocement peur. Mais elle avait réussi à refouler son effroi dès l'instant où elle avait vu Archer dans la voiture. Elle murmura :

— Gary est mort, Kelby. On discutait ensemble, et tout d'un coup, il est mort. Je n'ai même pas entendu claquer le coup de feu. D'après le lieutenant, ils se sont servis d'un silencieux. Gary était en train de me dire son enthousiasme, au sujet de Marinth. Il parlait de Phil. Et soudain il est tombé…

— Je sais.

Il lui massait doucement le dos avec les pouces et les doigts.

— La première fois que j'ai vu un ami se faire tuer, dit-il, c'était dans les commandos. Je ne voulais pas croire qu'il était mort. Ça semblait une telle injustice ! On ne lui avait laissé aucune chance, ni le temps de se préparer. Par la suite, je me suis dit que c'était peut-être mieux ainsi. Il n'avait pas vu venir la mort. Et en l'espace d'un éclair, tout était fini. Essaie de penser à Gary de cette façon.

— Archer l'a tué parce qu'il s'était mis sur sa route. Entre lui et moi. Il l'a effacé comme si ce n'était pas une vie. Comme s'il ne représentait rien. Il y a eu Phil. Puis Carolyn. Maria. Et maintenant, Gary. Je ne peux pas laisser Archer continuer comme ça.

Elle soupira, puis reprit :

— Il est comme Irmak. Il a dit qu'il voulait me renvoyer au kafas. Il a envie de me voir blessée, humiliée… Ça me terrorise. Et il le sait. Il sait, pour les rêves.

— Tu rêves du kafas ?

— Oui. Je rêve qu'on m'enferme à nouveau dans cette cage.

— Tu n'y retourneras pas.

Il la serra plus fort dans ses bras.

— Je ne laisserai pas une telle chose arriver.

À ce moment précis, Melis voulait croire qu'il disait vrai. Elle voulait croire qu'il n'y aurait plus jamais de kafas. Qu'Archer ne parviendrait pas à l'anéantir.

— Tu n'es pas responsable de ça, dit-elle dans un murmure. C'est à moi de faire avec, comme dirait Carolyn…

— Chut. J'ai le plus grand respect pour Carolyn, mais elle avait choisi une ligne très dure. Il n'y a pas de mal à lâcher un peu de lest.

Elle avait déjà lâché du lest ! Elle se sentait enveloppée, absorbée par la force de Kelby. Et ce n'était sûrement pas bon pour elle. Elle avait tort de le laisser faire. Pas maintenant. Elle avait besoin de récupérer ses propres forces. Demain serait bien assez tôt.

— Merci. Tu es très gentil… Je te suis reconnaissante.

— Ne t'en fais pas. Je trouverai un moyen.

— De retrouver Marinth ?

— Non. Pas de retrouver Marinth.

*

— Du café ?

Melis ouvrit un œil somnolent. Kelby se tenait auprès de son lit, porteur d'une tasse fumante sur sa soucoupe. Il était habillé. Il donnait l'impression d'être debout depuis des heures.

— Merci.

Elle s'assit et tendit les mains vers la soucoupe.

— Quelle heure est-il ?

— 10 heures et quelques.

Il alla prendre place dans le fauteuil avec sa propre tasse.

— Tu as dormi comme une pierre. Tu en avais besoin.

— Je crois.

Elle avait sombré dans un sommeil et un oubli profonds.

— Tu t'es levé tôt ?

— Assez. J'avais des dispositions à prendre.

— Des dispositions pour le départ ?

— Des détails à régler.

Il but une gorgée de café.

— J'ai vu Cal à l'hôpital. Il m'a donné le nom de la personne la plus proche de Gary. Sa sœur. Elle vit à Kay West. Je l'ai appelée. Je lui ai dit la nouvelle. Elle demande que le corps lui soit envoyé par la mer. Wilson s'en occupe.

— C'est à moi de m'en occuper.

— Je suis bien d'accord. Mais Wilson excelle dans ce genre de travail.

— Gary était mon ami, Kelby.

— C'est vrai. C'est pourquoi je ne veux pas qu'il te cause encore plus de stress. Dieu sait que tu as eu ta dose.

Il poursuivit :

— J'ai appelé le lieutenant Lorenzo. Il doit envoyer quelqu'un te chercher à 11 heures avec une voiture de police. Tout devrait être terminé à 14 heures. Tu reviendras au bateau sous bonne escorte.

Il but son café, et reposa sa tasse dans la soucoupe.

— L'idéal serait d'appareiller à 17 heures, dit-il. Comment allons-nous nous y prendre pour libérer les dauphins ?

— Tu mettras à l'ancre en haute mer. Je descendrai dans le hors-bord et j'ouvrirai la porte du bassin. Alors ils partiront. Au début, ils ne sauront trop que faire. Mais je leur parlerai. Espérons qu'ils accepteront de suivre le hors-bord jusqu'au bateau. D'habitude, les dauphins aiment faire des bonds dans le sillage des navires.

— Espérons ?

— Il se peut qu'ils partent directement vers le large. Mais je les ai équipés de balises. S'ils s'en vont, on les retrouvera.

— Sans doute…

Il fixa les yeux sur le visage de Melis.

— Tu as peur de les perdre.

— Et comment. Une peur terrible. Et s'ils étaient complètement désorientés ? S'ils allaient finir dans des filets de pêcheur, tu te rends compte ? Si ça se trouve, ils savent comment rentrer chez eux. Archer aussi me fait peur : il risque de les attaquer à coups de harpon. Je voudrais qu'ils ne s'éloignent pas du bateau, mais je ne suis pas sûre d'arriver à le leur faire comprendre…

— Tu penses que c'est possible ?

— Si je ne le pensais pas, je ne les aurais pas emmenés ici. Je me fie plus à leur instinct qu'à tout autre mode de communication. J'ai parfois l'impression qu'ils lisent dans mes pensées. J'espère que ce sera le cas.

Elle posa sa tasse sur la table de chevet.

— Je veux aller les voir avant de me rendre à la police.

Elle quitta le lit.

— C'est une journée très stressante qui les attend. Je veux m'assurer qu'ils sont en état de la supporter.

Elle prit la direction du cabinet de toilette, mais hésita au moment d'ouvrir la porte. Elle se tourna vers Kelby.

— Merci d'avoir appelé la sœur de Gary. L'épreuve aurait été dure pour moi.

— Ça n'a pas été facile pour moi non plus. Mais c'était un boulot nécessaire, et je ne voulais pas te le laisser.

Il pinça les lèvres.

— J'espère qu'aucun d'entre nous n'aura plus à faire ce genre de chose.

Il se leva.

— J'ai des ordres à donner à l'équipage. Retrouvons-nous à la passerelle.

— Tu vas venir avec moi ?

— J'irai partout avec toi. Je serai auprès de toi à chaque minute. Sauf pendant ta déposition, je ne te quitterai pas des yeux. J'ai retenu la leçon d'hier soir. Je ne délègue plus. C'est fini.

— Si tu m'avais accompagnée, hier, c'est peut-être toi qui aurais reçu une balle dans le front.

Elle avait eu un haut-le-corps quand cette pensée avait touché son esprit.

— Je suis rompu à la guérilla. Gary ne l'était pas. J'aurais été sur mes gardes. À tout à l'heure.

Elle resta un moment à regarder anxieusement la porte après le départ de Kelby. Soudain la panique avait enveloppé son corps comme une vague glacée. Jamais encore l'idée ne lui était venue que Kelby pourrait être blessé, tellement il avait confiance en lui, tant il était dur, tant il était *vivant*.

Kelby assassiné…

Mon Dieu. Kelby mort.

*

La porte du bassin était ouverte.

Melis retint son souffle. Dans un instant, Pete et Susie allaient s'apercevoir qu'ils étaient libres.

Une minute s'écoula.

Deux.

Trois.

Soudain, le bec de Susie se glissa dans l'ouverture.

— Tu es une bonne fille, dit Melis. Allez, Susie. Vas-y.

Susie nagea vers le hors-bord en émettant une véritable sonate de clics.

— Pete ?

Pete ne suivait pas.

Melis leva son sifflet ; elle siffla doucement.

Pete ne bougeait toujours pas.

Elle siffla plus fort.

— Bon Dieu, Pete ! Arrête de jouer les têtes de mule ! Sors de là.

Le bec en forme de bouteille apparut à son tour. Mais Pete n'alla pas plus loin.

Susie produisait des clics nerveux.

— Elle s'impatiente, dit Melis. Tu ne vois pas qu'elle a besoin de toi ?

Pete n'arrivait toujours pas à se décider. Mais les clics de Susie se faisaient de plus en plus furieux, et il finit par sortir du bassin pour se rapprocher, lui aussi, du hors-bord. Melis démarra le moteur.

— Allons-y. Rejoignons le bateau.

Le hors-bord revint auprès du *Trina*. Les dauphins allaient-ils suivre ? Allaient-ils au contraire suivre leur propre route ?

Melis se retourna à deux reprises et poussa un soupir de soulagement : ils suivaient. Jusqu'ici, tout allait bien…

Non ! Ils avaient disparu…

Mais deux corps argentés jaillirent des eaux, pour y replonger en dessinant un arc au-dessus des vagues. Pete et Susie n'avaient fait que s'enfoncer profondément sous la mer, avant de remonter à la surface. Après leur détention dans le bassin, ils avaient besoin de se dégourdir les muscles et de mettre à nouveau leur adresse à l'épreuve.

La silhouette du *Trina* se découpait droit devant. Kelby et Nicholas Lyons attendaient sur le pont.

— Ça marche ? demanda Kelby, les mains en porte-voix.

Elle répondit oui d'un signe de la tête, puis cria :

— Ils ont un peu hésité ! Pete, surtout. Il n'est pas d'humeur confiante. On lui en a trop fait voir.

— Ce n'est pas moi qui vais le blâmer, intervint Nicholas. Qu'est-ce qu'on peut faire ?

— Rien. Je remonte à bord, et je leur donne à manger. Après, j'irai nager avec eux. Ensuite, je leur parlerai depuis le pont. On ne pourra aller nulle part tant qu'ils ne seront pas habitués à l'idée que je suis sur le bateau, pas loin d'eux.

Elle jeta un regard en arrière. Les dauphins continuaient de jouer et de bondir sur les vagues. Elle gouverna son embarcation jusqu'à l'amener sous la poupe du *Trina*.

— Lancez-moi l'échelle ! Je vais me dépêcher de monter à bord pendant qu'ils sont occupés. Je ne veux pas qu'ils s'angoissent.

12

— Voilà un sandwich, dit Kelby en s'asseyant auprès d'elle sur le pont. Billy est très contrarié à l'idée que tu ne sois pas venue faire honneur à son dîner.

— Merci.

Elle mordit dans le morceau de pain sans détacher les yeux de Pete et Susie.

— Je ne veux pas m'éloigner d'eux, dit-elle. Surtout pas dans cette période critique. Il faut qu'ils comprennent que je suis à bord.

— Ils se font à cette idée ?

— Je crois que ça vient. Ils restent à proximité. Ils jouent autour du *Trina* comme autrefois autour du *Last Home*.

Elle ajouta après un temps :

— Mais au coucher du soleil, ils auraient dû me quitter pour essayer de rentrer chez eux. Or il est bientôt minuit, et ils sont toujours là.

— C'est bon signe ?

— Je n'en sais rien. Ils sentent peut-être qu'ils ne sont pas dans leurs eaux. J'en viens presque à espérer qu'ils ne partiront pas. Qui sait ce qui risque de leur arriver, s'ils ne retrouvent pas leur groupe familial ?

— S'ils ne partent pas, tu penses qu'on pourra mettre les moteurs en route au lever du jour ?

— Oui. Mais il faudra voyager à très faible vitesse. Je veux pouvoir continuer à leur parler. Ils ont besoin d'entendre le son de ma voix.

Elle finissait son sandwich.

— Je dois rester un élément du jeu, dit-elle.

— Rien n'indique que tu ne leur inspires plus d'affection.

Kelby se tut quelques secondes. Melis avala sa dernière bouchée de pain.

— Archer ne t'a pas rappelée ?

— Non. Il a peut-être décidé de faire profil bas. Il sait qu'il a mis la police en rage en assassinant Gary.

— Ne compte pas qu'il se tienne tranquille bien longtemps.

— Je n'y compte pas. Je profite seulement de ce répit pour me concentrer sur Pete et Susie.

Kelby ôta son coupe-vent et le roula en boule pour en faire un oreiller.

— Tiens, ce sera plus confortable si tu restes ici toute la nuit.

Il le laissa sur le pont et se leva.

— Je vais préparer du café et d'autres sandwiches.

— Tu n'es pas obligé.

— Si.

Il se pencha par-dessus bord et observa les dauphins.

— On voit leurs yeux briller dans la nuit. Je n'avais encore jamais remarqué ce phénomène. On dirait des yeux de chat.

— Ils brillent plus que les yeux des chats. Les dauphins doivent voir en eaux profondes, et résister à des niveaux d'intensité lumineuse que les humains ne supporteraient pas.

— Tu disais qu'ils nous sont complètement étrangers. Pourtant, plus je les observe, plus j'ai l'impression d'être en présence d'un couple de mammifères pleins d'astuce et d'humour. Ils nous sont vraiment étrangers ?

— Tu as répondu toi-même. Ils disposent d'une ouïe stupéfiante. L'écholocation, comme on appelle ce phénomène. Ils captent dix fois plus de fréquences que nous. Leur système auditif leur permet même de former des images en trois dimensions, et plus rapidement que n'importe quel ordinateur.

— Dans ce cas, c'est vrai, ils ne sont pas de notre monde.

— Mais ils ne perçoivent pas les odeurs. Ils gobent les poissons tout entiers. Le goût, pour eux, ça ne compte pas.

— Et le toucher ?

— Le toucher, en revanche, est très important. Ils passent peut-être trente pour cent de leur temps en contacts physiques avec d'autres dauphins. Ils n'ont pas de mains, alors ils se servent de toutes les parties de leur corps pour caresser, explorer, transporter des choses.

Melis souriait à cette pensée.

— Tu as vu, non ?

— J'ai vu qu'ils se caressent et se frottent l'un contre l'autre. Mais ça, les humains le font aussi.

Elle approuva d'un hochement de tête.

— Il existe pourtant une autre différence, dit-elle. Nous pensons qu'ils ne dorment pas. Mais s'ils le font, seule la moitié de leur cerveau est en sommeil. Un scientifique russe a mesuré leur activité cérébrale au repos. Sa conclusion est qu'ils ne rêvent pas.

Elle haussa les épaules et soupira :

— Quelle chance ils ont.

— Oui. C'est peut-être aussi la raison pour laquelle ils ne se sont pas élancés vers le large quand tu les as libérés. Sans rêve, difficile d'accomplir de grandes choses.

— Ils rêvent peut-être à leur façon. Le fonctionnement de leur cerveau reste un mystère.

Elle réfléchit un instant, puis reprit :

— Mais quel merveilleux mystère ! Tu sais qu'il existe un endroit, dans la mer Noire, où l'on encourage les enfants atteints de traumatismes mentaux à jouer dans la mer avec les dauphins ? Il est prouvé qu'ils font des progrès ainsi. En tout cas, ça les apaise. Ça les rend heureux. Mais le plus intéressant, c'est qu'à la fin de la journée ce sont les dauphins eux-mêmes qui sont désorientés et grincheux. Comme si les enfants leur avaient communiqué leurs perturbations, et acquis en échange un peu de la sérénité des dauphins.

— Ce n'est pas légèrement exagéré, comme hypothèse ?

Melis le reconnut.

— Ces conclusions, dit-elle, ont rencontré un certain scepticisme.

— Mais toi, tu y crois ?

— Je sais que les dauphins m'ont fait du bien. J'étais complètement perturbée à mon arrivée au Chili.

— Et les dauphins t'ont apporté la paix ?

Elle sourit.

— Tu te rappelles ce que je t'ai dit ?

— Je me rappelle tout ce que tu m'as dit.

Kelby s'éloignait.

— À dans une heure. Je t'apporterai du café.

Melis le regarda marcher sur le pont et franchir l'écoutille. Elle se couvrit la tête avec le coupe-vent qu'il lui avait laissé. Le vêtement dégageait des parfums de tilleul, de sel et de musc. Il était encore imprégné de la chaleur de Kelby. Ces sensations réconfortèrent vaguement Melis, tandis qu'elle fixait à nouveau les yeux sur les dauphins.

— Je suis là ! dit-elle. Personne ne vous fera rien. Je sais, c'est un peu bizarre, tout ça. Mais il faut y passer. C'est obligé.

Continue de leur parler. Qu'ils puissent t'entendre, t'identifier. Oui, continue de leur parler.

*

Les moteurs furent mis en route à 6 h 30, mais le *Trina* n'appareilla qu'une heure plus tard, afin de laisser aux dauphins le temps de s'habituer aux bruits et aux vibrations. Le bateau mit alors lentement le cap à l'est.

Melis continua de surveiller les dauphins. Pete et Susie ne semblaient pas pressés de quitter le secteur où ils avaient joué jusque-là.

— Allez ! On s'en va !

Ils firent comme s'ils n'avaient pas entendu.

Melis se servit de son sifflet.

Pete, après avoir hésité un court instant, se mit à nager dans l'autre direction. Et Susie le suivit aussitôt.

— Pete ! Tu reviens ici !

Pete disparut sous les eaux.

— J'arrête le bateau ? demanda Kelby.

— Pas encore.

Susie aussi avait disparu. Elle suivait Pete dans les profondeurs.

Seigneur. Et s'ils ne revenaient plus? S'ils avaient décidé de…

Mais Pete creva soudainement la surface de la mer, tout près du bateau, pratiquement à hauteur de l'endroit où Melis et Kelby se tenaient sur le pont. Il gloussa joyeusement, puis repartit en arrière en bondissant au-dessus des vagues.

Melis se détendit : elle était soulagée.

— D'accord. C'est très drôle. Où est passée Susie ?

Un autre bec en cul de bouteille apparut. C'était elle. Elle émit des clics stridents, comme pour imiter son compagnon.

— Oui, vous êtes formidables tous les deux. Mais le spectacle est terminé, maintenant, d'accord? On s'en va.

Et les dauphins suivirent le *Trina*, jouant dans son sillage.

— C'est pour de bon? dit Kelby.

— C'est pour de bon, murmura Melis. Accorde-leur encore une heure de répit avant de prendre de la vitesse.

— Très bien.

Il regardait les dauphins faire des bonds par-dessus le sillage du bateau.

— Dieu, qu'ils sont beaux. Quand je les regarde, j'ai l'impression de retomber en enfance.

Melis éprouvait le même genre d'euphorie. Mais son bonheur devait beaucoup au soulagement.

— Eux aussi, dit-elle, ils se sentent comme des enfants. Pete s'est amusé à me faire des frayeurs.

— Tu vas continuer à leur parler?

— Ce serait mieux. Mais tant qu'ils joueront comme ça, ils ne feront pas attention à moi. On touchera Cadora dans combien de temps?

— Ça dépend des dauphins, justement.

Kelby leva les yeux vers la passerelle de commandement.

— Pas avant le coucher du soleil.

Melis ne se sentait plus du tout soulagée, subitement. Le coucher du soleil, ils y assisteraient dans les eaux où Pete et Susie étaient nés. Ils seraient alors chez eux. Leur instinct et leur mémoire génétique entreraient en action.

Peut-être décideraient-ils alors de partir.

*

Cadora dressait une ombre menaçante sur le ciel rose et lavande. Un soleil flamboyant de gloire et de fierté descendait sur la mer.

Kelby avait coupé les moteurs, mais Pete et Susie se tenaient toujours à proximité du bateau.

— Et maintenant ? dit-il.

— Maintenant, on attend.

Elle s'accouda à la lisse et observa les dauphins.

— C'est à vous de jouer, les petits mecs. Je vous ai ramenés chez vous. Alors choisissez.

— Ça fait un bout de temps, dit Kelby. Est-ce qu'ils comprennent seulement qu'ils sont chez eux ?

— Je pense qu'ils ont compris. Ils sont beaucoup moins agités, depuis que l'île est en vue. Ils ont arrêté de jouer.

— Tu crois qu'ils ont peur ?

— Je dirais qu'ils sont inquiets. Ils ne savent pas très bien ce qu'ils doivent faire.

Elle non plus ne savait pas. Elle se sentait impuissante – exactement comme autrefois, à Lanzarote, quand elle était tombée sur les dauphins pris dans les filets.

— Tout va bien ! leur lança-t-elle. Faites ce que vous avez à faire ! Aucun problème en ce qui me concerne !

— Ils comprennent ?

— Comment veux-tu que je le sache ? Les scientifiques ne cessent de se disputer à ce sujet. Par moments, je me dis qu'ils comprennent. Mais ils ne perçoivent peut-être pas les informations comme nous les percevons nous. C'est peut-être le son de la voix qui leur parle, le ton employé. Je t'ai dit : leur système auditif est très développé.

— J'avais remarqué.

Pete et Susie nageaient lentement autour du bateau.

— Qu'est-ce qu'ils font ?

— Ils réfléchissent.

— Ils ont arrêté leurs bruits, ces clics… Ils communiquent entre eux ?

— Ils peuvent communiquer sans utiliser les sons. Personne ne sait vraiment comment ils s'y prennent. Pour ma part, je penche pour la théorie de la télépathie mentale.

Elle serrait si fort la lisse qu'elle en avait les doigts tout blancs.

— On va voir, dit-elle.

Au bout de cinq minutes, les dauphins tournaient toujours autour du bateau. Kelby suggéra :

— Tu ne devrais pas leur donner à manger ? Ça pourrait les calmer.

Melis secoua la tête.

— Je ne veux pas qu'ils se calment, dit-elle. Je ne peux les obliger à rien. Ni les persuader. Au point où nous en sommes, c'est à eux de choisir, et advienne que pourra. Ils sont restés six ans avec moi, et voilà que je les ramène ici… Ça y est !

Les deux dauphins venaient de plonger ensemble vers les profondeurs.

Melis ne quittait pas la mer des yeux. Les dauphins ne refaisaient pas surface.

De longues minutes s'écoulèrent. Pete et Susie ne revenaient plus.

— Eh bien ! reprit Kelby. On dirait que leur décision est prise.

Il se tourna vers Melis.

— Ça va ?

— Non, répondit-elle d'une voix mal assurée. J'ai peur de ne plus jamais les revoir.

— On a les balises radio.

— Ce n'est pas la même chose. Avec les balises, ce ne serait pas un retour volontaire. Ça voudrait dire que j'interfère dans leur monde.

Elle se laissa tomber dans un transat, et fixa des yeux l'horizon toujours plus sombre.

— Je vais attendre jusqu'à la nuit. Je verrai s'ils reviennent ou pas.

— Tu disais qu'ils sont revenus, une fois.

— C'était avant. Phil ne les avait pas pourchassés. Ni capturés dans ces sacrés filets. S'ils gardent le souvenir de cette épreuve, ils peuvent décider de rester au large.

— Ils peuvent aussi garder le souvenir de six années de bonheur et d'amitié avec toi. Tu les as bien traités. À mon avis, la chance est plutôt de ton côté.

Il prit place sur un siège auprès d'elle.

— Essayons de penser à de bonnes choses.

— Tu n'es pas obligé de rester ici avec moi.

— Tu n'as pas l'intention d'aller te coucher, si je comprends bien.

— Non. Ils peuvent revenir dans la nuit.

— Alors, je reste aussi. C'est pour moi que tu as laissé partir les dauphins. Je me sens en partie responsable.

— C'est moi qui suis responsable. Je savais ce que je faisais. J'avais besoin de toi, et je ne pouvais ignorer qu'il y avait un prix à payer. Phil m'avait dit que vous partagiez la même passion. Je n'avais aucun doute sur le fait que nous reviendrions ici.

La lune suspendue dans le ciel enveloppait la mer obscure d'une clarté laiteuse. Mais aucune nageoire dorsale ne crevait la surface des eaux. Melis reprit anxieusement :

— Pourquoi ? Pourquoi veux-tu retrouver Marinth ? C'est une ville morte. Tu ne veux pas la laisser reposer en paix ?

— Je ne peux pas. Elle est trop riche. Trop pleine de merveilles à découvrir. Toute cette beauté. Toutes ces connaissances. Qui sait ce que nous allons trouver ? Mon Dieu… Même ce dispositif sonique sera une bénédiction pour l'humanité, s'il est utilisé à de bonnes fins. Comment ignorer des technologies que les hommes ont mis des milliers d'années à mettre au point ?

— Des milliers d'années ?

Kelby fit oui de la tête.

— Quand on était en mer, mon oncle me faisait lire toutes sortes de livres sur les voyages océaniques et les trésors enfouis dans les grands fonds. Certains de ces ouvrages faisaient allusion à Marinth. L'un d'eux contenait une description de la tombe d'Hepsut. C'est en le lisant que j'ai mordu à l'hameçon. Le soir, dans mon lit, je m'imaginais partant à la nage en quête de ma cité perdue. Partout où se posait mon regard, je ne voyais qu'aventures et merveilles.

— C'était ton imagination d'enfant.

— Peut-être. Mais dans mon cas, c'était efficace. Parfois, j'éprouvais le besoin impérieux d'échapper à toutes les conneries dans lesquelles me précipitait mon entourage. Alors je me concentrais sur Marinth. C'était ma façon de m'évader.

Melis secoua la tête.

— Pour Phil aussi, Marinth représentait l'Eldorado.

— Marinth doit posséder un attrait universel.

Kelby se tut un instant.

— Toi aussi, au début, Marinth t'excitait. Tu me l'as dit.

— Au début. Après, Marinth a fait de Phil un maniaque, un fanatique. Il a failli tuer Pete et Susie.

— Et ce n'est pas tout, n'est-ce pas ?

Melis se taisait. Elle finit par répondre :

— Les tablettes…

— Quoi ?

— La Marinth décrite dans les tablettes correspond exactement au rêve de n'importe quel homme. Une démocratie, comme à Athènes. La liberté de travailler, d'adorer le dieu de son choix. Marinth favorisait l'art sous toutes ses formes, et condamnait la guerre. Ses habitants étaient gentils avec leurs frères les dauphins…

— Elle n'avait aucun défaut, alors ?

— Je t'ai dit qu'elle offrait à l'*homme* tout ce qu'il peut désirer, répéta Melis. Y compris une société où les femmes sont considérées comme des jouets. Pas de mariage ! Encore moins d'égalité. Les femmes ne jouissaient d'aucune liberté. Toutes étaient des esclaves, ou des putains. Elles ne pouvaient compter que sur leur beauté, ou sur leurs propres forces. Marinth abritait partout des maisons où elles étaient prisonnières, soumises à un entraînement. De belles maisons conçues pour le plaisir des citoyens mâles. Où l'on encourageait les beaux-arts sous toutes leurs formes. Coussins de soie. Tables serties de diamants.

Elle regarda Kelby.

— Crois-le si tu veux, mais ils appréciaient beaucoup les cloisons d'or ajourées…

— Tu identifies Marinth au kafas ?

Elle fit oui de la tête.

— Après avoir lu ces traductions, je n'ai plus cessé de faire des cauchemars. Les deux se mêlaient dans ma tête.

— Voilà pourquoi tu refusais d'aider Lontana. Je comprends. D'un autre côté, tu ne peux pas condamner toute la Renaissance sous prétexte que la vie politique y était corrompue.

— Je ne dis pas que j'ai eu une réaction raisonnable. Peut-être que vous avez raison, tous les deux. Peut-être qu'à Marinth il y a plus de bien que de mal. Mais je refusais d'en entendre parler.

Kelby pinça les lèvres.

— Jusqu'à ce que je t'oblige à t'y intéresser à nouveau.

— Jusqu'à ce qu'Archer m'oblige à m'y intéresser de nouveau. Ne te mets pas à pratiquer l'auto-accusation. Ce n'est pas sain, comme habitude.

Kelby sourit.

— J'y penserai, murmura-t-il.

Il regarda vers la mer et ajouta :

— Je surveillerai aussi tes dauphins. Ils vont revenir à l'aube, n'est-ce pas ?

— Je l'espère.

— Je l'espère aussi.

*

Mais à l'aube, les dauphins n'avaient pas reparu. Et ils n'avaient toujours pas donné signe de vie quand le soleil fut haut dans le ciel.

— Tu ne sais pas jusqu'où ils ont nagé, dit Kelby. Ça peut les emmener très loin, de vouloir rejoindre leurs groupes respectifs. Sans compter que leurs amis ont eu le temps de changer de territoire, en six ans.

Nicholas intervint dans la conversation :

— Pete et Susie ont peut-être fait la fête toute la nuit. Moi, après une fête, je suis incapable de me lever tôt.

Melis leur était reconnaissante de faire ainsi de leur mieux pour qu'elle reste sereine et optimiste. Hélas ! leurs efforts ne donnaient guère de résultats. Elle sourit néanmoins.

— Ne vous donnez donc pas tant de peine, dit-elle. Je supporte. C'est juste une question de patience.

— Tu ne supportes pas, la corrigea Kelby. Tu serres les dents, c'est tout. On leur donne encore huit heures, ensuite on part à leur recherche.

— Attendons demain.

Kelby fit non de la tête.

— Je ne tiens pas à te voir jouer les sentinelles une nouvelle nuit entière. Je sais : tu veux qu'ils reviennent de leur plein gré. Mais ils ont peut-être besoin d'une petite incitation.

Il tourna les talons et prit le chemin de la passerelle de commandement.

— À 4 heures, dit-il, on lance les recherches.

— Il a raison, dit Nicholas. Si ton sifflet ne sert à rien, autant employer un autre moyen.

Melis était au désespoir.

— Aucun moyen ne fonctionnera s'ils ont fait le choix de ne pas revenir.

— Tu ne veux pas que j'essaie un tour de magie chamanique ?

— Non. Mais une prière, pourquoi pas ?

— Aucun problème. Quel genre de prière ? Chrétienne, hindoue, bouddhiste ? Je n'ai mes entrées dans aucune de ces trois religions.

Il lui mit la main à l'épaule, en un geste de réconfort.

— Tu devrais penser à ce qu'on dit des arbres : comme on les a plantés, ils poussent. Les dauphins ont de l'affection pour toi. Ils ne t'oublieront pas.

— Ils ne sont pas revenus, Nicholas.

Elle secoua la tête.

— Ils reviendront. Soyons patients.

*

À minuit, ils n'étaient toujours pas là.

Ils n'avaient pas reparu non plus à 2 h 30 du matin.

À 3 h 15, une grosse explosion se produisit dans la mer, à quelques mètres du bateau, du côté où se tenait Melis.

Pete !

Pete émit des clics bruyants, bondit, repartit en arrière et replongea sous les eaux.

— Où est Susie ? dit Kelby en accourant. Je ne la vois pas.

Melis ne la voyait pas non plus. Mais elle savait que Pete n'aurait pas abandonné sa compagne. Melis remontait le pont à grandes enjambées, le long de la lisse. Une nageoire dorsale traçait sa route en direction du *Trina*. Une nageoire marquée d'un *V*.

— Susie…

La tête de Susie jaillit hors de l'eau. Elle lança à Melis un clic furieux, comme pour crier qu'il lui était arrivé quelque chose. Mais Pete la rejoignit bientôt, et la pressa de se rapprocher du bateau au plus vite.

— Vous avez mis longtemps à revenir. Je vous attends depuis…

La voix de Melis se brisa.

— Elle est blessée ! Regarde sa nageoire dorsale !

Melis sauta d'un bond par-dessus bord et plongea. Aussitôt remontée à la surface, elle appela Susie.

— Viens plus près, viens…

— Qu'est-ce qui te prend, bon Dieu ! hurlait Kelby depuis le pont. Remonte à bord !

— Je jette un coup d'œil ! répondit Melis. Il va peut-être falloir la sortir de l'eau ! Ça saigne. Ça risque d'attirer les requins.

— Tu vas les attirer aussi ! Tu tiens à leur servir de dîner ?

— Attends…

Elle examinait la nageoire avec soin.

— Elle a saigné, mais c'est fini, dit-elle, rassurée. Je crois que tout va bien.

Elle nagea autour de Susie et poursuivit son examen.

— Pas d'autre blessure.

Elle flatta le bec du dauphin et lui dit doucement :

— Tu vois ce qui arrive quand on s'éloigne trop ?

Kelby lança un filin par-dessus bord.

— Sors de l'eau, maintenant !

Melis caressa aussi le bec de Pete, puis se cramponna au filin pour atteindre l'échelle.

— Nicholas ! lança-t-elle. Tu ne voudrais pas leur lancer des poissons ?

— C'est comme si c'était fait !

Pendant que Melis regagnait le bord, Nicholas jeta des harengs aux dauphins. Melis se saisit de la serviette que lui tendait Kelby, et s'essuya vigoureusement, sans quitter des yeux Pete et Susie qui dévoraient leur repas. Elle ne pouvait s'empêcher de sourire à ce spectacle.

— C'est bon de les avoir de nouveau avec nous, dit Kelby. Si on m'avait dit que je m'attacherais à un couple de dauphins ! Je commençais à me sentir dans la peau du père dont l'ado délinquant n'est pas rentré à la maison.

— Quelle comparaison ! soupira Melis en venant à la lisse. Ils ont peut-être leurs raisons de jouer les délinquants. Susie n'a pas été mordue. J'ai l'impression que la nageoire est écorchée, c'est tout.

— Ce qui veut dire ?

— Il arrive que les dauphins attaquent ceux qui envahissent leur territoire. Pete et Susie n'ont peut-être pas été accueillis avec enthousiasme. Si ça se trouve, c'est parce qu'ils ont quitté le groupe. Certains réajustements à opérer.

— En tout cas, ils sont revenus.

Kelby leva les yeux vers le ciel.

— Il reste quatre ou cinq heures avant le lever du jour. Tu crois qu'ils vont repartir ?

— Oui. Je pense. Sauf s'ils ont vraiment passé un sale quart d'heure. Mais ils n'ont pas l'air d'avoir eu peur. Leur comportement est normal. Et ils sont revenus. Ça veut dire qu'ils reviendront encore.

— Comment le sais-tu ?

— Ils ont en mémoire ce qui s'est passé il y a six ans.

— Et surtout, ils t'aiment ! dit Nicholas par-dessus son épaule.

Melis eut un large sourire.

— C'est vrai... Ils m'aiment.

— Et maintenant, reprit Kelby. On fait quoi, maintenant ?

— Dès que Nicholas aura fini de leur donner à manger, je mettrai un équipement de plongée et j'irai nager avec eux. Je veux qu'ils s'habituent à évoluer avec moi autour du bateau.

— J'irai aussi, dit Kelby. Il faut qu'ils s'habituent à nager avec moi.

Melis voulut protester, mais il ne lui en laissa pas le temps :

— Je ne suis pas Lontana. Je n'ai pas l'intention de les harceler. Et tu sais aussi bien que moi qu'il est dangereux de nager sans être accompagné.

— Je serai accompagnée par Pete et Susie !

— Par Pete, Susie et moi. Et c'est moi qui aurai le fusil à requins.

Il prenait déjà la direction des cabines.

— Le temps que j'enfile mon équipement, explique-leur que je vais venir faire trempette avec vous, et qu'ils doivent m'accueillir comme un ami !

*

Le jour était sur le point de se lever quand Kelby tendit la main à Melis pour l'aider à remonter à bord du *Trina*.

— Ils ne s'éloignent guère du bateau, dit-il après avoir ôté son masque de plongée. Tu crois qu'ils ont peur ?

— On le saura bientôt.

Elle se défit de sa combinaison et se pencha par-dessus le bord pour jeter un coup d'œil à Pete et Susie qui continuaient de jouer à proximité du bateau.

— Je n'aurais pu rêver d'un meilleur partenaire, dit-elle. Mes compliments. Tu nages comme un vrai poisson.

— Qu'est-ce que tu crois ? J'ai gagné ma vie comme ça.

— En plus de spéculer en Bourse ?

— L'argent, c'est le boulot de Wilson.

Il se pencha lui aussi vers les dauphins et ajouta :

— C'était bizarre d'être là en bas avec eux. Dans leur monde. On s'y sent un peu déplacé, non ?

— Comme eux quand ils échouent à terre.

Elle secoua la tête.

— Alors leur vie est en danger.

— Comme nous quand nous nous retrouvons dans leur élément. Sauf que nous avons l'équipement qui nous permet de survivre.

— Et s'il te lâche, ton équipement ? En quelques minutes, tu meurs de froid. Eux, leur organisme leur fournit la chaleur nécessaire. C'est incroyable de voir à quel point ils sont adaptés à la mer. On a peine à croire qu'à l'origine ils vivaient sur la terre ferme. Ils sont presque entièrement… Regarde, ils s'en vont.

Les dauphins avaient plongé. Ils s'éloignaient – éclairs argentés filant sous la surface de l'eau. Kelby et Melis échangèrent un regard : inutile de s'attarder sur le pont.

— C'est comme ça, dit Melis.

Elle ajouta en se dirigeant vers l'écoutille :

— Je vais prendre une douche.

— Tu n'as pas envie de voir mon visualiseur sonique ?

— Ton quoi ?

Kelby indiqua d'un geste un appareil abrité sous une bâche, et qui encombrait le pont.

— J'ai demandé qu'on le remonte de la cale. Nicholas s'en est occupé avec l'équipage. Je n'étais pas sûr que nous arriverions à obtenir la coopération de Pete et Susie, alors… Tu ne veux pas le voir ?

On aurait dit un gosse impatient de montrer aux autres son nouveau train électrique ! Kelby écarta la bâche. Le visualiseur se présentait comme une machine jaune, tout en longueur.

— Le dernier cri en matière de haute technologie, dit-il fièrement. Regarde… Il sera relié à l'arrière du bateau. Nous allons le tracter. Le bruit des vagues heurtant le fond de l'océan remonte jusqu'à lui. Lui enregistre ce bruit, le mesure, et nous le restitue sous forme de graphiques. Il nous dira à combien de mètres est le fond. C'est beaucoup plus sophistiqué que la machine dont ils se servaient à Helike, et qu'ils appelaient le Poisson…

— Celle-là ressemble à un dodo… Tu sais ? Cet oiseau disparu : le *raphus cucullatus*…

Kelby fronça les sourcils, surpris par l'érudition de Melis.

— Je peux savoir ce qui te fait rire ? reprit-il.

— Rien, dit-elle. Je trouve ça drôle, c'est tout.

Elle vint se planter devant le nez du visualiseur, et éclata de rire à nouveau.

— Mais quoi ? dit Kelby.

Il se hâta de venir voir ce qu'il y avait de si amusant – et poussa un juron.

— Ce Nicholas, dit-il, je vais le tuer.

— Tu es sûr que c'est Nicholas qui lui a dessiné des yeux ?

— Qui d'autre s'aviserait de salir une aussi belle machine ?

— Maintenant, on dirait vraiment un dodo.

Kelby se renfrognait de plus en plus.

— Le dodo est une espèce éteinte ! dit-il. Et cet appareil représente la pointe de la technologie !

— Pardon, dit Melis avec quelque solennité. J'ai juste dit à quoi il ressemble.

Mais Kelby semblait tellement déçu qu'elle ajouta :

— Mais c'est un joli dodo. Et cette couleur… Ce jaune… C'est très gai.

— Merci de te montrer aussi condescendante. En tout cas, je ne serai pas obligé de cajoler ma machine pour qu'elle consente à nous aider, comme tu le fais avec Pete et Susie.

— Sauf que je me fierais plus volontiers aux dauphins.

Sur ces mots, elle tourna les talons.

— On se verra au dîner, dit-elle en s'arrêtant à l'écoutille.

— Ça fera plaisir à Billy, répondit Kelby, contrarié. Il finira par développer un complexe, à force de te voir éviter sa table.

— Ce serait dommage, lança Melis par-dessus son épaule. Développer un complexe dans un univers à ce point normal !

— J'aime cet univers normal ! Et tant mieux si mon visualiseur te fait rire : je ne t'avais encore jamais vue aussi gaie.

— Je suis heureuse, répondit-elle simplement. J'ai traversé de sales moments, ces temps-ci, mais les dernières heures étaient bonnes. J'ai apprécié. Je devrais culpabiliser, peut-être ?

— Surtout pas !

Son expression se fit soudain très douce. Il souriait.

— Continue d'apprécier, dit-il. Ça me fait plaisir.

*

Archer appela une heure plus tard, à l'instant où Melis allait quitter sa cabine. Elle s'immobilisa, les yeux fixés sur la table de nuit où sonnait le téléphone. Elle n'avait aucune envie de répondre.

Les sonneries se succédaient.

Va te faire voir, Archer.

Mais elle décrocha.

— Tu as été vilaine, dit-il. Tu sais comment on punit les vilaines petites filles ?

Melis avait les doigts crispés sur le combiné. Elle était aux prises avec un sentiment de dégoût qui dévorait sa volonté. Depuis qu'elle avait échappé à cette tentative d'enlèvement, elle s'était crue immunisée contre le venin d'Archer ; pourtant il arrivait encore à la toucher là où ça faisait mal.

— Vous vous imaginiez que j'allais me laisser embarquer dans cette voiture ? dit-elle.

— J'admets mon erreur : je croyais que tu serais paralysée comme un lapin. Si je m'étais douté que tu tirerais sur ce pauvre Pennig !

— J'espère que je l'ai tué.

— Non. Ta balle lui a frôlé le cou. Il a pas mal saigné. Et ça l'a mis en rogne contre toi. Il m'a supplié de lui faire une faveur : le laisser te châtier lui-même. J'ai répondu que j'étais désolé. Je ne peux pas t'abandonner comme ça. J'ai trop de projets en tête…

— Vous n'étiez guère impatients de les mettre à exécution, après votre fiasco à Las Palmas.

— Discrétion oblige, ma chère ! J'ai pensé qu'il était préférable de rester planqué un moment. De toute façon, ne t'imagine pas que je t'ai laissée sans surveillance. À l'heure où nous parlons, je sais que tu n'es pas très loin de cette île exquise appelée Cadora.

Il marqua un temps, puis ajouta :

— Je sais aussi que tu as libéré tes dauphins. Ce n'est pas un peu risqué, ça ?

— Vous voulez essayer de les attaquer à coups de harpon ? J'adorerais voir monsieur Peepers en gilet de plongée.

Le silence se fit sur la ligne.

— Ce n'est pas la première fois qu'on me compare à cette mauviette de monsieur Peepers, reprit Archer. Et c'est le meilleur moyen de me mettre en rage. Oui, j'ai l'intention de tuer les dauphins ! Au départ, mon idée était de les tuer après t'avoir réexpédiée dans une maison du genre kafas. Quand tu n'aurais eu aucune possibilité d'intervenir. Mais j'ai changé d'avis. Tu as besoin d'une punition tout de suite. Et rien ne saurait te faire souffrir comme la mort de tes amis aquatiques.

Melis sentit la peur s'enfoncer en elle comme la lame d'un poignard. Le ton employé par Archer disait qu'il parlait sérieusement. Elle l'avait provoqué trop fort. Elle avait cédé à la fureur. Il était temps de faire machine arrière.

— Les dauphins ? dit-elle en prenant une voix terrorisée. Je ne croyais pas que vous feriez ça… Vous allez faire du mal à Pete et Susie ?

— Tu as peur, hein ? Est-ce que je ne t'avais pas prévenue ? Tu aurais dû te montrer plus obéissante… Cela dit, si tu te décidais à être gentille, à me donner les résultats de ces recherches, je pourrais peut-être reconsidérer ma position.

— Je… Je ne vous crois pas…

— On me met la pression… Des amis, au Moyen-Orient : ils ont un besoin urgent de cette arme sonique. C'est la raison pour laquelle je me suis manifesté un peu durement à Las Palmas.

— Un peu durement, répéta Melis. Un homme y a laissé sa vie…

— Et toi, tu as pris peur. Tu as embarqué tes dauphins et tu t'es enfuie.

— C'est vrai. J'ai eu peur. Mais le moyen de faire autrement ? Vous êtes tout le temps après moi. Je n'arrive plus à dormir. Ni à manger.

Elle parlait d'un ton de moins en moins assuré.

— Et vous venez me dire maintenant que vous allez vous en prendre à Pete et Susie...

— Les pauvres chéris.

— Je vais raccrocher...

— Non ! Tu n'as donc pas compris que je suis le maître du jeu ? Nous allons reparler un peu du kafas. Et de ce que je vais faire aux dauphins. Ensuite, c'est moi qui déciderai du moment où tu auras le droit de raccrocher. Tu m'écoutes ?

Melis fit attendre sa réponse, puis murmura :

— Oui.

— Gentille petite fille. Voyons... Imaginons que nous sommes au kafas. Je viens juste d'arriver. Je pénètre dans ta chambre...

13

— Tu as pris ton temps, dit Kelby en souriant à Melis qui le rejoignait dans la grande cabine. Voilà une heure que j'essaie de calmer Billy…

Il se tut brusquement et changea d'expression.

— Archer ?

— Il était en grande forme.

Elle pinça les lèvres, puis ajouta :

— Mais moi aussi. J'ai réussi à le convaincre que j'étais sur le point de craquer. J'ai été parfaitement pitoyable. Quelques minutes de plus, et il criait victoire.

— Les saletés habituelles ?

— Oui. Avec un élément de plus. Je pense qu'il a modifié son angle d'attaque… Il y a maintenant quelque chose que tu dois savoir. Il dit que quelqu'un nous surveille. Il sait qu'on a libéré les dauphins.

Elle reprit après quelques secondes :

— Il a l'intention de les tuer. Pour me punir de ce qui s'est passé à Las Palmas.

— Ce n'est pas la première fois qu'il profère ce genre de menaces.

— Sauf que ce n'est plus une menace. Je crois qu'il est vraiment décidé à le faire.

— Ça n'arrivera pas.

Il chercha le regard de Melis.

— Mais si tu préfères éloigner Pete et Susie de cette zone et les parquer dans un enclos, il n'y aura pas d'objection de ma part.

— Ils ne seraient pas plus en sécurité dans un enclos, Jed. Archer s'en prendra à eux de toute façon. Si ça se trouve, le danger est moindre dans l'océan ouvert. Vu le nombre de dauphins qui le fréquentent – ils sont des centaines. Empêchons Archer d'approcher du bateau, et ne quittons pas Pete et Susie des yeux quand ils sont avec nous. Ça devrait suffire.

Elle secoua la tête et ajouta :

— Enfin, je l'espère.

Kelby approuvait.

— Je vais donner des ordres pour que les dauphins soient constamment surveillés.

— J'allais te le demander.

Elle regarda tristement la table du dîner dressée avec art par Billy.

— Je crois que je ne pourrai pas manger, dit-elle. Le cœur n'y est pas. Tu m'excuseras auprès de Billy ? Tu lui expliqueras…

— Lui expliquer quoi ? Que ce fils de pute est en train de te saigner à blanc ? Voilà qui est difficile à croire. Et encore plus à comprendre.

Il se leva.

— Viens. Montons sur le pont prendre l'air. À moins que tu ne préfères te cacher pour lécher tes blessures.

Melis secouait la tête.

— Il n'est pas en train de me saigner à blanc, Jed. Je ne lui donnerai pas cette satisfaction. Au début, c'était une horreur de l'écouter. Maintenant, c'est seulement désagréable. J'apprends à… faire avec.

Ils arrivaient sur le pont. Melis s'appuya à la lisse et prit une profonde inspiration.

— Ça fait du bien, dit-elle. L'air du large. Un air propre. Quelle bénédiction.

Kelby se tut un moment, puis dit d'un ton résolu :

— On va laisser tomber Marinth pour le moment. Le plus urgent, c'est Archer.

Melis lui jeta un regard surpris.

— Tu n'as pas toujours dit ça. C'était d'abord Marinth, et Archer ensuite…

— J'ai changé d'avis. C'est défendu ?

Elle fit non de la tête.

— Je t'ai promis de te conduire à Marinth, dit-elle. Et je tiendrai parole.

— Peu importe ce que tu as promis. Je te fais confiance, de toute façon.

Melis réfléchissait. Elle dit au bout d'un temps :

— Après ce qui est arrivé à Las Palmas, ça semble fou de ne pas lui régler son compte…

— Alors faisons-le tout de suite.

— Attends. Plus vite on aura retrouvé Marinth, plus vite je serai en mesure de trouver un moyen infaillible de garantir la sécurité des dauphins. Or c'est ça, ma priorité : la vie de Pete et Susie. Sans compter que, pour s'en prendre à eux, Archer sera sûrement obligé de s'approcher de nous.

— C'est vrai, soupira Kelby qui s'absorbait dans ses réflexions. Mais si nous ne trouvons pas Marinth ? Si Marinth n'existait pas ? Si les tablettes étaient tout ce qui reste de la cité perdue…

— D'abord Marinth, insista-t-elle en regardant Kelby droit dans les yeux. Plus un mot là-dessus. J'ai une question à te poser. Une question importante.

— Je brûle de l'entendre…

— Ne sois pas sarcastique, s'il te plaît.

Elle s'humecta les lèvres.

— Tu veux bien que je vienne dans ton lit ?

Kelby était stupéfait.

— Maintenant ?

Elle fit oui de la tête, vigoureusement.

— Ça ne te dérange pas ?

— Bon Dieu ! Pourquoi veux-tu que ça me dérange ? Tu sais bien que je ne demande que ça ! Ça m'étonne, voilà tout… Après le coup de téléphone d'Archer, je ne pensais pas que ce serait à l'ordre du jour.

— Tu ne comprends pas. Il est tellement dégoûtant. Si dégoûtant que je me sens devenir dégoûtante moi-même.

Elle tenta un sourire.

— En fait, non. Je ne suis pas dégoûtante. Avec toi, je ne me sens pas sale. Pas du tout. Parce que toi, tu es *propre*. Tu es propre, Jed. Avec toi, tout est naturel, tout est droit. C'est comme quand je nage avec mes dauphins. Et c'est exactement ce dont j'ai besoin à l'heure présente.

Kelby l'observait attentivement. Il tendit la main et lui effleura la joue.

— En somme, dit-il, venir dans mon lit, c'est comme plonger dans l'océan glacé avec un couple de mammifères aquatiques. Ça fait toujours plaisir.

— Pas n'importe quels mammifères, enchaîna Melis dont la voix se troublait. Et ce n'est pas un océan glacé. Je ne serai pas froide.

Elle fit un pas en avant, inclina la tête sur l'épaule de Kelby et murmura :

— C'est promis.

*

— Elle se rapproche, Pennig.

Archer souriait, les yeux fixés sur l'horizon.

— Je crois que je l'aurai bientôt.

— Tant mieux, dit Pennig d'un ton amer. Je veux être présent quand tu la feras souffrir.

— Tu seras présent. En récompense de ta blessure, tu auras la permission de lui rendre visite dans le bordel où je projette de l'expédier. Rien de tel que la domination sexuelle pour se consoler d'une punition.

— Je n'ai pas envie de la baiser. Je veux la voir crever, c'est tout.

— Tu manques d'imagination, mon cher. La mort n'est pas le début de quelque chose. C'est la fin.

Il inclina la tête, l'air de méditer cette pensée.

— Elle se sentait peut-être un peu trop en sécurité. Je lui ai fait peur quand j'ai menacé de tuer les dauphins, mais il faut lui monter la pression d'un cran. En fait, elle m'a insulté. Ça m'a vraiment foutu en rogne. Je veux qu'elle comprenne qu'elle ne doit pas recommencer.

— Comment tu vas t'y prendre ?

Archer pressait les touches de son téléphone.

— En lui faisant savoir de façon certaine qu'il n'existe aucun endroit, sur terre ou sur mer, où je ne puisse l'atteindre…

*

Melis dormait encore.

Kelby quitta le lit avec précaution, et s'habilla rapidement.

Il marqua un arrêt au seuil de la cabine. Melis n'avait pas remué. D'habitude, elle ne dormait pas d'un sommeil si profond. Elle avait plutôt coutume de se lever à l'aube et de s'agiter. Voilà maintenant qu'elle ressemblait à une petite fille toute chaude, ébouriffée de sommeil. Et elle était si belle ! Kelby, quand il la regardait, en avait la gorge serrée.

Alors cesse de la regarder ! Il y a du travail qui t'attend.

Il sortit de la cabine.

Il trouva Nicholas sur le pont, et lui dit sans perdre une seconde :

— Archer a un homme qui nous surveille de près. D'assez près en tout cas pour savoir que nous avons libéré les dauphins. Il menace de les tuer.

Il ajouta :

— Il faut absolument découvrir où il se planque. Et veiller à ce qu'il ne vienne pas trop près.

— La mer est vaste, dit Nicholas en affichant un large sourire. Mais je suis grand aussi. Tu as été très avisé d'engager un homme tel que moi pour ce boulot.

Son sourire s'effaça.

— Il a téléphoné à Melis ?

— Hier soir.

— Le fumier. Il va falloir se décider à lui régler son compte, à ce fils de pute. Et vite.

L'expression de Kelby disait qu'il était d'accord.

— C'est exactement ce que je pense. Il faut coincer l'espion. Mais il faut aussi repérer le navire amiral. En agissant aussi discrètement que possible. Archer ne doit pas savoir que nous avons décidé d'attaquer.

— Tu crois qu'il est à bord du *Jolie Fille* ?

— Ce serait logique. Wilson dit que le bateau a quitté Marseille avant notre départ de l'île de Lontana.

— Si je comprends bien, nous allons nous lancer à l'abordage !

— Tu comprends très bien.

Nicholas était ravi.

— Dieu soit loué, dit-il. Voilà qui fait plaisir. Cette fois, c'est vraiment un jeu d'hommes. Je commençais à être fatigué de ce rôle de baby-sitter pour dauphins.

— Nous sommes tous les baby-sitters des dauphins, Nicholas.

Pete venait de pointer le bout de son bec à la surface de la mer.

— Espérons qu'ils nous en seront reconnaissants quand je serai avec Melis à quarante mètres de fond.

*

Melis songea que les dauphins s'amusaient avec elle, rien de plus. Au début, ils avaient l'air de suivre un but précis. Puis ils s'étaient mis à nager d'une grotte à l'autre, à tourner autour des rochers et des récifs de corail. On aurait juré qu'ils jouaient à cache-cache.

Kelby nagea jusqu'à elle, et lui fit signe qu'il valait mieux remonter à la surface.

Melis fit non de la tête, et rejoignit Pete et Susie. Encore un essai. Les dauphins l'avaient entraînée beaucoup plus loin du bateau que les fois précédentes. En trois jours de recherches, ils n'étaient encore jamais venus jusque dans ces eaux ténébreuses. D'ailleurs Melis avait de la peine à repérer Susie et Pete qui nageaient devant. Soudain ils disparurent derrière un grand rocher.

Melis contourna l'obstacle à son tour.

Où étaient-il passés ?

Pete, Susie…

Kelby la rejoignit derrière le rocher, et pointa son pouce vers le haut sans cacher son exaspération.

Il ne comprenait donc pas qu'elle aussi en avait assez ? Sauf qu'elle ne voulait pas renoncer. Elle voulait essayer encore une fois. Kelby n'avait qu'à être patient, voilà tout. Melis l'envoya sur les roses en lui montrant son doigt dressé.

Mais cinq minutes plus tard, elle n'avait rien trouvé.

Elle fit savoir à Kelby qu'elle remontait. Il ne lui restait plus qu'à attaquer lentement son voyage vers la surface.

Elle tressaillit quand quelque chose lui frôla la jambe. Elle baissa les yeux et distingua une zébrure argentée qui filait dans l'obscurité. Susie ?

Kelby se tenait derrière elle, armé du fusil. Il secoua la tête : ce n'était pas un requin. Il fit avec sa main le geste de continuer à nager.

C'était donc un dauphin. Mais pas Pete. Ni Susie. C'était une bête bien plus grosse. Melis avait eu le temps de s'en apercevoir. Elle avait noté aussi que ce dauphin-là nageait rapidement dans une direction très précise…

Mon Dieu.

Des dauphins… Il y en avait maintenant des centaines. Jamais elle n'en avait vu en aussi grand nombre.

Kelby aussi les voyait. Il interrogea Melis par signes pour savoir si elle voulait remonter ou continuer de chercher. Melis hésita. Finalement elle fit non de la tête. Elle préférait continuer de remonter.

Quelques minutes plus tard, elle crevait la surface. Aussitôt elle adressa des signes à Nicholas qui attendait dans le hors-bord, à quelque distance. Il répondit à l'appel de Melis et mit le moteur en route pour se hâter de la rejoindre.

— Où est Kelby ? dit-il en ralentissant son embarcation.

Elle aurait bien voulu le savoir !

— Il me suivait, dit-elle.

Deux minutes plus tard, Kelby surgissait de la mer à son tour.

Melis poussa un soupir de soulagement. Nicholas l'aida à se hisser à bord. Elle adressa un regard de reproche à Kelby qui s'excusa :

— J'ai eu envie de voir les dauphins de plus près.

Il se hissa dans le hors-bord.

— Ils sont tous très gros, dit-il. Et j'ai l'impression que c'étaient tous des mâles. C'est possible ?

— Non, répondit Melis. Le groupe est trop important pour être composé seulement de mâles. Ils étaient plus de cent.

Kelby haussa les épaules.

— J'ai pu me tromper, dit-il. Je n'ai pas voulu rester trop longtemps éloigné de toi.

— Tu ne t'es peut-être pas trompé, reprit Melis que cette découverte emplissait d'excitation. Si les groupes de jeunes dauphins sont aussi importants, tu imagines le nombre qu'ils doivent être en tout ?

— Pourquoi n'as-tu pas voulu rester ? On aurait pu les observer mieux.

— Les mâles peuvent se montrer agressifs. Certains risquaient de donner l'alerte. Alors ils nous auraient attaqués.

— Pourquoi ne remontent-ils pas à la surface ?

— Je ne sais pas. C'est peut-être lié à un comportement instinctif. Peut-être qu'ils remontent à des milles d'ici.

— Mais Pete et Susie ? reprit Nicholas. Ils sont en sécurité avec eux ?

— Espérons, dit Melis. Je suppose qu'ils se sentent en sécurité.

Elle haussa les épaules.

— J'ai cru qu'ils s'amusaient. Mais ce n'était pas du tout ça. Ils voulaient nous présenter à leurs amis.

— Vu le nombre, les présentations risquaient de durer longtemps, dit Kelby, sceptique.

Melis, elle, était de plus en plus enthousiaste.

— Ces dauphins étaient les petits frères de Marinth, dit-elle. Les habitants de Marinth les protégeaient. Donc leur population ne pouvait que croître. Rencontrer des dauphins en si grand nombre n'est pas habituel. Or nous cherchons quelque chose qui n'est pas habituel.

— Mais ils ne sont plus protégés depuis des milliers d'années ! objecta Kelby.

Il admit cependant :

— D'un autre côté, une fois la population constituée, le nombre pourrait n'avoir pas varié…

Melis approuvait énergiquement.

— Sans compter qu'il y a de grandes quantités de limon, tu as vu ?

— Ce qui veut dire ? voulut savoir Nicholas.

— Le limon en grande quantité signifie peut-être qu'une ville a existé à cet endroit, répondit Melis.

— Autrement dit, enchaîna Kelby, c'est bon pour moi. On redescend.

Melis fit non de la tête.

— On redescendra demain, dit-elle. Avec Pete et Susie. Je veux leur donner une chance de nous être utiles en nous servant d'émissaires. Ne commettons pas l'erreur de croire que tous les dauphins sont comme eux. Pete et Susie ont toujours été différents. Les dauphins, dans certains cas, peuvent se révéler aussi dangereux que des requins. Et il se peut que ces dauphins-là aient emmagasiné des instincts génétiques qui les poussent à protéger Marinth.

— Que tout cela est bizarre, soupira Nicholas.

Kelby le regarda d'un air surpris.

— Bizarre ? Tu te prends pour un chaman, et tu oses dire que les dauphins sont bizarres ?

— Je ne prétends pas être un chaman, répliqua Nicholas. J'en suis un. Et je me réserve le droit d'avoir une conduite bizarre.

Il mit en route le moteur du bateau et tourna le gouvernail.

— Je me réserve aussi le droit de rester à la surface pendant que vous irez en bas faire joujou avec les dauphins. Grâce à Melis, j'ai profité de la compagnie de Pete et Susie. J'en garde un souvenir inoubliable. Et je n'ai aucun besoin de me faire attaquer par un troupeau de cent dauphins.

*

Ils étaient de retour à bord du *Trina* depuis deux heures quand Pete et Susie reparurent.

— Ils ont l'air d'aller bien, dit Melis.

Les dauphins pointaient le bec vers le bateau et lançaient des clics amicaux en direction de Melis.

— Pas de trace de blessures. Pas de trauma. Tout est normal, apparemment.

— Tant mieux, dit Kelby d'un ton absent. Je réfléchissais… Ce n'est peut-être pas une bonne idée de redescendre demain avec eux.

— Quoi ? dit-elle en se tournant brusquement vers lui. Pourquoi pas ? Tu étais prêt à redescendre aujourd'hui même !

— Et tu m'en as empêché en disant que les dauphins pouvaient se montrer agressifs. Si on essayait plutôt la technologie ?

— Le dodo, soupira Melis.

— Le dodo, comme tu dis, m'a coûté un paquet de fric. On pourrait essayer de le rentabiliser, ne serait-ce qu'un jour. Ça ne peut pas faire de mal. Cela nous permettrait au moins de nous assurer qu'il existe dans ces profondeurs quelque chose d'inhabituel.

— Ou d'apprendre le contraire.

Vous pouvez faire confiance à un homme pour s'enticher du dernier gadget high-tech, songea-t-elle en haussant les épaules.

— C'est vrai, admit-elle, qu'une journée d'électronique ne peut pas faire de mal. Surtout après tant de siècles de vie naturelle. Très bien, on essaiera le dodo.

Elle n'avait pas fini sa phrase que Nicholas redescendait déjà dans le hors-bord.

— On y va tout de suite ? dit-elle.

— Une simple reconnaissance. Histoire de ne pas donner à Archer l'avantage de la surprise.

L'affaire des dauphins l'avait tellement absorbée qu'elle en avait presque oublié Archer. Si seulement elle avait pu l'oublier à jamais ! C'est ce qu'elle souhaitait de tout cœur.

— C'est vrai, dit-elle. Il ne faut rien lui donner. Jamais.

*

Cloisons d'or découpées d'arabesques.

Battement des tambours.

Kafas…

Melis se dressa d'un bond dans son lit. Son cœur cognait à tout rompre.

— Ça va? s'inquiéta Kelby qui avait les yeux grands ouverts. Tu as fait un mauvais rêve?

Elle répondit oui d'un signe de tête nerveux, puis quitta le lit.

— Je remonte sur le pont, dit-elle en attrapant son peignoir. J'ai besoin d'air.

Kelby se leva aussi.

— Je viens avec toi.

— Tu n'es pas obligé.

— Si.

Il enfilait sa robe de chambre.

— Allons faire quelques exercices de respiration profonde. Après, on ira boire un café dans la cuisine.

— Je me sens déjà mieux, dit-elle. Tu n'as aucun besoin de…

Il n'écoutait plus.

Melis quitta la cabine. Dans la nuit fraîche, une brise légère lui souleva les cheveux. Elle s'approcha du bord.

— Il fait bon, dit Kelby.

Il resta silencieux un moment, puis demanda :

— Toujours le même cauchemar?

Elle fit oui de la tête.

— Le kafas. Je m'y attendais plus ou moins. On est de plus en plus près de Marinth : c'est pour ça. Je n'arrête pas d'y penser.

— Je pourrais continuer les recherches tout seul. Pete et Susie me connaissent, maintenant…

— Non.

— Pourquoi?

Elle laissa échapper un soupir de lassitude.

— Je ne sais pas, dit-elle.

Elle y réfléchit une minute.

— En fait, si, reprit-elle. Je sais pourquoi. À cause de quelque chose que je cache depuis des années. La première fois que j'ai cru m'être approchée de Marinth, j'étais aussi excitée que

Phil. Puis j'ai laissé le kafas empoisonner toute l'affaire. Je n'aurais pas dû. Merde ! Voilà des millénaires que les hommes se conduisent comme de vrais salauds avec les femmes ! Ce n'est pas nouveau. Au Moyen Âge, de doctes savants mâles se sont même disputés dans un concile pour savoir si elles avaient une âme ! Certains pensaient qu'elles appartenaient au règne animal. Ils ont fini par décider que nous étions des êtres humains. Et pour cause : ils craignaient d'être accusés de pratiques bestiales. Cela dit, les femmes ont dû continuer à se débrouiller toutes seules pour survivre et gagner leur indépendance…

— Toi, en tout cas, tu as su la gagner, dit Kelby avec un sourire.

Elle se tourna vers lui.

— À la sueur de mon front, dit-elle.

Elle continua dans un effort pour maîtriser sa voix :

— Tu l'auras, ta cité perdue. Je vais te donner Marinth. Mais tu as intérêt à y découvrir des merveilles. Des merveilles assez extraordinaires pour me faire oublier le sort de ces milliers de malheureuses. Ces femmes qui n'ont jamais pu renverser leurs seigneurs et maîtres, ces salauds de chauvinistes mâles.

– Je ferai de mon mieux, dit Kelby.

Il posa ses mains rassurantes sur celles de Melis appuyées au plat-bord.

— Tu es prête pour descendre boire un café, maintenant ?

— Pas encore. J'ai besoin d'un peu de temps.

Mais l'effroi, peu à peu, s'était dissipé en elle, comme elle s'en rendit compte avec quelque surprise. D'ordinaire, elle était plus longue à s'apaiser. Elle fixa son regard sur la mer.

— Archer n'a pas rappelé. Ça m'inquiète.

— C'est le but recherché. Apparemment, il pratique la torture mentale comme une science.

Melis approuva silencieusement.

— C'est un monstre. Il doit haïr les femmes.

Elle fit la grimace.

— Il aurait bien tenu sa place dans ce fameux concile au Moyen Âge.

Kelby gloussa à cette plaisanterie.

— Sûrement !

Voilà maintenant qu'Archer les faisait rire ! Ils en furent les premiers stupéfaits. Mais peut-être n'était-ce là qu'une façon de ne pas se laisser intimider par lui.

— Tu sais, reprit Kelby, Archer n'est jamais qu'un pauvre pervers.

Il étudia la réaction de Melis, puis ajouta :

— On devrait pouvoir le renverser sans trop de mal.

Elle hocha la tête et s'obligea à sourire.

— Bien sûr, dit-elle. Je veux bien un café, à présent.

Elle fit demi-tour et prit la direction des cuisines en disant :

— Mais c'est moi qui vais m'en charger. Tu as déjà consenti un gros sacrifice en écoutant ma leçon sur la libération de la femme…

— Hé ! mais tu prêchais un converti, je te signale ! Bien que les femmes, dans ma vie, ne se soient pas distinguées par leur faiblesse. J'ai même dû fournir de sacrés efforts pour survivre à leur traitement.

Sa mère. Sa grand-mère. Melis ressentit une bouffée de colère en songeant à Kelby enfant, aux prises avec ces deux furies.

— Il y a la volonté d'indépendance, dit-elle en fronçant les sourcils, et il y a la pure et simple méchanceté. Je crois que je n'aime pas beaucoup l'idée que tu aies baptisé ton bateau le *Trina*. Je sais que ce n'est jamais qu'une plaisanterie un peu tordue, mais c'est encore donner à ta mère une trop grande place dans ta vie.

— Tu dis ça parce que tu es fâchée.

— C'est vrai. Je suis fâchée.

Elle prit une profonde inspiration.

— Mais comment ne pas l'être ? Tu me traites si bien. D'habitude, pour fuir mes cauchemars, je n'ai que la compagnie de mes dauphins.

— Nous y revoilà. Alors je ne suis rien d'autre qu'un substitut à Pete et Susie ?

Il ouvrit la porte des cuisines et s'effaça pour laisser le passage à Melis.

— C'est toute l'histoire de ma vie, soupira-t-il.

Melis s'était arrêtée. Elle protesta en le fixant d'un regard sévère :

— Tu n'es le substitut de personne ! En fait, ce n'est pas de Pete et Susie dont j'avais besoin au sortir de mes cauchemars. Avec eux, je continuais d'éprouver un... une sorte de manque. Mais du moins, je n'étais plus seule.

Elle allait trop loin. Ses mots dépassaient sa pensée. Bientôt, elle s'abandonnerait à dire des choses que Kelby n'avait peut-être pas envie d'entendre... Elle se hâta d'entrer dans la cuisine et de gagner la machine à café.

— N'en parlons plus, dit-elle. Tout ce que je voulais dire, c'est que... Je pense que tu n'aurais pas voté avec ceux qui voulaient faire de nous des bêtes. Si tu avais été à ce concile...

— Je te suis reconnaissant du compliment, dit Kelby à voix basse.

— Tu peux.

Elle se tourna vers lui.

— Mais où est rangé le café, dans cette maudite jungle en acier inoxydable ? J'aurais cru que...

Elle se tut, et prit une grande inspiration.

— Pourquoi me regardes-tu comme ça ? dit-elle.

— Qui, moi ?

Il détourna les yeux.

— Oh ! ce n'est rien, répondit-il. Rien qu'une pulsion de désir. Une pure et simple envie de te faire l'amour.

Il alla prendre place à table.

— Mais je veux bien essayer de me contrôler le temps que tu prépares le café. Il est sur l'étagère du haut. À gauche.

*

— Nous sommes à un mille de l'endroit où nous avons rencontré la bande de dauphins !

Kelby quitta la passerelle de commandement et descendit sur le pont examiner l'écran de contrôle du visualiseur.

— On va voir comment se conduit le dodo.

L'appareil sonique était maintenant accroché à la poupe du *Trina* où ses équipements jaunes faisaient songer à des ailes de pélican.

— Oui, dit Melis d'un ton sceptique. On va voir.

Elle avait beau continuer de nourrir des doutes, elle aussi se laissait gagner peu à peu par une certaine exaltation. Elle jeta un coup d'œil au graphique.

— Il a l'air de marcher. Qui sait si nous n'allons pas assister finalement au triomphe de la technologie ?

— Ce ne serait pas plus mal. J'ai dû verser une fortune à la marine pour avoir ce dodo.

Il secoua la tête.

— Bon Dieu. Et tu me dis ça maintenant.

— Tu n'es peut-être pas aussi fana de technologie que tu voudrais le croire.

Nicholas, penché à la lisse, surveillait le visualiseur.

— Il a vraiment l'air idiot, dit-il. Tu ne veux pas que j'essaie de lui donner une âme avec un brin de magie chamanique ?

— Non, répondit Kelby. Sûrement pas. Nous n'avons aucun besoin de tes incantations. Elles risqueraient de tout faire tourner au désastre.

— Quelles incantations ? Je pensais à une chanson de Stevie Wonder… On pourrait lui fixer un lecteur de CD au cou, à ton dodo.

Melis se retint de rire.

— Ce n'est pas une mauvaise idée, dit-elle. Mais je préférerais Aretha Franklin.

— Très amusant, lâcha Kelby avec mauvaise humeur. Nous sommes sur le site. Nous verrons bien qui aura le dernier mot… Merde !

Melis regarda le dodo.

— Oh…

Nicholas riait aux éclats.

C'était Pete. Surgi de nulle part, il attaquait le visualiseur avec la force d'un bélier. Certes, le dodo arrivait chaque fois à se stabiliser à nouveau, mais non sans avoir tangué comme un animal ivre. Kelby jurait.

— Dis-lui d'arrêter, s'il te plaît. Tu ne vois pas qu'il va essayer de le noyer ?

Melis en avait bien peur. Pete, pour le moment, avait rejoint Susie, mais il n'allait pas tarder à remonter à l'assaut.

— Pete ! cria Melis. Non…

Elle donna un coup de sifflet que le dauphin ignora superbement ; au contraire, il se remit à dessiner des cercles dans la mer, en prenant toujours plus de vitesse. Melis siffla de nouveau.

Nicholas riait à perdre haleine, cramponné au plat-bord.

— On dirait un taureau qui gratte le sol avant de se lancer sur le torero ! hurla-t-il.

— Je vais te tuer ! lui cria Kelby.

Il grommela entre ses dents à l'adresse de Melis :

— Pourquoi fait-il ça, bon sang ?

— Je l'ignore. L'appareil ressemble à un oiseau… Pete doit être troublé. Il doit se demander si ce n'est pas une espèce de dauphin, ou de requin. Ou alors c'est un problème de territoire…

Elle ne put rien ajouter de plus, car le rire s'était emparé d'elle.

— Pardon, Jed, parvint-elle finalement à dire. Je sais que ça représente des sommes…

— Arrête de rire, s'il te plaît !

Elle aurait bien voulu. Elle essayait même désespérément. Cependant il n'y avait rien à faire.

Pete avait recommencé de s'en prendre au dodo. Il le faisait tournoyer sur lui-même.

— Oh ! non… soupira Kelby.

Et soudain, il éclata de rire à son tour.

— Et puis merde ! Coule-le si ça t'amuse, espèce de mammifère caractériel !

— Non ! protesta Melis en essuyant ses larmes. Pauvre dodo… Il faut le tirer d'affaire…

Elle quitta ses sandales.

— Et sans attendre…

Elle plongea dans la mer et rejoignit le dodo à la nage.

— Tiens bon. N'aie pas peur. Je vais t'aider.

— Tu n'arriveras à rien si tu n'arrêtes pas de rire, lança Kelby qui avait plongé aussi. Je m'en souviendrai, crois-moi.

— Une menace ?

— Non. Simple façon de parler. C'est la première fois que je te vois rire de bon cœur. Ça me plaît.

Il la dépassa.

— Et maintenant, comment faire pour empêcher Pete d'attaquer cette machine ?

— Je n'en ai pas la moindre idée. Peut-être en nageant aux côtés du dodo, pour montrer au dauphin que c'est un ami.

Mais la proposition était si ridicule qu'elle se remit à rire de plus belle.

— Ou alors nager avec Pete pour tenter de le dissuader.

C'était moins drôle.

— On devrait peut-être en appeler à Susie. Elle saura le désarmer… Voyons, réfléchissons…

— Réfléchissons vite, dit Kelby en fusillant du regard le bord du *Trina*. Parce que ce spectacle est en train d'amuser Nicholas comme un fou.

14

Ils mirent une bonne heure à convaincre Pete de laisser le visualiseur tranquille. Melis essaya à peu près toutes les solutions possibles : elle s'accrocha à l'appareil, elle appela Susie au secours… Mais Pete, qui était de tempérament têtu, refusait de lâcher prise. Nicholas, en désespoir de cause, vint avec le hors-bord lancer des poissons aux dauphins jusqu'à ce que Pete et Susie associent la présence du dodo à quelque chose d'agréable.

— Me voilà en train de jouer les marchands de poisson, dit Nicholas en aidant Melis à se hisser dans l'embarcation. Mon idée de leur passer un disque n'était peut-être pas si mauvaise. On dit que la musique adoucit les mœurs des sauvages.

— Ne traite pas les dauphins de sauvages, dit Kelby, si tu ne veux pas t'attirer les foudres de Melis. Pete ne comprenait pas, c'est tout.

— De toute façon, reprit Nicholas, le coup des poissons a marché à merveille.

Il regarda Pete et Susie qui jouaient dans l'eau, et ajouta :

— On dirait que Pete l'a déjà oublié. Tant mieux. Vous croyez que le dodo aurait résisté longtemps à ses attaques ?

— En principe, répondit Kelby, c'est du matériel robuste. On verra s'il a subi des dégâts quand on le ramènera au sec.

Dix minutes plus tard, ils étaient de nouveau à bord du *Trina*. Le voyant vert du moniteur était toujours allumé.

— Il vit, murmura Nicholas. Bravo, Melis. Tu as sauvé le dodo.

— Si tu allais demander à Billy de nous préparer quelque chose à manger ? dit Kelby sans quitter des yeux le tableau de commandes. Et profites-en pour nous rapporter une paire de serviettes.

— Est-ce que tu essaierais de te débarrasser de moi ? protesta Nicholas. J'ai déjà joué les marchands de poisson ! Il faut que je fasse maintenant le garçon de cabine ?

Il traversait le pont pour gagner l'écoutille.

— Je veux bien, reprit-il. Mais il faut me promettre que vous ne ferez pas quelque chose d'amusant pendant mon absence !

— C'est vrai qu'il marche encore, dit Melis. C'est étonnant. Il est vraiment aussi sensible que tu le disais ?

— Le visualiseur en lui-même est très sensible, mais la machine est un vrai tank. Elle est conçue pour résister à tout.

Il se pencha pour tourner un bouton.

— Même à un dauphin qui voudrait la couler par le fond.

— Tu veux dire que ce n'est pas moi qui ai sauvé le dodo ?

— Dieu me garde d'une telle pensée. Tu es rapide comme l'éclair.

Il se déplaça pour examiner le graphe.

— Disons que tu as été un peu aidée par la science... Bon sang !

— Quoi ?

Elle vint aux côtés de Kelby qui gardait les yeux fixés sur le ruban de papier.

— Quelque chose ?

— Nous sommes restés sur le site tout le temps qu'a duré cet incident avec Pete...

Il indiqua une ligne brisée sur la feuille.

— Et il y a quelque chose là en dessous.

Il tira encore plus de papier, et continua d'étudier le graphe.

— Il indique toujours la même irrégularité, sauf pendant les quelques minutes au cours desquelles le dodo tournait sur lui-même comme une toupie. C'est plus haut. Et plus à l'ouest.

— Ne t'excite pas trop vite. C'est peut-être un autre...

— C'est peut-être le jackpot.

Il n'arrivait plus à détacher les yeux de la ligne brisée dessinée par le graphe.

— On va emmener le dodo faire un tour à l'ouest, dit-il, et voir de quoi il s'agit.

*

Deux milles plus à l'ouest, la ligne brisée du graphe se fit encore plus nette, tandis qu'apparaissaient des segments horizontaux.

Et encore un mille plus loin, ils virent les dauphins.

Des centaines et des centaines de dauphins dont les formes élégantes brillaient sous le soleil d'après-midi, tandis qu'ils sautaient dans les vagues. Beauté. Joie. Liberté.

— Mon Dieu, murmura Melis. Ça me fait penser au début de la Création.

— *Last Home ?* demanda Kelby.

— Ça se pourrait, répondit-elle dans un murmure.

La vue des dauphins lui inspirait un respect mêlé de crainte. Des rayons de lumière transperçaient les nuages gris-bleu pour venir se réfracter sur les eaux. Melis avait été impressionnée de rencontrer les bandes de dauphins dans les profondeurs ; mais ce spectacle-là lui coupait littéralement le souffle.

— Je suppose qu'on les reverra demain, quand on plongera avec Pete et Susie…

— Tu crois qu'ils nous laisseront approcher ?

Melis répondit sans cesser de regarder la mer.

— En fait, on n'a pas besoin de Pete et Susie. Ce qu'il nous faudrait, c'est une cloche de plongée, ou l'un de tes charmants appareils high-tech.

— Ce ne serait pas la même chose. Je n'ai aucune envie d'être enfermé dans une cage en acier quand je verrai Marinth pour la première fois.

Elle sourit.

— Ton rêve ?

— Quoi d'autre ?

Sa voix vibrait d'intensité.

— Mon Dieu, reprit-il. On y est. On y est, Melis.

— Je l'espère.

Seigneur ! qu'il paraissait heureux ! Son visage rayonnait de joie. Melis, de le voir ainsi, se sentait envahie de tendresse. Elle ne pouvait partager le rêve de Kelby, mais son bonheur, oui. Elle lui prit la main, geste qui parut le surprendre.

— Ne t'inquiète pas, dit-elle. J'avais juste envie de te toucher.

— Ça me fait toujours beaucoup d'effet.

— Moi aussi.

Dans la mer, les dauphins poursuivaient leurs jeux, et le cycle éternel du renouvellement de la vie.

*

Ce soir-là, quand il quitta le hors-bord pour les rejoindre sur le pont du *Trina*, Nicholas dit à Kelby :

— Notre espion nous surveille depuis un monocoque balistique de sept mètres soixante. En fait, il y a deux espions.

— Deux ?

— J'ai repéré un autre bateau, non loin du monocoque. Je n'ai pas pu m'en approcher. De toute façon, s'ils veulent nous surveiller vingt-quatre heures sur vingt-quatre, il faut bien qu'ils soient deux.

— Ils t'ont vu ?

— Je n'en sais rien. Mais ce ne serait pas grave. Ils savent que nous surveillons le secteur, nous aussi.

— Tu pourrais prendre l'un d'eux en filature jusqu'au *Jolie Fille* ?

— Peut-être. J'avais l'intention de fouiller un peu plus loin, de toute façon. Je m'en occuperai pendant que vous ferez votre exploration sous-marine.

*

C'est à peine si Melis pouvait distinguer Pete et Susie qui nageaient devant elle dans les eaux troubles et limoneuses. Elle s'en voulait de leur faire jouer ce rôle d'éclaireurs. Du reste, depuis qu'ils avaient commencé ce matin d'explorer les parages, les dauphins les ignoraient.

Enfin, pas exactement. Disons qu'ils avaient l'air de poursuivre un but précis. Ils se concentraient sur quelque chose – sur une destination. Ils observaient la même conduite que l'autre jour, quand Melis avait eu l'impression qu'ils voulaient l'emmener quelque part. Ils manifestaient la même intensité. Et Melis en était emplie d'espoir.

Kelby, qui nageait devant, fit demi-tour et rejoignit Melis en secouant négativement la tête.

Quelque chose n'allait pas ?

Il fit avec ses mains le geste de nager.

Un requin ?

C'est alors qu'elle les vit. Les dauphins. Aussi nombreux que la veille après-midi, quand ils jouaient à la surface de la mer. Sauf qu'ici c'étaient les grandes profondeurs. Ils n'étaient qu'à quelques mètres. Ils formaient une masse compacte, intimidante.

Intimidants aussi étaient ces mâles qui se dirigeaient à présent vers eux avec des intentions peu amicales.

Merde.

L'un des mâles fonça sur Kelby, puis se tourna vers Melis.

Kelby sortit son fusil à requin.

Melis secouait théâtralement la tête ; l'instant d'après, le dauphin la frappait au thorax.

Douleur.

Le dauphin mâle avait fait demi-tour.

Mais il pouvait revenir. Et peut-être avec du renfort.

Kelby, d'un signe, indiqua à Melis qu'il fallait remonter.

C'était sûrement ce qu'ils avaient de mieux à faire. Ils pourraient toujours revenir demain, après avoir mis au point un plan.

Mais Pete et Susie étaient de retour.

Susie commença à nager en compagnie de Melis, tandis que Pete dessinait des cercles autour d'eux. Melis flatta le bec de son amie. *Tu en as mis du temps, ma belle !* En guise de réponse, Susie se rapprocha encore et se frotta contre Melis.

Après une hésitation, Melis fit signe à Kelby :

— Il faut continuer.

Kelby commença par répondre :

— Pas question.

Puis il haussa les épaules :

— D'accord.

Pete et Susie allaient-ils rester avec eux ? Et si tel était le cas, les autres dauphins y verraient-ils une invitation à changer d'attitude ?

Melis nagea lentement vers la masse des dauphins.

Pete continuait de dessiner ses cercles protecteurs ; Susie, elle, se tenait à gauche de Melis.

Ils se retrouvèrent bientôt en plein cœur de l'armée des dauphins. C'était une expérience incroyable.

Incroyable et terrifiante.

Melis priait : *S'il vous plaît, les petits mecs, ne nous laissez pas tomber…* Mais Pete et Susie les escortaient toujours.

Une femelle se détacha de la périphérie du groupe, et fit mine de vouloir rejoindre les nageurs. Pete réagit aussitôt : il fonça sur elle et l'obligea à dévier sa course. Puis il se remit à tourner en rond.

Au bout d'une dizaine de minutes, le groupe de dauphins parut cesser complètement de s'intéresser à ses visiteurs. Il s'écoula encore cinq minutes. Pete se mit à tracer des cercles de plus en plus larges, comme s'il avait décidé que Melis et Kelby ne risquaient plus rien. Pourtant, lui et Susie continuèrent de jouer les gardes du corps.

Melis et Kelby traversèrent l'armée de dauphins tout entière. Parvenus de l'autre côté, ils suivirent Pete et Susie au fond d'une grotte qui déboucha à nouveau dans la mer.

À ce point, les plongeurs n'y voyaient plus rien.

Les eaux étaient ténébreuses. On ne distinguait que le fond – un sol limoneux où ne se dressait nulle colonne, nul vestige d'aucune cité perdue, pas la moindre ruine.

Rien que du limon.

Melis songea que Kelby devait déjà se préparer à une amère déception.

Mais il n'en laissa rien paraître. Il nageait toujours plus vite, avec toujours plus de puissance. Il se rapprochait du fond. Il effleurait le sol et le fouillait des yeux. Au bout d'un moment, il fit demi-tour et rejoignit Melis en dressant son pouce vers le haut pour lui signaler que l'heure était venue de remonter à la surface.

*

Kelby ne prononça pas un mot jusqu'à leur retour à bord du *Trina*, mais Melis sentait qu'il avait les nerfs à fleur de peau.

— Je crois qu'on y est, dit-il, tandis que Nicholas les aidait à se débarrasser de leurs combinaisons. Marinth. On l'a trouvée. J'en suis presque sûr.

L'expression de Melis disait son scepticisme.

— Moi, tout ce que j'ai vu, c'est du limon.

— Moi aussi, enchaîna Kelby. Jusqu'à ce que j'aille examiner le sol de plus près. Il y avait des éclats de lumière dans la boue. Des morceaux de métal qui dépassaient du sol. Les tablettes sont en bronze, c'est toi-même qui l'as dit. Ils ont pu utiliser du métal aussi à d'autres fins.

Nicholas approuvait du chef.

— Par exemple, des fours à micro-ondes, dit-il. Ou des machines à laver.

Kelby ignora cette remarque par trop superficielle.

— Nous le saurons quand nous aurons exhumé Marinth de sa gangue de limon.

— À condition que ce soit bien ta cité perdue, reprit Nicholas, et non pas les restes d'un sous-marin de la Seconde Guerre mondiale. Après tout, tu n'en sais rien.

— J'aurai les idées plus nettes quand ces morceaux de métal auront été remontés. Je veux que tu redescendes avec moi dès que les bouteilles d'oxygène seront rechargées.

— Je me demandais si tu allais me le proposer ! dit Nicholas.

— C'est moi qui redescends avec toi, dit Melis.

Kelby faisait non de la tête.

— On ne sait pas comment vont réagir les dauphins. Ils ne seront peut-être pas aussi tolérants.

— Nous aurons encore besoin de Pete et Susie. Or ils ne connaissent pas vraiment Nicholas.

— Oh ! ils me connaissent. Ils me connaissent même trop bien.

— Je redescends, répéta Melis. Quelqu'un doit rester à bord, en cas de problème avec les équipements. Quand nous serons sûrs d'avoir retrouvé Marinth, et que les dauphins tolèreront notre présence, alors Nicholas pourra prendre son tour.

Kelby paraissait hésiter.

— Comment vont tes côtes ? demanda-t-il à Melis.

— C'est un peu douloureux, mais je viens quand même.

Kelby regarda Nicholas et haussa les épaules en disant :

— Elle vient quand même.

*

Ils plongèrent deux fois sans remonter grand-chose, à part des éclats de bronze et des morceaux d'un métal non identifié. À la troisième tentative, Kelby parvint à mettre la main sur un mince cylindre de ce même métal. Nicholas attendait impatiemment à bord du *Trina*, accoudé à la lisse avec l'équipage au complet.

— Quelque chose d'intéressant ? cria-t-il.

L'instant d'après, il examinait de plus près l'objet que Kelby ramenait dans un filet.

— Ça n'a pas l'air trop rouillé. C'est du bronze ?

— En tout cas, une sorte d'alliage.

Kelby tira le cylindre du filet et le déposa sur le pont avec précaution.

— Pour moi, dit-il, ce n'est pas un morceau de sous-marin de la Seconde Guerre mondiale. Viens voir, Melis.

Elle s'agenouilla à côté de lui.

— Quoi ?

— Jette un coup d'œil sur ce qui est inscrit sur le bord…

Les caractères étaient minuscules. Kelby demanda :

— Des hiéroglyphes ? Ça ressemble aux inscriptions des tablettes, non ?

Melis hochait la tête.

— Ce sont les mêmes.

— Bon Dieu…

Kelby était gagné par l'enthousiasme.

— Je le savais, dit-il. On a retrouvé Marinth.

Des applaudissements de joie retentirent chez les hommes d'équipage.

— Billy ! Tu peux déboucher le champagne !

Kelby continuait d'étudier le cylindre.

— Je me demande si ce n'est pas…

— Un pot à épices ? enchaîna Nicholas en pointant le doigt sur l'un des caractères hiéroglyphiques. Ce mot, là, ça ne veut pas dire piment pour chili con carne ?

Kelby rit de bon cœur.

— Tu dois avoir raison, dit-il. Et moi qui essayais d'y déchiffrer un message profond et spirituel… Mais j'avoue que je ne sais plus très bien où j'en suis…

— Je vais aller aider Billy à choisir le champagne, reprit Nicholas en se relevant. Il faut une bouteille digne de l'occasion.

Tout en s'éloignant, il lança à Kelby par-dessus son épaule, avec une expression pleine d'amabilité :

— Toutes mes félicitations, vieux.

— Merci.

Kelby se tourna vers Melis.

— Et merci à toi également.

Elle secoua la tête.

— Tu n'as pas à me remercier. Je t'avais fait une promesse. Tu penses vraiment que tu tiens une preuve ?

— Je pense que si ce n'est pas une preuve, ça y ressemble sacrément. Si nous ramenons d'autres objets demain, ça voudra dire que nous avons trouvé la cité perdue…

— Et après ?

— Je vais tout de suite appeler Wilson et l'envoyer à Madrid s'occuper des formalités. Je veux que mes droits soient protégés sur cette exploration. C'est indispensable. Il pourrait y avoir une fuite : alors le monde entier rappliquerait ici pour s'enrichir.

— Wilson en aura pour longtemps ?

— Non. Il saura quelles pattes graisser. C'est un expert.

Le sourire de Kelby retomba subitement.

— Je n'ai pas oublié Archer, reprit-il. Accorde-moi encore une journée, Melis. Une journée. Je n'ai pas besoin de plus.

— Je n'essayais pas de te presser, répondit-elle avec un sourire forcé. J'aimerais bien, moi, pouvoir oublier Archer. Mais c'est impossible. Lui ne m'oubliera pas.

Elle ajouta après un silence :

— Marinth ne correspond pas à ce que nous avions imaginé, n'est-ce pas ? Je m'attendais à des colonnes, à des temples en ruine. Et voilà : rien que du limon.

Kelby secouait la tête.

— Quand j'étais petit, je rêvais d'un arc de triomphe au seuil d'une cité merveilleuse.

— Pourtant, tu n'as pas l'air déçu.

— C'était un rêve. Et ceci, c'est la réalité. Or la réalité est toujours plus excitante que le rêve. La réalité, tu peux la toucher du doigt, la prendre dans tes mains, la modeler.

Il haussa les épaules.

— Peut-être avais-je besoin de rêver, à cette époque. Je n'en ai plus besoin aujourd'hui.

Il sourit.

— Et qui sait ce qui se cache sous ces couches de limon ? Un arc de triomphe, peut-être.

Il lui prit le bras et l'aida à se relever.

— Viens. Allons mettre des vêtements secs. Et boire une coupe de champagne.

*

Kelby n'était pas couché auprès d'elle.

La pendule de la table de nuit indiquait un peu plus de 3 heures du matin. En général, Kelby ne se levait pas avant 6 heures.

Sauf en cas de problème.

Les dauphins.

Melis se dressa dans son lit. Elle posa les pieds sur le sol. Elle se glissa dans son peignoir.

L'instant d'après, elle rejoignait le pont en grimpant l'escalier quatre à quatre.

Elle trouva Kelby appuyé au plat-bord, les yeux fixés sur le ciel.

— Kelby…

Il lui sourit.

— Viens voir.

Il n'aurait pas eu ce sourire si un problème était survenu.

— Qu'est-ce que tu fais dehors ?

— Je n'arrivais pas à dormir. Je me sens comme un gosse à la veille de Noël.

Il passa un bras sur les épaules de Melis, et l'attira contre lui.

— Dans quelques heures, reprit-il, je déballerai tous mes cadeaux.

Il avait la même expression lumineuse que la veille après-midi, quand il examinait le cylindre gravé de hiéroglyphes.

— Ils seront peut-être moins excitants que celui d'hier.

— Ils le seront peut-être encore plus.

De nouveau il se perdit dans la contemplation du ciel.

— Tu sais, ce cylindre est fabriqué dans un drôle de métal. Je me demandais s'il n'a pas été taillé dans… dans une météorite.

Melis éclata d'un rire léger.

— Il a peut-être été apporté par des habitants de l'espace, pendant que tu y es.

— Tout est possible. Comment expliquer qu'une ville fondée voilà des milliers d'années soit aussi avancée ?

Il la serra plus fort contre lui.

— Toutes ces merveilles sont pour nous, Melis.

— Ces merveilles ?

Il approuva silencieusement, puis enchaîna :

— Il n'y a pas tellement de merveilles en ce monde. Seuls les enfants possèdent le don de s'émerveiller. Et ils le perdent en grandissant. Et puis, un jour, quelque chose arrive, et ce quelque chose te rappelle que si tu acceptes d'ouvrir les yeux, et de bien chercher, alors tu peux, toi aussi, découvrir des merveilles.

Melis sentit sa gorge se nouer. Un jour, quelque chose arrive… Quelque chose ou quelqu'un ?

— Tu penses trouver quoi, au fond de la mer ?

— Hepsut ne nous a pas laissé une description très précise. Mais je brûle de remettre la main sur ses tablettes. Ça pourrait me guider pour mes recherches. M'indiquer ce que je peux m'attendre à découvrir.

Melis riait en secouant la tête.

— Mais tu n'as aucune envie de savoir ce qui t'attend ! Ça gâterait ton plaisir.

Il l'admit avec une expression de tristesse :

— C'est vrai, ça manquerait de magie. Et c'est important, la magie.

Il regardait Melis.

— Il est tard. Tu n'es pas obligée de rester dehors avec un type à moitié fou, tu sais.

Mais elle avait envie de rester. Kelby avait besoin de parler, et elle ne voulait pas le laisser. D'ailleurs, lui tenir compagnie en ce moment victorieux avait en soi quelque chose de magique.

C'était magique et merveilleux.

— Je n'ai pas sommeil. Tu parlais d'arcs de triomphe… S'ils existent, à quoi ressemblent-ils à ton avis ?

— Tu veux vraiment le savoir ? répondit-il en fixant son regard sur la mer. Je les vois sculptés de motifs infinis. Peut-être incrustés d'or et de nacre. Et quand tu les as franchis, les rues qui s'ouvrent devant toi sont dessinées avec une symétrie parfaite, tels les rayons d'une roue immense, qui toutes mènent au temple dressé au cœur de la ville.

*

— J'ai repéré le *Jolie Fille*.

Nicholas s'exprimait à voix basse, tandis que Kelby ajustait son équipement de plongée.

— Il est à l'ancre à trente milles au sud.

Kelby l'interrogea des yeux.

— Tu as pu t'approcher ?

— C'est un gros bateau. Bien dessiné. Rapide, sûrement. Et grouillant d'hommes en armes. J'ai compté quatre sentinelles qui arpentaient le pont pendant le court laps de temps où je l'ai observé. Archer ne laisse pas à ses ennemis la moindre chance de l'avoir par surprise.

Nicholas réfléchit un instant, puis ajouta :

— En repartant, j'ai vu un bâtiment garde-côtes aborder le *Jolie Fille.*

— Pour le fouiller ?

— Au contraire, ils avaient l'air très amicaux.

— Tu crois qu'ils venaient chercher leur bakchich ?

— J'en mettrais ma main à couper.

— Dans ce cas, je suppose qu'il vaut mieux ne pas compter sur leur aide.

— Ils ne serviraient qu'à se foutre dans nos jambes, de toute façon.

— Tu as fait du bon travail, Nicholas.

— C'est ce que tu attendais de moi. Maintenant, on sait ce qui nous reste à faire.

Il sourit en regardant l'équipement de plongée.

— Même si ce n'est pas ta priorité à la minute présente.

Il traversa le pont pour aller aider Melis.

— En attendant, bonne chance pour tes fouilles, Jed !

*

Kelby et Melis remontèrent quatre filets emplis d'objets artisanaux dont certains étaient fort simples, tandis que d'autres les emplissaient d'émerveillement par la richesse de leur facture.

— Melis, regarde…

Elle vint près de lui. Il lui présenta un gobelet qu'il commença à dégager de sa gangue de boue, faisant apparaître des éclats d'or et de rubis, ainsi qu'un fascinant motif sculpté. Mais ce qui envoûtait Melis, ce n'était pas la beauté intrinsèque de l'objet, c'était de penser que des hommes et des femmes l'avaient touché de leurs lèvres, des milliers d'années plus tôt. Rêveuse, elle en effleura le bord de ses doigts hésitants. Ces hommes et ces femmes avaient connu joie et malheur ici même, dans cette ville qui gisait désormais au fond de la mer. Elle leva les yeux. Kelby lui souriait en hochant la tête : il avait deviné les pensées de Melis, et ce qu'elle éprouvait à la minute présente.

L'expérience du merveilleux.

*

L'après-midi de ce même jour fut moins généreux, mais suffisamment pour les inciter à poursuivre leurs fouilles.

À l'approche du soir, Kelby indiqua d'un signe à Melis qu'il était temps de remonter.

Elle approuva d'un hochement de tête, et s'élança vers la surface à travers un nuage de boue. Seigneur ! qu'elle était fatiguée. Elle n'avait plus de force dans les bras. Et ses bouteilles d'oxygène lui pesaient comme un fardeau... Mais quoi ?

Pete était venu se placer devant elle. Il lui bloquait le passage. Non, non, Pete. Pas maintenant. Ce n'est pas le moment de jouer... Melis nageait doucement sur place, en attendant qu'il veuille bien la laisser passer...

Elle fut frôlée par quelque chose de gros et de dur.

Un dauphin ? Il lui semblait que non...

Une lueur apparut au-dessus d'elle. Elle vit une masse sombre, brillante. Un costume de plongée. Ce n'était pas Kelby ! Ce n'était pas le costume de Kelby ! L'équipement de Kelby était noir, tandis que celui-ci était bleu.

Ce plongeur brandissait un fusil à requin !

Pete cliquetait de plus en plus fort. Il essayait de faire barrage entre Melis et l'intrus.

Un nuage de sang s'effilochait dans l'eau.

Mon Dieu... Il a tué Pete. Elle voyait la flèche du harpon transpercer le corps du dauphin. Melis nagea dans cette direction.

Kelby aussi s'approchait à vive allure. Il se dirigeait vers l'homme en bleu. Melis vit une lame d'acier briller dans la main de Kelby.

Les deux hommes luttaient. Ils roulaient ensemble entre deux eaux. En un instant, tout fut fini. Le sang se mêlait à la boue en suspension. Kelby repoussa son adversaire – lequel n'était plus un homme, mais un corps sans vie attiré par le fond de la mer.

Kelby se hâta de rejoindre Melis. Il lui fit signe de remonter. Elle ne voulait pas. Pete vivait encore, même s'il bougeait avec peine… Fallait-il arracher ce harpon planté dans son flanc ? Melis n'osait le faire. D'un autre côté, elle refusait de l'abandonner à son sort. Elle essaya d'aider Pete à remonter à la surface. Mais le dauphin ne remuait plus…

Puis Susie arriva. Elle essaya elle aussi de pousser Pete vers le haut, tout en lui tournant autour et en faisant entendre des clics désespérés.

Au bout de quelques minutes, Pete commença doucement à monter.

Mon Dieu, tout ce sang.

15

Il était plus de minuit quand Archer appela.

— Qu'as-tu fait à ce pauvre Angelo, Melis ?

— Ordure, répondit-elle d'une voix tremblante. Vous avez tué Pete. Pete qui ne vous avait rien fait. Pourquoi l'avez-vous tué ?

— Je t'avais prévenue de ce qui t'attendait si tu refusais de coopérer. Angelo a tué la femelle aussi ?

— Non.

— Elle ne perd rien pour attendre…

— Non ! cria Melis. Kelby a tué votre Angelo. Et il tuera tous ceux qui essaieront de s'en prendre à Susie. Vous ne pourrez pas approcher.

— J'ai d'autres employés. Et la mer est grande. Je tuerai aussi le dauphin femelle. Dis-moi, le mâle a-t-il souffert ?

— Oui, répondit Melis dans un souffle.

— C'est bien ce que je pensais. J'avais demandé à Angelo de veiller à le faire souffrir. Et la femelle souffrira encore plus.

— Mon Dieu… Je vous en supplie, ne tuez pas Susie.

— Il le faut bien, soupira Archer, puisque tu ne veux pas me donner ces papiers. Tu sais, Melis, en fait, c'est toi qui la tues. Souviens-t'en quand tu assisteras à son agonie. Bonne nuit…

— Non ! Ne raccrochez pas ! dit Melis en s'efforçant d'exprimer un sentiment de panique. Je vous les donnerai, vos sacrés papiers, mais ne tuez pas Susie.

— Enfin nous y voilà, dit Archer.

Il se tut un moment.

— Il suffisait de tuer un dauphin. J'aurais dû le faire plus tôt…

— Ne la tuez pas. Dites-moi ce que je dois faire. Vous partirez si je vous donne ces papiers ?

— Arrête de sangloter comme ça ! Je ne comprends rien à ce que tu racontes.

Melis prit une profonde inspiration.

— Pardon. Ne raccrochez pas, s'il vous plaît. Dites-moi ce que vous voulez.

— C'est ce que tu disais aux hommes qui venaient te voir au kafas, n'est-ce pas ?

— Non.

— Ce n'est pas la bonne réponse. Dis-moi ce que je veux entendre.

— Oui. C'est ce que je disais… Tout… Tout ce que vous voulez, je le ferai.

— C'est mieux. Tu es une brave fille.

De satisfaction, il adoptait une voix douce et soyeuse. Il ajouta :

— Tu vois, tu aurais pu sauver ton dauphin, si tu l'avais voulu.

— Ne me torturez pas. Dites-moi comment je dois m'y prendre pour vous donner ces papiers.

— Je vais te le dire. Mais il faut me promettre d'opérer selon mes directives, selon mes règles.

— Si je vous les donne, vous nous laisserez en vie, Susie et moi, n'est-ce pas ?

— Bien sûr.

Archer marqua un temps de silence.

— Mais tu vas me manquer, tu sais…

— Où voulez-vous que j'apporte les documents ?

— Où sont-ils ?

— Sur le versant du volcan éteint, à Cadora.

— Eh bien, nous irons les chercher ensemble. Je ne peux plus attendre. Rendez-vous à Cadora. Sur le quai. Demain soir, à 10 heures. Tu ne me verras pas tout de suite, seulement quand je l'aurai décidé… Si jamais tu te fais accompagner de qui que ce soit, je disparais et je donne l'ordre de tuer le second dauphin.

— Je ne serai accompagnée de personne.

— Je te crois. Je peux te croire, maintenant que tu as été suffisamment punie. Bonne nuit, Melis. Pense à moi dans tes rêves.

Il pouvait y compter : elle penserait à lui. Elle penserait aussi au sang versé par Pete.

— Alors ?

Elle fit demi-tour. Kelby était assis à l'autre bout de la cabine.

— Demain soir, 10 heures. Il m'attendra sur le quai. Mais si je ne suis pas seule, il ne se montrera pas. Et il tuera Susie.

— Il a pensé que tu craquais.

Il pinça les lèvres et ajouta :

— J'y ai cru aussi, je l'avoue. Ce fumier t'a mise dans tous tes états… Ce n'était pas facile, pour moi, d'être assis là et d'écouter.

— Tu crois que c'était facile pour moi, peut-être ?

Elle en tremblait encore. Elle était révulsée. Elle croisa les bras sur sa poitrine pour essayer de se reprendre.

— Il fallait le faire. À présent, le moment est venu. Ce qui est arrivé à Pete doit prendre un sens. Nous allons nous en servir…

— Tu t'en es déjà servie. Et avec quel talent.

Il se renversa en arrière sur sa chaise.

— Si tu crois que je vais te laisser aller seule à Cadora, c'est que tu es devenue folle. Nous avons conclu un marché. Tu me donnais Marinth et moi, en échange, je m'occupais d'Archer. Alors maintenant, c'est à moi de jouer. Tu vas rester bien sagement ici, et me laisser faire mon boulot.

Melis secoua la tête.

— Je suis l'appât, dit-elle. Je suis la personne à même de le conduire aux tablettes.

Elle se leva pour aller au hublot.

— Je ne cherche pas à te tenir en dehors du coup, Kelby. Ce serait stupide, après t'avoir entraîné dans cette affaire. Mais c'est à moi de tendre le piège.

Kelby laissa échapper un juron à voix basse.

— Pourquoi faudrait-il que ce soit toi ? Nous n'avons pas besoin d'aller jusqu'aux documents pour coincer Archer. Je t'ai dit que Nicholas avait réussi à localiser son bateau.

— Savoir où il est ne suffit pas. À Tobago, il t'a filé entre les doigts. Il peut lever l'ancre et disparaître à nouveau.

Elle poursuivit rapidement, consciente de la colère qui gagnait Kelby :

— Le coffre se trouve dans une clairière, sur le flanc ouest de la montagne. Dans cette clairière, il y a un rocher volcanique. Un seul. Le coffre est caché dessous. À un mètre de profondeur – du sable et des cailloux. Une fois qu'ils auront déplacé le rocher, Archer devrait pouvoir mettre la main sur les documents en quelques minutes. Tu n'auras qu'à te planquer dans le bois avec Nicholas. Et attendre qu'ils aient fini de creuser. Archer aura forcément pris soin de se couvrir. Il emmènera de l'aide, au cas où je me révélerais plus intelligente que prévu. Il fera fouiller les bois. Tu penses que tu pourrais échapper à leurs recherches ?

— Évidemment. À quoi ont servi mes années d'entraînement, à ton avis ? Mais je n'ai aucune intention d'aller me planquer dans les bois. Je veux attaquer le bateau d'Archer.

Melis ignora les deux dernières phrases prononcées par Kelby.

— Quand ils auront mis la main sur le coffre, et qu'ils commenceront à fouiller les papiers, ils oublieront tout le reste. Ce sera le moment de lui tomber dessus.

— Alors que tu seras sans défense à côté de lui ? Tu veux savoir quelle sera sa première réaction ? Il te tuera !

— Je ne serai pas sans défense. Tu auras pris soin de dissimuler mon 38 dans la clairière, près du rocher. Il y a deux pins du côté nord. Tu cacheras l'arme sous celui de gauche. Il suffira de la recouvrir de feuilles et de brindilles. Dès que tu interviendras, je courrai la chercher.

— Tu penses pouvoir courir plus vite qu'une balle, Melis ? De toute façon, il te tuera sûrement avant même que tu ne commences à courir…

Elle secouait la tête.

— Les pins ne sont qu'à quelques mètres du rocher. Si tu arrives à créer une diversion, ça devrait marcher.

— *Devrait?* Voilà un mot que je n'aime pas.

— Je retire le *devrait*. Ça va marcher. D'accord?

— Non.

Il quitta sa chaise.

— Ce plan me fait même carrément chier, dit-il. Tu as manigancé tout ça depuis un sacré bout de temps, pas vrai?

— Depuis le soir où l'on a retrouvé le corps de Carolyn.

Elle se tourna vers lui.

— Il doit mourir, Kelby. Ce type est un fléau. Il doit disparaître de la surface de la terre.

— Et tu veux t'en charger toute seule?

— C'est un assassin!

Elle ajouta après un temps :

— Il est pire qu'un assassin. Il incarne le kafas, Irmak et toutes ces saloperies, ces tordus qui venaient au bordel, qui me violaient et me faisaient du mal… Jamais je n'ai eu l'occasion de punir aucun d'eux. Mais Archer, je peux. J'ai *besoin* de le punir. Je dois le faire, Kelby.

Kelby se tut un moment; mais le silence de la cabine se chargea d'une émotion intense.

— Je comprends, finit-il par lâcher dans un soupir. Dieu me vienne en aide.

*

Nicholas était dans sa cabine, allongé sur son lit, quand Kelby entra.

— Il a appelé?

Kelby confirma d'un signe de tête.

— Ce sera le bateau?

— Non. Ce sera Cadora. Elle refuse d'en démordre. Demain soir à 10 heures. Elle sera l'appât et nous, le piège. Si elle nous laisse le temps de le refermer.

— Et tu as accepté ça? Tu es devenu fou?

— J'ai surtout la trouille de ma vie.

— Il reste la possibilité d'aller au bateau cette nuit, et de supprimer le problème. Pendant que tu plongeais à Marinth, j'ai fait un saut à Lanzarote pour achats. Des fournitures de première nécessité. J'ai de quoi fabriquer deux bombes en un rien de temps.

— Elle a besoin d'être partie prenante de l'opération, Nicholas. Et je ne veux pas la tromper.

— Alors pourquoi viens-tu me parler? Pour faire du vent?

— Pour te sortir de ton plumard. On part pour Cadora. Tout de suite.

*

Melis regarda le hors-bord faire route vers le nord, puis mettre le cap à l'est.

Kelby allait à Cadora.

Le coffre.

Elle lui avait tout donné : le lieu et la localisation précise. Plus rien ne pouvait être fait désormais pour empêcher Kelby de s'emparer des papiers et des tablettes…

Et Archer était toujours là. Quand il s'apercevrait de la disparition du coffre, il entrerait en rage, et frapperait comme le cobra qu'il était.

Je comprends. Dieu me vienne en aide. Kelby avait bien prononcé ces mots. Mais ne l'avait-il pas fait avec une passion trop intense pour cacher le froid calcul auquel il se livrait? Non ! c'était impossible. Kelby n'allait pas chercher le coffre. Il allait reconnaître le terrain, et planquer le flingue sous les pins. Il n'avait pas l'intention de s'emparer des tablettes. Melis le connaissait bien, maintenant. Elle savait quand il disait la vérité…

Elle se raidit. Oui, elle s'était rapprochée de lui. N'étaient-ils pas devenus amis, camarades, associés, amants? Elle se sentit gagnée par une bouffée de panique. Comment cela avait-il pu arriver? Et comment ferait-elle pour survivre, quand Kelby la quitterait?

Le vide. La solitude.

Elle savait gérer les deux. Faire avec. Tout irait bien. Elle avait vécu seule toute son existence…

Sauf qu'elle n'en avait plus envie. Elle ne voulait plus être seule, maintenant qu'elle avait trouvé quelqu'un de différent. Quelqu'un de bien.

Alors que faire ? Se cramponner à lui, comme ces femmes qu'il avait appris à haïr en devenant adulte ?

Elle lui avait promis qu'elle ne leur ressemblerait jamais. Et elle tiendrait parole. Le moment venu, elle saurait s'en aller. Sans se plaindre. Sans jouer les victimes. Sans se montrer vulnérable. Certes, elle voulait cet homme ! Mais elle n'avait pas besoin de lui. Elle avait sa propre vie à mener. Sa vie qui serait une bonne vie.

Mon Dieu… Comment avait-elle pu être assez stupide pour ouvrir son corps et son esprit à de tels bienfaits ? Maintenant, elle allait les perdre. Et ils lui manqueraient cruellement.

Mais à quoi servait-il de se lamenter ? Mieux valait essayer d'oublier.

Mieux valait songer à Archer. Au rendez-vous de Cadora.

*

Personne. Le quai, là-bas, était désert.

Il est vrai qu'elle ne s'était pas attendue à y trouver Archer.

Pourtant il se cachait quelque part dans l'ombre. Elle ne le voyait pas, mais lui la voyait. Il l'avait prévenue. Chose inutile, d'ailleurs : elle avait tout deviné d'avance.

Elle débarqua et amarra son bateau. Puis elle remonta la jetée en direction du quai bordé d'entrepôts, éclairé seulement par deux lampadaires de faible puissance. Grâce à Dieu, c'était ce soir la pleine lune.

Allez, Archer, montre-toi ! Je suis là. Pauvre proie sans défense. Viens. Viens me prendre.

Elle s'arrêta à l'entrée du quai. Compose-toi un air accablé. Battu. Tu dois paraître nerveuse, angoissée.

Elle regarda d'un côté, puis de l'autre. Elle scruta d'un regard anxieux la pénombre des ruelles alentour, puis les entrepôts silencieux.

— Hello, Melis ! Que c'est bon, de te revoir.

Le deuxième entrepôt sur sa droite.

Archer.

Il s'approchait d'elle, un aimable sourire aux lèvres. Il était de petite taille, comme Cox. Il avait le front haut et dégarni. Ses cheveux clairsemés étaient peignés en arrière. À Las Palmas, c'est à peine si elle avait eu le temps de l'apercevoir – mais c'était bien lui : elle n'avait aucun doute. Elle s'humecta les lèvres.

— Me voilà…

— Tout apeurée, dit-il. Je te fais peur ? Nous sommes pourtant devenus très proches. Aussi proches que le maître et l'esclave. Pas vrai ?

— Si vous voulez. Mais tout ce qui m'importe, c'est de vous donner ces papiers.

— Tu connais le jeu du maître et de l'esclave ? C'est un de mes plaisirs préférés. Avec les petites filles. Je le pratique dans mon bordel favori de Buenos Aires.

— S'il vous plaît… Allons-y, maintenant.

— Qu'elle est impatiente !

Il se détourna et lança par-dessus son épaule :

— Pennig ! Je crois qu'il va falloir la laisser nous emmener à l'endroit prévu.

— Alors dépêchons-nous, répondit Pennig en se détachant des ténèbres.

Melis reconnut l'homme qu'elle avait vu à Athènes. Il avait maintenant la gorge bandée. Et il affichait une expression des plus inquiétantes.

— Sale pute obstinée, dit-il.

— Il ne faut pas lui en vouloir, Pennig. Les petites filles n'aiment pas qu'on se mette en colère après elles. Ça les contrarie.

— Elle m'a tiré dessus !

— Peut-être. Mais elle veut se faire pardonner. Et nous devons nous montrer généreux. Fouille-la.

Pennig s'exécuta. Ses mains dures, blessantes, la palpèrent de la tête aux pieds.

— Elle est propre, dit-il.

— Je ne crois pas qu'elle puisse planquer grand-chose sous cette chemise et ce pantalon, de toute façon.

Le regard d'Archer glissa vers le bout de la jetée.

— Tu n'as pas eu trop de mal à convaincre Kelby de te laisser venir seule ?

— Kelby a eu ce qu'il voulait. Maintenant qu'il a Marinth, je ne suis plus qu'une charge encombrante pour lui.

— Mais une charge fort attirante. Il a bien de la chance, Kelby...

Il sourit.

— Tu as l'air nerveuse, tout à coup. Mais je vais être gentil. Je vais te libérer de tes ennuis.

Tout en parlant, il avait sorti son téléphone. Il appela un certain Giles et lui dit :

— Tout va bien. Tu peux amener la voiture.

Il coupa la communication et s'adressa de nouveau à Melis :

— C'est loin ?

— Pas très. Il faut monter le premier versant, puis rouler encore deux kilomètres.

Une Mercedes noire tourna à l'angle d'un entrepôt et s'avança sur les pavés du quai.

— Le coffre est enterré sous un rocher de lave, ajouta Melis.

Elle ne quittait pas la Mercedes des yeux. Merde... Elle comptait trois personnes à l'intérieur – ils seraient cinq avec Archer et Pennig.

— Ah ! reprit Archer. J'allais oublier. Prends la boîte et va la mettre dans son bateau.

Une boîte ?

Pennig alla chercher, dans l'ombre de l'entrepôt, un paquet qu'il transporta jusqu'au bateau de Melis en courant le long de la jetée.

— Qu'est-ce que c'est ?

— Un petit cadeau d'adieu. Une surprise.

La Mercedes s'arrêta à leur hauteur. Archer ouvrit la portière arrière et invita Melis à monter. Melis n'eut aucun mal à paraître effrayée à la vue des trois hommes entassés dans la voiture : elle l'était. Elle jugea habile de renâcler :

— Je ne pourrais pas plutôt vous expliquer où c'est ? Je n'ai pas besoin d'aller avec vous. Vous avez promis de me laisser...

— Quand j'aurai les papiers, l'interrompit Archer. Monte dans cette voiture.

Elle y entra après avoir feint d'hésiter une dernière fois. Le chauffeur démarra.

— Il y en a pour un quart d'heure, murmura-t-elle.

Les deux autres individus la serraient de près, sans rien dire. Ce quart d'heure menaçait d'être long.

*

— Une Mercedes vient de s'arrêter au bout de la route, dit Nicholas en revenant sous les arbres au pas de course.

Il ajouta :

— Ils sont cinq avec elle. Archer et Melis attendent dans la voiture. Les autres viennent en reconnaissance.

C'était exactement ce à quoi Kelby s'attendait. Archer ne se serait jamais approché de la planque sans s'être assuré que la voie était libre. Kelby commença à grimper à l'arbre qu'il avait repéré.

— On va les laisser procéder à leur fouille, dit-il. Ils posteront sûrement un homme à l'entrée de la route, et un ou deux ici dans le bois. On ne leur fait rien tant que Melis et Archer ne sont pas arrivés.

— La tentation sera terrible, dit Nicholas à voix basse.

Il commença d'escalader un autre arbre, à distance de celui de Kelby.

— Mais j'essaierai de me retenir. C'est moi qui suis le plus près de la route. La sentinelle sera pour moi.

— On communiquera par des cris d'oiseau, d'accord ?

— Le cri du hibou. Il y en a, par ici.

Kelby, installé sur la deuxième grosse branche de l'arbre, s'enveloppait de son camouflage de branches et de feuilles. De ce point de vue, il découvrait non seulement la route où s'était arrêtée la Mercedes, mais aussi le rocher de lave dressé au milieu de la clairière. Il observa Melis qui était à présent descendue de voiture, et attendait près du pare-chocs avant. Elle semblait toute petite, à cette distance – petite et infiniment fragile…

Ne pense pas à elle.

Concentre-toi sur l'opération en cours.

Les quatre hommes envoyés par Archer en éclaireurs se rapprochaient. Ils allaient pénétrer dans le bois d'un instant à l'autre.

Faire silence. Respirer sans bruit. Ne pas remuer un muscle.

*

Au bout du chemin, le chauffeur de la Mercedes leur fit signe avec une lampe torche. Archer murmura un juron. Melis le regarda d'un air surpris.

— Qu'est-ce qui ne va pas ?

— Rien. C'est Giles qui nous donne le feu vert. Allons-y.

Elle s'efforça de ne pas laisser voir son soulagement. Une violente tension s'était emparée d'elle dès l'instant où Archer avait envoyé ses hommes ratisser les alentours. Elle savait pourtant qu'elle avait tort : Kelby s'était montré confiant sur ses chances de passer inaperçu. Lui et Nicholas étaient parfaitement entraînés à ce genre de missions. Mais qu'elle eût tort ou raison, la peur était là ; et la peur ne se raisonne pas.

— Laissez-moi redescendre en ville, dit-elle. Vous voyez bien que je ne vous ai tendu aucun piège…

— Arrête de gémir, tu veux ? répliqua Archer.

Il la prit par le coude et la força à s'engager sur le sentier qui menait à la pierre de lave.

— C'est vraiment déplaisant, cette attitude ! Jusqu'ici, tu t'étais bien comportée. Tu veux être punie à nouveau ?

Elle respira profondément, sans cesser de trembler.

— Vous n'allez pas faire du mal à Susie ? Je vous ai donné tout ce que vous vouliez.

— C'est un bon début, dit Archer d'un ton absent, en fixant les arbres des yeux. Mais tais-toi. Tu ne comptes pas, pour le moment. On discutera plus tard.

*

Ils avaient fait rouler le rocher. Pennig creusait. Melis et Archer se tenaient à quelques mètres.

Kelby, qui observait la scène, songea que c'était une question de minutes. Il fit le point. Un homme sur la route. Un autre en sentinelle à cinq ou six mètres de sa planque. Un troisième de l'autre côté de la clairière – à vingt mètres, environ. Ce dernier ne faisait pas une cible difficile. Il allait falloir éliminer d'abord ceux qui étaient de ce côté, et s'attaquer aux autres dans un second temps. Problème : la forêt n'était guère épaisse. L'homme en sentinelle était équipé d'un Uzi. Les autres avaient des armes de poing.

Kelby prit une inspiration, plaça les mains en coupe devant sa bouche, et lança le cri du hibou.

Aussitôt, l'homme qui était en faction près de son arbre alluma sa lampe, dessina dans le noir des cercles de lumière, et braqua finalement son faisceau lumineux sur les yeux jaunes d'un hibou perché sur un arbre, non loin de Kelby. L'oiseau, surpris, poussa son propre cri et s'éleva dans le ciel.

L'homme éteignit sa lampe.

Kelby attendit.

Une minute.

Deux minutes.

Il fit de nouveau le cri du hibou. Le même cri lui répondit : Nicholas avait éliminé l'homme au bout de la route.

C'était le tour de Kelby, à présent.

Il s'était muni d'une pierre qu'il jeta dans un fourré, quelques mètres derrière la sentinelle. L'homme fit demi-tour. Il s'approcha du fourré avec précaution.

Maintenant.

Et sans bruit.

Kelby se laissa tomber de son arbre pour atterrir derrière l'homme qui se penchait vers le buisson. Kelby fit quelques pas. L'homme se retourna et ouvrit la bouche pour crier – trop tard : le garrot lui sciait le cou et s'enfonçait dans sa chair. Aucun son ne s'échappa de ses lèvres. Un instant plus tard, il était mort.

Kelby laissa le corps glisser à terre.

Il poussa trois fois le cri du hibou afin d'avertir Nicholas. Il jeta un coup d'œil vers la clairière : Pennig avait déjà creusé plus de cinquante centimètres.

Il restait à Kelby à éliminer une sentinelle avant de pouvoir s'attaquer à Pennig et Archer.

Il se mit en route le long de la lisière, rapide et courbé sous les arbres, pour rejoindre l'homme armé d'un Uzi.

*

— Je croyais que ce ne serait pas profond, dit Archer. Ce n'est pas ce que tu as dit ? On devrait déjà avoir trouvé.

— Ça va venir, murmura Melis.

Elle se passa la langue sur les lèvres. Aucun bruit n'était venu de la forêt où Archer avait disposé ses sentinelles. Ce silence ne voulait peut-être rien dire ; mais il pouvait aussi être le signe d'un échec.

— Je vous ai répété ce que Phil m'a dit, reprit-elle. Il avait horreur de l'effort physique. Il disait que c'était idiot d'enterrer le coffre trop profond puisqu'il y aurait un rocher posé dessus.

— Moi non plus, je n'aime pas l'effort physique, grommela Pennig entre ses dents.

Il ajouta en attaquant de nouveau le sol à coups de pelle :

— Si j'avais voulu faire terrassier, je n'aurais pas… Ah ! je crois que j'ai touché quelque chose.

Archer fit un pas en avant.

— Continue de creuser, nom de Dieu.

— C'est ce que je fais ! répliqua Pennig en pelletant plus vite.

Ils avaient oublié Melis.

Elle recula d'un petit pas. Les deux pins se dressaient derrière elle à courte distance. Elle recula encore.

Ils exhumaient le coffre. Ils s'attaquaient à la serrure.

Melis fit deux pas de plus en arrière.

Voyant qu'ils soulevaient le couvercle du coffre et entreprenaient d'en fouiller le contenu, elle bondit et courut vers les pins.

Elle fut soudain environnée de silence.

Puis ce silence fut brisé par une exclamation :

— Qu'est-ce que…

Le coffre, apparemment, était vide.

Archer exprima un juron et se retourna pour chercher Melis des yeux.

Mais Melis courait en zigzags. Une balle lui siffla aux oreilles.

Plus qu'un mètre. Elle avait l'impression de progresser au ralenti.

Une douleur lui déchira le côté gauche. Elle était touchée. L'impact de la balle acheva de la projeter vers les pins.

Le 38 ! S'emparer du 38, vite ! Elle grattait le sol de ses mains fébriles. Elle entendit Archer vomir des flots de venin et rappeler ses hommes. Elle vit une silhouette se découper devant elle. Une sentinelle…

Et ce flingue qu'elle ne trouvait pas ! Il faisait trop noir !

Enfin elle mit la main dessus.

Quand elle releva la tête, la sentinelle était à terre ; et Kelby lui brisait la nuque.

Archer. Melis devait retrouver Archer, maintenant.

Où était-il ? Elle distinguait Pennig qui venait droit sur elle, le visage grimaçant de rage.

Elle leva son arme et pressa sur la détente.

Pennig tituba.

Melis tira encore.

Pennig s'écroula.

Kelby voulut lui reprendre son arme. Mais elle fit non de la tête.

— Archer… Il faut rattraper Archer.

— Non. Ce qu'il faut, c'est vite panser ta blessure… L'empêcher de continuer à saigner.

Déjà il lui déboutonnait sa chemise.

— Bon Dieu ! Je t'avais dit que c'était trop risqué…

— Archer…

— Il a filé quand il a vu que ses hommes ne répondaient plus à l'appel. Nicholas arrivera peut-être à le choper – sauf qu'il a une longueur de retard : il était avec moi de ce côté de la clairière.

Tout en s'exprimant d'une voix rauque, il fabriquait avec un bout de chemise une compresse dont il recouvrit la blessure.

— Il nous faut un médecin, dit-il. Je t'avais bien dit…

— Arrête, s'il te plaît !

Seigneur. Elle avait le vertige.

— Arrête de répéter toujours la même chose ! reprit-elle. Je t'avais bien dit, je t'avais bien dit ! C'est parce que le coffre était vide que tout est parti de travers. Il n'aurait pas dû être vide.

— Si ça pouvait ne plus saigner…

Kelby jurait par-devers lui.

— Et Nicholas, nom de Dieu ! Où est-il passé, celui-là ? Il faut qu'il me tienne cette compresse en place pendant que je te transporterai à la voiture… Archer ne perd rien pour attendre, de toute façon.

Mais Melis n'entendait déjà plus les paroles de Kelby.

*

Des rideaux écossais dans les tons rouges.

C'est la première chose qu'elle remarqua en rouvrant les yeux : des rideaux écossais dans les tons rouges et, dans l'angle de la pièce, un confortable fauteuil de cuir.

— De retour parmi nous ?

L'homme qui s'adressait à elle avait une cinquantaine d'années. Il était vêtu d'un tricot de grosse laine. Et il souriait. Il lui souleva le poignet pour prendre son pouls.

— Je suis le docteur Gonzales. Comment vous sentez-vous ?

— Un peu dans les vaps.

— Vous avez reçu une balle au côté gauche. Aucun organe vital n'a été touché, mais vous avez perdu beaucoup de sang…

Il fit une grimace.

— Moins cependant que ne le craignait votre ami, monsieur Kelby. Il n'y a guère mis les formes, vous savez. Il a débarqué chez moi en braillant des menaces. J'ai bien failli le mettre dehors. Ici, à Cadora, nous ne sommes pas habitués à ce genre de conduite. L'île est fort pacifique. C'est du reste la raison pour laquelle je m'y suis installé…

— Où est-il ?

— Dehors. Je lui ai dit d'aller attendre dans sa voiture jusqu'à ce que vous ayez repris conscience. Je trouve ses manières un peu dérangeantes…

— J'ai besoin de le voir, l'interrompit Melis.

— Attendez quelques minutes. Ça ne peut pas vous faire de mal. J'ai remis à Kelby des antibiotiques pour vous. Mais si vous voyez apparaître des signes d'infection, courez voir un médecin.

Gonzales ajouta après un temps :

— Vous savez que je suis tenu de signaler à la police cette blessure par balle, n'est-ce pas ?

— Ça m'est égal. Faites ce que vous avez à faire. Quelle heure est-il ?

— 3 heures du matin.

Elle devait avoir été blessée aux alentours de minuit.

— Je suis restée trois heures sans connaissance ?

— À un moment, vous reveniez à vous. Mais je vous ai administré un sédatif afin de pouvoir nettoyer tranquillement votre blessure.

Archer.

Trois heures représentaient un laps de temps assez long.

— Il faut vraiment que je parle à Kelby, docteur.

Il haussa les épaules.

— Si vous insistez. Mais j'avoue que je n'ai plus aucune envie de donner suite à une quelconque requête de sa part. Ce monsieur ferait bien d'apprendre la patience et la politesse.

Il se dirigeait vers la porte.

— Ne le laissez pas vous angoisser, dit-il.

Elle était déjà angoissée ! Elle avait tué un homme. Elle avait découvert que le coffre de Phil était vide. Et elle ignorait ce qu'il était advenu d'Archer.

L'histoire du coffre la plongeait dans le désarroi. Où étaient passés les papiers de Phil ?

Mais la question qu'elle posa à Kelby était autre :

— Et Archer ?

— J'aurais dû me douter que tu ne pensais qu'à ça, répondit Kelby.

Il secoua la tête.

— Il s'enfuyait déjà au volant de la Mercedes quand Nicholas est arrivé à la route.

— Alors on a fait tout cela pour rien.

Elle ferma les yeux, le temps d'accueillir une vague de déception.

— On a risqué nos vies, et Archer est toujours vivant.

— Pas pour longtemps, enchaîna Kelby. Il ne va pas se terrer dans un trou à rat, de toute façon. Au contraire. Il doit être fou furieux, à l'heure qu'il est. Il ne devrait pas tarder à passer de nouveau à l'attaque.

Il eut un sourire cruel.

— L'opération ne s'est pas soldée par un échec complet, dit-il. On a éliminé quatre ordures qui polluaient la surface de la terre.

Melis rouvrit les yeux.

— On risque des ennuis avec la loi ?

— Je ne le pense pas. Les autorités espagnoles ne portent pas dans leur cœur ces dealers en cheville avec les réseaux terroristes. J'ai demandé à Wilson de nous rejoindre ici et d'apporter tous les documents nécessaires sur nos chers amis, y compris des photos. Il nous dégagera le terrain. Bien entendu, les autorités ne sauront pas que nous avons été mêlés à tout ça.

Il sourit de nouveau.

— Quand les Espagnols apprendront l'identité de ces fumiers, ils n'auront qu'une hâte : les oublier.

Il conclut :

— C'est une île paisible et pacifique, n'est-ce pas ?

— Le docteur Gonzales a l'air très bien.

— Ce n'est pas le grand amour, entre lui et moi, mais il sait ce qu'il fait. Il est prêt à te laisser partir si tu lui promets de prendre deux ou trois jours de repos. J'imagine que tu n'as pas l'intention de t'éterniser ici, de toute façon.

Elle secoua la tête.

— Tu m'aides à me lever ?

Elle baissa les yeux sur son corps.

— Mais où est ma chemise ?

— Elle était pleine de sang.

Il ôta sa chemise noire.

— Mets ça.

Il l'aida à s'asseoir dans son lit. Avec précaution, il lui guida les mains dans les manches de la chemise.

— Ça ira ?

Melis eut l'impression de voir la chambre chavirer. Sa blessure lui faisait mal – des élancements de douleur.

— Ça ira…

— Menteuse.

Il la souleva et la transporta à bras d'homme. Il dit en franchissant la porte de la chambre :

— Mais tu iras beaucoup mieux quand je t'aurai ramenée à la maison.

À la maison ? Bien sûr ! Il voulait dire à bord du *Trina*. La maison de Kelby. Et sa maison à elle, il est vrai, ces derniers jours. Tout de même, l'expression sonna étrangement à ses oreilles.

— Je ne suis pas trop lourde ? dit-elle. Je peux marcher.

— Je sais. Mais je suis toujours favorable à un maximum d'efficacité. Et ça va plus vite comme ça.

Ils rencontrèrent le docteur Gonzales dans le couloir. Kelby s'arrêta le temps d'annoncer d'un ton brusque :

— Je l'emmène. Merci. Vous avez fait votre boulot.

— Merci à vous de débarrasser le plancher, répliqua le médecin.

Il ajouta à l'adresse de Melis :

— Tâchez de ne pas rouvrir mes sutures. Et évitez à l'avenir de fréquenter les gens violents, comme ce monsieur Kelby, par exemple… Ce n'est pas bon pour vous.

Cette dernière phrase fut prononcée alors que Kelby lui tournait déjà le dos. La voiture était garée dans l'allée de gravillons. Nicholas leur ouvrit précipitamment la porte arrière.

— Tu pourrais t'allonger sur la banquette et essayer de piquer un petit somme.

Melis secoua la tête après que Kelby l'eut installée doucement sur le siège. Elle n'avait aucune envie de dormir. Ce qui arrivait était très grave, et elle avait besoin d'y réfléchir.

— Je suis mieux assise, dit-elle.

— J'en doute, objecta Kelby. Mais ne nous chamaillons pas. Nous allons t'emmener sur la côte sud. C'est là qu'est amarré notre bateau. Le tien, on le laissera ici. Nicholas reviendra le chercher demain.

Nicholas démarrait la voiture. Melis, très raide sur le siège arrière, essayait de tenir la douleur à distance. Elle avait l'impression qu'il manquait une pièce à son puzzle. Une question qu'elle ne se décidait pas à poser à Kelby.

Pourtant elle n'avait pas le choix. Elle devait savoir.

— Le coffre était vide, dit-elle.

— Je sais.

Elle s'humecta les lèvres.

— C'est toi ?

Elle vit les épaules de Kelby se crisper. Doucement, il se tourna vers elle.

— Pardon ?

— Tu es venu à Cadora la nuit dernière, non ?

Kelby se tut un moment, puis reprit en faisant un effort visible pour maîtriser sa colère :

— Tu oses me demander si c'est moi qui ai subtilisé ces sacrés papiers ?

Nicholas siffla doucement.

— Je veux savoir, dit Melis. Tu réponds par oui ou par non.

— Non, bon Dieu ! Je n'ai pas pris les papiers !

Il se tourna de nouveau pour la regarder en face.

— Et tu ferais bien d'arrêter, si tu ne veux pas que je finisse le travail bâclé par ce fumier d'Archer !

Elle sentait les ondes de rage dégagées par le corps de Kelby. Il était blessé. Et comment le blâmer ? À sa place, elle ressentirait la même chose.

Mais l'heure n'était pas à se tourmenter pour Kelby. Elle avait à réfléchir. Car elle commençait à se sentir habitée par un terrible pressentiment.

16

— Prends la première rue à gauche, dit Melis en se penchant vers Nicholas.

— Quoi ?

— Fais ce que je te dis.

Kelby lui jeta un regard glacial.

— Tu délires, ou quoi ?

— Non ! Enfin, peut-être… Je crois savoir où Phil a transporté le contenu du coffre. Je pense à un endroit sur la côte. Je dois y aller tout de suite. S'il te plaît. Ne pose pas de question.

— Tu penses que les papiers sont là-bas ?

— Ça se pourrait. Il faut que j'aille voir.

Nicholas interrogea Kelby du regard.

Kelby haussa les épaules.

— On y va, dit-il. Melis, indique-lui la direction.

*

Le cottage était exactement comme dans son souvenir : murs blancs et volets bleus. Melis ouvrit la portière et se précipita hors de la voiture sans laisser à Kelby le temps de l'aider.

— Pour l'amour du Ciel ! cria-t-il.

Il courut derrière elle, la rattrapa et lui prit le bras pour la soutenir.

— Tu n'as pas plus de force qu'un oiseau, dit-il. Tu as envie de t'écrouler à terre ?

Mais elle ne se sentait pas faible. L'adrénaline sécrétée par la peur se répandait dans ses veines.

— Pourquoi penses-tu qu'ils pourraient être cachés ici ? reprit Kelby.

— Phil et moi avons vécu dans cette maison quelques mois. À l'époque où il explorait les fonds marins du secteur.

Les yeux fixés sur la porte d'entrée, elle se détacha de l'emprise de Kelby.

— C'est la seule explication, dit-elle.

La porte s'ouvrit. Une silhouette se découpa dans la clarté d'une lampe.

Melis perçut la crispation de Kelby.

Il craignait un nouveau danger. Et elle le craignait aussi, même si c'était pour d'autres raisons. Elle s'avança d'un pas.

— Phil ?

— Tu n'aurais pas dû venir, Melis.

La silhouette descendit les deux marches.

— J'espérais te voir à un meilleur moment.

— Quand ? Où ? Tu es supposé être mort, Phil…

— On a beaucoup exagéré en annonçant ma mort, pour reprendre l'expression de Mark Twain.

— Lontana ? dit Kelby en s'approchant, intrigué et méfiant.

Phil confirma d'un signe de tête.

— Salut, Kelby. Tu as fait du bon boulot. Je n'en doutais pas, d'ailleurs. Bien sûr, j'aurais fait mieux encore…

— Quoi ?

— Je parle de Marinth, évidemment !

Phil Lontana souriait.

— J'aimerais pouvoir te serrer la main, mais ce n'est pas à l'ordre du jour, si ?

— Je n'en sais rien, répliqua Kelby en prenant le bras de Melis. Tout ce que je sais c'est qu'elle doit s'asseoir. Elle est blessée.

— Blessée ? dit Phil avec une expression inquiète. C'est grave ?

— Qu'est-ce que ça peut te faire ? dit Melis.

— Ça compte beaucoup pour moi, déclara Phil. C'est injuste, de ta part, de penser que je ne me soucie pas de toi…

— Tu ne t'en soucies pas tellement ! Autrement, tu n'aurais pas vidé le coffre de son contenu, à mes risques et périls !

— C'est comme ça que tu as été blessée ? J'espérais qu'Archer n'essaierait pas de se servir de toi pour récupérer les documents.

Il semblait sincèrement peiné.

— Je ne voulais pas, reprit-il. Mais il a bien fallu. Tu refusais de m'aider, Melis…

Kelby intervint :

— Lontana ! Qu'est-ce que tu as fait, bon Dieu ?

C'est Melis qui répondit :

— Il a mis en scène sa propre mort. C'est lui-même qui a fait sauter le *Last Home*.

— Tu imagines ce que ça m'a coûté ? se plaignit Phil.

— Comment as-tu fait pour disparaître ? dit Kelby. Un équipement de plongée ? Quelqu'un dans un bateau pour te récupérer ?

Phil faisait non de la tête.

— Ça m'a attristé de voir exploser mon bateau. Je l'aimais tant.

— Ça valait le sacrifice, dit Melis. Puisque tu as obtenu ce que tu cherchais.

— Quoi ? s'étonna Kelby. Je croyais qu'il ne voulait plus négocier avec Archer…

— C'est ce que je croyais moi aussi, dit Melis en regardant Phil droit dans les yeux. Mais je te connais, Phil. Tu n'aurais jamais sacrifié le *Last Home* si ça ne t'avait pas rapporté un gros bénéfice. Et le seul gros bénéfice possible, c'était Marinth. Tu as passé un accord avec Archer, n'est-ce pas ?

— Qu'est-ce que tu vas penser ?

— Tu as fait ça ?

Lontana se tut un moment, puis approuva en silence.

— Je n'avais pas le choix, avoua-t-il. Tu ne voulais pas m'aider. Marinth gisait au fond de la mer dans l'attente de ma visite… Et je ne pouvais pas l'atteindre. C'est ta faute.

— Espèce de fumier, gronda Kelby. Tu as mis Archer sur la piste de Melis !

— Je vous ai dit que j'aurais préféré ne pas avoir à faire ça ! D'ailleurs la cible, ce n'était pas elle ! Nous voulions juste la terroriser. Pour qu'elle se tourne vers toi, Kelby. Je savais que tu accepterais de la protéger si elle te donnait Marinth. Toi aussi, tu sais ce qui est important.

— Vraiment ?

— J'ai passé six ans à essayer de la convaincre de mettre les dauphins à contribution. Tu peux comprendre, non ? Je voulais Marinth, comme toi.

— Tu n'as pas eu Marinth, dit Melis. C'est Kelby qui l'a.

Lontana détourna son regard mélancolique.

— Je n'ai pas la victoire, admit-il.

Il ajouta :

— Mais je l'ai rendue possible.

Il haussa les épaules et poursuivit :

— Je prends de l'âge. Je n'ai pas besoin de beaucoup d'argent. Tout ce que je veux, c'est vivre ici. Et voir Marinth revenir à la lumière.

— Et tout ce temps, tu étais dans cette maison ?

— Sauf quand j'allais en mer vous surveiller avec mes jumelles.

Il sourit et dit avec un élan passionné :

— Admets-le, Melis. Est-ce que ce n'était pas excitant ? Si seulement j'avais pu plonger avec vous ! Quand je vous ai vus remonter vos filets, j'en aurais hurlé de joie !

— Alors le deuxième bateau, c'était toi ? intervint Nicholas.

Phil approuva, puis dit :

— Tu m'as surpris. Mais qui es-tu ?

— Nicholas Lyons.

— Ah ! bien sûr. J'ai entendu parler de toi.

Melis enchaîna doucement :

— Tu en sais un bout sur ce qui se passe, pas vrai, Phil ? Tu me crois assez stupide pour m'imaginer que tu vas rester là, à jouer les spectateurs pendant qu'un autre tire profit de Marinth ?

— Pense ce que tu veux.

— C'est ce que je fais. Et je n'aime pas les choses auxquelles je pense. Maintenant que le puzzle se met en place, je commence à me demander si tu n'es pas coupable à égalité avec Archer. J'ai compris votre arrangement. Archer devait me torturer jusqu'à ce que je finisse par craquer, et par faire ce que tu voulais ! Mais qu'est-ce que tu avais à y gagner ?

— Je n'ai jamais voulu te faire du mal, Melis. Je savais qu'Archer n'arriverait pas à te briser. Mais il fallait que tu bouges…

— Que je bouge ?

De douloureux souvenirs accablaient la mémoire de Melis : sa dernière conversation au téléphone avec Carolyn, le corps torturé de son amie…

— On peut dire qu'il a su se montrer persuasif, Phil. Mais quel était le prix à payer ?

Lontana remua, mal à l'aise.

— Je crois que vous feriez mieux de vous en aller, dit-il.

— Pas encore, dit Kelby. Reparlons de cette histoire de cible. Tu dis que Melis n'était pas la cible. Alors c'était quoi, la cible ?

Phil eut un mouvement pour faire demi-tour et rentrer.

— Tu ne comprends pas que c'était toi ? dit Melis à Kelby. La cible, c'était toi ! Depuis le début. Archer s'en est pris à moi pour que nous décidions finalement de partir à la recherche de Marinth. Il m'a déstabilisée. Désorientée. Pour que je te pousse à te lancer dans cette recherche. Il voulait ces papiers, et il ne pouvait être sûr de les obtenir par moi. C'est ça, Phil ?

— Absurde, lâcha Lontana.

— Tu voulais Marinth. Tu t'es arrangé pour que Kelby la retrouve. Mais après ? Qu'est-ce qui est prévu, maintenant ? Je vais te le dire. Tu as demandé à Archer de tuer Kelby et de détruire le *Trina*. Ainsi tu auras les mains libres pour travailler à tes projets. C'était ça, ton salaire. C'est la seule explication possible. Tu donnes à Archer tes résultats, et tu obtiens en échange Marinth et la mort de Kelby. Mais pourquoi avoir repris les papiers ? Pourquoi ne sont-ils plus là-haut dans le coffre ?

Phil Lontana observa un temps de silence, puis haussa les épaules.

— Je savais qu'Archer jouerait un double jeu. Il se doutait que tu savais où était le coffre. S'il avait trouvé les papiers, il les aurait gardés et m'aurait laissé tomber.

— Tu veux dire qu'il ne m'aurait pas tué ? intervint Kelby.

— Je n'ai pas dit ça, soupira Phil.

Il ajouta :

— En fait, je crois que je t'aime bien, Kelby. On a beaucoup de choses en commun.

Melis reprit :

— Archer a joué un double jeu, c'est sûr. Il pensait que tu viendrais cette nuit sur la montagne, Kelby. Pour m'aider. J'ai bien vu qu'il était contrarié, quand ses hommes lui ont signalé qu'il n'y avait personne dans le bois. Il était sûr que tu serais là.

Elle poursuivit en s'adressant à Kelby :

— Archer a pensé que les documents étaient peut-être ailleurs, et qu'il les obtiendrait directement de Phil en échange de ta mort.

Elle revint à Lontana.

— Où sont les documents, Phil ?

Lontana hésitait à répondre.

— Dans la petite armoire, finit-il par dire. Près de la fenêtre.

— Et si Archer était venu les chercher ?

— Il ne sait pas que je suis ici. Je ne suis pas assez idiot. On communiquait par téléphone. Ce type est un barbare.

— Et toi, Phil ? Qu'est-ce que tu es, au juste ?

— Nicholas, dit Kelby, va chercher les documents, s'il te plaît.

Nicholas approuva et fit un pas vers l'entrée de la maison. Phil protesta :

— Les tablettes sont à moi ! Les résultats scientifiques aussi… Vous ne pouvez pas me les prendre…

— C'est Melis qui a trouvé les tablettes, répliqua Kelby. Et les résultats scientifiques viennent des tablettes. Autrement dit, rien n'est à toi.

— Empêche-le de faire ça, Melis ! s'exclama Phil. Tu sais le travail que ça m'a coûté…

— C'est incroyable ! l'interrompit Kelby. Tu espères encore qu'elle va t'aider ? Après ce que tu as fait ?

— Moi aussi, je l'ai aidée ! protesta Phil sur la défensive. Je lui ai donné une maison. Si elle n'avait pas été aussi têtue, rien de tout cela n'aurait été nécessaire.

— J'ai tout, dit Nicholas en revenant chargé d'une caisse en bois. Les tablettes et les papiers.

Il franchit le seuil de la maison et descendit vers l'allée.

— Je vais mettre tout ça dans la voiture, dit-il.

— Ne le laisse pas faire, Melis, dit Phil, au désespoir. J'ai fait ce que j'avais à faire, c'est tout. Je n'ai commis aucun crime… Marinth recèle des richesses tellement considérables ! Cet appareil sonique n'est que la pointe visible de l'iceberg. Je suis le seul à avoir le droit de réaliser ces fouilles. Et le monde entier profitera de ce que je trouverai.

— Vraiment ? reprit Melis d'une voix qui se brisait. Je m'en fiche, de savoir que le monde deviendra meilleur grâce à tes mensonges ! Je veux juste savoir une chose. Quand tu as essayé de convaincre Archer de retrouver Marinth, ma tête a sûrement pesé dans votre négociation. C'est toi qui lui as parlé de Carolyn et de mes enregistrements ?

Phil ne répondit pas tout de suite.

— Il se peut que j'y aie fait allusion. Il avait besoin d'un appât. Mais on ne faisait qu'envisager différentes options.

L'écœurement s'empara de Melis qui répéta :

— Différentes options… Mon Dieu.

Prise de rage, elle marcha sur Phil.

— C'est pour ça que Carolyn est morte ! Parce que tu as parlé d'elle à Archer ! D'elle et des cassettes ! Espèce d'ordure ! Il l'a torturée ! C'était une vraie boucherie !

Phil écarquillait les yeux.

— Elle est morte ?

— Qu'est-ce que tu crois ? Tu pensais qu'il en ferait quoi, de tes informations ? C'est toi qui as déclenché toutes ces horreurs !

Après, tu es venu ici, dans ton île, t'asseoir sur ton cul en attendant que Marinth te tombe toute cuite dans le bec !

— Je n'ai jamais voulu qu'on lui fasse du mal.

— Et Kelby ?! Tu n'as jamais voulu qu'il se fasse tuer, peut-être ? Tu es sûrement un rêveur, mais tu es loin d'être idiot. Dans le secret de tes pensées, tu savais parfaitement ce que nous risquions Carolyn, Kelby et moi.

Melis se tut. Sa voix s'était mise à trembler sous l'effet de la colère.

— Mais tu t'en fichais, reprit-elle plus doucement. Il n'y a qu'une seule chose qui compte à tes yeux : Marinth.

— Tu deviens injuste, protesta Phil. Je t'ai toujours aimée, Melis.

— C'est pour ça que tu as laissé Archer tuer ma meilleure amie. Et essayer de me détruire avec ses saletés.

— Ce n'est pas ma faute.

Phil tenta un pitoyable sourire.

— D'ailleurs qui pourra jamais te détruire, Melis ? Je sais combien tu es forte. Je sais que tu t'en sors toujours. Tu as tellement de cran.

— Discuter avec toi ne sert à rien ! dit-elle. Tu es un assassin, exactement comme Archer. Et tu ne t'en rends même pas compte. Mais moi, je le sais.

Elle tourna les talons et se dirigea vers la voiture. Phil lui lança :

— Tu n'as jamais voulu comprendre, pour Marinth ! Pourtant, est-ce que je n'avais pas raison ? Je n'y suis pour rien si certains détails n'ont pas fonctionné ! Dis-leur de me rendre mes documents ! J'en ai besoin.

Certains détails... L'expression laissa Melis pétrifiée. Trois innocents avaient trouvé la mort à cause de sa passion pour une cité perdue, et il osait parler de *détails*... Il avait provoqué des dégâts irréversibles, et il n'en avait même pas conscience – pire : il n'en prendrait sans doute jamais conscience.

— On ne peut pas le laisser mener sa petite vie tranquille, murmura Kelby en ouvrant la portière à Melis. Tu vas nous attendre ici, pendant que j'irai avec Nicholas faire en sorte qu'il ne puisse plus te nuire.

Melis faisait non de la tête.

— Mais pourquoi ? insista Kelby. Officiellement, il est mort, de toute façon.

Jamais elle n'avait vu sur les traits de Kelby une expression aussi dure et résolue. De nouveau, elle fit signe que non.

Kelby haussa les épaules.

— Très bien, soupira-t-il. Plus tard, peut-être. Tu as passé une nuit atroce, je comprends.

Il se glissa à côté d'elle sur la banquette arrière.

— En route, Nicholas.

Nicholas démarra la voiture et dit en s'adressant à Melis dans le rétroviseur :

— Il le mérite, tu sais. Réfléchis bien...

— Je sais qu'il le mérite. Mais je... Là, maintenant, je ne peux pas... Il m'a aidée quand j'avais besoin de lui. Je ne peux pas l'oublier comme ça.

Elle se frotta les tempes en un geste de profonde lassitude.

— En plus, il ne comprend même pas qu'il a fait quelque chose de mal. C'est un problème de conscience. Quand il est question de Marinth, on dirait qu'il lui manque une case.

— Comment tu as su que c'était lui ? demanda Kelby.

— Une intuition. Tout allait si mal... Je me suis retrouvée dans le cabinet de ce docteur Gonzales, à essayer de démêler un écheveau trop compliqué. Et je me rendais compte que c'était impossible. Tu m'as dit que toi non plus, tu n'y comprenais rien. Or deux personnes seulement savaient où étaient enterrés les papiers et les tablettes : Phil et moi.

— Tu n'as pas cru que je mentais ?

Elle fit non de la tête.

— Je savais que tu ne mentais pas. Pardon de t'avoir posé cette question, mais il le fallait.

— Ce serait à moi de m'excuser : j'ai eu envie de t'étrangler.

— Je sais. J'ai vu. Mais je voulais être sûre. L'autre explication était trop dure à avaler.

Ses lèvres se tordirent de douleur.

— Accepter que Phil ait pu vouloir me faire du mal.

— Je crois que Nicholas devrait faire demi-tour.

— Non !

Elle renversa la tête en arrière. Elle était moulue. Elle avait mal partout – au corps et à l'âme. Au cœur aussi, sans doute. À Athènes, elle avait pleuré la disparition de Phil, mais ce qu'elle vivait à présent était un déchirement encore plus cruel, encore plus amer.

— Il ne m'a rien dit, reprit-elle, accablée. Le Phil que je connaissais n'aurait jamais agi de cette façon…

— Chut…

Kelby l'invita tendrement à venir contre son épaule.

— C'est fini. Sauf si tu changes d'avis pour Lontana, et si tu décides de faire demi-tour. Dans ce cas, je suis à tes ordres.

— Ça ne changerait rien. Jamais je ne pourrai me débarrasser de l'idée qu'il m'a trahie. Qu'il m'a sacrifiée sur l'autel de sa cité perdue. S'il faut que je porte en plus la responsabilité de sa mort.

— Comme tu voudras. Pour moi, sa mort serait plutôt un bon souvenir.

Il lui caressait doucement la nuque.

— Ta blessure te fait mal ?

— Un peu.

Le corps de Kelby était chaud et vivant. Mon Dieu, penser que Phil avait froidement conclu un pacte pour le tuer… Cette idée la tourmentait encore plus que les souffrances auxquelles Archer l'avait soumise. Oui, Phil devait être puni. Mais la colère viendrait à son heure. Pour le moment, Melis se sentait livrée au chagrin et à la solitude. Cependant Kelby était là. Combien de fois déjà l'avait-il consolée et réconfortée, depuis qu'ils se connaissaient – c'est-à-dire depuis si peu de temps ? Elle ne s'en souvenait plus. Et c'était sans importance. À cette minute précise, elle n'avait plus aucune envie de se montrer forte et indépendante. Elle voulait juste prendre ce que la vie lui donnait.

— Je ne veux plus parler de Phil, murmura-t-elle.

Elle savait qu'elle vivrait le reste de ses jours avec cette trahison.

— On arrive bientôt au port ?

— Dans cinq minutes, répondit Nicholas.

— Tant mieux.

Elle n'avait qu'une envie : remonter à bord et se cacher quelque temps. Et savait qu'il faudrait bientôt réfléchir au problème Archer, mais pas maintenant. Tout ce qu'elle voulait, à la minute présente, c'était échapper à cette île.

Échapper à Phil, aussi. À cette maison – ce cottage dressé devant le bleu profond de la mer, où il s'était enfermé avec ses rêves.

*

Lontana dut appeler trois fois avant de parvenir à joindre Archer. Et quand, finalement, il l'entendit au bout du fil, il fut contraint à un effort pour dominer sa panique et s'exprimer d'une voix claire :

— Tu m'avais promis de sortir Kelby du jeu. Alors exécution. J'ai un bateau à prendre. Il faut que j'aille faire valoir mes droits sur ces fouilles, et c'est impossible tant que Kelby est en vie. Lui et le *Trina* doivent disparaître. Tout de suite.

— Où sont les papiers, Lontana ?

— Je les ai. Débarrasse-moi de Kelby.

Un silence s'établit sur la ligne. Puis Archer reprit :

— Pourquoi as-tu essayé de me joindre cette nuit ?

— Parce que tu as voulu…

Lontana prit une profonde inspiration avant de poursuivre.

— Tu as essayé de me trahir. Tu as tenté d'obtenir les papiers par l'intermédiaire de Melis. Très bien. Je comprends ça. Mais tu sais maintenant que c'est moi qui les ai. Alors fais ce que tu as promis.

— Comment as-tu appris ce qui s'est passé cette nuit ?

— Appelle-moi quand tu auras rempli ta part du contrat. Alors on se verra. Et je te remettrai les papiers.

Il raccrocha.

*

Archer considéra pensivement son téléphone redevenu muet.

Ce petit fumier est mort de trouille, songea-t-il. Mais bon Dieu de merde ! Comment sait-il que j'ai essayé de le doubler ?

Lontana ne disposait que deux sources possibles : Melis et Kelby.

Mais comment avaient-ils pu lui parler ? Pour Melis, Lontana était mort. Elle n'avait pas son numéro – c'était impossible. Était-ce Lontana qui avait appelé Melis ? Peu probable. Donc ils s'étaient rencontrés.

Donc, c'était à Cadora.

Oui.

Archer essayait de retrouver la trace de Lontana depuis qu'ils avaient conclu leur accord. Et voilà qu'il l'avait maintenant à portée de la main. Il aurait dû s'en douter, que ce salaud tenait absolument à rester à proximité de Marinth.

Archer songea qu'il ne lui restait plus qu'à retourner à Cadora récupérer ces maudits dossiers. Après, il pourrait enfin rentrer tranquillement chez lui.

*

Lontana se demanda si Archer le croyait. Merde ! il fallait qu'il le croie ! Pas question de laisser Marinth à Kelby. Si Archer se dépêchait de liquider Kelby, alors tout irait pour le mieux. Lontana se soucierait plus tard de trouver un moyen d'échapper à la vengeance d'Archer. Dès lors qu'il aurait pris possession de Marinth, tout fonctionnerait à merveille.

Marinth.

Il sortit de chez lui et gagna à pied le bord de la falaise. Son anxiété diminuait quand il montait se perdre dans la contemplation de la mer. Il songea à Marinth : son destin depuis toujours. Le destin n'accepterait pas qu'il soit floué. Son destin était là, qui l'attendait. Il pouvait presque l'entendre l'appeler par son nom…

— Lontana !

Lontana se raidit, fit demi-tour et se trouva face à un homme de grande taille dont les cheveux noirs étaient tirés en queue-de-cheval – un géant dont le regard exprimait une volonté implacable.

Lontana sentit son cœur s'affoler.

Il voulut se mettre à courir.

Mais il n'en eut pas le temps : l'autre l'avait déjà rattrapé.

Un bras l'étranglait.

L'instant d'après, Phil Lontana était mort.

*

Kelby accueillit Nicholas à son retour à bord.

— Je pourrais savoir où tu étais passé ?

— Peut-être. Comment va Melis ?

— Elle dort. Elle était exténuée. Elle est tombée sur son lit presque sans connaissance.

Il tourna les yeux vers l'est.

— Et Lontana ?

— Le pauvre bougre est tombé de la falaise. Il s'est brisé le cou.

— Je vois. Rien ne t'obligeait à faire ça. Ce n'était pas ta responsabilité.

— Melis ne voulait pas que tu t'en charges. Évidemment, elle pouvait finir par décider que Lontana méritait une punition, mais elle aurait trouvé trop dur de faire le boulot elle-même.

Il haussa les épaules.

— Un choix imposé par la logique. Ce salaud aux trois quarts fou représentait une menace pour toi…

— Une menace pour moi, Nicholas. C'est exactement ce que je disais.

— Qui menace mes amis me menace aussi.

Nicholas sourit légèrement.

— Parole de vieux chaman.

Il se détourna.

— Bonne nuit, Jed. Tâche de dormir.

Sur le chemin des cabines, il s'arrêta pour lui lancer par-dessus son épaule :

— Et Melis ? On va lui dire ce qui est arrivé au pauvre Phil ?

— Pas tout de suite. Elle vient de passer un trop sale moment. Inutile d'en rajouter.

Kelby ajouta d'un ton bourru :

— Merci, Nicholas.

Nicholas hocha brièvement la tête et disparut en franchissant l'écoutille.

*

Melis dormit huit bonnes heures. Pourtant, elle s'éveilla avec l'impression d'avoir pris des calmants. Un sentiment de solitude l'étreignait. Kelby l'avait accompagnée jusqu'à son lit. Puis elle avait senti sa présence auprès d'elle. Mais il n'était plus là, maintenant.

D'ailleurs, quoi d'étonnant ? Certes, il s'était bien conduit avec elle. Mais il n'avait peut-être pas envie de la voir se reposer sur lui jusqu'à la fin de ses jours. Du reste, elle n'avait aucune envie de se reposer sur lui. Elle venait de prendre des coups, et des coups assez rudes, mais elle ne demandait qu'à se relever et à recommencer à vivre.

Elle quitta son lit et gagna la douche.

Vingt minutes plus tard, elle remonta sur le pont où elle trouva Nicholas occupé à jeter des poissons dans la mer.

— Bonjour ! dit-il en se retournant. Comment te sens-tu ?

— Un peu faible. Et ma blessure me fait mal. Rien dont je ne puisse venir à bout en me reposant et en mangeant quelque chose. Comment va Pete ?

— Il a faim. C'est bon signe.

Il jeta un poisson au dauphin qui nageait près du bateau.

— C'est tout juste s'il en laisse à Susie. Ça n'a pas l'air de la contrarier beaucoup, d'ailleurs.

— Je vois.

Elle se pencha pour caresser Pete.

— Elle sait qu'il est blessé.

— On ne ferait pas mieux de le prendre à bord avec nous ? Ce serait plus facile pour les soins…

— Ce serait le meilleur moyen de le tuer. Kelby a réussi à extraire le harpon. Moi, j'ai arrêté l'hémorragie. Et je lui ai donné des antibiotiques. Il ne lui reste plus qu'à guérir. Et la guérison viendra bien plus vite dans l'eau de mer.

— Quand tu l'as ramené, j'ai bien cru qu'il était foutu.

Melis n'était guère plus optimiste, alors. Tout ce sang la terrifiait. Après, elle avait vu le parti qu'elle pouvait tirer de cette attaque : faire croire à Archer qu'il était parvenu à la briser.

— On a eu de la chance. L'homme d'Archer a été obligé d'agir vite. Il a tiré à l'aveuglette. Mais son harpon aurait pu faire plus de dégâts.

— Il lui faudra combien de temps pour récupérer, à ton avis ?

— Ce ne sera pas long. Il nous le fera savoir quand il sera guéri. Pete connaît bien son corps. La nature est une merveille.

— Tant mieux. Je l'aime bien, Pete. Susie aussi. Ils sont touchants.

Nicholas fit la grimace.

— Même s'ils m'en ont fait voir de toutes les couleurs quand j'étais leur baby-sitter.

— L'expérience ne t'aura pas fait de mal, dit Kelby qui s'approchait. Tu es une vieille carne qui a besoin d'être attendrie.

— Ça, s'écria Nicholas, c'est l'hôpital qui se fout de la charité ! En tout cas, il va falloir que l'un de vous deux prenne la relève pour leur lancer des poissons. Je vais sauter dans le hors-bord et aller faire un peu de reconnaissance.

Kelby approuvait cette décision.

— Tu cherches à savoir si Archer a levé l'ancre ? dit Kelby.

— C'est une possibilité, non ?

— Ça m'étonnerait, dit Melis. Même à supposer qu'il renonce aux documents, il voudra se venger. On l'a roulé. Il est fou de rage.

— Contre toi, dit Kelby. C'est le moment de rester bien tranquillement dans ta cabine, et de nous laisser nous occuper de ça.

— Il est furieux aussi contre toi, objecta Melis. Alors quoi ? On va tous se cacher sous le lit en attendant la fin de l'orage ?

Elle secouait la tête.

— Il faut en finir, reprit-elle.

Elle s'adressa à Nicholas :

— Je m'occupe de Pete et Susie. Continue de surveiller le bateau d'Archer. Il faut que l'on sache ce qui se passe.

— Je suis d'accord, dit Nicholas.

Il ajouta en se tournant vers Kelby :

— Ce matin, quand je ne veillais pas sur les dauphins, je me suis amusé à confectionner une petite bombe. Juste au cas où.

Il prit la direction des cabines.

— Je mange un morceau et j'y vais, dit-il. La nuit risque d'être longue. Autant prendre ses précautions…

Il disparut dans l'escalier des cabines. Restée seule avec Kelby, Melis demanda :

— Pourquoi ne pas m'avoir réveillée ?

— Tu avais besoin de dormir. Tu es blessée. Et Lontana t'a refilé en plus un sacré choc. De toute façon, il n'y avait rien que tu puisses faire. À partir de maintenant, une bonne partie du jeu consistera à attendre.

Il avait raison, Melis en avait bien peur. Attendre ! Elle détestait ça.

— J'ai eu l'espoir que tout finirait cette nuit, dit-elle.

— Tout aurait dû finir cette nuit, soupira Kelby. Et ça a mal tourné.

— À cause de Phil.

Elle posa les yeux sur l'île de Cadora. Phil devait être chez lui, à cette heure, en train de se féliciter de la tournure prise par les événements.

— Ne pense plus à lui, Melis.

— Impossible. C'est encore tout nouveau pour moi. Je croyais qu'il était mon ami.

— Apparemment, c'est ce qu'il croyait aussi. Sauf qu'il est à moitié dingue.

— Dingue ? Je ne crois pas. Pour lui, nous sommes des ombres, voilà tout. La réalité, c'est Marinth. Je n'avais encore jamais compris cela.

Elle s'obligea à détourner les yeux de l'île.

— Tu as l'intention de plonger, aujourd'hui ?

— Une fois. Et sans toi – ne discute pas. Je prendrai Charlie avec moi.

— Je n'avais pas l'intention de discuter. Je veux que ma blessure guérisse.

— Une semaine de repos, a dit le docteur.

— Je me remets vite, dit-elle avec un faible sourire. Je suis comme Pete. Je sais quand je suis prête.

Un silence s'installa entre eux.

— Je ne sais pas si tu seras prête à affronter ce qui t'attend maintenant, reprit Kelby, inquiet. On a trouvé un paquet cadeau dans ton bateau, au bout de la jetée, à Cadora.

Elle se raidit. Le paquet de Pennig ; elle l'avait complètement oublié.

— Vous l'avez ouvert ?

— Non. Je voulais le jeter à la mer. Mais je me suis dit que je n'en avais pas le droit. Il est dans ta cabine.

Il ajouta durement :

— Toi, jette-le à la mer. Ne te donne pas la peine de l'ouvrir.

Elle hocha la tête et s'éloigna lentement vers l'escalier des cabines.

Qu'as-tu encore trouvé pour me tourmenter, Archer ? Quelle invention bizarre et cruelle ?

Elle trouva le paquet sur son lit. Il y avait un mot collé dessus. Melis décacheta l'enveloppe.

« Melis,

« J'espère que je ne serai pas obligé de me débarrasser de toi cette nuit, et que nous ouvrirons ce cadeau ensemble. Je brûle de voir ta tête quand tu verras ce que c'est. »

Elle hésita. Puis elle déchira vivement l'emballage.

Elle souleva un coin du paquet.

C'était blanc. Délicat comme un rayon de lune.

Elle referma le couvercle.

Salaud. Salaud !

Elle emporta la boîte vers la porte. Détruire ça ! Jeter ça tout de suite par-dessus bord !

Elle s'immobilisa. Elle reprit sa respiration. Elle ne réfléchissait plus. Tout venait de changer. Désormais, face à Archer, elle était désarmée.

Pas ça. Mon Dieu…

Elle s'obligea à tituber jusqu'aux penderies. Elle fourra la boîte hors de sa vue. Elle referma la porte de la penderie.

Elle ne savait même pas si elle aurait la force de vivre dans la même pièce que cette boîte. C'était comme savoir qu'un cobra se cache dans l'armoire.

Mais rien ne l'obligeait à la garder. Elle avait Kelby auprès d'elle. Avec lui, elle était en sécurité. Et elle était la bienvenue dans sa cabine à lui. Qu'importe si c'était pour quelque temps seulement ! Kelby était là. Il était là pour elle. Et cette pensée semblait à Melis merveilleusement réconfortante.

*

Nicholas revint à bord du *Trina* peu après 21 heures.

— Il m'a fallu presque deux heures pour localiser le bateau, dit-il. Archer a levé l'ancre et s'est déplacé de dix milles vers l'est. On l'a perdu, j'en ai peur.

— Il est toujours à bord ?

— Il faisait presque nuit quand je l'ai repéré. Et je n'ai pu le surveiller longtemps. Je ne l'ai pas vu sur le pont. Je ne crois pas qu'il y était…

— Il est à bord, intervint Melis. Il rôde. Comme le cauchemar qu'il est.

— Je parierais qu'il ne se contentera pas de jouer les nuages sombres suspendus au-dessus de nos têtes, dit Kelby. Il attend des renforts. On a tout de même éliminé six hommes à lui. Il aura peut-être besoin d'un peu de temps pour réunir des troupes et des armes.

— Ça tient debout, médita Nicholas. Je pense être en mesure de ramener plus d'infos demain. Il y a un archipel d'îles désertes près de l'endroit où il a jeté l'ancre. Je me servirai de l'une d'elles comme base d'observation.

— À quel genre d'armes penses-tu ? demanda Melis.

— Il a accès à du matériel très dangereux, répondit Kelby, sombrement. Peut-être des lance-roquettes. En tout cas, il en aura s'il décide d'attaquer le *Trina*.

— Tu crois que c'est son idée ?

— Il est assez fou pour tenter à peu près n'importe quoi.

— Alors il vaut mieux agir avant l'arrivée de ses renforts, suggéra Nicholas.

— Il est furieux, dit Melis. On pourrait se servir de sa fureur.

Kelby la regarda d'un œil circonspect.

— Comment ça ?

— Je n'ai pas encore d'idée très précise...

— Ne te mets pas en tête de te servir de sa colère, continua Kelby d'une voix résolue. Fais plutôt appel à tes propres ressources.

Mais Melis insista :

— Si ça se trouve, ses armes, il les a déjà reçues. Elles sont sur son bateau. Il n'attend plus que des hommes.

Elle ajouta :

— Tu veux lui laisser une chance de couler le *Trina* par le fond ?

— Non.

— Ce qu'il faut, c'est savoir ce qu'il pense. Donnons-lui encore une journée.

— Ça suffira pour savoir ce qu'il pense ?

— Oui. Puisqu'il va m'appeler. Il ne pourra pas s'en empêcher. Il attend juste d'avoir la situation en main. Mais il ne pense qu'à ça. Il brûle d'impatience de me téléphoner, j'en suis sûre.

Elle eut un sourire cruel.

— Il appellera quand il croira être le maître.

Kelby l'observa un moment avec attention.

— D'accord, dit-il. Un jour de plus. Un jour et c'est tout.

Il plissa les yeux, intrigué.

— À quoi penses-tu ? Tu ne peux plus jouer le même jeu avec lui, maintenant.

— Je sais. Mais il me veut à tout prix. Autant qu'il veut récupérer les documents. Avant, je faisais figure d'amusement, de petit supplément de plaisir.

Elle secoua la tête.

— Il doit bien exister un moyen de...

*

Ils n'eurent pas à attendre un jour de plus : Archer rappela Melis sans tarder.

— Tu es contente de toi ? dit-il. Tu sais, rien n'a changé. Je suis en vie, tu es en vie, et j'attends toujours que tu me donnes ces papiers.

— Des choses ont changé, répondit Melis. Pennig est mort.

— On peut le remplacer.

Il admit cependant après un bref silence :

— Mais tu as raison. Il y a eu du changement. J'ai fait un saut jusqu'à Cadora. Désormais, tu es ma seule source, en ce qui concerne les papiers. Tu les as pris à Lontana, n'est-ce pas ?

— Ça vous surprend ?

— Disons que ça me met vraiment dans l'embarras. J'ai peur que tu n'aies à en payer le prix. Veux-tu que j'en précise le montant ?

— Vous pensiez que j'allais me mettre à trembler et à pleurer sur mon sort ? Au contraire, j'ai agi. Et je vous ai roulé, Archer.

Elle ajouta d'un ton sarcastique :

— Je vous ai eu, monsieur Peepers.

— Espèce de pute !

Il se tut aussitôt pour reprendre sa respiration.

— Tu vas me payer ça, dit-il. J'ai encore plus envie de te faire payer que de récupérer ces sacrés papiers…

— Oubliez, Archer. Rien de tel n'arrivera. Je suis en sécurité ici. J'ai Kelby. Je ne compte pas pour grand-chose à ses yeux, mais peu importe. Je lui donne ce qu'il veut, en échange de quoi il me protège contre les impuissants de votre genre, les sales petits pervers sans envergure.

La rage dégagée par Archer lui parvenait sur la ligne comme une onde brûlante.

— Kelby se lassera de toi.

— Non. Je suis trop bonne. Trop douée. Et puis il y a quelque chose qu'il apprécie plus encore que le sexe : son sacré bateau. On croirait qu'il a été fabriqué au paradis. Il devient fou à la moindre égratignure laissée par les marins sur ses bois précieux… Or, je sais comment m'y prendre pour le calmer quand il est hors de lui. J'ai appris au kafas. Vous ne m'aurez pas, Archer. C'est trop tard.

Elle coupa la communication.

— Tu n'y es pas allée de main morte, dit Kelby en prenant appui sur un coude.

Il était étendu sur le lit. Il ajouta, comme bluffé par la prestation de Melis :

— S'il ne se rend pas compte, après ça, qu'il n'a pas affaire à une mauviette ! Les hommes n'aiment pas qu'on mette en doute leur virilité.

— Je voulais vraiment le foutre en rogne, dit-elle. Ainsi, il ne s'est pas aperçu que je lui avais mis une arme dans les mains.

— Une arme ?

— Toi.

— L'affamé de sexe aux yeux de qui tu ne comptes pas ? Je ne suis pas sûr d'apprécier ce joli portrait.

— Tu préférerais l'autre ? L'impuissant ? Le sale petit pervers sans envergure ?

— J'avoue que non.

— Je voulais qu'il change son angle de vue. Il commence à s'impatienter. Il s'est débrouillé d'une façon ou d'une autre pour apprendre que Phil n'était plus en possession des papiers. Il a essayé de tuer les dauphins et ça n'a pas marché. Parler avec moi ne lui procure plus aucune satisfaction. Il a compris que je n'étais plus une victime. Il ne peut pas me faire du mal.

— Tu crois ça ? dit doucement Kelby.

Elle secoua la tête.

— Je suis le seul être au monde à pouvoir vraiment me faire du mal, dit-elle. Je devrais peut-être le remercier. Il m'a si sévèrement punie que j'ai développé des défenses capables de résister à tout.

Kelby tendit la main et lui caressa la nuque.

— Quand as-tu compris cela ? dit-il.

— L'idée a grandi en moi.

Elle eut un mouvement d'impatience et reprit :

— Mais on n'a pas le temps de parler de moi. Archer risque de rappeler…

— Pourquoi ?

— Parce qu'il va réfléchir. Quand il aura digéré sa colère, il réfléchira à ce que je lui ai dit.

— Et il te téléphonera…

— Non. C'est à toi qu'il va téléphoner. Pour te proposer un marché. Il te demandera de me livrer à lui, sous peine de faire sauter le *Trina*.

Kelby hochait doucement la tête.

— Tu as Marinth, reprit Melis. Les tablettes, tu n'en as pas besoin. Les résultats de Phil non plus. Tu as obtenu de moi tout ce que tu voulais. Je ne suis plus désormais qu'un objet sexuel. Archer a cette conception des choses.

— Pas moi.

Melis souriait.

— Toi, tu aurais voté du bon côté au concile.

— Mais quel est l'objectif? Tu te sers de moi, d'accord. Mais dans quel but ?

— Je veux monter sur son bateau.

— Arrête tes conneries.

Le sourire de Melis se dissipa.

— Tu vas devoir te montrer convaincant, dit-elle. Le mieux, ce serait de lui dire que tu as besoin de réfléchir.

— Pas question, dit Kelby doucement. Pas deux fois.

Melis étudiait l'expression de son visage ; il semblait résolu à ne pas céder.

— Au moins, reprit-elle, gagne du temps. Fais semblant de vouloir réfléchir.

— Je vais plutôt réfléchir à un moyen de lui couper les couilles, dit Kelby.

— S'il te plaît… Tu sais qu'on a besoin de temps.

Kelby se taisait.

— D'accord, finit-il par concéder. Je vais gagner du temps. Tant qu'il s'abstiendra de baver sur ton compte.

C'était beaucoup demander.

Espérons qu'Archer saura faire bref, songea Melis, et aller droit au but.

17

Les espoirs de Melis ne furent pas déçus. Archer appela Kelby le lendemain matin à 8 heures, et ne lui parla pas plus de quelques minutes. Kelby ne fut pas moins laconique. Il laissa son interlocuteur déverser ses obscénités, puis répondit calmement :

— Tu ne t'en tireras pas comme ça. Je vais mettre les gardes-côtes sur le coup.

Ayant écouté la réaction d'Archer, il conclut :

— Je vais y réfléchir.

Sur quoi il raccrocha. Et il se tourna vers Melis.

— Tu avais raison. Il m'a menacé de me couler par le fond si je ne te livrais pas à lui. Avec les papiers de Lontana, en plus. Quand j'ai fait allusion aux gardes-côtes, il m'a répondu que je pouvais appeler la reine d'Angleterre, si ça me chantait. Il est sûr que les gardes-côtes ne lèveront pas le petit doigt. Il les a mis dans sa poche.

— Comme le soupçonnait Nicholas.

Kelby hocha la tête.

— Quant à moi, dit-il, j'ai réussi à ne pas l'insulter. Contente ?

— Ça s'est passé aussi bien que possible. Il t'a fixé un délai ?

— Je ne lui en ai pas laissé le temps.

Kelby descendit du lit et commença à s'habiller.

— Ça n'aurait pas été convenable, de discuter une minute de plus avec une telle ordure…

— Où vas-tu ?

— Je ne tiens plus en place. Je vais exploser si je reste enfermé dans cette cabine. Je monte sur le pont attendre le retour de Nicholas.

Il sortit en claquant la porte, laissant Melis à ses réflexions.

Il ne voulait pas l'emmener sur le bateau d'Archer. Cette idée avait même le don de le mettre en rage. Son but était au contraire de la protéger, de la tenir hors de portée d'Archer. Jamais elle ne l'avait vu à ce point déterminé. Mais elle ne laisserait pas les choses prendre cette tournure. Et pour commencer, elle voulait être elle aussi sur le pont quand Nicholas reviendrait à bord.

Elle s'habilla.

*

Nicholas fut de retour à minuit.

— Autant que je sache, dit-il, il dispose de quatre hommes à bord. Et pas des amateurs. Ils surveillent les parages du bateau en ayant l'œil à la moindre embarcation, au moindre plongeur. Ils ont des projecteurs. Pas moyen d'aller leur poser un explosif sous la coque. Quant à un abordage, difficile à envisager sans créer d'abord une diversion…

— Quel genre de diversion ? demanda Melis.

Nicholas haussa les épaules.

— On va voir, dit-il.

Il enchaîna en s'adressant à Kelby :

— J'ai vu Archer. Il a reçu une cargaison cette nuit. Quatre caisses.

— Donc, pas d'effectifs supplémentaires. Il n'a que ses quatre hommes pour le défendre…

— Des renforts peuvent toujours arriver, dit Nicholas.

— Alors il faut agir vite. S'il n'y a pas moyen de poser un engin explosif sous la coque, procurons-nous un petit lance-roquettes.

— Quoi ? s'exclama Melis, choquée.

Kelby, ignorant cette intervention, continua de s'adresser à Nicholas :

— Combien de temps faudra-t-il pour s'en procurer un ?

— Un jour ou deux. Mon fournisseur le plus proche se trouve à Zurich. On dispose de combien ? Vingt-quatre heures ?

— Peut-être…

Kelby coula un regard oblique vers Melis.

— On a gagné un peu de temps. Il ne passera pas à l'attaque tout suite. Il attendra d'avoir obtenu ce qu'il veut.

— Je n'aime pas ça, reprit Nicholas. Ça s'appelle dévoiler ses batteries au moment de passer à l'action… Ils vont répliquer en nous tirant dessus. Et s'ils ont du gros matériel, on est cuits.

— Alors, trouvons un moyen d'agir sans dévoiler nos batteries, dit Kelby.

Nicholas s'éloignait déjà.

— Je vais passer mes commandes, dit-il.

Il s'arrêta pour ajouter :

— On ferait bien de garder un œil sur le *Jolie Fille*. Histoire de s'assurer que la situation ne change pas.

— J'irai le surveiller moi-même, répondit Kelby. Profites-en pour dormir un peu. Tu me relèveras au lever du jour.

— D'accord, lança Nicholas avant de disparaître.

Quand il fut parti, Melis dit à Kelby :

— Un lance-roquettes ? Tu pars en guerre, ou quoi ?

— Disons que je me prépare à toutes les éventualités. Je n'ai aucune intention d'utiliser ce genre de saloperie si je ne n'y suis pas forcé…

— Si on le fait, ils répliqueront. Et là, ce sera très dangereux. Nicholas a raison…

— Il a peut-être tort de ne pas vouloir leur poser un explosif sous la coque. Je vais y réfléchir. Il est possible que je change d'avis.

— Il parlait de se lancer à l'abordage après avoir créé une diversion.

Kelby fit la moue.

— Non, Melis, dit-il. Toi, tu restes en dehors de tout ça.

— Pas question.

— Écoute-moi bien. J'ai compris que tu avais passé un sale moment. C'est pour ça que j'ai accepté de te laisser aller à ce rendez-vous avec Archer. Sauf que tu as failli t'y faire tuer. Alors maintenant, terminé. On ne recommence plus.

Il conclut d'une voix plus dure :

— Tu peux discuter tant que tu veux, c'est non.

Il tourna les talons et s'éloigna.

Il était clair qu'il ne la laisserait participer à aucune opération lancée contre Archer.

Et non moins clair qu'elle n'avait pas l'intention de se laisser faire.

*

Melis vit s'éloigner sur la mer, puis disparaître à l'horizon le hors-bord qui emportait Kelby. Elle rejoignit Nicholas dans sa cabine. Il venait juste de raccrocher son téléphone.

— Le lance-roquettes est en route, dit-il, mais il n'arrivera pas avant…

Elle le coupa :

— J'ai besoin de ton aide.

Nicholas prit une mine contrariée.

— Je crois que je ne vais pas aimer ce que tu as à me dire…

— Pas question de se servir de ce lance-roquettes. Ce qu'il vous faut, c'est une diversion. Or je peux vous en fournir une. Sauf que Kelby ne voudra pas en entendre parler.

— Tu crois que je ne partage pas son avis ?

— C'est une question de logique. De toute façon, on n'a plus le temps de trouver mieux. Je ne veux pas voir le *Trina* essuyer une pluie de roquettes. Kelby aime son bateau.

— J'avoue que l'idée me déplaît aussi.

Il réfléchit, puis fit non de la tête.

— C'est trop risqué. Archer te hait.

— Mais il ne me tuera pas tout de suite !

— Ça, tu n'en sais rien.

— Je le connais ! Je lis à livre ouvert dans chaque recoin de son esprit. Et je n'ai pas le goût du martyre. Je peux y arriver, Nicholas. Il suffira de distraire l'attention d'Archer au moment crucial. Qu'est-ce que tu avais en tête, quand tu parlais de diversion ?

— Une explosion. Ça éloignerait les vigiles du pont.

— Tu pourrais me procurer une grenade ?

Il approuva en silence.

— J'ai mieux. Quelque chose de plus sophistiqué. Petit. Facile à planquer.

— Dis-moi exactement où et quand tu veux que l'explosion se produise.

Nicholas hésitait.

— Kelby va me tuer, soupira-t-il.

— Tu es prêt à m'aider ?

— Qu'est-ce que tu ferais si je t'envoyais sur les roses ?

— Je me débrouillerais sans toi. Et sans ton explosif.

— C'est bien ce que je pensais.

Il se tut un instant, puis dit :

— Laisse-moi réfléchir.

Il se détourna et alla se planter devant le hublot.

— Il ne nous reste guère de temps, dit Melis.

Il lui jeta par-dessus son épaule un regard redoutable.

— Ne me stresse pas, s'il te plaît. Je ne suis pas un pantin. Tu ne m'obligeras pas à agir. Si j'accepte de te suivre, c'est que je serai convaincu que c'est la meilleure solution. Et sûrement pas pour te faire plaisir. Sûrement pas parce que ça te démange d'en découdre avec Archer. Jamais je ne ferais un coup pareil à Jed.

Il quitta la cabine et remonta sur le pont, laissant Melis mal à l'aise.

Elle le rejoignit quelques minutes plus tard. Il fixait la mer des yeux. Melis avait entrevu tout à l'heure un autre Nicholas : le Nicholas secret, dangereux, ténébreux, différent de l'apparence lumineuse qu'il aimait à donner de lui-même. Elle aurait voulu lui parler à nouveau, tâcher de le convaincre ; mais elle savait que c'était inutile, tant le regard qu'il lui avait décoché était lointain et intimidant. Mieux valait attendre qu'il se décide, lui, à revenir à elle.

Elle alla s'étendre sur un transat, et continua d'observer de loin son profil inquiétant de chaman. D'ordinaire, c'est par jeu qu'il s'affublait lui-même de ce titre. Mais l'expression, tout à coup, avait cessé d'être drôle. Il émanait de cet homme une puissance terrible. Melis se demanda si elle n'était pas en train de découvrir le vrai visage de Nicholas ; si c'était bien le même qui s'était amusé à peindre des yeux d'oiseau sur la carrosserie jaune du visualiseur.

*

Ayant réfléchi une grosse demi-heure, Nicholas quitta le plat-bord et traversa le pont pour rejoindre Melis.

— D'accord, dit-il sèchement. C'est jouable. On a besoin de cette diversion, en fait.

Melis en fut soulagée.

— Où veux-tu que je lance ma grenade ? demanda-t-elle.

— Soit dans la salle des machines, soit dans la cuisine. Là où il y a du gaz stocké. Ça déclenchera une explosion.

— Et je la cacherai où, en attendant ?

— Dans la semelle de ta chaussure droite. Il faudra tirer sur une goupille. Ensuite, tu disposeras de quinze secondes. Autrement dit, tu auras intérêt à être prête. Prions pour qu'il ne te soumette pas à une fouille trop minutieuse.

— Je crois savoir comment éviter ça, dit-elle avec un sourire sans joie. J'ai un plan.

Elle ôta ses chaussures et les lui tendit.

— Au travail, Nicholas.

Elle s'éloigna pieds nus vers les cabines.

— Je vais me préparer.

— Profites-en pour faire ta prière. Tes chances d'en sortir vivante ne dépassent pas cinquante pour cent.

Il avait dit ces mots d'un ton froid, en gardant une figure impavide. Elle le regarda.

— Ça a l'air de te contrarier, dit-elle.

— Je serais contrarié s'il venait à te tuer, répondit-il. Très contrarié, même. Au point que je n'aurais plus qu'à me supprimer moi-même, pour me punir de t'avoir laissée faire. Mais la décision est prise. Ne laissons pas les émotions interférer. Tâchons de mener ce boulot à bien et d'en revenir sains et saufs.

Il retourna les chaussures.

— Je vais te préparer ça. Elles ont de jolies semelles bien épaisses. C'est ton jour de chance.

Il ajouta dans un soupir :

— Et la chance, on en aura besoin.

*

Elle avait la nausée.

Ne regarde pas le miroir. Évite d'y penser. Monte rejoindre Nicholas sur le pont, c'est tout.

Il l'attendait au-dessus de la chaloupe à moteur.

— J'en ai profité pour les cirer, dit-il en examinant les chaussures. Personne ne s'apercevra de rien… Mon Dieu !

Il écarquillait les yeux.

— Qu'est-ce que c'est que cette tenue? Tu te crois à Halloween ?

Elle caressa d'une main tremblante sa petite robe blanche en organdi.

— C'est vrai qu'elle est horrible, en un sens. Je l'avais décrite dans l'une des cassettes. Il l'a fait refaire à l'identique. Une robe de petite fille coupée pour une adulte. Tu vas m'attacher les mains. Et épingler ce billet sur mon corsage… Je sais, c'est abominable. Mais c'est comme ça. Un cadeau pour Archer. De la part de Kelby.

Elle avala sa salive avec peine.

— Il sait ce que ça signifie pour moi, que de mettre cette robe. Il ne pourra imaginer que j'aie pu le faire de mon plein gré. Alors il en déduira que c'est l'œuvre de Kelby.

— Merde…

— Un, ça rend la chose plus plausible. Deux, Archer va forcément perdre ses moyens quand il me verra comme ça. Il se sentira triompher. Il sera complètement excité – bref : distrait. Il aime les petites filles, tu comprends.

Elle prit les chaussures qu'il lui tendait, et se baissa pour les enfiler.

— Maintenant, dit-elle, en route. Je voudrais pouvoir enlever cette robe aussi vite que possible.

*

— On ne peut pas aller plus loin, dit Nicholas à voix basse. Ils nous repéreraient.

Il avait coupé le moteur de la chaloupe. Il s'assit sur le banc de nage et observa le bateau d'Archer dont les feux brillaient dans l'obscurité, à quelque distance.

— Pour la dernière fois, Melis... Tu es sûre de vouloir le faire ?

— J'en suis sûre, répondit-elle en lui tendant ses poignets. Attache-moi. Bien serré. Mais fais en sorte que je puisse consulter ma montre.

Il prit la corde et lui ligota les mains.

— C'est répugnant, maugréa-t-il.

Seigneur ! Elle sentait la peur se saisir d'elle chaque fois que ses yeux se posaient sur le bateau immobile dans la nuit. La robe d'organdi. Ses mains liées. Ce sentiment d'être vulnérable, livrée au bourreau sans la moindre défense. Elle croyait presque entendre le battement régulier des tambours du kafas. Elle fut prise d'une envie soudaine de crier – ou de gémir...

Sauf qu'elle n'était pas vulnérable et sans défense. C'est sa propre volonté qui lui commandait d'agir ainsi. Alors en route...

— Une dernière chose, Nicholas. Mets-moi K-O.

— Quoi ?

— Frappe-moi. Et arrange-toi pour que j'en garde une ecchymose. J'apprécierais toutefois que tu ne me casses pas la mâchoire... Archer devra croire que je suis complètement réduite à l'impuissance, quand il me regardera avec ses jumelles.

— Mais je n'aime pas...

— Je m'en fiche, de ce que tu aimes ou pas ! Tu sais qu'il faut le faire. Alors fais-le. Frappe-moi !

— Ne me regarde pas. Détourne-toi.

— Tu fais un sacré chaman...

Elle regarda vers le bateau.

— Les chamans étaient des magiciens, pas des guerriers. Il est vrai qu'il leur arrivait de mettre le feu au bûcher… Et c'est exactement ce que j'ai l'impression d'être en train de faire.

Il frappa.

Melis sentit la douleur lui irradier la mâchoire.

*

Quand il baissa les yeux vers Melis recroquevillée sur le siège – petite fille endormie dans sa robe en organdi – Nicholas se sentit l'âme d'un salaud. Il dut faire un effort pour résister à la tentation de faire demi-tour et de regagner le *Trina*.

Mais c'était impossible. Il était allé trop loin. Dans ce genre de situation, revenir en arrière équivalait à un suicide. Sans compter que Melis aussi était allée trop loin : il ne pouvait être question désormais de la trahir.

Il lui donna une petite tape sur la joue.

— Bonne chance.

Il régla le minuteur de la fusée éclairante sur trois minutes. Puis, ayant jeté par-dessus bord un sac imperméable contenant du matériel, il plongea à son tour.

Il nagea à longues brasses rapides. Il se donnait vingt minutes pour rejoindre l'île qui servait à Kelby de poste d'observation. Nicholas ne pouvait guère s'attendre à un accueil très chaleureux. À ce moment-là, les hommes d'Archer auraient déjà remonté Melis à bord du *Jolie Fille* – et Kelby le saurait.

Un sifflement strident se fit entendre derrière lui.

Il regarda par-dessus son épaule. La fusée lumineuse venait de s'élancer dans le ciel noir.

*

— Qu'est-ce que c'est que ça ? gronda Archer en traversant le pont, les yeux fixés sur la trace de lumière qui se dissipait. Destrex ! Allume les projecteurs !

Il prit les jumelles dans les mains de son second. Il avait cru d'abord à une attaque à la roquette ; mais il se disait maintenant qu'un Kelby ne commettrait jamais l'erreur de se faire repérer d'une façon aussi grossière. Alors quoi ? Un authentique naufragé ? Voilà qui était peu probable.

Il explorait, à la surface des eaux, la zone d'où était partie la fusée. Rien.

— Ces projecteurs, nom de Dieu ! Ça vient ?

Des faisceaux de clarté se répandirent sur la mer. Une chaloupe à moteur dansait sur les vagues, à la dérive.

— Elle est trop loin, dit Destrex. Pas moyen de la couler par le fond. De toute façon, elle est vide, j'ai l'impression.

Archer observait la chaloupe.

Il vit une tache blanche, brillante… Il régla ses jumelles.

Une petite fille aux cheveux d'or. Une fillette à qui l'on avait ligoté les mains délicates…

Melis !

— Oui…

Il se sentit envahi par une violente bouffée d'excitation. Kelby avait cané. C'était l'évidence même. Melis était à lui.

Il se tourna vers Destrex.

— Va la chercher. Assure-toi que le bateau n'est pas piégé.

Destrex et deux hommes descendirent une embarcation et s'approchèrent de la chaloupe. Archer continua d'observer Melis à la jumelle. Manifestement elle était inconsciente. L'avaient-ils droguée ? Si elle était habillée de cette façon, c'est qu'elle avait agi sous la contrainte. La robe blanche, pour elle, c'était le kafas. Et le kafas, c'était l'horreur absolue.

Archer songea que Kelby n'aurait pu lui adresser un message plus clair. Il cédait sur tout. Non seulement il lui abandonnait Melis, mais il la lui expédiait comme un cadeau, dans l'emballage choisi par Archer lui-même ! Kelby n'éprouvait plus rien pour elle. Pas même un reste de sentiment.

Destrex avait rejoint la chaloupe. Il vérifiait qu'aucun engin explosif n'était caché à bord. Il souleva le corps de Melis et le fit passer à ses hommes dans leur embarcation.

Ils firent demi-tour et revinrent rapidement dans les eaux du *Jolie Fille*.

Le cœur d'Archer cognait si fort dans sa poitrine que c'en était presque une douleur. Il ne savait plus très bien ce qu'il éprouvait. Était-ce de la haine ? De la concupiscence ? De l'impatience ? Il avait en tout cas l'impression que le sang se ruait dans ses veines avec une force sauvage…

Melis. Dans une minute, elle serait à bord.

*

Les mains de Kelby se crispèrent sur les jumelles. On était en train de hisser Melis à bord du *Jolie Fille…* Tout à l'heure, elle était immobile, comme sans vie ; mais à présent elle avait l'air de bouger de nouveau.

Arrivée sur le pont, elle fut même capable de marcher.

Pour peu de temps, toutefois : Archer l'accueillit d'une gifle qui l'envoya à terre.

— Jed…

La voix de Nicholas Lyons. Kelby ne fit pas mine de se retourner. Il ne baissa même pas ses jumelles.

— Fumier, dit-il entre ses dents. Ne m'adresse pas la parole.

Les hommes d'Archer remirent Melis sur ses jambes et la poussèrent vers l'escalier menant aux cabines.

Elle avait disparu.

Kelby pivota sur lui-même. Une telle fureur s'était emparée de lui qu'il dut se maîtriser avant de parler.

— Qu'est-ce qui t'a pris ? finit-il par dire. Qu'est-ce qui t'a pris, bougre de fils de pute ?

— J'ai fait ce qu'elle m'a demandé, répondit Nicholas. C'est son plan. Tu refusais de la laisser jouer un rôle, alors elle s'est lancée toute seule…

— Toute seule ? Avec ton aide, tu veux dire !

— Elle l'aurait fait de toute façon. Elle aurait trouvé un moyen. Tu as commis une erreur de jugement, Jed. Il ne faut pas la laisser en dehors du coup. C'est impossible.

— Tu ne m'as même pas donné une chance.

— Parce que je ressentais la même chose qu'elle. Il fallait

qu'elle le fasse. Elle a tout à y gagner. Et puis il nous faut une diversion.

L'image de Melis giflée par Archer et s'effondrant sur le pont du *Jolie Fille* traversa de nouveau l'esprit de Kelby.

— Maintenant, dit-il en maîtrisant sa rage, il la tient !

— Alors ne lui laissons pas le temps de faire encore plus de dégâts. Dépêchons-nous d'aller la chercher. Je t'ai apporté ton équipement de plongée.

Il lui tendit le sac en disant :

— Melis déclenchera l'explosion à 1 h 45. Ça nous donne un peu plus d'une heure pour nager jusqu'au bateau et prendre position. Quand l'explosion se produira, tout le monde à bord se précipitera vers la zone des cuisines. Alors ce sera à nous de jouer. De passer à l'abordage. J'ai dit à Melis de se planquer et de nous attendre.

— À condition d'être toujours en vie.

— Elle est douée, Jed. Elle ne fera pas de bêtise.

Kelby le savait. Mais cela ne l'empêchait pas d'être dévoré par la peur. Il sentit qu'il devait absolument se maîtriser, s'il ne voulait pas se retrouver réduit à l'impuissance.

— Où est l'explosif ? dit-il.

— Dans la semelle de sa chaussure droite, dit Nicholas avec un sourire. Dans la droite, j'ai glissé un de mes meilleurs stylets. Ainsi qu'un passe-partout.

— Elle pourra les récupérer facilement ?

— Elle n'a qu'à rabattre la languette arrière et à tirer sur la semelle. Ça se fait d'une seule main.

— Elle a les deux mains attachées.

— C'est son plan à elle, comme je t'ai dit. Si Archer ne défait pas ses liens, elle pourra quand même atteindre le stylet. C'est difficile, mais possible.

— Encore faut-il qu'elle en ait l'occasion.

— C'est vrai.

— Tu aurais dû l'empêcher de faire ça.

— J'ai préféré ne pas essayer.

Il regardait son ami droit dans les yeux.

— Tu peux me blâmer. Ça ne changera rien. C'est trop tard. Les jeux sont faits.

Nicholas avait raison. Les jeux étaient faits. Qui avait jamais pu récrire l'histoire ? Kelby n'était plus que l'expression du désespoir. Nicholas reprit d'un ton plus doux :

— Je suis désolé, Jed. J'aurais préféré que ça se passe autrement. Moi non plus, je ne la sens pas, cette opération. J'en suis même malade, si tu veux savoir.

— On ne dirait pas.

Kelby se détourna.

— Je vais enfiler ma combinaison, dit-il.

*

Cloisons d'or découpées d'arabesques.

Couvre-lit de velours.

Après qu'on l'eut poussée dans la cabine d'Archer, Melis s'adossa au mur. Son cauchemar reprenait vie. Il y avait même sur le sol, près du lit, des lanternes marocaines – exactement comme au kafas.

Son imagination lui jouait-elle des tours ? Elle croyait entendre le battement des tambours. Elle ferma les paupières, sans parvenir à endiguer l'afflux de ses souvenirs, de ses cauchemars.

Use de ta volonté. Ne lui donne rien. Ne donne rien à Archer…

Quelle heure était-il ? Elle se força à rouvrir les yeux. Une pendule était accrochée au mur. Encore cinquante minutes. Cinquante minutes à passer dans cette chambre. Dans cette prison. Dans cet enfer. Mais elle pouvait tenir. Elle supporterait. À condition de se maîtriser. De rester tranquille. Et de garder les yeux fixés sur le plafond.

La porte s'ouvrit. Archer entra, tout sourires.

— On dirait une petite souris frappée d'épouvante. Tu as perdu ton sens de la dignité, Melis ?

Elle fit l'effort de se tenir droite.

— Je n'ai jamais douté que tu finirais ici même, dans cette

cabine, reprit-il. C'était juste une question de temps. Et j'avoue que j'ai pris un sacré plaisir à parvenir à mes fins ! J'ai écouté les cassettes. J'ai fait acheter le matériel. Je ne me suis pas ennuyé une minute.

Il secouait la tête.

— Kelby s'est montré moins aimable que prévu, on dirait.

— C'est un fumier.

Elle regarda Archer dans les yeux.

— Comme vous.

— Paroles, paroles…

Il promenait un doigt sur le ruban de satin rose qu'elle avait accroché à ses cheveux.

— Il ne faut pas le blâmer, reprit-il. Tu m'as dit toi-même qu'il était dingue de son bateau.

— Je n'aurais jamais cru qu'il me jetterait par-dessus bord.

— On ne t'a jamais appris que la vie d'une putain ne vaut rien ? Une putain, ça se remplace toujours. Il y en a autant qu'on veut. Mais toi, tu es spéciale, il est vrai. Tu m'inspires une espèce… d'affection.

Il recula d'un pas.

— Et tu es si jolie. Retourne-toi, un peu.

— Allez vous faire voir.

Elle reçut une gifle.

— Tu avais oublié ? La désobéissance est toujours punie.

Il inclina la tête.

— Mais ils t'ont droguée, n'est-ce pas ? Je vais peut-être faire pareil. Je n'ai pas envie de commencer en employant la manière forte…

— Non !

Droguée, elle n'arriverait pas à mener l'opération jusqu'au bout. Et il restait quarante-cinq minutes à tenir avant de tout déclencher. Elle pivota sur elle-même.

— Encore, dit Archer. Moins vite.

Elle se mordit la lèvre inférieure, puis obéit.

— Brave petite fille.

Il baissa les yeux vers les chaussures de Melis.

— Tu n'as pas mis les jolis souliers vernis que je t'avais envoyés ?

Elle se maîtrisa pour dissimuler le courant de panique qui la traversait.

— Ils ont dû employer la force pour m'obliger à passer cette robe, dit-elle. Et comme ça n'avait pas été facile, Kelby a décidé de laisser tomber les souliers.

Archer gloussa de plaisir.

— Il ne sait pas s'y prendre avec les vilaines petites filles. Il est vrai que ça demande de l'expérience.

Son sourire s'évanouit.

— Et les papiers ? dit-il. Il a oublié de me les envoyer ?

— Il ne les a pas. Vous pensiez que j'allais les lui donner, peut-être ? Ils sont à moi !

Archer l'étudiait avec attention.

— Je vois. Tu as pris une petite assurance. Après tout, il a Marinth. C'est ça ?

— Et sa saloperie de bateau.

— Comme tout cela est humiliant, soupira-t-il. Mais nous discuterons plus tard de ces papiers. Nous verrons comment les récupérer. Pour le moment, allons nous étendre un peu.

Elle fit non de la tête.

— Quelle vilaine figure ! reprit-il. C'est un lit très doux, tu verras. Un lit merveilleux. Nous allons nous coucher tous les deux, et écouter les cassettes ensemble. Alors je regarderai ton visage. Tu n'imagines pas combien ça me manquait, de ne pas voir ta tête, quand nous nous parlions au téléphone. J'ai envie de jouir de la moindre de tes expressions…

— Je… Je ne pourrai pas…

— Ne m'oblige pas à te droguer ! Ça t'empêcherait de bien ressentir les choses. Tu as vu le lit ?

Velours rouge. Amoncellement de coussins.

— Viens t'asseoir. Nous ferons doucement. J'aime les mouvements lents.

Et chacun de ces mouvements durerait un siècle, pensa-t-elle. Elle traversa la cabine. L'instant d'après, elle s'asseyait au bord du lit.

— Je parie que tu détestes le contact de ce velours sur ta peau… Je me trompe ?

— Non.

Deux minutes de passé – deux minutes seulement…

— Je… Je ne supporte pas.

— Tu supporteras. Tu seras même surprise de voir ce que tu peux supporter. Nous allons écouter toutes les cassettes. L'une après l'autre.

Il s'étendit et donna de petites tapes sur le lit.

— Allonge-toi auprès de ton vieux papa, mon cœur. C'est ce qu'ils te disaient tous, non ?

Elle confirma en hochant vigoureusement la tête.

— Je vous donnerai les papiers… Mais laissez-moi partir.

— Chaque chose en son temps, Melis. Allonge-toi.

Deux minutes de plus.

— Détachez-moi les mains.

— Je préfère quand tu les as attachées. Et il faut dire s'il vous plaît.

— S'il vous plaît.

Archer tira son couteau de sa poche et coupa les liens de Melis.

— Maintenant, allonge-toi, ou je t'attache à nouveau.

Lentement, elle se laissa tomber parmi les coussins.

Mon Dieu. Tout recommençait.

Elle allait crier.

Non ! Elle saurait se contrôler. Elle ne crierait pas. Elle tiendrait bon…

Supporte, ma fille. Fais avec.

Était-ce la voix de Carolyn ?

— Ça n'a pas de prix, une telle expression de détresse, murmura Archer d'une voix altérée par l'émotion.

Il fixait sur elle son regard.

— Si seulement j'avais une caméra… J'y penserai, la prochaine fois.

Il tendit la main et pressa le bouton du magnétophone qui reposait sur la table de nuit.

— Aujourd'hui, je suis trop impatient. Je ne peux plus attendre. Il faut que je te regarde pendant que…

Melis entendit avec effroi sa propre voix emplir toute la cabine.

18

Plus que cinq minutes.

— Deux hommes dans la passerelle de commandement, dit Nicholas à voix basse. Quand l'explosion se produira, l'un des deux se précipitera vers les cuisines, mais l'autre restera sûrement à la barre. Tu t'en occupes ?

— Non. Toi. Moi, je fonce directement aux cabines.

— C'est bien ce que je pensais.

Kelby fixa les yeux sur son objectif avec toujours plus d'attention. Bon Dieu. Il ne tenait plus en place. Il avait besoin d'agir.

Encore quatre minutes.

*

Melis se dressa brusquement dans le lit en se couvrant la bouche avec sa main.

— Je vais vomir…

— Comme c'est ennuyeux, dit Archer en s'asseyant dans le lit à son tour. Juste au meilleur moment.

Elle se pencha. Elle semblait étouffer.

— Pas sur le lit ! s'écria Archer. J'ai des projets, sur ce lit, bon Dieu de merde !

Il bondit et la secoua brutalement.

— Va faire ça dans la salle de bains, sale pute !

Il la tirait vers le cabinet de toilette.

— Dépêche-toi, et ne salis pas ta robe, surtout !

Il l'enferma dans la petite pièce, et claqua la porte.

Seule.

Elle avait craint, l'espace d'un instant, qu'il ne réagisse pas de la bonne façon. Mais rares sont les gens qui supportent de voir quelqu'un vomir. Cela ne voulait pas dire qu'il s'était recouché. Il devait être à l'affût derrière la porte.

Melis, tout en produisant des bruits d'étouffement, se baissa pour tirer la languette de sa chaussure. Elle fit venir la semelle, dans laquelle elle prit avec précaution le minuscule engin explosif qu'elle déposa au-dessus de l'armoire. Puis elle tira le stylet de l'autre semelle.

— Ça y est ? cria Archer.

Elle feignit de s'étouffer à nouveau.

— Je crois, fit-elle d'une voix faible.

— Alors lave-toi la figure et rince-toi la bouche comme une brave petite fille. Tu m'as fâché, tu sais. Je vais devoir te corriger.

Elle fit couler l'eau du robinet, tout en respirant plusieurs fois pour essayer de se reprendre. Elle serrait dans son poing le manche du stylet. Elle avait repris aussi la minigrenade au-dessus de l'armoire. Il fallait y aller, maintenant. Sans refermer le robinet – ainsi elle bénéficierait d'une seconde de surprise quand elle pénétrerait dans la cabine.

— Melis.

Elle ouvrit brusquement la porte et bondit. Elle eut l'impression de heurter le visage d'Archer, en même temps qu'elle lui enfonçait le stylet dans la chair au-dessus du sternum. Archer commença à tomber.

La blessure était-elle assez profonde ?

Pas le temps de s'en assurer. L'heure H était déjà passée d'une minute. Elle se rua hors de la cabine. Quand ils l'avaient conduite en bas, elle avait repéré l'entrée des cuisines, à droite au bout du couloir. Elle s'y précipita.

Personne.

Elle dégoupilla sa grenade miniature.

— Qu'est-ce que tu fais là, toi ?

Un homme porteur d'un fusil d'assaut. Il descendait l'escalier.

— Je cherche Archer, répondit-elle. Il m'a dit de rester dans la cabine, mais j'ai…

Elle lança la grenade de toutes ses forces. Elle se jeta à terre et se couvrit la tête de ses mains.

L'engin explosa avec une puissance qui fit trembler le bateau et creva le plafond des cuisines.

Melis entendit l'homme au fusil d'assaut gémir de douleur dans l'escalier. Une pluie de débris s'abattait sur elle. Elle sentit une piqûre à la jambe, mais ne bougea pas de sa position – mieux valait être touchée à la jambe qu'à la tête. Toutefois, au bout de quelques minutes, elle se décida à regarder autour d'elle. L'homme de l'escalier gisait sur les marches ; du sang jaillissait de son front.

Le bateau ne tremblait plus. Les hommes d'équipage allaient accourir d'un instant à l'autre. Melis n'avait que deux options : s'enfuir ou se cacher.

Elle préférait s'enfuir. Si elle restait là, elle était perdue.

Mais le pont résonnait d'appels, d'ordres et de cris. Impossible de monter là-haut. Elle n'était pas commando. Et elle tenait à la vie. Mieux valait se cacher, en définitive. C'est d'ailleurs ce que Nicholas lui avait recommandé de faire.

Très bien. Elle allait donc attendre. Ayant emprunté son fusil d'assaut à l'homme sans vie, elle alla se planquer derrière l'escalier. Elle avait agi sans trop savoir à quoi pourrait lui servir cette arme de guerre – un fusil dont elle ne savait même pas se servir…

Eh bien ! se dit-elle, c'est l'occasion d'essayer de comprendre comment ça marche, puisque j'ai du temps devant moi.

*

Deux des hommes d'Archer couraient vers l'escalier des cabines. Kelby visa, puis tira. Un homme tomba. L'autre pivota sur lui-même en jurant, son arme brandie. Kelby lui logea une balle entre les yeux.

Tout à l'heure, il avait repéré aussi un membre de l'équipage. Où était-il passé, bon Dieu ?

Merde… Une épaisse fumée noire s'échappait de l'écoutille.

Kelby se précipita vers l'escalier.

On n'y voyait rien. La fumée lui brûlait les yeux.

— Melis !

Pas de réponse.

Il tenta de s'aventurer sur les marches.

— Ne descends pas… Je monte…

— Dieu soit loué…

— Tu as besoin d'aide ? Tu es…

— J'aurais besoin d'une paire de poumons neufs, dit Melis qui monta l'escalier en toussant. Les miens sont en feu.

Elle essaya de reprendre son souffle.

— Et Archer ?

— Mort.

— Reste ici. Il me reste encore un membre de l'équipage à retrouver…

Elle secouait la tête.

— En bas… Par là…

— Tu es sûre ?

Elle souleva le fusil d'assaut qu'elle tenait entre ses mains.

— Je lui ai emprunté ça, dit-elle.

— Reprends ta respiration. Il faut que j'aille voir si Nicholas s'en sort.

Il courut vers la passerelle de commandement.

*

— Récupéré ?

Plus facile à dire qu'à faire, songea Melis qui toussait toujours. Elle se penchait en avant, les mains en appui sur le platbord. Elle avait l'impression que ses poumons étaient entièrement carbonisés. Elle reprit plusieurs courtes inspirations…

Ça commençait à aller mieux.

Elle se redressa, puis inspira profondément, face à la mer.

— Vilaine petite fille.

Melis pivota brusquement sur elle-même. Archer ! Arrêté à l'écoutille. Appuyé contre le chambranle. La figure noire de fumée. Le corps couvert de sang.

Il brandissait une arme de poing.

Melis se baissa à l'instant où il pressait la détente.

Elle entendit la balle lui effleurer la joue.

Elle ramassa à terre son fusil d'assaut. Elle visa rapidement, mais avec soin. Et elle tira.

Archer hurla quand la rafale lui déchiqueta l'entrejambe. Son arme lui échappa des mains. Il s'écroula.

Melis tirait toujours. Encore et encore. Elle ne pouvait plus s'arrêter de tirer.

— Je crois qu'il est hors d'état de nuire, Melis, dit doucement Kelby.

Il s'était approché d'elle en accompagnant ses paroles d'un geste.

— Ce n'est même plus sur lui que tu tires. Tu es en train de déchiqueter le bateau.

Le chargeur de Melis était vide, de toute façon ; mais elle ne lâcha pas le fusil.

— Je me suis contentée de garder la main pressée sur la détente, dit-elle. Je ne savais comment faire.

— Mon Dieu, dit Kelby. Tu lui as fait exploser les couilles.

— C'est ce que je voulais. C'est ce qu'il fallait. Tu es sûr qu'il est bien mort ?

Kelby alla se pencher sur Archer.

— Merde, dit-il. Il vit encore.

Archer avait rouvert les yeux. Il fixa son regard sur Melis.

— Sale pute, dit-il.

Kelby arma son pistolet.

— Il est temps d'en finir, dit-il.

— Non ! protesta Melis. Il a mal ?

— Atrocement.

— Les blessures sont fatales ?

— Oui. Les balles lui ont déchiré le ventre.

— Il mettra combien de temps à mourir ?

— Ça peut prendre une trentaine de minutes. Ou des heures.

Melis s'approcha.

— Pute, balbutia Archer dans un souffle. Sale pute.

— Tu souffres, Archer ? murmura-t-elle en se penchant sur lui. Tu crois que tu souffres autant que Carolyn ? Autant que les petites filles que tu violais ? Je l'espère en tout cas.

— Salope. Tu as toujours été une pute.

La voix du mourant suintait la haine.

— J'ai fait en sorte que tu t'en rendes compte, poursuivit-il. Tout ce que Carolyn a fait pour toi, je l'ai détruit. Ça se voyait sur ta figure, cette nuit.

— Tu te trompes. C'est le contraire. Tu es la dernière phase de mon traitement. Si j'ai survécu à ce cauchemar, je survivrai à tout.

Archer fut comme visité par un doute.

— Tu mens, dit-il.

Elle secoua la tête.

— Carolyn disait que le meilleur moyen de se débarrasser d'un cauchemar, c'est de faire avec.

Elle baissa les yeux vers l'entrejambe sanguinolent.

— J'ai fait avec.

Elle se releva, et s'éloigna.

*

Kelby et Nicholas la rattrapèrent au milieu du pont.

— Tu ne veux pas qu'on lui règle son compte ? dit Nicholas. Tu es sûre ? Ce serait avec plaisir, tu sais.

— Je veux qu'il crève lentement. Ça ne suffira jamais à compenser le mal qu'il a fait, mais c'est ainsi. Il le faut.

Elle se tourna vers l'incendie qui remontait des cabines, et commençait à dévorer maintenant les membrures du pont principal.

— Pourvu que le bateau ne coule pas trop vite.

— Inutile de s'attarder ici, dit Kelby en entraînant Melis vers l'échelle. Allons-y.

— Une dernière chose, dit-elle.

Elle se débarrassa soudainement de sa robe en organdi. Vêtue seulement de sa culotte et de son soutien-gorge, elle arracha le ruban rose de ses cheveux. Elle abandonna le tout sur le pont où les flammes se répandaient déjà.

— Maintenant, dit-elle, je suis prête.

L'instant d'après, elle sautait dans la chaloupe. Kelby démarra le moteur.

— Jed, dit Nicholas. Débarque-moi sur l'île. J'y resterai en observation jusqu'à ce que le bateau coule par le fond. En cas de surprise de dernière minute.

Il tendit à Melis une couverture de survie.

— Enveloppe-toi là-dedans si tu ne veux pas attraper froid.

— Je ne prendrai pas froid, dit-elle.

Elle se sentait forte, accomplie, libre…

En haut, près de l'écoutille, Archer hurlait de douleur.

La chaloupe s'éloigna lentement du bord.

Les cris du mourant les poursuivaient.

Melis songea que les flammes devaient s'être emparées de la robe en organdi. En l'espace de quelques minutes, il ne resterait plus rien de la robe et du ruban.

Plus rien que des cendres.

*

Deux heures plus tard, Melis et Kelby avaient rejoint le bord du *Trina*. Ils virent se produire à l'est une explosion de lumière.

— Ça y est, dit Kelby. Les flammes ont touché la sainte-barbe, comme disaient les flibustiers. Le stock d'armes. Je pensais que ça mettrait moins de temps.

— Moi, j'espérais que ça mettrait plus de temps, dit Melis.

— Tu es assoiffée de sang.

— C'est vrai.

— Tu veux descendre prendre une douche ? Tu peux, maintenant. Depuis le temps que tu es cramponnée à cette lisse.

— Je préfère attendre le retour de Nicholas. Je veux être absolument sûre. Descends, toi, si tu veux.

Il fit non de la tête et s'accouda de nouveau au plat-bord, les yeux tournés vers l'est.

Nicholas arriva une demi-heure plus tard.

— Un sacré boum, dit-il en montant à bord. Il devait avoir une belle cargaison d'armes.

Et, s'adressant à Melis :

— Aucune surprise de dernière minute. Ce fumier est mort. Définitivement mort et expédié aux enfers.

Melis regardait vers l'est, elle aussi.

Il est mort, Carolyn. Il ne fera plus jamais de mal à personne.

— Melis…

Kelby lui posa doucement la main sur le bras.

— C'est fini, maintenant.

Melis acquiesça en silence. Oui, c'était fini.

Il ne restait plus qu'à tourner la page.

*

Le lendemain matin, quand Melis remonta sur le pont, Pete et Susie étaient partis.

— Tout va bien ? dit Kelby en venant auprès d'elle. Tu disais que Pete nous le ferait savoir quand il serait guéri.

— Je pense que ça va, dit-elle en haussant les épaules. Mais les dauphins sont encore pour moi un tel puits de mystères… Pete et Susie, j'ai quelquefois le sentiment de ne pas du tout les connaître.

— À d'autres moments, reprit Kelby, tu as l'impression qu'ils t'apprennent plein de choses… Regarde. Les voilà de retour.

Elle approuva silencieusement, et s'assit sur le pont.

— Il sont de retour et je suis là, dit-elle. Tu as l'intention de plonger, aujourd'hui ?

Il secoua la tête.

— Je vais plutôt rendre une petite visite aux gardes-côtes. On ne coule pas un bateau sans se soucier des conséquences. Quand bien même c'était un bateau employé à des fins criminelles. Mais ils accepteront mon pot-de-vin, ils acceptaient bien ceux d'Archer.

— L'argent est la réponse à toutes les questions.

— Non, je ne crois pas. Mais l'argent est utile. Appelle-moi, s'il y a un souci avec Pete.

— S'il y a un souci, je saurai m'en débrouiller.

Kelby marqua une hésitation. Il la regarda, intrigué.

— Comme tu es loin, dit-il.

— Je me sens… vidée. Un petit peu triste, aussi.

Elle eut un pâle sourire.

— J'ai vécu pendant des semaines avec un objectif, et il n'est plus là. J'irai mieux quand je me serai adaptée. Tu reviens quand ?

— Tout dépend de l'argent qu'il me faudra réunir. Et du temps que je mettrai à les convaincre qu'Archer est mort accidentellement, du fait des explosifs qu'il transportait. Le salaire du péché, en somme.

Il s'apprêtait à descendre dans la chaloupe.

— Je te le ferai savoir, si je tombe sur un os.

— Rien ne t'oblige à me rendre compte de tout, dit Melis en promenant son regard sur les eaux. Je t'ai promis de ne jamais t'attacher un fil à la patte…

— Mais c'est la moindre des choses, que tu sois tenue au courant ! J'ai envie de te tenir au courant…

— Alors fais-le.

— Mais voyons, Melis, je… Oh ! et puis merde. Je préfère laisser tomber pour l'instant.

Il sauta dans l'embarcation.

— À plus.

Il démarra le moteur, et s'éloigna rapidement du *Trina*. Melis l'observa un instant. Puis elle regarda de nouveau la mer, et les dauphins qui se rapprochaient.

*

Ils firent surface à proximité du bateau. Pete semblait aller bien, et Melis en fut soulagée. Il était même en pleine forme. Il faisait des cabrioles avec Susie, et tous deux produisaient une symphonie de clics.

— Salut, les petits mecs, dit Melis doucement. Vous auriez pu m'attendre, avant de partir vous balader.

Elle ôta son T-shirt.

— J'arrive. On va nager ensemble comme au bon vieux temps. J'en ai besoin, si je veux me sentir mieux aujourd'hui.

Elle plongea. L'eau était fraîche et propre. Melis retrouvait des sensations familières. Quand elle ressortit la tête de l'eau, elle vit Nicholas qui lui faisait signe depuis le bord du *Trina*.

— Et ta combinaison ? cria-t-il. Tu trouves prudent de te baigner toute seule ?

— Je ne plonge pas en profondeur. Je fais juste quelques brasses avec les dauphins. Ça me nettoie la tête.

— Jed ne va pas aimer. Il a failli devenir fou quand il a vu les hommes d'Archer te hisser sur le *Jolie Fille*. Il continue de m'en vouloir à mort à cause de ça.

— Je suis navrée, Nicholas.

Elle repartit à la brasse, flanquée des deux côtés par Pete et Susie. Mais les dauphins se lassaient vite de nager à faible allure. Bientôt ils prirent de l'avance et filèrent à leur rythme, non sans revenir de temps en temps auprès de Melis. Depuis leur arrivée aux Canaries, ils avaient toujours plongé en ayant en tête un but précis, jamais pour le simple plaisir d'être ensemble dans l'eau. À présent, ils pouvaient retrouver leurs vieilles habitudes. C'était à nouveau comme avant. C'était comme autour de leur île.

Non. Ce n'était pas absolument vrai. Leur vie à tous les trois aussi était différente. Avant, les dauphins étaient à elle. Maintenant, c'étaient eux qui lui consacraient du temps et de l'affection. Et ils le faisaient librement. C'était leur choix. Il n'y avait là rien de triste. C'était ainsi – c'était naturel.

Telle était la vie à cet instant : naturelle.

Tout se mettait en perspective.

Tout devenait clair comme le cristal – et plus clair à chaque minute qui passait.

*

Kelby coupa le moteur et laissa la chaloupe glisser vers le bord du *Trina*.

Le hors-bord n'était plus là…

Pas de panique : Nicholas l'avait peut-être pris pour aller à Lanzarote faire des provisions… À moins que… Bon Dieu !

Nicholas n'avait pas pris le hors-bord puisqu'il venait à sa rencontre sur le pont !

— Où est Melis ?

— Probablement en train de prendre un avion à Las Palmas.

— Qu'est-ce que tu racontes ?

— Pete est revenu. Elle est partie nager avec lui et Susie. À son retour, elle a fait ses valises.

— Elle ne m'a pas prévenu. Toi non plus…

— Elle m'a demandé de ne pas t'appeler.

— Qu'est-ce que c'est que cette histoire, bon Dieu ? Vous complotez ensemble, maintenant ?

— Eh bien… Je me suis dit que je ne pouvais pas retomber plus bas dans ton estime, alors…

— Alors tu t'es trompé !

Nicholas haussa les épaules.

— Elle a dit qu'elle devait retourner sur son île. Ce qu'elle vient de traverser, ce n'est pas rien. Je peux comprendre qu'elle ait besoin de souffler.

— Mais pourquoi ne m'en a-t-elle pas parlé ?

— Tu lui aurais posé des tas de questions.

Il tira un papier de sa poche.

— Elle t'a laissé un mot.

Un mot de deux phrases :

« *Je retourne sur mon île. S'il te plaît, prends soin de Pete et Susie. Melis.* »

*

ÎLE DE LONTANA, AUX ANTILLES

Le coucher de soleil était si magnifique ! Mais Pete et Susie n'étaient pas là, et ils lui manquaient.

Ils lui manquaient et ils n'étaient pas les seuls.

Melis redressa les épaules, fit demi-tour et quitta le lanai. Elle avait du travail, et il ne servait à rien de le remettre à plus tard.

Dans sa chambre, elle prit une valise, et l'ouvrit sur le lit.

— Qu'est-ce que tu fais ?

Melis s'immobilisa. Elle n'osait se retourner.

— Kelby ?

— Qui d'autre pourrait franchir les barrières que tu dresses autour de toi ? répondit-il durement. Je m'étonne que tu n'aies pas déclenché ton dispositif électrique pour me tenir à distance.

— Je n'aurais pas fait ça, dit-elle d'une voix mal assurée. Je ne voudrais pas te faire du mal.

— Tu peux dire que tu as fait des dégâts. Retourne-toi, bon sang !

Elle prit une profonde inspiration et lui fit face.

— Qu'est-ce que c'est que ce billet que tu m'as laissé ?

Il jeta aux pieds de Melis le morceau de papier roulé en boule.

— Pas un au revoir. Aucune explication. Pas même un « Contente de t'avoir rencontré » ! Prends soin des dauphins, et salut.

— C'est pour ça que tu as traversé la moitié de la planète ? Parce que tu es fâché ?

— Ce serait une raison suffisante.

Il s'avança et la prit par les épaules.

— Pourquoi es-tu partie ?

— Il fallait que je revienne sur l'île. Pour rassembler mes affaires. Je ne veux plus vivre ici.

— Où avais-tu l'intention d'aller ?

— Je trouverai un endroit. Et du travail. J'ai des qualifications…

— Tu ne veux pas revenir auprès de moi ?

— Ça dépend.

— Ça dépend de quoi ?

— Je me suis dit : « Ça dépend s'il me veut assez. S'il me suit ou non… »

— Tu m'as fait passer une espèce de test, alors ?

Il lui serrait plus fort les épaules.

— Bien sûr, que je te veux assez ! J'irais te chercher en enfer, s'il le fallait. C'est ce que tu voulais entendre ?

Melis fut pénétrée d'un immense sentiment de joie.

— Oui, avoua-t-elle.

— Alors pourquoi t'es-tu envolée comme ça ? Je t'aurais dit la même chose à mon retour à bord !

— Il fallait que je te place devant un vrai choix. Après avoir lu le mot, tu aurais pu dire : « Qu'elle aille au diable, cette salope ! » Je t'ai laissé le temps de réfléchir.

— Mais pourquoi ?

— Je ne voulais pas me cramponner à toi, comme je te l'ai dit.

— Mais c'est moi qui me cramponnais !

— Tu n'avais plus de raison de le faire. Tu as Marinth. Archer est mort. Il fallait que ce soit pour moi et rien que pour moi.

Elle le regarda droit dans les yeux.

— Je vaux le coup, Kelby. Je peux t'apporter énormément de choses. Bien plus que Marinth. À condition que tu me donnes en retour ce dont j'ai besoin…

— À savoir ?

— Je… Je crois que je t'aime.

Elle s'humecta les lèvres.

— Non… Je ne crois pas… Je *sais* que je t'aime. J'en suis sûre. C'est juste que ce n'est pas facile à dire.

Elle prit une grande inspiration ; ce qu'elle avait à ajouter était encore plus difficile à prononcer.

— Il y a autre chose… Je ne veux plus être seule.

Il la serra contre lui. Melis enfouit la tête contre l'épaule de Kelby.

— Melis…

— Tu n'es pas obligé de me dire que tu m'aimes, puisque j'ai promis de…

— Arrête avec tes promesses ! Je ne t'ai jamais rien demandé de tel. Je n'en veux pas.

Il l'embrassa avec force.

— Moi non plus, je ne veux plus être seul. Tu m'as tout de suite attrapé dans tes filets.

Il prit le visage de Melis dans la coupe de ses mains.

— Écoute-moi. Je t'aime. Je voulais te le dire depuis longtemps, mais je craignais de te faire fuir… Tu étais si heureuse de voir que chacun gardait ses distances.

— C'était bien de ta part.

— Maintenant je veux que tu me fasses l'amour ! Je veux que tu manges avec moi. Que tu dormes avec moi.

Il ajouta après un temps :

— Et quand tu seras vraiment sûre de vouloir partager avec moi les soixante-dix prochaines années de ta vie, alors j'exigerai un engagement en bonne et due forme… Tu as compris ?

Un large sourire illumina le visage de Melis.

— J'en suis déjà vraiment sûre, dit-elle.

— Réfléchis quand même. Parce qu'avec moi, une fois que la décision est prise, on ne revient plus en arrière. Tu as vu comment j'ai agi avec Marinth. Multiplie ça à l'infini, et tu auras une idée des moyens que j'ai l'intention de mettre en place pour t'empêcher de me quitter.

Il lui effleura le front d'un baiser.

— Ta seule solution sera d'aller vivre avec les dauphins.

— Je n'ai pas les poumons pour ça.

— Dans ce cas, tu as intérêt à rester avec moi.

Elle se blottit contre la poitrine de Kelby.

— Je crois que tu as raison, murmura-t-elle.

*

Ils quittèrent l'île de Lontana le lendemain au crépuscule.

Le bateau ralentit pour passer les filets, puis s'élança vers le large en prenant de la vitesse, tandis que Melis tournait ses regards vers les miroitements de l'île enveloppée de brume.

— Un bel endroit, dit Kelby à voix basse. Il te manquera.

— Il me manquera quelque temps.

— Je t'achèterai une autre île. Plus belle. Plus grande.

Melis sourit, puis dit :

— C'est tout toi, cette réaction. Mais je n'ai pas envie que tu m'achètes une île. Pas maintenant. J'ai envie de rester avec toi à bord du *Trina*…

Elle plissa brusquement le front.

— Au fait, tu ne voudrais pas le baptiser autrement ?

— Tu commences déjà à essayer de me dominer, je vois. Tu veux que je lui donne ton nom, c'est ça ?

— Mon Dieu, non…

— Le nom de notre premier enfant, alors ?

Melis regarda Kelby plus intensément.

— Pourquoi pas ? dit-elle.

Elle ajouta avec précaution :

— Tu as vraiment envie de t'engager ?

Il rit de bon cœur.

— Je n'ai pas dit le nom de notre troisième ou quatrième enfant…

— Le mieux est peut-être de garder « Trina » encore quelque temps.

— Tu es lâche.

— Tu as du pain sur la planche avec Marinth. Et moi, avec mes études sur les dauphins qui vivent dans ce secteur. Quelque chose me dit qu'ils ont un comportement différent de tout ce que j'ai observé jusqu'ici. Nous allons être très occupés.

— Et tu dois veiller sur Pete et Susie.

Elle approuva d'un signe de tête.

— Toujours.

— Sauf que tu n'as pas hésité à me les laisser sur les bras.

— Si tu n'étais pas venu, je serais retournée au *Trina*. Ils sont sous ma responsabilité.

— Tu auras peut-être besoin d'une île, en définitive. C'est toi-même qui parlais des dangers imprévisibles qui menacent les dauphins sauvages. Tu es sûre qu'il ne vaudrait pas mieux les transporter dans un petit paradis bien à eux ?

— Je n'en sais rien. On verra. Si tu as le contrôle du projet, tu auras aussi les moyens de protéger les dauphins.

Elle pinça les lèvres.

— Dans le cas contraire, on pourra toujours les rassembler et les ramener ici.

Kelby gloussa de plaisir.

— Je me demande si l'endroit pourrait accueillir des centaines et des centaines de dauphins. Mais pourquoi ne pas essayer ?

Elle secouait la tête.

— Je vais donner l'île à la fondation Sauvez les Dauphins, au nom de Carolyn. Évidemment, Phil ne sera pas content. Il doit penser que je vais la lui rendre, son île ! Tant pis pour lui. Vu qu'il n'aura plus ni île, ni bateau, il sera obligé de repartir de zéro…

— Je ne crois pas, dit Kelby.

Il avait dit cela d'un ton particulier. Melis le regarda, intriguée.

— Pourquoi ?

Kelby secoua la tête.

— Il est mort ? murmura-t-elle.

— Tombé d'une falaise.

— C'est toi ?

— Non. Il est tombé d'une falaise : je ne te dirai rien de plus.

Si ce n'était pas Kelby, songea Melis, alors c'était Nicholas. Elle resta un moment silencieuse, le temps de s'habituer à cette nouvelle. Toutes ces années à veiller sur Phil. À travailler avec lui. Voilà qu'il était parti – comme cela paraissait étrange.

— Je me sens soulagée, c'est tout, finit-elle par dire. J'avais tellement peur qu'il ne se mette en tête de te reprendre Marinth. Je n'aurais pu le laisser faire une chose pareille. Marinth est à toi. Rien qu'à toi.

Kelby souriait.

Melis se retourna une fois encore pour observer l'île qui devenait de plus en plus petite, toujours plus solitaire et lointaine. Toutes ces années, songea-t-elle. Tous ces souvenirs partagés avec Pete et Susie.

Mais ce qui l'attendait, c'étaient de meilleures années encore. De nouveaux souvenirs à créer, toujours plus riches. Melis n'éprouvait en fait qu'un léger sentiment de tristesse. Elle décida de faire avec.

Et elle sut aussitôt que ce n'était pas difficile.

Elle couvrit de sa main la main de Kelby.

Et ce fut une sensation merveilleuse.

Dans la même collection

Keith Ablow
L'Amour à mort

Edna Buchanan
Double vie, double mort

Elizabeth Dewberry
Une couronne de mensonges

Janet Evanovich
À la une, à la deux, à la mort
Quatre ou double
Cinq à Sexe
Six Appeal
Septième ciel

Clare Francis
Serre-moi fort

Pat Frieder
Mauvaise Pioche
Confidences dangereuses

Leslie Glass
L'Heure du feu
L'Heure du cœur battant

Leonard S. Goldberg
Soins mortels
Moisson mortelle
Menace mortelle
Folie meurtrière
Mortelle thérapie
Crime de mémoire

Erin Hart
Le Chant des corbeaux
Le Lac des derniers Soupirs

Charles Higson
Le Secret du bonheur

Jeannine Kadow
Obsessions

Judith Kelman
Un dernier baiser

Plus que vous n'en savez...
Entre les mailles du filet
Comme un voile d'ombre
L'Été des orages
La Vipère de velours

T.J. MacGregor
Vengeance fatale
Le Septième Sens

David Morrel
Totem

Margaret Murphy
Adieu mon ange
Le Désir du papillon
État de choc
Le Tueur des ténèbres

Jonathan Nasaw
Les Blondes qu'il adorait

Darian North
Violation
Vapeur de Lune

Barbara Parker
Justice cruelle
Une sale affaire
Procès d'intention
La Voix du mensonge
Traîtrises et trahisons
Un soupçon de malveillance

Claire Rainwater Jacobs
L'Ange meurtrier

Danuta Reah
Le Triomphe de la mort

Judith Summers
Crime et ravissement

Ken Wood
La Peau de Sharon

Kim Wozencraft
Entre deux feux

Achevé d'imprimer en avril 2005
dans les ateliers de Normandie Roto Impression s.a.s.
61250 Lonrai
N° d'impression : 05-1000
Dépôt légal : avril 2005

Imprimé en France